SURCOUF

Les ouvrages d'Arthur Bernède
sont cités à la fin
du présent ouvrage page 491.

Arthur Bernède

SURCOUF
Roi des Corsaires

grand roman historique

Préface d'Annie Besnier

Fayard

L'édition originale du présent roman
a été publiée en 1925
par la Librairie Jules Tallandier.

Il ne faut pas confondre corsaires avec pirates... Le pirate était un bandit qui exerçait en tout temps son métier infâme. Le corsaire, lui, n'armait qu'en temps de course, muni d'une autorisation expresse de son gouvernement appelée « lettre de marque ». Et les corsaires, noblement, accomplirent de fameux exploits.

C'est l'histoire du plus grand de tous, Robert Surcouf, le Malouin sans peur et sans reproche, que, d'après des documents rigoureusement authentiques, nous allons vous raconter.

A. B.

PRÉFACE

SURCOUF, ROI DES CORSAIRES

Arthur Bernède est privé de dessert pour huit jours. En jouant à cache-cache, il a cassé un pied du fauteuil de Surcouf sur lequel la famille veille religieusement, 21 rue du Port, à Redon, depuis ce jour de l'année 1824 où le corsaire s'y était assis. Surcouf était venu, à propos d'un procès, rendre visite au grand-père de Bernède, alors procureur du Roi.

Le futur romancier en conçut « une rancune tenace » qui ne s'effaça que du jour où le grand-père se décida à raconter « la magnifique histoire » du grand Malouin au petit-fils, lequel se dépêcha de la répéter à ses camarades. Et tous, enthousiasmés, de ne plus songer qu'à jouer au corsaire, transformant en corvette une vaste caisse d'emballage. Mais le jeu eut vite fait de tourner court face à un obstacle irrémédiable : aucun des enfants ne voulut consentir à « faire l'Anglais ».

C'est Bernède qui raconte ainsi, dans un numéro de *Ciné-Magazine* (6 février 1925), comment il a connu Surcouf, resté gravé dans sa mémoire tel « un chevalier de légende, un paladin de la mer, nimbé d'une immortelle auréole de vaillance et de gloire ».

Arthur Bernède[1] était un grand lecteur. Il étudia la vie de

1. Voir les indications biographiques dans la préface à *Belphégor*, éd. Fayard, 2001.

Surcouf dans le livre de son propre arrière-petit-fils, Robert Surcouf, de Rennes ; dans l'ouvrage de Cunat, publié en 1852, *Histoire de Robert Surcouf* ; dans les mémoires de Louis Garneray (1783-1857), compagnon de Surcouf et de Dutertre, qui passa neuf ans de sa vie prisonnier sur les pontons anglais de Portsmouth avec l'équipage de la *Belle Poule*. Bernède lut aussi *Les Derniers Corsaires* de Robidou, *L'Histoire de la Marine française* de Chevalier, et la correspondance du général Decaen aux Archives nationales. Ces lectures l'amenèrent à constater à quel point romanciers et auteurs dramatiques avaient dénaturé le caractère du corsaire et ses exploits. Bernède reconnaît qu'à l'exemple d'Alexandre Dumas, un auteur peut « violer l'histoire » et « broder quelques fictions sur le canevas de la réalité » pour amuser ses lecteurs – il ne s'en privera pas dans *Surcouf* –, mais il n'a pas le droit de transformer un « Napoléon des océans » en « une sorte de flibustier sans scrupules » ou en « un falot personnage d'opérette ». Il s'emploiera donc à restituer à Surcouf sa véritable figure, celle « d'un grand gentilhomme », telle que l'avait tracée son grand-père et que la transmettent les documents étudiés. Aux yeux de Bernède, Surcouf synthétise les quatre Mousquetaires : il joint, « à la noblesse d'un Athos la bravoure d'un d'Artagnan » et à la « finesse d'un Aramis la force d'un Porthos ». C'est une des gloires les plus pures de Bretagne.

Voilà un beau compliment pour quelqu'un qui, ne l'oublions pas, fut jusqu'en 1795 capitaine marchand et négrier au profit des planteurs de l'île Bourbon (l'actuelle Réunion). Mais qui, avant la Convention et l'abolition de la traite des Noirs, avant la révolte de Toussaint-Louverture et l'action de Victor Schoelcher, s'en souciait vraiment ?

Sa carrière, Surcouf l'a commencée à treize ans comme mousse. Descendant d'un roi d'Irlande, il est né le 12 décembre 1773 à Saint-Malo, d'un père armateur et de la fille d'un capitaine de la Royale apparentée au corsaire malouin Duguay-Trouin. Destiné à la prêtrise, comme ce dernier, il multiplie les escapades, les rixes, méprise les études, mord ses professeurs, fugue. Excédés, ses parents l'embarquent sur un caboteur, le *Héron*. À quinze ans, il est volontaire pour les Indes. Le 3 mars 1789, le voilà à l'île de France (île Maurice). Ses qualités de marin le font lieutenant à dix-sept ans, en 1791, sur la *Revanche*. Coup de cafard ? Il rentre à Saint-Malo comme simple timonier. Mais six mois de vie terrestre le rejettent vers le large. En 1792, il retourne à l'île de France, lieutenant sur un navire de commerce. Après deux voyages à Madagascar, il apprend que la guerre a éclaté entre la France et l'Angleterre, et continue sa navigation le long des côtes orientales de l'Afrique. Voilà, cependant, ce qui va décider de son changement de cap. À vingt-deux ans, il devient capitaine corsaire sur l'*Émilie*, mais sans lettres de marque. Or ce sont elles qui confèrent sa légitimité au corsaire, ce « franc-tireur de la mer », le distinguant du vulgaire pirate. Le corsaire sert un gouvernement et n'est armé qu'en temps de guerre ; pris, il est traité comme un prisonnier de guerre. Le pirate pille pour s'enrichir, amis ou ennemis ; pris, il est traité comme un voleur. Le flibustier s'en prenait aux Espagnols ; c'était un aventurier appartenant à une association d'hommes installés dans quelques îles d'Amérique, le « libre faiseur de butin », le *Freibeuter*, le *Freebooker*. La différence est suffisamment importante pour que Bernède la rappelle en exergue de son roman, très fortement irrigué par tout un code de l'honneur. Ce sens de l'honneur, une grande fierté bretonne, un intrépide courage, un côté impulsif semblent avoir également caractérisé le vrai Surcouf. Roger Vercel raconte, dans un numéro d'*Historia* de décembre 1973, une anecdote révélatrice de l'homme. Surcouf avait arraisonné de nuit un bateau britannique. Le jour venu, le capitaine anglais toise dédaigneusement le navire corsaire français :

« Si j'avais su, je me serais défendu !

— Eh bien, riposte Surcouf, piqué, il n'y a rien de fait ! Retournez à votre bord. J'attendrai votre feu pour commencer le mien. »

L'Anglais n'insista pas.

En 1795, le gouverneur de l'île Maurice, devenue île de France en 1715, craint la disette et envoie Surcouf aux îles Seychelles, chercher des tortues, dit Roger Vercel, du riz, assurent d'autres. Le riz, il le prendra sur trois vaisseaux anglais capturés, auxquels s'ajoutera encore un grand trois-mâts transportant six cents balles de la précieuse céréale, la *Diana*. C'est cette entreprise qui jette les fondements de sa légende, avec la capture d'un cinquième navire, le *Triton*, en janvier 1796. Sans lettre de marque, Surcouf n'avait pas le droit d'attaquer ; il avait celui de se défendre s'il était provoqué... On peut s'estimer très vite provoqué ! Surcouf troque l'*Émilie*, mal en point, contre le *Cartier*, un des bateaux anglais capturés, qu'il équipe avec vingt-trois hommes et quatre canons. Selon les récits, le nombre des hommes de Surcouf varie de quelques unités, mais pas l'ordre de grandeur dans la disproportion avec le *Triton*, portant vingt-six canons et cent-cinquante hommes d'équipage ! Surcouf ruse, puis aborde et l'emporte grâce à l'effet de surprise et à l'intrépidité de ses corsaires. Le *Triton* conquis, c'était le premier navire anglais à avoir jamais été capturé dans les bouches même du Gange. Grand seigneur, Surcouf rend leur argenterie aux prisonniers, et la *Diana* à son capitaine contre rançon (parce qu'il ne pouvait pas ramener autant de bâtiments au port avec si peu d'hommes à répartir). Imaginons son triomphal retour sur le *Triton*, ses trois autres prises dans le sillage, et il sauve l'île de la disette ! Mais ses prises lui sont confisquées pour illégalité. Il doit venir en France batailler avec le Directoire, et le Conseil des Cinq-Cents finit par conclure au droit de « prévenir » les attaques à craindre. En juillet 1798, Surcouf reprend la mer sur la *Clarisse* avec son frère pour second, attaque quelques navires en route, histoire de ne pas arriver les mains vides à l'île de France. Les Anglais le baptisent « l'Ogre du Bengale », mais aussi le *Famous*. Pour les Français, il devient, après la prise du *Kent*, « le roi des corsaires », sous-titre du livre de Bernède.

Le 7 octobre 1800, avec les cent-cinquante hommes et les dix-huit canons de la *Confiance*, Surcouf vient à bout du *Kent*, un des plus beaux navires de la Compagnie des Indes, portant trente-huit canons et environ quatre cent cinquante hommes. (Il avait recueilli l'équipage du *Queen*, détruit par un incendie, et ses officiers commandés par le général Saint-John, transformé par Bernède en général Lovel Bruce). L'attaque du *Kent* constitue un morceau d'anthologie dans le roman et – paraît-il aussi – dans le film de Luitz-Morat, tourné en 1925. Dédain du puissant (anglais) pour le petit (français), mais victoire de David contre Goliath ; génie tactique du capitaine ; ruse, audace et courage des Français : les hommes, non, les diables de Surcouf en valent chacun plusieurs dans le grouillement de l'action ; cris des femmes, dont se détache la belle figure de Lady Bruce qui jouera un rôle important dans la suite – inventée – de l'intrigue ; bravoure de l'ennemi qui mérite ainsi la grâce et la générosité de Surcouf, lequel prend les femmes sous sa protection après la victoire ; mystère et rocambolesque avec la présence de Madiana, jadis fiancée à Surcouf, et retenue prisonnière dans les soutes du *Kent* par deux sinistres Hindous : pendaison d'un traître, fuite de l'autre, ménageant ainsi la suite du suspense... rien ne manque à l'aventure ni au romanesque ! « La mouette française a vaincu le cormoran anglais », écrit Bernède. L'île de France réserve un accueil triomphal à son héros. « La prise est quatre fois plus grosse que son capteur », nous dit Vercel. Surcouf entre dans la légende des grandes figures maritimes, et ce d'autant plus qu'il ajoute la bravade à l'exploit, n'hésitant pas à faire jeter par-dessus bord des lingots réclamés par le fisc...

Échappant aux Anglais qui avaient mis sa tête à prix (deux cent cinquante mille francs). Surcouf rentre à Saint-Malo en 1801, riche à millions. Il épouse Marie-Catherine Blaize de Maisonneuve, la fille du plus gros armateur de la ville, et devient, par son mariage, cousin de Lamennais – autre Malouin célèbre de cette époque avec Chateaubriand et le chirurgien Broussais. Ses cinq enfants lui donneront une nombreuse descendance. Dès que l'ordre est fondé, en 1804, Surcouf reçoit la Légion d'honneur, ce qui en fait le premier Malouin à être ainsi décoré. Napoléon le nomme ensuite baron de l'Empire, sans rancune. (Surcouf a en effet refusé, à la rupture de la paix d'Amiens, en 1803, le grade de capitaine de vaisseau et le commandement d'une escadre parce que Napoléon ne lui accordait pas une complète autonomie.) Dans un contexte où la guerre de course était de plus en plus remise en cause (elle sera abolie en 1856), il plaide en sa faveur, arguant de l'intérêt d'une guerre économique, ce que retint Napoléon sous une autre forme en instituant le blocus de l'Angleterre. Jusqu'en 1807, Surcouf gère sa fortune, achète des propriétés, arme des bateaux avec son beau-père, confie des corsaires à son frère Nicolas. En 1807, il reprend la mer avec le *Revenant* pour deux ans de courses, puis il rentre à Saint-Malo où il se contente d'armer des vaisseaux corsaires confiés à d'autres. Le dernier, le *Renard*, de 1812, fait l'objet d'un projet de reconstruction par l'association du Cotre Corsaire. À la chute de l'Empereur, il pleure de rage. Puis il n'arme plus que des navires de commerce, invite largement à sa table, que ce soit d'anciens ennemis anglais comme le général Saint-John, devenu son ami (un fait qui se retrouve avec une variante dans le roman de Bernède), ou le médecin de Napoléon, Corvisart. Il meurt à cinquante-sept ans, le 8 juillet 1827, dans son lit, à Riancourt, près de Saint-Servan, et embarque une dernière fois pour rejoindre, entouré de cinquante canots, son tombeau à Saint-Malo.

Combat du Triton. *Combat du* Kent
Un célèbre marin a fini sa carrière
Il est dans ce tombeau à jamais endormi
Les matelots sont privés de leur père
Les malheureux ont perdu un ami

L'épitaphe résume à la fois la vie aventureuse et la générosité d'un homme qui avait réussi à inspirer à ses marins un véritable culte – l'un des secrets, sans doute, de leur diabolique énergie.

C'est dans cette trame historique que Bernède a niché son roman, revendiquant et la fidélité à l'histoire et le droit à la fiction. Il a inscrit dans un cadre d'aventures préexistantes une histoire d'amour mélodramatique à souhait, teintée d'exotisme, où ne manquent ni la célébration de l'amitié ni le culte de l'honneur, ni le respect réciproque de l'ennemi quand il est respectable, ni les rebondissements dramatiques : les fausses morts, les trahisons, les fidélités, l'attente de l'exécution évitée au tout dernier moment, l'intervention de personnages historiques célèbres revivifiés par la fiction. Bernède passe très vite sur les débuts de Surcouf, ne retenant, pour une ouverture très dramatique et bien enlevée, que la fugue du jeune garçon, de façon à placer le personnage de Marcof, qui joue un si grand rôle dans l'architecture du livre. En sauvant par deux fois l'enfant, de la noyade d'abord, du séminaire ensuite, puisqu'il obtient de l'embarquer sur son navire corsaire, il s'acquiert des droits à une reconnaissance éternelle, ce qui va constituer un des ressorts dramatiques essentiels de l'action. Bernède invente une étrange femme à Marcof, dont Surcouf tombe amoureux d'un amour partagé mais interdit par l'amitié, Madiana, poursuivie par la haine inexorable de deux Hindous pour avoir provoqué la mort d'un brahmane qui en voulait à sa vie. On assiste bien à l'alliance du corsaire Dutertre avec Surcouf, après un bel affrontement dans un café, ainsi qu'à l'attaque légendaire du *Kent*, mais le commodore Revington (rebaptisé Ravington) n'est pas tué, et joue un rôle dans la seconde partie du récit. Sur le *Kent*, Surcouf retrouve... Madiana, livrée aux Hindous par le gouvernement anglais qui ne veut pas se mettre sur les bras un soulèvement religieux. Marcof, prisonnier sur les pontons anglais, passe pour mort. Madiana et Surcouf se fiancent... et le fiancé doit aussitôt – code de l'honneur oblige – partir libérer son rival Marcof, miraculeusement et malheureusement bien vivant. La libération épique, rabelaisienne, haletante, réussit d'abord... pour échouer à cause de la traîtrise de l'Hindou Tagore qui coupe la retraite aux libérateurs. Voilà Surcouf, après une chasse à l'homme (titre de la seconde partie) pleine de suspense et de rebondissements, où reparaissent en anges protecteurs la famille Bruce et le commandant Ravington, voilà donc Surcouf prisonnier des Anglais et promis à la pendaison. (C'est plus que n'en peuvent supporter ses descendants, qui ouvrent la controverse dans le numéro du 15 mars 1925 de *Ciné Magazine* !) Chargé par le Premier ministre anglais Pitt d'apporter un marché à Napoléon contre la promesse de revenir, obligé par l'honneur de conseiller le refus à l'Empereur, Surcouf repart vers la mort par respect de la parole donnée, mais avec un message de Napoléon à Pitt dont il ignore le contenu et qui lui sauvera la vie sur le gibet, ainsi qu'à tous ses compagnons. Voilà Napoléon mis à contribution d'une manière que l'Histoire ignorait du tout au tout !

Belle fiction littéraire, Madiana ne peut que mourir pour permettre à Surcouf d'épouser Marie-Catherine, comme dans la réalité. Mais ce personnage de Marie-Catherine est lui-même transformé. La riche héritière malouine est devenue une jeune fille discrète, une petite violette qui souffre en silence d'une passion malheureuse pour son cousin Robert. Elle a un amoureux transi, Jacques Morel, perfide rival du corsaire, totalement inventé et qui constitue un autre ressort dramatique de l'action. Mme Surcouf mère est devenue grand-mère, peut-être pour pouvoir s'abandonner sans contrainte à une immense tendresse et ressusciter la propre aïeule de Bernède. L'histoire de Surcouf s'arrête avec le retour à la vie extra-romanesque et le mariage de la petite violette avec le magnifique corsaire.

On peut sourire des rebondissements et parler d'invraisemblance, ou plaider la baraka qui existe aussi dans la vie réelle. On ne peut dénier au livre une construction bien charpentée selon la logique romanesque, avec cet art du suspense et de l'action qui font la force de Bernède.

Surcouf, roi des corsaires a été conçu par son auteur comme un cinéroman, c'est-à-dire à la fois un film et un livre paraissant presque simultanément. L'écriture de Bernède est d'ailleurs basée sur un découpage de scénario même lorsque aucun film n'est envisagé : là réside peut-être le secret de son dynamisme. Bernède dirigeait le département « scénarios » de la Société des cinéromans, fondée en 1919 par lui-même, l'acteur René Navarre, Gaston Leroux et, à partir de 1922, chapeautée par le financier Sapène, administrateur du *Matin*. Le principe consistait à faire sortir en salle un film produit par la société en même temps qu'il paraissait en feuilleton dans l'un des journaux contrôlés par Sapène, notamment *Le Matin* ou *L'Écho de Paris*, mais aussi dans *Le Petit Parisien*, selon les accords passés. Ainsi, *Surcouf* a paru dans *Le Petit Parisien* du 4 février au 16 avril 1925, puis dans la collection Cinéma-Bibliothèque de Tallandier, en deux volumes illustrés par des photos du film (1925). Le titre a été repris dans diverses collections de Tallandier en 1932, 1938, 1953, parfois la même année sous des couvertures différentes. La dernière réédition remonte à 1980. La pérennité de ces rééditions de 1925 à 2001, jointe à la quantité de titres suscités par le corsaire, montre la vitalité du mythe. Il a alimenté le domaine biographique, ou pseudo-biographique, aussi bien que romanesque. Citons, pour le premier : en 1842, *Histoire de Surcouf, capitaine de corsaire* par Charles Cunat (J. Capelle), l'ouvrage de référence, plusieurs fois réédité aux Éditions La Découvrance et toujours disponible. *Un Corsaire malouin, un corsaire authentique* par Robert-Auguste-Emmanuel Surcouf, chez Plon (1890) ; toujours chez Plon, en 1925, préfacé par La Varende, *Robert Surcouf*, par Robert Surcouf, un autre descendant, ouvrage repris de nos jours par les Éditions La Découvrance. *L'Illustration* ne laisse pas passer sans article le centenaire de Surcouf (9 juillet 1927). Un *Robert Surcouf* par Armand Le Corbeiller paraît en 1945 chez Gedalge. Auguste Toussaint n'oublie pas Nicolas Surcouf (*Les Frères Surcouf*, Flammarion, 1979). Les Éditions Fernand Lanore ont publié en 1979 *Surcouf, le corsaire invincible* de T. Briant. Et L'Ancre de Marine, en 1987, un *Surcouf* de Dan Lailler. En 1951, M. Bourdet Pléville étudie *Surcouf et la guerre de course* (Éditions maritimes et d'outre-mer) ; Roger Vercel, déjà cité, écrit *Visages de corsaires*... Dans le domaine romanesque, relevons *Un Mousse de Surcouf* de Pierre Maël, paru en 1901 dans *Le Journal de la Jeunesse*, ainsi qu'*Un Corsaire de treize ans* de Charles Géniaux, en 1913... et un autre *Surcouf* chez Fayard, non daté, par Louis Noir, dans la collection du Livre Populaire à soixante-cinq centimes, *Le Roi de la mer*, en deux tomes. Cette liste est loin d'être exhaustive. Il est difficile de faire le point sur les publications à l'étranger. Une adaptation radiophonique en arabe du *Surcouf* de Bernède avait été longuement envisagée en 1974 pour la Tunisie, sans qu'il soit possible de savoir s'il y a eu concrétisation.

Bernède travaille en même temps au feuilleton et au film, prépare le tournage. La première mention de *Surcouf* dans sa correspondance avec sa femme remonte au 5 janvier 1924 : il va se mettre au feuilleton. Le 25 mai, il part pour Saint-Malo préparer le film. Le ministère de la Marine met à sa disposition les vieux pontons de Lorient et « une vieille coque de navire qui va être gréée comme l'étaient les pontons anglais de l'époque » (*Mon Ciné* du 24 juillet 1924). Le 24 août 1924, il assiste aux prises de vues d'un combat naval à Paimpol. Il dit passer ses vacances « à surveiller *Surcouf* » et, le 18 décembre 1824, peut regarder les premiers épisodes du film : « C'est splendide ! ». En février 1925, le succès de *Surcouf* se confirme de jour en jour pour devenir « un énorme succès ».

Il est vrai que le film a rencontré un grand écho. *Ciné Magazine* fait état, le 20 mars 1925, de « guichets assiégés ». Des spectateurs impatients se présentent une semaine trop tôt. Puis, tout est retenu à l'avance. Pour la première fois, le Comité français du cinématographe, sous la présidence du directeur des Beaux-Arts, décerne à un cinéroman, et à l'unanimité, une mention officielle qu'il n'accorde qu'aux plus belles productions françaises. Autre symptôme de ce succès, un journaliste est (déjà !) persuadé que les spectateurs croient le film américain car, selon eux, « toute bonne production vient des États-Unis » !

Les détails fournis sur le tournage du film ne surprendraient pas dans un compte rendu moderne. On y retrouve les mêmes difficultés, le même souci de vérité historique (ce qui n'était pas toujours le cas à l'époque), le même échantillonnage d'anecdotes. Le film fut tourné entre le 13 juillet 1924, date à laquelle commença le travail en extérieurs, à Saint-Malo, Saint-Servan, Paimpol, Lorient, et la fin de 1924 pour les scènes d'intérieur au studio de Joinville. Il a fallu y reconstituer le *Kent* et tout l'avant de la *Confiance*, la cabane de Madiana et l'intérieur du Fort national, déjà disparu des remparts de Saint-Malo. La plupart des scènes furent tournées sur les lieux mêmes où vécut Surcouf : à sa maison natale, à l'embouchure de la Rance, à Saint-Servan, sur les remparts de Saint-Malo, au Guildo. Le musée de Saint-Malo fournit armes et canons. L'armée fournit une partie des figurants, pris également parmi l'équipe de tournage – notamment les peintres Guy Arnoux et Bompard, le major Hemoglobin, spécialement chargé par ailleurs de peindre d'affreuses blessures aux corsaires. Transformés en pirates d'appoint, les vieux pêcheurs au teint hâlé permirent d'économiser les frais de maquillage. La *Confiance* a été reconstituée par le décorateur Lavrillier à partir d'un terre-neuvas moderne, le *Divalo*, le plus délicat étant la réalisation du dragon de proue, car il obligeait l'artiste à une gymnastique compliquée (à laquelle ne prépare pas forcément un prix de Rome !). À Saint-Malo, les indigènes prenaient l'acteur Angelo, grimé en Surcouf, avec ses favoris, pour Napoléon, le Courrier de Lyon... ou un Allemand ! Mais le vrai problème pendant le tournage, le véritable ennemi ne fut pas l'Anglais, ce fut le temps. L'opérateur Daniau Johnston se consola en filmant de magnifiques scènes de nuages. Angelo se souvient de longs jours passés à attendre le soleil sur un trois-mâts ancré à quelques centaines de mètres de la côte bretonne, et d'un remorqueur qui tombait en panne une fois sur deux quand il fallait gagner ce studio flottant. La mer fut presque toujours mauvaise, sans que personne ne soit pourtant malade : imaginez Surcouf ayant le mal de mer ! Le navire tanguait sans cesse. Le metteur en scène Luitz-Morat, cramponné d'une main aux haubans, de l'autre tenant le porte-voix de Surcouf prêté par ses descendants, guidait les acteurs, douze mètres plus bas... La mer mit même parfois en danger le bateau et ses occupants.

Si c'était le premier « film en costumes » tourné par Luitz-Morat, ce fut aussi l'un des premiers films historiques réalisés avec un tel souci de vérité. La Bretagne était alors à la mode au cinéma, et le héros populaire faisait également recette. *Surcouf* s'inscrit dans une série de « Bernède » commencée avec *Vidocq* (1923), poursuivie avec *Mandrin* (1924) et, au-delà de *Surcouf*, avec *Jean Chouan*, tous plus ou moins chevaliers ou redresseurs de torts, avec une vie riche en péripéties. Les acteurs choisis contribuèrent aussi au succès. D'abord Jean Angelo, jeune premier connu, qui avait su plaire à Sarah Bernhardt et composait ses rôles à partir d'une véritable recherche documentaire. *L'Atlandide*, de Jacques Feyder, où il jouait un très bon capitaine Morhange, avait contribué à sa célébrité. Il aurait aimé jouer un Surcouf moins idéalisé, davantage querelleur et brutal. À ses côtés, Tommy Bourdel, sportif accompli, sculpteur à l'origine, campe un Marcof convaincant ; le rôle l'enthousiasme tellement qu'il refuse un bel engagement en Afrique pour pouvoir le tenir. Celui du perfide Tagore est curieusement tenu par une femme, Johanna Sutter. Madiana est incarnée par la danseuse gitane Maria Dalbaïcin, une découverte de Luitz-Morat, plébiscitée.

Les liens entre film et livre sont si étroits que le succès de l'un retentit sur l'autre. Les éditeurs d'aujourd'hui le savent bien. C'était un pari, aux débuts du cinématographe, et Bernède fait partie des esprits novateurs qui ont su regarder dans cette direction alors que beaucoup méprisaient ce qui n'était pas encore un art, et que nombre d'auteurs ou d'acteurs se seraient crus déshonorés de confier leurs œuvres ou leur jeu à cette nouveauté.

Surcouf présente quelques autres aspects intéressants à souligner. Alors que l'auteur passe – à juste titre – pour un anti-Allemand sans nuance, il a su camper des Anglais beaucoup plus diversifiés. Parfois perfides et prétentieux comme l'attorney général John Moor, ils n'ont souvent rien à envier au panache de Surcouf, notamment le commodore Ravington ou le général et Lady Bruce, magnifique figure féminine (d'origine allemande dans la réalité !). C'est que la haine des Allemands est à replacer dans le contexte affectif très particulier né de la défaite de 1870. L'Anglais, lui, est un ennemi dans le cadre de la colonisation ; il n'a pas amputé le territoire national. L'époque napoléonienne est utilisée pour traiter de cette rivalité. Ce n'est pas un hasard si l'on rencontre alors autant d'œuvres gravitant autour du Premier Empire, notamment dans les livres de prix. On peut citer les Toudouze, mais Bernède lui-même a largement sacrifié à cette vogue avec *L'Aiglonne* (1922), *Le Divorce de Joséphine* (1930), *Le Tambour d'Arcole* (1935), *Le Maître du Feu* (1935). Une anecdote concernant Surcouf, complaisamment reprise en 1903 lors de l'inauguration de sa statue à Saint-Malo, est révélatrice de cette animosité latente. À un capitaine anglais prétendant que les Français ne se battaient que pour l'argent tandis que les Anglais se battaient pour l'honneur, Surcouf aurait répliqué : « Cela prouve que chacun des deux peuples combat pour acquérir ce qui lui manque ! »

Dans *Surcouf*, la psychologie des personnages est plutôt sommaire : la grand-mère est indulgente et maternelle, les marins bretons sont inébranlables dans leur courage et leur honneur, Surcouf est un surhomme à la force herculéenne, voire le Diable personnifié pour l'ennemi, mais d'une générosité superbe malgré son caractère emporté. Les femmes aimées sont admirables, l'une en modeste violette bretonne, l'autre irradiante beauté venue des Indes. Les traîtres sont vraiment traîtres, lâches, doucereux ou cruels. Mais, curieusement, on peut trouver un charme reposant au premier degré, ou s'amuser au second degré de ce côté convenu, comme on peut aimer collectionner avec tendresse et nostalgie des objets kitch. On peut assumer comme tel ce genre de stéréotypes au même titre que ceux des situations, et se laisser prendre par le récit et le spectacle rassurant de belles âmes dans un monde de fidélité à la parole donnée.

Surcouf s'inscrit dans la mythologie du sauveteur aux qualités surhumaines et au service de justes causes, qui resurgit toujours sous des formes modernisées pour plaire aux amateurs d'histoires. Il en est la version maritime, avec l'aura des corsaires, ces pirates du bon côté qui ont un honneur et une cause à servir. Il s'inscrit aussi fortement dans sa région, la Bretagne, aux habitants magnifiés qui peuvent, à travers lui, s'identifier à cette province et y puiser une fierté.

L'époque n'en était plus à disserter pour savoir si les femmes avaient une âme ; un concile, heureusement, nous en avait donné une ! Mais il faut reconnaître que beaucoup de ces messieurs restaient persuadés de l'infériorité féminine et exploitaient tous les prétextes pour contenir ces dames à la maison. Sans être révolutionnaire, Bernède, peut être considéré comme féministe par le soin qu'il met à peindre de belles figures de femmes, capables de courage, d'initiative, et pas seulement de soumission ; capables de vivre sur un bateau de corsaire comme Madiana, de prendre de lourdes responsabilités comme Lady Bruce ; des femmes qui ont le droit d'exister en déployant une personnalité. Cette attitude ouverte était aussi celle du romancier en privé ; la correspondance très amicale avec sa femme, dont il était pourtant séparé, l'atteste largement.

Surcouf est aussi un livre qui appelle à surmonter les rivalités nationalistes, montrant l'inanité des tueries et l'existence d'êtres nobles, même chez l'ennemi. Il traduit une évolution notable dans la pensée de Bernède, souvent considéré, à cause de ses écrits antérieurs, comme un nationaliste revanchard. C'est que la guerre de 14-18 est passée par-là avec son hécatombe. Aristide Bruant junior a été tué au combat, et Bernède l'avait vu grandir... Une très belle conversation entre Surcouf et un maître de poste anglais, qui ne l'a pas reconnu, plaide pour la paix entre les peuples. Le maître de poste a perdu son fils dans la bataille du *Kent*, tué de la main de Surcouf, mais il ne se réjouit pas à l'idée que le corsaire va être pendu. « Le pauvre diable, songeait Surcouf, profondément apitoyé. En voilà encore un qui ne doit plus aimer la guerre. Ah ! que ne donnerais-je pas pour avoir épargné son enfant ! » On ne peut que rapprocher cette scène de la fin du *Temps des Miracles* (1918) où un général se réjouit qu'un bel enfant « ne jouera jamais au soldat ». Pour autant, Surcouf n'est pas prêt à conclure la paix avec l'Angleterre dont il fait à Napoléon un bel éloge : « C'est une très grande nation. » Car son pavillon a supplanté aux Indes et au Canada celui de la France, et ce serait trahir celle-ci que d'accepter la réconciliation. Le nationalisme l'emporte quand même sur la haine de la guerre.

Ce livre plein de bagarres, de duels, qui n'est pas anti-Anglais, acquiert à notre époque une dimension intéressante en donnant un exemple de violence codifiée dans un univers sauvage où règne un système de valeurs incontestées : l'amitié, le respect du plus faible et celui de la parole donnée, la haine du sectarisme et de la trahison, la valorisation du courage et du sens moral.

On peut reprendre en conclusion celle de Bernède défendant son ciné-roman dans un article de *Ciné-Miroir* (1er février 1925) : « Je ne sais rien de plus éminemment favorable pour susciter les énergies d'une époque comme la nôtre, sceptique et fatiguée, que ces belles évocations dans lesquelles nous pouvons trouver à la fois un stimulant et un exemple. »

Annie Besnier,
mars 2001.

PROLOGUE

Le 20 septembre 1786, une tempête terrible bouleversait la Manche. D'énormes vagues battaient les murs de Saint-Malo, patrie des rudes marins et des grands corsaires.

Les navires de cabotage et les baraques de pêche avaient pu rallier à temps le port, où leurs coques se pressaient les unes contre les autres, comme un troupeau de moutons noirs à l'approche de l'orage ; et leurs mâts, dépouillés de toute voilure, se courbaient en gémissant sous la rafale.

Sur les remparts, cuirasse plusieurs fois séculaire de la vieille cité bretonne, des hommes, ruisselants sous les paquets de mer, des femmes, dont la pluie détrempait les ailes de leurs coiffes blanches, entouraient, anxieux, un vieux capitaine au long cours, au visage hâlé, creusé de rides et encadré d'un épais collier de barbe blanche. Celui-ci, à travers une longue-vue, regardait un frêle canot qui, à un mille de la côte, secoué par les lames gigantesques, semblait, à chaque instant, sur le point de s'abîmer dans les flots.

Tout à coup, l'observateur s'écria :

— Mille tonnerres de Brest ! Mais c'est un enfant qui est dans cette barque !

— Un enfant ! répéta aussitôt une voix vibrante.

Et un homme d'une trentaine d'années, à la carrure puissante, à l'œil brillant, à la figure énergique, et portant l'uniforme d'officier corsaire, s'approcha vivement du capitaine.

La foule s'écarta avec respect. Elle venait de reconnaître le commandant Marcof, dont les exploits retentissants et quasi légendaires inspiraient une aussi vive terreur aux Anglais qu'une admiration enthousiaste à ses compatriotes.

Brusquement, Marcof s'empara de la longue-vue et sonda l'horizon.

Bientôt, il scanda, d'une voix rude :

— Vous avez raison, père Lequellec, c'est un moussaillon qui est dans cette coquille de noix... Il se défend bien, le petit bougre ! N'empêche qu'il est perdu si nous n'allons pas vite à son secours.

Et s'adressant à plusieurs marins de son équipage qui l'avaient rejoint :

— Venez, les amis ! lança-t-il... Il ne sera pas dit que nous aurons laissé périr sous nos yeux un p'tit gars de chez nous !

Suivi par ses compagnons, Marcof dégringola quatre à quatre un escalier qui conduisait à la grève... Une chaloupe gisait sur le sable, couchée sur le flanc. Sa coque, qui disparaissait à moitié sous les flocons d'écume, frissonnait sous les attaques du vent.

Marcof contempla un instant, d'un regard assuré, la mer déchaînée qui semblait défier son courage. Puis, d'un ton bref, impérieux, il ordonna à ses hommes :

— Mettez cette embarcation à l'eau !

Silencieusement, les matelots poussèrent la chaloupe au milieu du rejaillissement des vagues et s'y précipitèrent avec leur chef. Ils empoignèrent les avirons, et, arc-boutés sur leurs bancs, ils se mirent à ramer vigoureusement au milieu de la tourmente, tandis que Marcof, s'emparant de la barre, lançait ce cri, qui domina le tumulte de l'ouragan :

— Hardi ! mes Bretons ! Hardi ! mes Malouins ! Et que Dieu nous garde !

L'enfant continuait à lutter avec une vaillance qui révélait une volonté et une adresse que lui eussent enviées bien des professionnels... C'était un garçonnet de treize à quatorze ans, courageux, ardent, râblé, intrépide. Les mains crispées sur les avirons, il s'évertuait, avec une opiniâtreté et une vigueur bien au-dessus de son âge, à regagner le port.

Mais ses forces commençaient à s'épuiser... L'eau envahit la barque... Une rame se cassa en deux. Soulevé par une énorme montagne liquide, le canot fut se jeter sur un rocher contre lequel il se brisa, et l'enfant disparut dans un remous. Marcof allait-il arriver trop tard ?

Mais voilà qu'une tête émerge au milieu du ressac qui ceinture le rocher d'une mousse bouillonnante...

Toutes ses forces galvanisées en un effort suprême, le pauvre petit veut lutter encore... Il nage éperdument vers le bloc de granit cause de son naufrage, devenu maintenant son unique espoir... Mais il est épuisé... à bout... Il va couler de nouveau... et cette fois pour toujours... lorsqu'une lame énorme l'enveloppe, le soulève et le projette avec violence jusqu'au sommet de la roche qui forme une étroite plate-forme sur laquelle il demeure étendu, évanoui, le front ensanglanté, au milieu de l'infernal concert où les hurlements du vent en furie se mêlent au tonnerre assourdissant des coups de mer heurtant, déchiquetant et menaçant de submerger le minuscule îlot battu par la tempête.

. . . .

— Que me racontez-vous là, monsieur le supérieur ? Comment ! Robert s'est échappé ?

— Hélas ! oui, monsieur Surcouf, et j'arrive tout exprès de Dinan, par ce temps épouvantable, pour vous mander cette fâcheuse nouvelle.

Et le révérend père Monnier, régent du collège des jésuites à Dinan, vieil ecclésiastique froid et ascétique, ajouta d'un ton lugubre :

— Vous m'en voyez outré et peiné plus que je ne saurais vous le dire !

M. Surcouf – un homme de quarante-cinq ans environ,

aux allures de grand bourgeois frotté d'aristocratie, très digne, très sévère, et quelque peu solennel – se tourna vers sa vieille mère, au visage si doux sous ses bandeaux de cheveux blancs et dont les yeux tout de claire bonté s'étaient embués de larmes.

Puis il exprima d'une voix tremblante de colère :

— Vous entendez, grand-maman... Je vous l'avais toujours dit que Robert serait la honte et le désespoir de notre famille !

Et il poursuivit, de plus en plus furieux et véhément, tout en arpentant à grands pas son vaste salon, dont les doubles fenêtres, secouées par de violentes rafales, donnaient sur une terrasse qui communiquait directement avec les remparts de la ville :

— Déjà, quand Robert était ici, nous ne pouvions pas en venir à bout... Il passait son temps à faire l'école buissonnière, à courir sur la grève avec la marmaille des pêcheurs, grimpant sur les rochers, se disputant, se battant, ne rentrant qu'au soir, les vêtements en loques et recommençant le lendemain, malgré les corrections que je lui infligeais !

« Et moi qui avais la naïveté de croire que sous la férule du père Monnier il finirait par s'amender ! Ah ! bien oui ! Voilà, maintenant, qu'il se sauve comme un malfaiteur !... Mais je ne me laisserai pas attendrir... Et c'est dans un pénitencier que je vais faire enfermer, cette fois, ce fils dénaturé, ce misérable !

— Calme-toi ! implorait l'aïeule bouleversée... Et vous, mon révérend père, dites à mon fils de ne pas se montrer aussi dur envers cet enfant.

— Madame, répliquait le Supérieur sur un ton de juge qui rend un verdict implacable, j'ai le regret de vous dire que votre petit-fils est indigne de toute pitié... Depuis trois mois qu'il est mon pensionnaire, il s'est montré l'élève le plus indiscipliné de tout le collège, entraînant ses camarades aux pires incartades, aux plus coupables extravagances.

« Ce matin, à l'heure de la récréation, ce véritable démon n'avait-il pas improvisé, dans la cour, un bateau avec des bancs et une vieille caisse ? Et tout en brandissant un drapeau fait avec un vieux chiffon flottant au bout d'un manche à balai, il s'écriait :

« — Moi, je suis Marcof, le corsaire !

« Puis, avisant le petit Jacques Morel, élève docile et studieux entre tous, il lui ordonnait :

« — Toi, tu es l'amiral anglais !

« Mais Jacques Morel, pas plus que ses camarades, ne voulait représenter l'ennemi... Alors, Robert se jeta sur lui et le frappa brutalement.

« Je me précipitai, je séparai les combattants... Je m'emparai de votre fils et je voulus lui administrer le fouet devant tous ses camarades... Mais, au moment où, tout en le tenant d'une main, je brandissais mon martinet, il se retourna, se cramponna à mes jambes, et me planta ses dents au gras du mollet...

— C'est un cannibale !... ponctuait M. Surcouf, au comble de l'indignation.

— Surpris par la douleur, continuait le père Monnier, je lâchai ce jeune misérable... qui en profita pour s'enfuir... escalader un mur... et disparaître dans la campagne... J'ordonnai aussitôt que l'on s'élançât sur les traces du fugitif... Mais il fut impossible de le rejoindre.

« Un marin du port de Dinan prétend l'avoir vu sauter dans un canot et s'éloigner sur la Rance, vers Saint-Malo... C'est, hélas ! tout ce que je puis vous dire.

— Mon Dieu ! soupirait la vieille Mme Surcouf, pourvu qu'il ne lui soit pas arrivé malheur !

Et elle se laissa tomber, en pleurant, sur une chaise.

Une adorable fillette de six ans accourait vers elle,

l'entourait de ses bras, et lui murmurait avec un accent d'exquise tendresse :

— Ne pleurez pas, ma bonne marraine, Robert va sûrement revenir.

C'était Marie-Catherine, une nièce, une orpheline, que Mme Surcouf avait recueillie et qu'elle aimait autant que si elle eût été vraiment sa petite-fille.

Mais M. Surcouf paraissait de moins en moins disposé à la clémence.

— Je pars à la recherche de ce garnement, décidait-il.

Et, tout en s'emparant de sa canne, il martela :

— Pour commencer, je vais lui flanquer une de ces volées dont il se souviendra toute sa vie.

— Charles, mon ami..., suppliait Mme Surcouf en se précipitant vers son fils et en cherchant à lui arracher son bâton.

— Parrain !... parrain !... suppliait Marie-Catherine.

Mais M. Surcouf scandait, en frappant du pied :

— La paix, vous autres ! Je porte un nom trop honorable pour le laisser salir, un jour, par le chenapan que menace d'être mon fils.

— Pitié pour lui ! implorait l'aïeule.

— Voyons, ma mère, vous oubliez donc que les Surcouf de Boigris sont des gentilshommes... que du sang de Duguay-Trouin coule dans leurs veines ?... Que votre arrière-grand-père, Porçon de la Barbinais, le plus illustre corsaire du XVIIe siècle, mourut comme un héros pour la gloire de la France, et que nul d'entre nous n'a jamais forfait à l'honneur !... Encore un coup, je ne tolérerai pas que notre nom soit traîné dans la boue !...

Mais, soudain, la porte s'ouvrait avec fracas, laissant apparaître une jeune servante qui annonçait, la mine effarée :

— Voilà monsieur Robert !

Tandis que M. Surcouf proférait un grognement de colère, et que le père Monnier se figeait en une attitude renfrognée, la grand-mère et Marie-Catherine s'élançaient au-devant du fugitif.

Mais toutes deux laissèrent échapper un cri de détresse... Sur le seuil, le commandant Marcof venait d'apparaître, tenant dans ses bras un enfant évanoui.

— Robert, mon enfant, blessé !... Mort, peut-être ! s'écriait la grand-mère.

— Rassurez-vous... rien de grave..., se hâtait de déclarer Marcof, en déposant l'enfant sur un canapé.

Mme Surcouf se pencha vers son petit-fils, dont les vêtements ruisselaient et dont les cheveux s'entremêlaient de brins d'algues et de varechs humides.

— Mon petit... mon petit ! répétait-elle en le serrant dans ses bras.

Marie-Catherine, doucement, s'était emparée d'une des mains de Robert et la tenait dans les siennes comme pour le réchauffer.

— Ah çà ! d'où vient-il donc ? interrogeait M. Surcouf.

— D'un voyage au long cours qui a failli mal finir, répliquait le corsaire avec un large sourire... Ah ! il peut se vanter de l'avoir échappé belle !

L'enfant, sous les caresses de sa grand-mère, s'était ranimé... Ses paupières relevées laissaient apercevoir une paire d'yeux d'un gris d'acier qui, instantanément, avaient repris tout leur éclat... éclairant son visage encore un peu pâle d'une étrange lueur de farouche audace et d'indomptable volonté.

— Remercie notre ami Marcof, invitait Mme Surcouf, car c'est lui qui t'a sauvé !

Robert eut un cri de reconnaissance et de joie ; et se levant sans effort, déjà d'aplomb sur ses jambes nerveuses, la poitrine palpitante sous sa chemise en loques et toute trempée, il s'avança en souriant vers le corsaire... Mais son père lui barra la route... et, lui désignant le père Monnier toujours silencieux et impitoyable, il imposa d'un ton autoritaire :

— Demande d'abord pardon à ton maître !

Robert dirigea vers le régent un regard chargé d'hostilité et de colère. Puis, négativement, il secoua la tête.

— Obéis ou gare à toi ! menaçait M. Surcouf.

Mais le petit, les poings crispés, répliquait :

— Le père Monnier a voulu me battre... je me suis défendu ! Je n'ai pas à lui demander pardon !

— À genoux, vaurien ! imposait le père, en secouant son fils par le bras.

Mais, échappant à son étreinte, Robert courait se réfugier dans les bras de Marcof en criant :

— Emmenez-moi, commandant ! Emmenez-moi ! Moi aussi, je veux être marin ! Moi aussi, je veux être corsaire !

— Ça, jamais ! se révoltait M. Surcouf.

— Vous avez tort, intervenait nettement Marcof... Vous devriez, au contraire, me confier cet enfant... Il est brave, solide, intelligent... aventureux... Il aime la mer... Il ferait un admirable marin.

— Voyons, Marcof ! Vous n'y songez pas ?

— C'est sa vocation... soyez-en sûr !

— Oh ! oui, papa !

Et, transfiguré, Robert lança avec force :

— Si vous ne me laissez pas aller sur la mer, eh bien, je me jetterai dedans !

— Polisson ! vitupérait M. Surcouf, qui, quelque peu démonté par cette apostrophe, dirigea son regard vers le père Monnier comme pour lui demander conseil.

Alors le religieux, s'évadant de son impassibilité, fit, en désignant de son index squelettique Robert, qui, haletant d'émotion, attendait la décision paternelle :

— Laissez-le partir, car vous n'en ferez jamais rien de bon.

Radieux, l'enfant exultait.

— Oh ! oui, papa, donnez-moi au commandant Marcof... et je deviendrai, moi aussi, un corsaire !

M. Surcouf se taisait, perplexe. On eût dit qu'en proférant cette phrase, jaillie du fond de son cœur ardent et enthousiaste, son fils venait de se révéler à lui de telle sorte qu'il lui devenait impossible de contrecarrer sa destinée.

— Eh bien ! soit, articula-t-il... Qu'on me débarrasse de ce chenapan !

À ces mots, Mme Surcouf eut un sanglot douloureux... Elle adorait cet enfant dont elle avait remplacé la maman, prématurément disparue... et la pensée qu'il allait courir, si jeune, de si grands dangers, la bouleversait d'angoisse...

Mais Robert se précipitait vers elle.

— Grand-mère, s'écria-t-il, n'aie pas de chagrin... Je te rapporterai bientôt un beau cachemire des Indes...

— Mon pauvre petit, se désolait la brave femme, tu peux périr dans un naufrage, tu peux être tué au cours d'une bataille !

— Bah ! Vous me mettrez au cou une médaille de sainte Anne d'Auray et je passerai au travers de la tempête et de la mitraille.

Et, s'adressant à Marie-Catherine qui, elle aussi, pleurait de toute sa pauvre âme affectueuse et tendre, il ajouta :

— Console-toi, petite cousine, je te ferai cadeau d'un collier de corail que tu mettras les jours de fête... et à toi, papa, j'offrirai une belle pipe que tu fumeras, le soir, sur la terrasse !

Puis, retournant vers Marcof, qui le contemplait avec une orgueilleuse allégresse, il fit, en rejetant en arrière ses cheveux qui découvrirent un front superbe, un de ces fronts qui semblent faits pour abriter les idées généreuses, les volontés inébranlables, les ardeurs sublimes :

— Commandant... quand partons-nous ?

— Demain ! p'tit gars..., répondit Marcof.

— Quel bonheur !

Et tout en posant sa main, en un geste de protection fraternelle sur la tête de Robert, Marcof ajouta :

— Rappelez-vous ce que je vous dis, monsieur Surcouf, votre fils sera un jour un grand corsaire !

PREMIÈRE PARTIE

Les fiançailles tragiques

I

LE RETOUR DU VAINQUEUR

Quatorze ans après les événements que nous venons de décrire, une corvette gracieuse, fine, légère, et qui semblait ralentir volontairement sa course, afin de permettre à quatre puissants vaisseaux de la suivre, arrivait en vue de Saint-Malo.

Sur la dunette, un homme très jeune encore, et dont l'uniforme de commandant corsaire faisait valoir la haute stature athlétique, le visage bronzé et magnifiquement volontaire, contemplait d'un air d'orgueilleuse allégresse la silhouette pittoresque de la vieille ville bretonne qui, incrustée à son rocher, se précisait peu à peu, avec ses fiers remparts à jamais inviolés que surplombaient les toits en ardoises des maisons étroitement massées autour du beau clocher de la cathédrale.

La prédiction de Marcof s'était réalisée.

Robert Surcouf rentrait en vainqueur dans sa petite patrie.

Après un rude apprentissage sous les ordres de Marcof, Robert était devenu, en effet, mieux qu'un habile marin, un chef formidable.

À la suite de nombreux exploits où il avait fait preuve d'une bravoure sans limites et d'une intelligence prodigieuse, Marcof, qui s'était pris pour lui d'une affection fraternelle, lui avait dit :

— Maintenant, mon garçon, tu peux voler de tes propres ailes.

Généreusement, Marcof avait sollicité et obtenu du ministre de la Marine, pour son brillant élève, une lettre de marque grâce à laquelle le jeune Robert allait pouvoir armer un navire et faire la guerre de course pour son propre compte.

Surcouf s'embarquait aussitôt pour l'Île de France, dernier fleuron de notre empire colonial des Indes, devenu le havre de nos plus hardis corsaires.

Il convainquit promptement un armateur de ce pays de lui donner le commandement d'un bateau ; puis, se libérant bientôt de cette tutelle, il se faisait construire un navire, un navire bien à lui, et quel navire ! La *Confiance*, une corvette mince, élancée, rapide comme une hirondelle, truquée comme un décor de féerie, pouvant se transformer presque instantanément en un paisible brick de cabotage ou en un merveilleux instrument de combat, dont le seul pavillon tricolore, lorsqu'il surgissait à l'horizon, suffisait à mettre en fuite l'adversaire, quand bien même celui-ci eût été dix fois supérieur en tonnage, en hommes et en canons.

Effroi des Anglais avec lesquels nous étions en guerre, s'emparant de leurs bâtiments de commerce, s'attaquant même à leurs vaisseaux de ligne, tantôt s'en emparant, tantôt les coulant à pic, se battant à la fois pour l'argent et l'honneur, le profit et la gloire, aussi audacieux que fertile en ruses, mais toujours généreux et chevaleresque, doué d'une de ces forces herculéennes qui n'appartiennent qu'à des Titans, Robert Surcouf, à l'âge de vingt-sept ans, était déjà nimbé d'une auréole quasi légendaire.

Adoré de ses matelots, qu'il courbait sous une discipline de fer, mais qui l'eussent suivi au bout du monde, tant il leur inspirait d'admiration et de dévouement, célèbre, redouté, il vivait mieux que l'existence qu'il avait rêvée dès son enfance, il exerçait sur les mers une dictature incontestable et incontestée.

Aujourd'hui, traînant à sa suite quatre bâtiments pris à l'ennemi et chargés d'un riche butin : le *Pingouin*, le *Cartier*, le *Triton* et la *Diana*, qui, à elle seule, ne comptait pas moins de six mille balles de riz dans sa carène, Robert Surcouf, trompant la surveillance de la flotte anglaise, revenait pour la première fois dans sa ville natale.

Après avoir doublé le fort Harbour, le grand et le petit Bé, îlots armés qui défendaient les abords de la ville et l'entrée de la Rance, la flottille, profitant de la marée haute, pénétra dans le port qui se trouvait à l'emplacement actuel des bassins et où les corsaires avaient l'habitude d'échouer leurs bateaux à marée basse.

Une vive agitation régnait sur l'estacade. Les Malouins s'apprêtaient à fêter leur compatriote.

Dès que la *Confiance* eut accosté, Surcouf sautait à terre au milieu des acclamations. Toutes les mains se tendaient vers lui, en un élan d'indescriptible enthousiasme... C'était vraiment le cœur de la vaillante cité qui, fière de son jeune héros, dont la renommée lui était parvenue à travers les océans, battait noblement à l'unisson du sien.

Entraîné par ses amis, Surcouf, après avoir passé sous un arc de triomphe fait de trophées maritimes et dont le fronton portait cette inscription en grosses lettres :

HONNEUR À SURCOUF
ROI DES CORSAIRES

tout en marchant sur les fleurs que des femmes jetaient sous ses pas, se hâtait vers la maison paternelle, où les siens l'attendaient.

Échappant à ses admirateurs, le corsaire gravit juvénilement les degrés de l'escalier qui donnait accès à la terrasse. M. Surcouf et la bonne grand-mère s'avançaient tous deux, un peu vieillis... lui, maîtrisant avec peine l'émotion qui l'étreignait, elle, souriant à travers ses larmes heureuses.

Robert attira contre lui Mme Surcouf et la garda dans ses

bras en une longue étreinte... Puis le père et le fils échangèrent une chaleureuse accolade. Vite, Mme Surcouf, s'emparant de nouveau de son petit-fils, l'entraînait par la main vers une exquise jeune fille qui, dans tout l'épanouissement de sa vingtième année, apparaissait sur le seuil...

Déjà sous le charme, Surcouf la considérait avec une expression d'étonnement joyeux.

— Mais c'est Marie-Catherine ! s'écria-t-il.

Et, tout en lui prenant la main, il ajouta :

— Que tu es devenue jolie !

Marie-Catherine baissa la tête en rougissant.

— Eh bien ! embrasse-moi... invitait Surcouf.

La jolie Bretonne tendit son front pur comme celui d'une madone... Robert y appuya ses lèvres.

Mais Surcouf disait à son fils, en lui désignant un jeune homme d'aspect malingre, au visage tourmenté, au regard sombre et fuyant et qui, jusqu'alors, s'était tenu discrètement à l'écart :

— Tu ne reconnais donc pas Jacques Morel, avec qui tu te battais autrefois ?

— Comment ! C'est toi ! s'écriait Surcouf, en tendant loyalement la main à son ancien condisciple du collège de Dinan.

Et, rondement, il ajouta :

— Qu'es-tu devenu, mon cher Jacques ?

Morel répliquait, avec une humilité marquée d'une certaine amertume :

— Oh ! pas grand-chose ! Je suis simplement commis aux écritures chez un armateur de Saint-Malo... Moi, je n'ai jamais eu de chance !

Mme Surcouf, se rapprochant de son petit-fils, lui demandait avec une tendre et timide anxiété :

— Alors, tu vas rester un peu avec nous ?

— Longtemps... toujours... s'écria le corsaire... Je suis riche à présent, et je veux que nous soyons tous heureux !

La bonne maman eut un cri d'allégresse... Elles étaient donc finies, les longues journées d'attente, les interminables nuits d'angoisse... Et, chancelant sous le poids de son trop grand bonheur, elle murmura, les mains jointes :

— Est-ce possible, mon Dieu ? Est-ce possible ?

Robert, qui la dominait de sa haute taille, l'attira de nouveau dans ses bras...

— Venez, fit-il, nous avons tant de choses à nous dire...

Et il disparut avec elle dans la maison, suivi par son père exultant d'orgueil, par Marie-Catherine radieuse d'allégresse, et par Jacques Morel toujours taciturne et amer.

Jusqu'au soir, Surcouf, avec la simplicité, la modestie des vrais héros, raconta ses exploits aux siens... Puis ce fut, après tant d'années, le premier repas en famille... et quel repas !... solide, plantureux, et sans cesse égayé par la verve truculente, l'entrain véhément du grand marin... dont son père et son aïeule, ainsi que Marie-Catherine, buvaient chaque parole, s'enthousiasmant à ses récits, les revivant avec lui, et ne cessant de l'inciter à parler...

Jacques Morel, lui-même, s'efforçait de se mettre à l'unisson. Mais personne ne faisait attention à lui... Il était écrasé par le voisinage du grand homme... Et, sous son sourire figé, il ne parvenait pas à dissimuler le dépit que lui inspirait sa présence.

Tour à tour son regard sournois s'arrêtait sur Robert et sur Marie-Catherine et, lorsqu'il entendait celle-ci, qui n'avait d'yeux que pour son beau cousin, s'exclamer d'admiration, lorsqu'il la voyait battre des mains et se pencher naïvement vers le narrateur, comme pour mieux goûter encore le charme ardent de sa parole, un frisson d'âpre jalousie le secouait de la nuque aux talons et c'était de la haine qui commençait à s'emparer de son cœur aigri et de son âme tourmentée.

À la fin du souper, les matelots de la *Confiance* apparurent, portant des coffrets lourdement chargés, que, sur un ordre de leur commandant, ils déposèrent dans un coin de la salle.

Surcouf, leur lançant une bourse pleine d'or, s'écriait :

— Allez, mes braves, allez faire ripaille dans tous les cabarets de la ville, vous l'avez bien mérité !

Les matelots se retirèrent en agitant leurs bonnets de laine.

Alors Surcouf fit, le visage illuminé d'une joie presque enfantine :

— Ce sont des cadeaux que je vous apporte !

Et, tout de suite, il s'en fut quérir l'un de ces coffres, dits de mer, défendu par une forte serrure et tout peinturluré de couleurs éclatantes :

— Vous voyez, s'exclamait-il, je tiens mes promesses !

Tirant de la malle un superbe cachemire des Indes, il s'en fut le placer sur les épaules de sa grand-mère.

— Marie-Catherine !... appela-t-il gaiement.

— Mon cousin ?... répliqua la jeune fille en le rejoignant aussitôt.

Surcouf lui entoura le cou d'un collier, non pas de corail, mais de perles d'un orient magnifique.

— Et moi, je n'ai rien ? interrogeait M. Surcouf avec bonhomie, tandis que Jacques Morel, les lèvres pincées, dirigeait un mauvais regard vers Marie-Catherine, qui, toute confuse, faisait admirer à sa marraine le royal présent du corsaire.

Surcouf, plongeant dans le coffre, en retira un coffret d'ébène, aux incrustations d'ivoire ; et il revint vers son père, en disant :

— Ouvre-le... il renferme une surprise !

La surprise, c'était une superbe pipe en écume de mer, montée en or, et qui, finement ciselée, reproduisait, avec un art véritable, les traits de Duguay-Trouin.

Le brave papa, étouffant d'émotion, ne put que murmurer :

— Ah ! mon fils... c'est trop beau... c'est trop beau !...

Mais déjà Surcouf brandissait deux splendides pistolets damasquinés qu'il avait pris dans le coffre.

— Cela, fit-il, c'est un souvenir que je rapporte à mon ancien commandant... à mon vieil ami Marcof.

Au nom de Marcof, un grand silence se fit...

Une expression de tristesse s'était instantanément répandue sur tous les visages.

Inquiet, Surcouf interrogeait :

— Lui serait-il arrivé malheur, pendant mon absence ?

— Non, répliquait M. Surcouf, il fait toujours la course entre Saint-Malo et Portsmouth, sur son bateau le *Jean-Bart*. Seulement... ce n'est plus l'homme que tu as connu.

— Comment cela ?

— C'est toute une histoire, déclarait M. Surcouf avec mélancolie.

« Imagine-toi qu'il a ramené, l'an passé, de l'un de ses voyages, une femme étrange, qu'il s'est bien gardé de présenter à ses amis... Ceux qui l'ont aperçue disent qu'elle est vêtue d'un costume oriental et qu'elle est belle... très belle... mais qu'elle ressemble plutôt à une Européenne qu'à une femme de là-bas...

« Qui est-elle ? D'où vient-elle ? Nul ne le sait ! Sauf lui et peut-être les hommes de son équipage... Mais ceux-ci, respectueux du secret de leur chef, n'ont jamais voulu répondre aux questions qu'on leur posait à ce sujet... Toujours est-il qu'il s'est enfermé avec elle dans sa propriété du Chêne-Vert, sur les bords de la Rance... où il vit... comme un sauvage.

— Ah ! par exemple !... scandait Robert, au comble de l'étonnement.

— Cette païenne l'a ensorcelé, affirmait Mme Surcouf, avec une expression de crainte superstitieuse.

— Marcof amoureux ! Marcof ensorcelé ! s'écriait gaiement le corsaire... En voilà une nouvelle ! Et sans attendre à demain, je vais me rendre tout de suite au Chêne-Vert.

— Il ne te recevra pas, ponctuait M. Surcouf.

— Moi, son meilleur ami... moi qu'il a toujours appelé son frère !...

Et, tout en passant les deux pistolets à sa ceinture, Surcouf se dirigea vers la porte.

Mais Marie-Catherine s'élançait vers lui, suppliant :

— Robert, n'allez pas là-bas !

— Pourquoi, petite cousine ?

Alors, toute pâle, toute tremblante, la jolie Bretonne murmura :

— Il paraît que cette femme porte avec elle le malheur !

Surcouf répliqua, tout en lui tapotant la joue :

— Comment ! Marie-Catherine, tu crois encore aux mauvais sorts ! Eh bien ! je ne la crains pas, cette mystérieuse inconnue, pas plus d'ailleurs que personne...

Et, tout en repoussant doucement Marie-Catherine qui, en un geste instinctif, irraisonné, s'était emparée de sa main, il ajouta :

— Bonsoir, petite cousine, bonsoir, tout le monde !... À demain !

D'un pas allègre, il gagna la terrasse et disparut dans la nuit. Marie-Catherine, incapable de maîtriser l'angoisse qui l'étreignait, inclina la tête en pleurant.

Mme Surcouf s'approcha d'elle et lui dit avec bonté :

— Il ne faut tout de même pas te forger de pareilles idées.

Mais Marie-Catherine se jeta dans ses bras en sanglotant :

— Marraine, fit-elle... j'ai peur pour lui... j'ai peur !...

Et Jacques Morel, plus blême encore que de coutume, le front barré d'un pli et la bouche entrouverte en un rictus de sourde colère, grinça entre ses dents :

— Elle l'aime !

II

MADIANA

Par un admirable clair de lune, sur une terrasse dominant la Rance, ce joli fleuve aux rives si pittoresques qui, après avoir pris sa source aux monts Menez, cœur de la Bretagne, vient se jeter dans la mer entre Dinard et Saint-Malo, une femme à la beauté troublante, vêtue d'une tunique de soie blanche, ses splendides cheveux noirs dénoués sur ses épaules aux reflets d'ambre, se tenait debout, près du parapet qui avait conservé la dentelure de ses vieux créneaux.

Son regard, perdu dans le vague, semblait dédaigner ce beau paysage fait d'eau miroitante et de collines aux verdures estompées d'ombre qui s'offrait à elle comme pour l'envelopper de sa délicieuse poésie.

Immobile, les yeux levés au ciel en une attitude extatique, elle semblait interroger les étoiles... et n'eussent été le rythme régulier qui soulevait légèrement sa poitrine et, par instants, le frémissement de ses narines aspirant l'air de la nuit où se mélangeaient les senteurs de la brise marine et le parfum pénétrant de la campagne environnante, on eût dit une de ces statues étranges, féeriques, telles que la tradition veut qu'autrefois, sous leurs baguettes magiques, les enchanteurs faisaient jaillir d'une source cristalline ou d'une prairie en fleurs.

Tout était en elle grâce et harmonie... On eût dit une perle de l'Orient enchâssée dans un bijou serti par le plus artiste des orfèvres de France.

Mais ce qu'elle avait de plus beau, c'étaient ses yeux.

D'un noir de velours, caressants et doux, ils exprimaient une fierté native qui révélait ses hautes origines. Il semblait qu'ils eussent été créés uniquement pour exprimer les plus nobles sentiments... et leur rayonnement superbe annonçait beaucoup plus la fille des dieux que la compagne des hommes.

Près d'elle, sur un banc, un homme de quarante-cinq à cinquante ans, mais dont le mâle visage aux tempes blanchies révélait, sous son masque tourmenté, une vitalité intense, la contemplait en silence avec une expression d'ardent amour.

Tout à coup, la jeune femme tressaillit... Un cri lui échappa... Son visage se crispa et ses yeux si limpides s'assombrirent d'épouvante...

D'un bond, Marcof s'était levé ; et, l'attirant dans ses bras, il lui demandait d'une voix dont il s'efforçait de tempérer la rudesse naturelle :

— Qu'as-tu, Madiana ?

Celle que Marcof avait appelée de ce nom doux comme le chant d'un oiseau des îles répondit en un français à peine teinté d'un léger accent exotique :

— Je viens de voir une ombre rôder au pied de la terrasse.

Marcof se pencha... La berge, que la marée basse laissait à découvert, était déserte. Au loin, venant de la mer, un petit canot traçait sur le fleuve un paisible et silencieux sillage.

— Tu vois, fit-il constater, il n'y a rien... sauf là-bas, une barque de pêche qui sans doute regagne l'anse de Saint-Suliac.

— Si, si, j'en suis sûre... insistait Madiana... J'ai vu... j'ai vu !

— Encore ces vilaines idées !

Et Madiana, appuyant sa tête contre la robuste poitrine du marin, fit avec une expression d'effroi indicible :

— Sans cesse je revois ces hommes, ces bourreaux prêts à me frapper !

— Tu n'as rien à craindre... rassurait Marcof... N'avons-nous pas mis entre eux et toi la distance infinie des océans ?

— Tu les connais, insistait Madiana... Ils sont capables de toutes les ruses... aussi bien que de toutes les infamies... Ils disposent de moyens surnaturels... Ils ont juré de me faire périr !... Ils me tueront !... Pierre, ils me tueront !...

— C'est impossible... puisque je suis près de toi.

— Oh ! oui, ne me quitte pas... ne me quitte jamais ! Je ne suis vraiment tranquille que lorsque je suis avec toi, à bord de la corvette... au milieu de tes braves matelots... Là, je n'ai peur de rien, pas même des risques de la bataille... des dangers de l'abordage... parce que je suis sûre que tu seras toujours vainqueur !...

Et, étendant la main vers le château qui profilait, au fond de la terrasse, sa masse sombre flanquée de deux tourelles, elle poursuivit :

— Mais là... dans cette grande maison, je tremble... La nuit, il me semble que j'entends des pas... que je vois des fantômes errer dans les escaliers... parmi les couloirs. Oh ! Pierre, nous repartirons bientôt sur ton beau navire. C'est là seulement, près de toi, au milieu de tes marins qui m'aiment comme une sœur et me respectent comme une reine, que je suis parfaitement heureuse !

« Toutes les visions qui me hantent ici, toutes les craintes qui m'obsèdent disparaissent aussitôt au souffle du vent, au bercement de la mer... Tandis que, dans cette maison, si bien gardée que j'y sois par toi, j'ai peur... j'ai toujours peur... car j'ai le pressentiment qu'il m'y arrivera malheur !

— Calme-toi, je t'en prie...

— Emmène-moi, Pierre, je t'en supplie, emmène-moi...

— Nous partirons bientôt... dans quelques jours...

— Demain.

— Eh bien ! oui, demain... je te le promets...

— Merci !

Approchant ses lèvres du front fiévreux de la jeune femme, Marcof y déposa un long baiser.

Puis il reprit :

— Viens et dis-toi bien que nul au monde n'oserait s'attaquer à toi lorsque je suis à tes côtés, lorsque je te tiens dans mes bras !

Doucement, il l'entraîna vers la demeure, un charmant castel du XVIe siècle, que le corsaire avait fait restaurer quelques années auparavant afin de s'en faire un asile de repos entre deux croisières...

Ils en atteignaient le seuil lorsqu'un appel joyeux, sonore, monta de la Rance :

— Ohé ! Marcof !... Ohé !

Tous deux s'arrêtèrent... Marcof un peu troublé, Madiana frissonnant de crainte.

Mais la voix lançait de nouveau :

— Ohé ! Marcof ! Ohé ! C'est moi, Surcouf !

— Surcouf ! tressaillit le corsaire, dont le visage se rasséréna.

Et il dit à Madiana :

— C'est un ami, celui dont je t'ai parlé si souvent... Surcouf... le meilleur, le plus brave !... Je vais le recevoir... Va m'attendre dans la grande salle. Je te le répète... je te jure... tu n'as rien à redouter. Va !

Madiana obéit à regret.

Tandis que Marcof s'éloignait, elle entra dans la maison, traversa un large vestibule et pénétra dans une salle d'aspect sévère, aux vieux meubles bretons en bois sculpté et uniquement éclairée par une lampe d'église, en argent massif, qui pendait à la voûte.

Au fond, une fenêtre garnie de vitraux était ouverte...

Madiana s'en approcha... et, comme elle se penchait au-dehors, une exclamation lui échappa.

Elle venait d'apercevoir une échelle de corde fixée par des crochets de fer à la barre d'appui et descendant jusqu'à la berge du fleuve qui, en un angle en retrait à peine arrondi, contournait le castel.

À la rive... en bas de l'échelle... une barque vide était attachée.

— Pourquoi cette échelle ?... Pourquoi ce canot ?... se demandait-elle avec épouvante...

Mais une tenture se soulevait... Deux hommes vêtus de tuniques noires, véritables démons surgissant des ténèbres, s'élançaient vers elle.

— À moi !... Au secours !... eut-elle le temps de proférer en un cri d'épouvante.

Les deux inconnus aux visages bronzés, aux yeux de braise, aux mouvements de félin, s'étaient rués sur Madiana qui, après s'être vainement débattue, s'évanouissait dans leurs bras...

L'un d'eux, très grand, très robuste, s'emparait d'elle et se dirigeait vers la fenêtre... lorsqu'un bruit de pas saccadés retentit sur les dalles du vestibule...

Vite, le second personnage, un homme très jeune, presque un adolescent, au corps agile, onduleux, s'en fut, d'un bond de panthère, s'embusquer derrière la porte.

Brusquement, celle-ci s'ouvrait, livrant passage à Marcof qui, attiré par les cris de Madiana, s'était précipité dans le château.

À peine avait-il pénétré dans la pièce qu'il chancelait et s'écroulait comme une masse... L'homme aux aguets lui avait planté son poignard entre les deux épaules.

Vite, l'assassin se hâtait de rejoindre son complice qui s'apprêtait à fuir avec sa proie par l'échelle de corde... Il n'en eut pas le temps...

Un homme surgissait tout à coup, colossal, formidable... C'était Surcouf !

À sa vue, les deux agresseurs eurent un instant d'hésitation.

On eût dit qu'ils avaient la subite compréhension qu'ils se trouvaient en face d'une des forces de la nature à laquelle rien ne peut résister.

Surcouf en profita pour saisir l'assassin de Marcof et, lui broyant le bras dans une étreinte d'acier, il le forçait à lâcher son arme. Le ravisseur de Madiana, abandonnant sa victime, se glissait vers le corsaire, cherchant, comme l'avait fait son complice, à le frapper dans le dos... Surcouf, se retournant brusquement, l'empoigna à la gorge... et il allait l'étrangler sans coup férir, lorsque l'autre bandit, qui s'était relevé, s'armait d'un siège et le lançait dans la direction du corsaire...

Mais il avait mal calculé son but et l'objet, au lieu d'atteindre Surcouf, s'en fut heurter la lampe qui s'éteignit, à demi fracassée... Et ce fut l'obscurité absolue...

Surcouf sentit son adversaire lui glisser entre les mains comme un serpent...

Emporté par la fureur, il voulut le rattraper... Mais, se heurtant au corps de Madiana et de Marcof, étendus sur les dalles, trébuchant contre les meubles, il ne put qu'entrevoir vaguement deux ombres qui s'agitaient et disparurent tels des fantômes s'évaporant dans la nuit.

Courant vers la fenêtre, il se pencha au-dehors et aperçut un canot qui s'éloignait à force de rames vers la rive droite de la Rance...

Quant à l'échelle de corde, elle avait disparu !

Surcouf eut un moment l'intention de s'élancer à la poursuite des mystérieux malfaiteurs... Mais une plainte s'élevait :

— Grâce !... Pitié !... À moi !... À moi !...

Vite, Surcouf battit un briquet et alluma une chandelle de cire plantée dans un flambeau d'étain.

À sa lueur sinistre, il aperçut une femme agenouillée près de Marcof qui baignait, inanimé, dans une mare de sang.

Les yeux hagards, les cheveux en désordre, les traits convulsés par une terreur folle, elle bégayait :

— Ils l'ont assassiné !... Ils l'ont assassiné !...

Surcouf s'approcha d'elle... À la vue du corsaire, son épouvante parut grandir encore... Elle étendit en avant ses bras magnifiques en un geste d'imploration suprême.

Mais Surcouf, bouleversé par cette tragique apparition, s'écriait :

— Ne craignez rien ! C'est moi qui vous ai sauvée !

Et, s'agenouillant près de Marcof, dont il souleva doucement la tête, il ajouta, en dirigeant vers Madiana un regard plein de profonde pitié :

— Je suis Robert Surcouf !

Mais Madiana continuait à fixer Marcof qui baignait dans son sang.

— Il est mort ? interrogeait-elle avec épouvante.

— Non... blessé seulement..., répondait Surcouf.

Et avec ce sang-froid, cette promptitude de décision qui le caractérisaient, il ajoutait :

— Conduisez-moi jusqu'à sa chambre... Je vais lui donner tous les soins nécessaires.

Dominée par l'ascendant du grand corsaire, en même temps que rassurée par sa présence, Madiana, d'une main encore tremblante, s'empara de la chandelle de cire et conduisit Surcouf, qui portait dans ses bras vigoureux Marcof évanoui, jusqu'à une chambre du rez-de-chaussée qui donnait sur un large vestibule.

Avec précaution, Robert déposa son ami sur un grand lit à baldaquin et, s'adressant à la jeune femme, il fit, d'un ton bref, impératif :

— Apportez-moi vite de l'eau et du linge blanc...

Madiana, dont les terreurs semblaient à présent entièrement apaisées, s'empressa d'obéir.

Quelques instants après, elle revenait avec les objets demandés.

Surcouf, qui avait enlevé la veste de Marcof, écarta sa chemise tout empourprée et examina sa blessure encore saignante.

Puis il continua à la laver doucement, sous le regard anxieux de Madiana qui, silencieuse, n'osant l'interroger, le contemplait avec une expression dans laquelle il y avait déjà de l'admiration, de la gratitude et de l'amitié.

Surcouf, maintenant, transformait en un tampon de charpie un morceau de toile de lin d'une blancheur immaculée que lui avait apporté l'étrangère ; ensuite il l'introduisit dans la plaie béante avec une dextérité que lui eussent enviée plus d'un chirurgien professionnel, et, tranquillement, méthodiquement, il terminait son pansement en enroulant autour du corps de Marcof le restant de la bande de toile dont il noua solidement les deux bouts.

Et, se tournant vers Madiana, il fit, en poussant un soupir de soulagement :

— Rassurez-vous... Je m'y connais... et j'en ai vu bien d'autres, lui aussi, d'ailleurs.

« Ce ne sont pas quelques pouces de fer dans le corps qui peuvent abattre un gaillard tel que Marcof. Dans quelques jours, il n'y paraîtra plus.

Madiana, toujours muette, contemplait Surcouf. Il n'y avait plus, à présent, aucune trace de frayeur sur son visage... que, seule, une immense ferveur transfigurait.

De son côté, le corsaire se sentait attiré vers cette femme d'une beauté si étrange, presque surnaturelle, par une sympathie aussi ardente qu'instantanée...

Il commençait à comprendre que Marcof eût été, comme on le disait au pays, ensorcelé par cette étrangère... Et sa curiosité s'avivait de savoir qui elle était, comment Marcof l'avait connue et par quelle suite d'événements mystérieux, imprévus, elle était devenue la compagne de son bienfaiteur, de son maître.

Il se préparait à l'interroger... Mais Marcof revenait à lui.

Son premier regard rencontra ceux de Surcouf et de Madiana en quelque sorte rivés l'un à l'autre. Il eut un léger tressaillement.

Madiana s'approchant de lui, se pencha en un geste plein de grâce affectueuse et murmura sur un ton mystérieux et encore tout frémissant d'angoisse :

— Je te l'avais bien dit : *ils sont venus jusqu'ici* !

Et, désignant Surcouf, que l'attitude charmante et la voix si mélodieuse de la jeune femme semblaient plonger dans un véritable ravissement, elle ajouta encore toute tremblante de crainte :

— Sans ton ami, qui les a mis en fuite, ils m'enlevaient après avoir voulu te faire périr !

« Car c'étaient bien leurs ombres que j'avais aperçues rôdant autour de la maison.

« Tu le vois, Pierre, j'avais raison de trembler !

Marcof saisit la main de Madiana qu'il porta jusqu'à ses lèvres.

Puis il reprit :

— Robert... viens aussi auprès de moi !...

Surcouf s'avança, pénétré d'une émotion telle qu'il n'en avait encore jamais ressentie.

— Mon ami, mon frère, s'écriait Marcof, qui ajouta :

« Madiana, je t'avais bien dit que Surcouf était, de tous mes amis, le meilleur et le plus brave.

« Maintenant, nous allons être deux à veiller sur toi.

— Repose-toi... intervenait le jeune corsaire... Si tu restes calme, je réponds de ta prompte guérison. Mais ne parle plus jusqu'à demain.

« Et vous, madame, allez prendre un peu de repos...

« Soyez tranquille... Ces gredins ne reviendront pas de sitôt...

« Je suis là et je veille !

Madiana, après avoir appuyé ses lèvres sur le front fiévreux de Marcof, se tourna vers Surcouf et, tout en lui tendant la main, elle fit simplement :

— Merci !

Dans ce simple mot, il y avait un si pur élan, une si loyale sincérité, et aussi... un si total abandon dans la confiance, que le corsaire sentit son émotion grandir encore.

Mais, docile et rassurée, comme si elle se sentait désormais invulnérable sous cette protection inattendue à laquelle elle devait déjà sa liberté et peut-être même sa vie, elle s'éloignait, soulevait une tenture, pénétrait dans une pièce voisine et disparaissait en laissant derrière elle, dans cette atmosphère de meurtre et de rapt, un sillage lumineux de fascination et de rêve.

Marcof avait fermé les paupières. Presque aussitôt il s'endormait sous la garde vigilante de son ami, qui était installé à son chevet et se demandait :

« Quelle est cette femme et quels sont les gens qui ont voulu s'en emparer et frapper Marcof ? »

Et, toute la nuit, n'osant rejoindre Madiana, il attendit le réveil de son ami, ne cessant de se demander :

« Quel est ce mystère ? »

Au point du jour, Marcof, dont la fièvre était tombée, se réveilla en murmurant un mot, un seul :

— Madiana !

Surcouf s'en fut soulever la tenture... La jeune femme, étendue sur son lit, dormait profondément.

— Elle repose ! fit Surcouf en laissant retomber le rideau.

Puis il revint vers Marcof... et, tout en lui tendant un verre qu'il avait rempli de vieille eau-de-vie de France dont il avait trouvé une bouteille dans une vaste armoire qui se dressait au fond de la salle :

— Prends, fit-il... Pour nous, les loups de mer, ça vaut mieux que toutes les drogues et pharmacopées bonnes pour les vieilles femmes de nos campagnes ou les freluquets des villes.

Marcof but, à petites gorgées, le cordial que lui présentait le corsaire.

Puis, réconforté, il reprit :

— Ainsi, les craintes de Madiana, que je prenais pour des visions, pour des chimères, étaient donc fondées, puisque ceux qui ont juré sa mort ont réussi à l'atteindre et à me frapper aussi.

« Pour être venus jusqu'ici, il faut que ces misérables disposent, sinon de forces surnaturelles, mais tout au moins de moyens d'action si puissants, si mystérieux qu'ils échappent à notre entendement et sont capables de désarmer notre prudence et de vaincre notre courage.

« Sans toi, Robert, le double crime était accompli.

« Tu nous as sauvés tous les deux, je ne l'oublierai jamais !

— Pierre, répliquait le Malouin ; je te dois tout et je n'ai fait que payer une faible partie de la dette que j'avais contractée.

— Ne dis pas cela ! protestait Marcof. Tu as fait mieux que me secourir. Tu as protégé, défendu la femme qui, pour moi, est tout au monde, celle qui, en s'emparant de mon cœur de rude marin, m'a révélé ce qu'étaient les élans de la passion, le charme de l'amour.

Surcouf reprenait avec une nuance de tristesse :

— Ils diraient donc vrai, ceux qui te prétendent ensorcelé !

— Ensorcelé ! s'écriait Marcof... Oui, je le suis... mais par la plus pure, la plus tendre, la plus noble des magiciennes... Quand tu connaîtras bien Madiana, car je veux que tu l'aimes comme une sœur... je veux que tu sois pour elle comme tu l'es pour moi, un ami, un frère, tu comprendras non seulement par quels liens je suis attaché à elle, mais aussi pourquoi je garde jalousement ce trésor d'une incalculable richesse...

Marcof poursuivait avec fièvre :

— Elle est mieux pour moi qu'une femme, que la femme ! Je la tiens comme un de ces êtres de là-haut... comme un reflet du paradis... Ah ! cela te surprend de m'entendre parler ainsi, moi le corsaire violent et brutal qui, faisant fi de tout ce qui n'était pas son métier, n'avait eu jusqu'alors pour amie et pour confidente que la mer... notre maîtresse commune à tous... qui nous prend tellement que nous la chérissons encore davantage au moment où elle menace de nous garder pour toujours...

« Eh bien ! c'est elle, c'est Madiana qui m'a transformé, non pas en amoureux transi, en soupirant timide, en Hercule filant la laine aux pieds d'Omphale, comme on nous l'apprenait au temps où nous faisions nos humanités, mais en un amant qu'a grandi son amour !

« Non, Surcouf, crois-le bien, elle n'a pas éteint en moi la flamme du devoir, elle l'a purifiée !...

« Elle l'a débarrassée des fumées noirâtres qui en obscurcissaient l'éclat. Elle m'a enlevé à ces plaisirs grossiers, à ces orgies stupides qu'étaient nos lendemains de grandes victoires...

« Elle ne m'a pas détourné de ma mission, puisque je continue et nos ennemis en savent quelque chose, à risquer ma vie dans l'accomplissement de ma tâche.

« Au contraire !

« Elle a stimulé mes ardeurs, puisque, à présent, je ne me bats pas seulement pour mon pays, pour mon profit et pour ma gloire, mais aussi pour elle !

— Marcof, reprenait gravement Surcouf, ne crois pas un seul instant que j'aie douté de ta vaillance... Et je me félicite de voir quelle heureuse influence cette femme a eue sur ton caractère et sur ta destinée... Mais puisque tu veux que je l'aime comme une sœur, et j'y suis tout prêt... parle, ne me cache rien... Apprends-moi toute la vérité...

— Tu as raison..., reconnaissait Marcof. Pour un ami tel que toi, je n'ai pas le droit d'avoir un secret... Je vais donc tout te dire !

« Il y a deux ans... naviguant dans l'océan Indien, j'avais jeté l'ancre en face de Mandagore, sur la côte du Bengale, et j'étais descendu à terre avec quelques matelots de mon équipage pour renouveler ma provision d'eau douce, lorsque je vis accourir vers moi une jeune fille hindoue qui, se jetant à mes genoux, me désignait avec effroi des guerriers lancés à sa poursuite...

« Ceux-ci se dirigeaient vers nous dans l'intention de s'emparer d'elle. Mais la malheureuse enfant se cramponnait à moi, en criant : "Sauvez-moi ! Ils veulent me tuer !"

« Je fis signe aux Hindous de s'éloigner... Mais excités par un brahmane, ils se ruèrent sur nous... Nous étions prêts à les recevoir et un violent combat s'engagea.

« Nous eûmes vite fait de mettre en fuite ces sauvages... Après avoir abattu deux de mes adversaires à coups de sabre, je m'élançai sur le brahmane qui cherchait à entraîner sa proie et, d'un coup de pointe, je le clouai sur le sol... Alors, le prêtre hindou se souleva, sanglant et terrible... et il s'écria en tendant le poing vers sa victime qui s'était réfugiée dans mes bras :

« — Tu as causé la mort d'un brahmane... sois maudite !... Je serai vengé !

« Puis il retomba lourdement... Il était mort...

« J'emmenai celle que je venais de sauver à bord du *Jean-Bart*... Elle me raconta qu'elle était née aux Indes d'un père français et d'une mère hindoue.

« Ses parents ayant été massacrés au cours d'une révolte de "Parsis", elle fut recueillie et élevée par une mission catholique où elle reçut une instruction et une éducation françaises... Un jour, les brahmanes la firent enlever et l'emmenèrent dans un de leurs couvents, d'où elle parvint à s'évader.

« Quand elle eut fini son récit, elle m'embrassa les mains et me déclara :

« — Grâce à vous, j'ai pu échapper à ces hommes qui, en vertu de leurs lois barbares, m'eussent brûlée vive si j'étais retombée entre leurs mains... Oh ! gardez-moi près de vous... Je ne suis qu'à moitié française de sang, mais je le suis tout à fait d'esprit et de cœur... car les bons missionnaires m'ont tellement parlé de votre beau pays, que j'ai toujours désiré le connaître... Emmenez-moi avec vous, oh ! oui, emmenez-moi !

« Je lui déclarai que j'étais corsaire et, par conséquent, exposé aux pires dangers...

« Elle me répondit :

« — Ces dangers-là, je ne les crains pas !... Je vous ai vu me défendre ; vous serez toujours le plus fort !

Et Marcof ajouta :

— Elle était chrétienne !... Je l'ai épousée devant un prêtre.

« Depuis ce jour, nous ne nous sommes plus quittés... Elle a partagé ma vie à terre comme à bord de mon bateau. Je l'ai vue assister sans frémir aux plus rudes combats, puis, l'ennemi repoussé, prodiguer ses soins aux blessés, fermer les yeux des morts et pleurer doucement sur ces pauvres corps que nous n'avions pas le temps d'ensevelir en terre sainte et que nous étions obligés d'abandonner à la mer.

« Elle est devenue l'idole de tout mon équipage qui, d'abord, la considérait comme une intruse et craignait qu'en s'emparant de mon cœur elle n'amollît mon courage... Mais maintenant qu'ils ont vu, maintenant qu'ils savent, il n'est pas un de mes marins qui ne soit prêt à donner tout son sang pour elle ; car, depuis qu'elle est avec nous, je n'ai connu que des victoires.

« Elle est l'ange tutélaire de notre *Jean-Bart*, comme elle est le rayonnement de mon existence.

« Aussi, je les laisse dire, ceux qui m'accusent de m'être laissé ensorceler par une païenne... Je hausse les épaules à ces propos stupides que j'ai même interdit à mes matelots de démentir.

« Que m'importe ce que l'on dit de moi... ce que l'on pense d'elle !

« N'est-elle pas au-dessus de toutes les médisances, de toutes les calomnies... comme je suis au-dessus de toutes les injures ?... Il n'y a que des hommes comme toi, comme mes compagnons du *Jean-Bart*, qui puissent m'approuver... Les autres... des envieux... des sots... des méchants... Est-ce que je leur dois des comptes ?... Et puis, ils ne comprendraient pas ! Ils riraient d'elle... Ils se moqueraient... Elle est si différente des autres... C'est un tel trésor que je ne veux pas que le commun des mortels en connaisse même le rayonnement !

« Vois-tu, Robert, je l'aime, oui, je l'aime à en mourir !

À peine Marcof avait-il prononcé ces mots dans lesquels vibrait toute son âme, que Madiana apparut sur le seuil.

Se soulevant à demi, Marcof lui désigna le corsaire qui la contemplait en silence.

— Madiana, fit-il, j'ai tout appris à Surcouf.

La belle Hindoue attacha sur le Malouin son regard tout de charme enveloppant et de troublant mystère.

— Capitaine, fit-elle de cette voix harmonieuse comme le chant d'une harpe céleste, Pierre m'avait déjà beaucoup parlé de vous... Il m'avait fait le récit des nobles victoires que vous aviez remportées ensemble... Souvent il me répétait qu'il était fier, très fier de vous et qu'il ne regrettait qu'une chose, c'était que la destinée vous eût séparés.

« Maintenant, vous voilà réunis... Je souhaite que ce soit pour longtemps... pour toujours.

Et, tendant sa main à Surcouf, qui, charmé, ébloui, s'en

empara et la garda dans les siennes jointes en une douce étreinte, elle ajouta :

— Marcof était votre frère... Moi, je sens que je vous aime déjà comme une sœur.

Marcof reprit, d'une voix presque solennelle :

— Robert, tu connais maintenant toute la vérité ! Parce qu'un brahmane est mort à cause d'elle, ces Hindous fanatiques la poursuivront obstinément de leur vengeance. Et cette nuit, sans toi, ils accomplissaient leur odieux forfait... Aussi, jure-moi, si je venais à disparaître, de la protéger... de la défendre.

Et, tout en gardant entre ses mains celle que Madiana, toute émue, lui abandonnait, Surcouf répondit d'une voix qui tremblait légèrement :

— Je te le jure !

III

L'AMITIÉ ET L'AMOUR !

Bien que la propriété de Marcof fût gardée par les plus fidèles marins du *Jean-Bart* qui, nuit et jour, exerçaient autour d'elle une surveillance extrêmement rigoureuse, Surcouf, pendant la convalescence de son ami, n'avait guère quitté le Chêne-Vert.

C'est à peine si, de temps en temps, il faisait au domicile paternel une brève apparition, au cours de laquelle il se montrait de plus en plus nerveux, préoccupé, irritable...

Pendant les rares repas qu'il prenait en famille, lui qui, le jour de son arrivée, ne respirait que la joie de vivre, était en proie à une étrange mélancolie... Lointain, pensif... comme hanté par une idée fixe, il avait d'inquiétants silences dont il ne s'évadait qu'avec peine.

Alors, son regard s'arrêtait, tantôt sur sa vieille grand-mère, tantôt sur la jolie Marie-Catherine avec un subit attendrissement... Puis il se levait, gagnait la terrasse, demeurait quelques instants en contemplation devant la mer et s'en allait brusquement, après avoir lancé aux siens, consternés, un laconique au revoir.

La bonne-maman Surcouf se désolait :

— Je crois que Robert s'ennuie avec nous.

M. Surcouf cherchait à la rassurer :

— Laissons-lui le temps de s'habituer à cette vie nouvelle !

— Crois-moi, objectait l'excellente femme. Il regrette déjà cette existence de combats, d'aventures, de dangers ! Robert n'est pas fait pour la vie paisible qui l'attend ici... Je suis sûre qu'il pense déjà à reprendre la mer... La preuve, c'est qu'il n'a pas congédié son équipage.

— Robert, répliquait M. Surcouf, est trop généreux pour ne pas garder ses compagnons tant qu'ils n'auront pas trouvé d'engagement.

— Oui, je le sais... Malgré tout, je ne suis pas tranquille ; j'ai la conviction que Robert traverse en ce moment une crise morale dans laquelle se jouent son avenir et peut-être sa destinée, et que, par crainte de nous chagriner, il n'ose pas s'en ouvrir à nous. Ah ! je le crains bien, mon fils, je n'ai pas fini de pleurer.

— Prenez garde ! Le voici..., intervenait Marie-Catherine qui, assise près d'une table, brodait de la dentelle.

Surcouf, l'air sombre, venait d'apparaître.

Visiblement distrait, loin de tous, il s'en fut effleurer d'un rapide baiser le front de son aïeule, adressa à l'orpheline un bonjour presque indifférent, et serra à peine la main que lui tendait son père. Puis, s'installant sur un siège il se plongea dans de profondes réflexions.

M. Surcouf, après avoir dirigé son regard vers sa mère, dont les bons yeux étaient pleins de larmes, et sur Marie-Catherine qui, douloureuse elle aussi, affectait de s'absorber dans sa besogne, s'en fut vers son fils et, tout en lui posant affectueusement la main sur l'épaule, il attaqua :

— Ah çà ! mon garçon, je ne te reconnais plus... Qu'est-ce que tu as donc ?

Robert tressaillit légèrement, puis répliqua d'un ton sous lequel perçaient de l'agacement, de la mauvaise humeur :

— Je n'ai rien !

— Pourquoi fais-tu une tête pareille ? La grand-maman nous disait tout à l'heure qu'elle avait peur que tu ne t'ennuies chez nous.

Le corsaire eut un léger haussement d'épaules.

Et, se levant, il s'en fut vers une fenêtre à travers laquelle on apercevait la mer qu'il se mit à contempler avec une singulière insistance.

Son père le suivit et lui demanda :

— Songerais-tu à repartir déjà ?

— Non, répliquait catégoriquement Robert.

La grand-mère eut un cri de joie. Marie-Catherine se baissa encore un peu plus sur son ouvrage.

M. Surcouf eut un hochement de tête qui n'allait point sans un certain scepticisme.

Pourtant il connaissait la loyauté de son fils. Il savait que celui-ci était incapable d'une inexactitude et à plus forte raison d'un mensonge.

Alors que se passait-il donc en lui, pour qu'après l'allégresse du retour et les démonstrations de tendresse que Robert leur avait prodiguées, il se montrât si rapidement changé, si étrangement morose ?

Un grand silence pesa lourdement dans cette pièce qui, quelques jours auparavant, retentissait de baisers sonores et de francs éclats de rire ?

Le père Surcouf se mit à bourrer la pipe que lui avait donnée son fils, puis il lança avec bonhomie :

— Et ton ami Marcof, est-ce qu'il se remet de sa blessure ?

— Tiens... vous avez appris ?... fit le corsaire en se retournant brusquement.

— Toute la ville de Saint-Malo ne parle que de son aventure.

— Ah ! vraiment !... Et que raconte-t-elle donc, cette bonne ville de Saint-Malo ?

— Que Marcof aurait été attaqué, la nuit, dans sa propriété des bords de la Rance, et qu'il aurait failli être assassiné par des individus qui ont disparu du pays sans qu'il fût possible de retrouver leur trace.

— C'est vrai ! reconnaissait Robert.

— On prétend même, poursuivait M. Surcouf, que ces bandits mystérieux étaient venus pour enlever la femme de Marcof.

— C'est encore vrai !

— Et que c'est toi qui les aurais mis en fuite !

— C'est toujours vrai !

— Pourquoi ne nous as-tu pas raconté tout cela ?

— Parce que Marcof voulait que l'on fît le silence sur cette affaire.

— Est-ce donc cela qui te préoccupe ainsi ?

— Peut-être !

— Sans doute, émettait M. Surcouf, Marcof redoute-t-il de nouvelles attaques de la part de ses ennemis ?

— Oh ! maintenant, affirmait le corsaire dont l'œil s'embrasa d'une grande flamme... ils peuvent venir, ils seront bien reçus... Je crois d'ailleurs qu'ils ne s'y frotteront pas.

— Marcof a-t-il des soupçons ? poursuivait M. Surcouf.

— À quel sujet ?... coupait Robert d'un ton bref.

— Mais sur ceux qui ont voulu enlever sa compagne.

— Il a mieux que des soupçons... des certitudes.

— Ce sont des étrangers ?

— Ce n'est pas mon secret.

— Et cette femme ? interrogeait à son tour la grand-maman. Tu l'as vue ?

— Je l'ai vue.

— Elle est belle ?

— Très belle ! affirmait le corsaire avec un frémissement dans la voix... et c'est aussi un noble cœur.

— Alors, observait Mme Surcouf, pourquoi Marcof ne la fait-il pas connaître à ses amis ?... Pourquoi la cache-t-il ainsi aux yeux de tous, puisqu'il n'a pas à rougir d'elle ?

Presque avec colère cette fois, Robert ripostait :

— Laisse donc Marcof tranquille... Ses actes ne regardent que lui seul... *Et c'est lui qui a raison !*

Sans rien ajouter, il quitta les siens, les laissant plus consternés encore.

M. Surcouf se mit à tirer de sa pipe de larges bouffées. Sa mère s'essuya les yeux... et Marie-Catherine, se levant, se dirigea vers un escalier qui conduisait au premier étage.

— Où vas-tu ? demandait Mme Surcouf.

— Ranger mon ouvrage, répondit la jeune fille... d'une voix qu'elle s'efforçait de rendre naturelle.

Elle se hâta vers les marches qu'elle franchit rapidement, puis pénétra dans une jolie chambre claire, tapissée de toile de Jouy bleue, meublée simplement, mais avec goût ; et, après avoir jeté sa dentelle sur une petite table, elle se laissa tomber sur une chaise... donnant libre cours aux sanglots qui l'étouffaient.

En effet, si l'attitude de Robert causait à ses parents de vives inquiétudes, plus cruelles encore étaient les angoisses de Marie-Catherine... Déjà, avant que Surcouf eût reparu avec l'auréole du triomphe, la jolie Bretonne, sans qu'elle s'en doutât, aimait, ou plutôt adorait son cousin, comme en un rêve de prière et d'extase.

Cette tendresse, tout d'abord instinctive, faite de ces souvenirs d'enfance qui savent si bien embaumer les cœurs sensibles d'un impérissable parfum, en s'augmentant de la fierté qu'elle éprouvait d'être la parente, la sœur d'adoption du fameux corsaire dont la renommée glorieuse avait précédé le retour, s'était transformée, aussitôt qu'elle l'avait revu si beau, si chevaleresque, en un de ces amours dont l'angélique pureté peut seule égaler la sublime tyrannie.

Dans la perpétuelle communion de son âme avec celle de son héros, par cette infaillible divination qui n'appartient qu'à ceux dont un seul être est devenu l'unique raison de vivre, elle seule avait deviné pourquoi Robert était triste et semblait malheureux.

Pour elle, aucun doute n'était possible : l'étrangère avait ensorcelé Robert comme elle avait ensorcelé Marcof !

Marie-Catherine ne se trompait pas. Surcouf aimait Madiana, lui aussi, à en mourir !

Ce n'était pas une de ces passions subites, un de ces incendies spontanés dont sa loyauté sans limites n'eût point manqué d'éteindre les premières flammes, qui s'était emparée de Robert.

Non... cet amour coupable, puisqu'il était une invitation à trahir une amitié sacrée entre toutes, s'était infiltré en lui lentement, mais irrésistiblement, au cours de ses quotidiennes visites au Chêne-Vert, se confondant d'abord avec l'admiration charmée que lui inspirait la belle Hindoue et augmentant chaque jour davantage son emprise sur son âme, sur ses sens et surtout sur son cœur...

Quand il s'était enfin rendu compte que toutes ses pensées étaient souverainement dominées par la même image, qu'il ne s'appartenait plus et que tous ses efforts pour se dégager de cet esclavage délicieux, mais redoutable, s'usaient en une vaine révolte contre lui-même, en une stérile résistance à la fatalité, il avait tenté, dans l'élan de sa si haute conscience, de s'en aller en de nouveaux voyages.

Vite, il renonça à ce projet, non point qu'il fût incapable de passer outre à la douleur d'une séparation éternelle... Mais partir, n'était-ce pas s'enfuir ?... N'était-ce pas surtout s'avouer qu'il était incapable de résister à l'entraînement d'une irréparable félonie ? N'était-ce pas pire qu'une faiblesse... une lâcheté ?

D'ailleurs Madiana ne l'aimait pas... ne pouvait pas l'aimer... Donc, il avait le droit de rester... puisqu'il la savait inattaquable, et qu'il avait la conviction, la certitude que son amitié serait plus forte que son amour.

Il resta ! Fidèle au serment qu'il s'était juré à lui-même, jamais un mot, jamais un regard n'eussent trahi son secret... si un événement inattendu n'était venu le placer en face d'une réalité contre laquelle allait se briser sa volonté d'être le plus fort.

Madiana, elle aussi, s'était sentie attirée vers Surcouf par un immense et irrésistible amour... Elle en avait connu les mêmes phases : d'abord un enthousiasme subit et fervent pour cet homme si beau, si généreux... dont les traits révélaient la noblesse et l'héroïsme... Puis cela avait été une sorte d'envoûtement d'autant plus dangereux qu'il lui semblait plein de délices... Enfin, lorsqu'elle avait compris la nature du sentiment que lui inspirait le corsaire, elle avait cherché, comme lui, à barricader son cœur contre la passion qui le consumait. Et, s'indignant à l'idée d'être infidèle, même par la pensée, à l'homme admirable qu'était son sauveur, elle avait employé, elle aussi, tout le courage que lui donnait sa si haute conception du devoir et de l'honneur puisée à l'école des idées françaises, à garder jalousement enfermé au plus profond d'elle-même son sublime et douloureux mystère.

Et Surcouf n'avait pas plus deviné son secret qu'elle n'avait pénétré le sien.

Mais si capables fussent-ils tous deux de demeurer à la hauteur de leur sacrifice, ils avaient compté sans cette grande force d'amour que rien ne peut détruire ni même enchaîner et qui, malgré eux, en faisant éclater leurs cœurs si obstinément, si volontairement opprimés, allait en une minute tragique et décisive, sans qu'une parole s'échappât de leurs lèvres, rien que par leurs regards, dont ils n'étaient plus maîtres, leur révéler à tous deux la terrible vérité !

Ce fut un soir, au crépuscule, sur la terrasse du Chêne-Vert, que le voile se déchira...

Surcouf venait d'apparaître... Madiana, absorbée dans une profonde méditation, ne l'avait pas entendu venir. Surcouf s'arrêta un instant pour la contempler... Assise sur le petit mur crénelé de la terrasse, jamais elle ne lui avait paru aussi belle... Une brise légère agitait l'écharpe transparente qu'elle avait jetée sur ses épaules. De la Rance montait une brume vaporeuse qui entourait son adorable silhouette d'un nimbe de rêve.

Figé sur place, comme en extase, Surcouf comprimait sa poitrine avec ses mains comme pour étouffer le cri d'amour prêt à en jaillir.

Enfin Madiana l'aperçut... Tressaillant, elle se leva... et s'en fut vers lui... Leurs mains se joignirent... Elles tremblaient... Ce fut alors que leurs yeux se rencontrèrent... Ceux de Surcouf brillaient à la fois de passion et de désespoir... Ceux de Madiana s'embuaient de larmes... Vaincue, elle laissa retomber sa tête sur l'épaule du corsaire... et ils demeurèrent silencieux, mais éperdus... leurs âmes rapprochées dans un même amour qui était toute la douleur ; et leurs bouches frémissaient à l'approche du premier baiser.

Mais tous deux, se ressaisissant à temps, s'éloignaient de quelques pas, et Madiana se cacha la tête entre les mains.

Surcouf, bouleversé, n'osait plus se rapprocher d'elle... Il la contemplait avec une expression à la fois de la plus amoureuse passion et du déchirement le plus indicible.

C'est que ces deux êtres si également nobles et beaux, si naturellement créés pour se comprendre et pour s'aimer, voyaient tout à coup se dresser entre eux l'image de celui qui était pour Madiana le sauveur, et pour Surcouf le grand ami, le frère !

Et la possibilité d'une défaillance, l'idée d'une trahison les révoltaient tous deux à un tel point qu'on eût dit qu'en cet instant décisif et émouvant entre tous ils ne songeaient qu'à rendre encore plus infranchissable l'obstacle d'honneur qui les séparait.

Mais ce n'était pas sans un terrible déchirement. Et l'un et l'autre, malgré eux, en arrivaient à maudire le devoir qui, elle, la liait à Marcof au nom de la reconnaissance la plus sacrée, et qui lui interdisait, à lui, de songer à cette femme, au nom de la plus haute des amitiés.

Un tel sanglot jaillit du cœur de l'étrangère que Surcouf lui répondit par un cri qui était toute la douleur...

Irrésistiblement, sans le vouloir, ils se retrouvèrent l'un près de l'autre... les mains tendues... comme pour s'en faire un bouclier contre l'élan de leurs âmes en délire, les ardeurs de leur sang enfiévré.

Ils restèrent ainsi un instant... toujours sans proférer un mot... les lèvres frémissantes, les yeux en flammes, les narines palpitantes...

Et ce fut Madiana qui parla la première... Jamais sa voix mélodieuse n'eut de plus troublants, de plus purs accents lorsqu'elle murmura ces paroles qui révélaient toute sa détresse :

— Robert... comme nous sommes malheureux et combien nous allons souffrir !

— Madiana !... Madiana !... répétait Surcouf, qui ne trouvait pas d'autres mots que le nom de la bien-aimée pour lui crier toute l'amertume de son sacrifice.

Lentement, scandant chacune de ses phrases, elle reprenait :

— Pourquoi avez-vous empêché ces bandits de m'emporter ?

— Ils voulaient vous tuer ?

— Eh bien ! aujourd'hui, je serais morte et j'ignorerais le supplice que j'endure, que je vais désormais subir chaque jour... et qui me sera d'autant plus cruel que nous ne pourrons plus jamais nous revoir et que nous devons pousser le renoncement de nous-mêmes jusqu'à nous oublier !

— Nous oublier ! Nous oublier ! martelait le corsaire, dont le tumulte intérieur se lisait sur son visage tourmenté.

— Il le faut, pourtant, Robert ! imposait Madiana...

« Je dois la vie à Marcof... Vous lui devez la gloire !

— C'est vrai !

— C'est une double dette que nous devons payer, quand bien même nous devrions en mourir.

« Emportons, chacun de notre côté, notre secret ; enfermons-le au plus profond de notre cœur qui devra être la tombe sur laquelle on ne trace aucune inscription, on n'élève aucune croix, au pied de laquelle on n'a même pas le droit de prier.

« Votre Dieu, qui est aussi le mien, n'a pas voulu que nos destinées fussent unies...

« Inclinons-nous devant sa volonté !

On eût dit que la sublime résignation de celle qui s'immolait augmentait encore le désespoir du corsaire.

— Vous invoquez notre Dieu..., fit-il d'une voix sourde... Et vous avez cru, comme moi je le croyais, dans ma foi de Breton et de marin, qu'il était toute bonté et toute justice.

« Alors pourquoi nous a-t-il à la fois permis et défendu de nous aimer ? Pourquoi, après nous avoir fait entrevoir le ciel, nous précipite-t-il ainsi dans l'enfer ?

— Robert, ne blasphémez pas !... Les missionnaires qui m'ont jadis révélé les mystères de la religion catholique m'ont toujours dit qu'il ne fallait pas chercher à comprendre les desseins de la Providence.

« Élevons-nous, au contraire, au-dessus des misères humaines... Efforçons-nous de rendre à nos cœurs comme à nos visages la sérénité qui nous est nécessaire pour épargner à celui que nous respectons au-dessus de tout les affres d'un odieux soupçon.

« Et vous, la force, la vaillance même, donnez-moi l'exemple du courage.

— Âme admirable entre toutes ! s'écriait Surcouf, tu viens de m'indiquer ma route.

Et, d'un geste large, Surcouf indiquait l'horizon au fond duquel chantait la mer.

Mais tous deux se turent...

Un bruit de pas faisait grincer les graviers d'une allée. Et

Marcof, encore pâle et convalescent, apparut, s'appuyant sur une canne.

Surcouf, brusquement, se sépara de Madiana et dirigea vers son ami un regard troublé, hésitant...

Sans doute Marcof eut-il l'intuition de la vérité, car ses traits prirent une expression de dureté que, même aux heures les plus terribles, son compagnon ne lui avait jamais connue.

Redressant sa haute taille, un instant courbée sous le poids de la trahison qu'involontairement il avait failli commettre, Surcouf s'avança vers lui. Et, tandis que sa figure reprenait sa sérénité, il scanda d'une voix résolue :

— Pierre... je suis venu te dire adieu !

— Adieu ? répéta sourdement Marcof.

— Oui, je pars. Il le faut !

Madiana avait fermé les yeux... Sans doute pour empêcher de couler ses larmes... Alors, sans dire un mot, Marcof tendit la main à son ami... Et ce fut une sublime étreinte... Ils s'étaient compris... Les phrases étaient inutiles... De cette épreuve qui pouvait les jeter l'un contre l'autre en un duel effroyable, leur amitié sortait encore plus pure et plus belle.

— Adieu, Madiana..., reprit Surcouf, qui n'avait jamais été plus grand.

La jeune femme eut à peine la force d'esquisser un signe de tête. Puis elle ramena ses voiles sur son visage. Surcouf s'éloigna sans retourner la tête... Marcof le regarda partir et, lentement, Madiana rentra dans la maison... Le sacrifice était consommé !

IV

UN CŒUR DE BRETONNE

Lorsque le matin, de bonne heure, Marie-Catherine apparut dans la salle commune où, depuis un moment déjà, la bonne-maman Surcouf, en parfaite maîtresse de maison, présidait en personne aux soins du ménage et activait le zèle de deux jeunes et gentilles chambrières, la pauvre petite qui, durant toute la nuit, n'avait cessé de pleurer, avait les yeux encore tout gros de larmes.

Elle s'en fut, aussitôt, tendre son front à sa marraine dont l'affection vraiment maternelle l'avait toujours si doucement consolée de la disparition prématurée des siens.

Mme Surcouf qui la chérissait tendrement, car elle appréciait tout le véritable trésor de vertus et de qualités que renfermait l'adorable écrin qu'était sa jolie âme, l'attira dans ses bras et, la regardant avec bonté, elle fit :

— Toi aussi, tu as du chagrin !

Marie-Catherine baissa la tête en rougissant... et la bonne vieille maman reprit :

— Voilà de pauvres yeux qui en racontent plus long que bien des paroles.

— Marraine ! murmurait Marie-Catherine... J'ai travaillé hier soir très tard ; je voulais terminer la nappe que je brode en ce moment pour l'autel de notre bonne mère sainte Anne.

— Chère petite !... Allons... dis-moi la vérité... Tu as des yeux rouges parce que tu as pleuré, et tu as pleuré parce que ton cousin t'inquiète comme il nous inquiète tous ici.

Et comme Marie-Catherine se taisait, Mme Surcouf reprit :

— Tu l'aimes bien, toi aussi !...

— Oui, marraine.

— Je le comprends !... Il y a tant de souvenirs entre vous deux... des souvenirs d'enfance... les meilleurs de tous... Et puis, nous avons toutes deux si souvent parlé de lui, qu'il est tout naturel que tu te sois prise à l'aimer comme un grand frère.

« Et nous qui étions si heureuses de le revoir !

« Le jour de son arrivée, quand je l'ai retrouvé si beau, si plein d'entrain, si bon avec nous tous et surtout si simple, malgré toute la gloire et toute la fortune qu'il avait conquises, j'ai cru que le bonheur allait refleurir pour toujours à la maison et qu'il allait ensoleiller les quelques années qui me restent à vivre.

— Moi aussi, je le croyais, soupirait l'orpheline.

— Ah ! reprenait Mme Surcouf, ton instinct ne te trompait pas lorsque tu cherchais à l'empêcher de se rendre chez Marcof... Oui, tu avais raison d'avoir peur, puisque c'est à partir de ce moment qu'il a changé envers nous ! Dès le lendemain je m'en suis bien aperçue... Il n'avait plus le même visage, les mêmes yeux, la même voix !

Et sans se douter jusqu'à quel point elle exaspérait le chagrin de sa pauvre petite filleule, la bonne dame ajouta :

— C'est à se demander si cette étrangère n'aurait pas ensorcelé aussi notre Robert.

Marie-Catherine ne répondit pas. Elle craignait, en effet, par des phrases imprudentes, de révéler le secret qu'elle gardait pudiquement enfoui au fond de son cœur.

Et, tandis que sa marraine passait dans une pièce voisine, la jolie Bretonne, demeurée seule, et toujours obsédée par la hantise d'un rêve qu'elle jugeait à présent irréalisable, se prit à murmurer tristement :

— Oui... elle l'a ensorcelé !

Marie-Catherine comprit que c'était pour elle un dur calvaire qui allait commencer.

Mais, dans sa noble souffrance, il n'y avait pas la moindre rancœur, l'ombre d'une jalousie. Elle ne ressentait aucune haine, envers cette inconnue en laquelle, sans l'avoir jamais vue, sans avoir jamais rien entendu, rien appris d'elle, uniquement guidée par une sorte de divination qui était mieux que de l'instinct, elle avait tout de suite deviné une rivale victorieuse.

Avant tout, par-dessus tout, elle plaignait Robert... Elle s'épouvantait de cet amour deux fois coupable, puisqu'il était inspiré par une femme qui d'abord était celle d'un autre, et qui, ensuite, n'était ni de son sang, ni de sa race..., et risquait, de ce double fait, de l'entraîner vers les plus irréparables péchés et de ternir à tout jamais la radieuse auréole qui nimbait le front du jeune conquérant.

Ah ! pourquoi ne l'avait-il pas choisie... elle... qui ne demandait qu'à se dévouer à lui... qu'à lui donner ce bonheur clair et charmant qui doit fêter le retour du vainqueur ?

Elle n'eût été, en effet, ni sa maîtresse, ni son esclave, mais sa compagne, celle dont le sourire tout de confiance, de tendresse et d'abandon l'eût accueilli sans cesse !...

Plus fière encore de partager avec Surcouf son âme que son nom, son amour que sa gloire, ne lui eût-elle pas fait la plus riche des offrandes en lui donnant entièrement son cœur de Bretonne attachée, fidèle et dévouée jusqu'à la mort ?

Mais hélas ! Robert n'avait pas cessé de voir en elle la petite cousine que l'on est tout prêt à aimer comme une sœur... Et il était passé à côté du trésor qui se cachait, timide et modeste, et que ne faisait valoir aucune parure volontaire...

Il s'était laissé éblouir par un mirage qui, pour la croyante sincère qu'était Marie-Catherine, n'était qu'un piège tendu par le démon. Et, dans sa déception, dans sa peine, s'apitoyant sur Robert plus que sur elle-même, elle se disait :

— Comme je vais prier pour lui, pour qu'il ne soit pas trop malheureux et surtout pour qu'il ne compromette pas le salut de son âme !

Depuis un instant déjà, Jacques Morel, qui s'était faufilé sans bruit dans la pièce, observait la jeune fille. Celle-ci, plongée dans ses réflexions, n'avait pas remarqué sa présence.

Son visage ingrat, au regard fuyant, à la bouche mauvaise, exprimait une sorte de convoitise haineuse qui le rendait encore plus antipathique.

On devinait qu'il désirait plus la jolie Bretonne qu'il ne l'aimait, et que son âme, incapable de donner asile à tout autre sentiment qui n'eût point été de la méchanceté et de l'égoïsme, était déjà ulcérée par la rancœur que lui inspirait la dédaigneuse indifférence de l'orpheline à son égard.

— Bonjour, Marie-Catherine, fit-il d'une voix mielleuse.

Marie-Catherine tressaillit. Son front se barra d'un léger pli... et dans ses yeux il y eut une ombre de méfiance.

— Bonjour, Jacques, répondit-elle avec froideur.

— Robert n'est pas là ? demandait insidieusement le commis aux écritures.

— Non... il n'est pas là.

— Comme vous avez l'air triste aujourd'hui, Marie-Catherine... Auriez-vous quelque chagrin ?

La jolie Bretonne se taisait... Mais une larme qu'elle n'avait pu refouler roula lentement sur sa joue.

Jacques Morel se rapprocha d'elle et reprit sur un ton d'hypocrite compassion :

— Je vois que vous avez appris la grande nouvelle et je

comprends que vous soyez très affligée à la pensée que Robert va de nouveau s'embarquer sur la *Confiance*.

— Vous dites que Robert va partir ? sursauta la pauvre enfant.

— Comment ! vous ignoriez ! Pardonnez-moi de vous avoir révélé si brusquement...

— Il va partir !... Il va partir !... répétait Marie-Catherine en joignant les mains.

— Je suis navré..., feignait de s'excuser Jacques... Si j'avais pu prévoir !... Mais ne vous désolez pas ainsi... Il fallait bien vous attendre à ce que Robert ne reste pas longtemps au pays et qu'il s'ennuie ici... Il lui faut la mer, les grands horizons, les batailles.

« Hier, il me disait encore : "Moi, je ne suis pas fait pour vivre à terre, pour me marier, pour mener une existence banale de bourgeois et pour mourir bêtement dans mon lit... mais pour me battre encore... toujours, et pour expirer sur le pont de mon navire en criant à mes marins : 'En avant En avant !'"

« Ah ! ce Robert, ce n'est pas du sang, c'est du feu qu'il a dans les veines.

Ces paroles, distillées cruellement par Jacques Morel, achevèrent de bouleverser Marie-Catherine. Maintenant, de grosses larmes sillonnaient son visage devenu tout blanc... sous la morsure de la douleur.

Et, le misérable, qui éprouvait une sorte de joie sadique à torturer celle qu'il désirait, accentuait, de plus en plus insinuant, sournois et lâche :

— Je comprends votre peine... Et moi qui voudrais ne voir que de la joie dans vos yeux... du sourire sur vos lèvres... Vous qui avez déjà tant souffert de n'avoir pas connu les vôtres, vous qui pourtant méritez tant et plus que toute autre d'être heureuse en ce monde.

Mais un cri échappait à la jeune Bretonne :

— Robert !

Surcouf venait de pénétrer dans la salle... Il avait revêtu son uniforme de commandant corsaire... Il était grave, presque solennel... Son visage, empreint d'une grande sérénité, ne portait plus aucune trace de l'orage intérieur qui l'avait ravagé, et ce fut à peine si un léger clignotement de ses paupières révéla l'émotion qui s'était emparée de lui en se trouvant en face de sa petite cousine en pleurs et en voyant apparaître son père et sa vieille grand-maman qui, tout de suite, rien qu'au costume et à l'attitude de Robert, avaient deviné que l'heure d'une nouvelle séparation allait sonner.

— Alors c'est vrai, tu t'en vas ?... haletait Marie-Catherine au milieu de ses sanglots.

— Il le faut..., répondait Surcouf... J'ai réfléchi que je n'avais pas terminé ma tâche... Mon devoir est de partir... je pars.

— Mon Robert !... reprochait tendrement l'aïeule... Je suis bien vieille et sans doute je ne te reverrai plus jamais... Pourtant, tu nous avais promis de rester avec nous.

— L'amour des aventures, ponctuait douloureusement M. Surcouf.

Surcouf, l'air sombre, embrassa tour à tour sa grand-mère et Marie-Catherine... Puis il tendit la main à son père et à Jacques Morel qui s'efforçait de dissimuler la joie que lui causait le départ de son cousin.

Et, saisissant en une dernière étreinte la pauvre bonne-maman qui, en sanglotant, lui murmurait encore de ces mots tels qu'un cœur maternel sait seul en trouver quand elle voit s'éloigner son enfant pour longtemps, pour toujours peut-être, il gagna le dehors et disparut d'un pas rapide... suivi par plusieurs matelots qui portaient ses bagages.

Marie-Catherine se cacha la tête entre les mains... N'était-ce pas toute son âme que le beau corsaire emportait avec lui ?

Jacques Morel s'approcha d'elle.

— Marie-Catherine ! fit-il d'un ton doucereux, laissez-moi, oh ! oui, je vous en supplie, laissez-moi vous consoler...

— Et vous... laissez-moi souffrir !... s'écria l'orpheline.

Elle s'en fut tomber sur un siège, écroulée, anéantie.

Et lentement elle murmura :

— Je savais bien que cette femme portait avec elle le malheur !

V

LE MALOUIN ET LE LORIENTAIS

Ce jour-là, c'est-à-dire le 4 mai 1800, à Port-Louis, capitale de l'Île de France, dans une des tavernes du port à l'enseigne *Au rendez-vous des Bretons*, régnait une bruyante animation.

Cet établissement, en effet, était le rendez-vous de tous les corsaires qui venaient y manger ou plutôt y boire leur part de prise.

Des marins servis par des nègres buvaient d'amples rasades d'eau-de-vie qui n'étaient pas sans colorer leurs visages et surchauffer leurs cerveaux... Deux colons faisaient un brin de cour à une jolie mulâtresse qui trônait prétentieusement en agitant un éventail en paille tressée qu'agrémentaient de clinquantes verroteries.

Plusieurs matelots lisaient avec attention une immense affiche aux grosses lettres noires sur fond tricolore et qui recouvrait presque entièrement du haut en bas l'une des cloisons de la taverne.

Elle était ainsi rédigée :

> *Que tous ceux qui n'ont pas d'engagement s'enrôlent à bord de mon navire, le* Brûle-Gueule.
>
> *Au cours de ma prochaine croisière, au lieu de manger selon mon habitude avec mon équipage, j'ouvre une table*

de capitaine et ce sera mon équipage qui mangera avec moi.

Je m'engage, en outre, à relâcher tous les quinze jours pour me procurer des vivres frais.

Car je veux que mes hommes soient heureux et vivent dans une continuelle bombance.

J'ajoute que tous les hommes embarqués à bord de mon navire, depuis le capitaine jusqu'au dernier matelot, toucheront part de prise égale.

Commandant DUTERTRE,
dit « le Lorientais ».

Tandis que les lecteurs de cette pittoresque proclamation se livraient aux commentaires les plus flatteurs à l'égard du généreux commandant et se promettaient tous de répondre à ce séduisant appel, deux groupes isolés de matelots corsaires, aux culottes dites « à la hollandaise », serrées dans de solides bottes de mer qui leur montaient aux genoux, aux vestes en forme de carmagnoles, fendues sur la chemise en toile écrue, aux cols largement ouverts, coiffés, les uns de bonnets de laine, les autres de madras et de petits chapeaux en cuir à fond plat et communément appelés « lampions », échangeaient des regards nettement hostiles et qui suffisaient à prouver qu'un esprit de grande rivalité régnait entre eux.

Le premier groupe appartenait à l'équipage de la *Confiance*, la corvette de Surcouf, qui, depuis près d'un an qu'il était de retour aux Indes, s'était illustré par de nouveaux et retentissants exploits.

L'autre était recruté parmi les marins du *Brûle-Gueule*, bâtiment commandé par Dutertre, auquel la gloire de Surcouf n'était pas sans porter quelque ombrage.

Le Lorientais n'avait rien trouvé de mieux que d'attirer à lui et d'accaparer par les mirifiques promesses, dont nous venons d'avoir un échantillon, tous les hommes qui se trouvaient disponibles, enlevant ainsi à Surcouf le moyen de réparer les brèches qui s'étaient produites dans son équipage à la suite de glorieux mais meurtriers combats.

Surcouf, qui n'était déjà pas très commode et qui l'était devenu encore moins à la suite du drame intime qui l'avait forcé à reprendre la mer, en avait conçu une violente colère.

Sa fureur avait redoublé lorsque ses yeux étaient tombés sur cette fameuse affiche que Dutertre avait fait placarder, non seulement *Au rendez-vous des Bretons*, mais encore sur les murs de la ville.

— Il est temps d'en finir, s'était-il écrié en tourmentant nerveusement la poignée de son sabre.

Il avait ajouté :

— Un tête-à-tête de cinq minutes au champ de Mars entre le Lorientais et moi videra tout d'un coup ce différend !

Et il était parti à la recherche de son rival dans l'intention de le provoquer, de l'amener sur le terrain et d'en finir avec lui une bonne fois pour toutes par un de ces duels terribles, tel qu'il en avait déjà eu plusieurs et où il avait toujours eu le dernier mot.

Si la situation était plutôt tendue entre les deux chefs, elle l'était sinon plus mais tout autant entre ces rudes gars qui n'avaient pas l'habitude d'atténuer leurs propos ni de masquer leurs sentiments.

Et si l'on n'en était pas encore aux querelles qui fatalement aboutissent à des rixes sanglantes, les exclamations gouailleuses, les rires provocants, les gestes caractéristiques qui s'échangeaient en une atmosphère nettement belliqueuse faisaient prévoir que le conflit n'allait pas tarder à éclater dans toute son ampleur.

Tout à coup, un matelot du *Brûle-Gueule*, très surexcité, se leva et, brandissant son gobelet, il clama :

— À la santé de notre commandant Dutertre, le plus grand des corsaires !

À peine avait-il prononcé ces mots que tous les hommes de la *Confiance* se levaient en même temps et l'un d'eux lançait d'une voix de stentor :

— Le plus grand des corsaires, c'est Surcouf !

L'orage qui couvait éclata dans toute son ampleur.

Tout en s'invectivant, les deux groupes marchèrent l'un vers l'autre... prêts à cogner... Une bouteille vola en l'air... Ce fut le signal de la lutte. Tous s'empoignèrent, roulant à terre, renversant les tables en un tohu-bohu indescriptible et faisant fuir les nègres affolés de terreur.

Bientôt, on ne vit plus que des poings qui s'élevaient, se rabattaient, se relevaient pour s'abattre encore au milieu d'un concert d'imprécations et de jurons qui faisaient trembler les vitres.

Mais une voix vibrait, impérieuse, dominant le tumulte :

— Holà, mes gaillards !

C'était Surcouf qui, en uniforme, la rapière à la ceinture, surgissait dans la taverne.

Se jetant au milieu des combattants, les saisissant tour à tour et les envoyant rouler les uns contre les autres à quelques pas, dégageant sans distinction d'équipage ceux qui paraissaient en fâcheuse posture, il semblait un Titan s'interposant entre deux armées en guerre...

Un seul osa lui résister... un gabier du *Brûle-Gueule*, sorte d'Hercule trapu au cou de taureau, au faciès de brute, qui s'acharnait à étrangler un jeune marin de la *Confiance*.

Mais Surcouf l'empoigna par la taille, le souleva de terre et le projeta contre une porte avec une telle vigueur qu'elle vola en éclats.

— Ah çà ! le Malouin, grondait une voix furibonde... Voilà que, maintenant, tu assommes mes matelots !

Et Dutertre, également en uniforme de commandant et son sabre au côté, apparut sur le seuil de la taverne.

Surcouf, marchant vers lui, ripostait :

— Ils avaient attaqué les miens !

— Tes moussaillons, raillait Dutertre, ne sont donc plus capables de se défendre !

— Prends garde, Lorientais, clama fièrement Surcouf. Il y a trop longtemps que tu me gênes.

— Cela veut dire qu'un de nous deux est de trop.

— D'accord.

— Alors, battons-nous !

— Battons-nous !

— Quand cela ?

— Tout de suite.

Devant l'assistance sidérée, tous deux dégainèrent aussitôt leurs sabres d'abordage... et, au milieu d'un silence effrayant – car nul n'eût osé intervenir dans une pareille querelle –, les deux adversaires s'élancèrent l'un sur l'autre et leurs lames s'entrechoquèrent avec furie.

Mais un ordre impérieux retentissait.

— Bas les armes !

Le général Malartic, gouverneur de l'Île de France, accompagné par deux aides de camp, s'avançait vers les combattants.

Interloqués par cette intervention inattendue, Surcouf et Dutertre s'arrêtèrent.

Le général martela avec colère :

— Il faut que vous soyez fous ou vendus aux Anglais pour vouloir vous couper ainsi la gorge !

— Nous nous gênons..., déclarait Dutertre...

— Notre honneur est engagé, appuyait Surcouf.

Et ils se préparaient à croiser de nouveau le fer...

Mais, se jetant entre eux, le général Malartic s'écriait :

— Apprenez, commandant Dutertre, que votre navire, le *Brûle-Gueule*, vient d'être brûlé traîtreusement par un espion ennemi et qu'il gît par cinquante brasses au fond de la baie de la Poudre d'Or.

— Tonnerre ! rugit le Lorientais, au milieu du silence consterné de tous.

Et, sans lâcher son sabre, il fit le mouvement de s'éloigner au-dehors... mais, se ravisant, il gronda, en se retournant vers Surcouf :

— Finissons-en d'abord !...

Le Malouin, très calme, très maître de lui, déclarait :

— Je ne me bats plus.

— Pourquoi ?

— La France avant tout, camarade !

Et Surcouf poursuivit :

— Je viens d'apprendre que le *Kent*, un des plus beaux paquebots de la Compagnie des Indes, avait dû quitter Portsmouth en février dernier, à destination de Bombay...

« Le Lorientais, veux-tu que nous l'attaquions ensemble ?

— Je n'ai plus de navire ! ponctuait Dutertre avec un geste de rage.

— Tu as le mien, ripostait le Malouin avec noblesse.

« Or, je manque d'hommes ; car j'ai eu pas mal de pertes au cours de mes derniers combats ; et tu m'as pris tous ceux sur lesquels je comptais pour remplacer les absents !

« Embarque-toi avec les tiens sur la *Confiance* et nous partagerons tout : danger, pertes, profits et gloire !

— Très bien ! approuvait le général Malartic.

Et Surcouf, jetant au loin son arme, ajoutait :

— Soyons amis, le Lorientais. Soyons frères !

Dutertre, bouleversé par cet élan chevaleresque qui, d'un seul coup, domptait sa colère et dissipait ses rancunes, s'empara de la main que, si loyalement, lui tendait son rival.

— C'est entendu, c'est juré, le Malouin, fit-il... Tes matelots ont raison... Tu es le plus grand de nous !

— En attendant, s'écriait Robert, je paie double rasade à l'équipage de la *Confiance*.

« Et vous, mes amis, lança Surcouf dont l'émotion se lisait sur le mâle visage, je veux que désormais vous vous accordiez et vous aimiez, comme votre chef et moi nous allons le faire...

« J'entends que tous vos cœurs battent à l'unisson des nôtres... à l'abri de notre pavillon et pour l'honneur de la patrie !

« C'est une formidable aventure à laquelle je vous entraîne... Mais nous vaincrons, j'en suis sûr !...

« Vivent les Bretons, mes gars, et vive la France ! »

Les deux commandants, félicités par le général Malartic, échangèrent une vigoureuse accolade, acclamés par leurs marins qui, oubliant déjà leurs vieilles querelles, s'apprêtaient à fraterniser avec enthousiasme.

Alors Surcouf, levant son chapeau, s'écria, en faisant passer dans l'assistance un frisson héroïque :

— En avant ! mes amis. Et vous verrez que la mouette française viendra à bout du cormoran anglais !

VI

LE MYSTÈRE DU *KENT*

Les renseignements que Surcouf avait reçus au sujet du *Kent* étaient rigoureusement exacts...

Ce navire avait bien quitté Portsmouth à la date indiquée et venait, après une heureuse traversée, de doubler le cap de Bonne-Espérance, à la grande satisfaction de ses passagers.

Parmi eux, à côté de riches colons et de négociants anglais, dont quelques-uns étaient accompagnés par leur famille, on remarquait le général Lovel Bruce, officier d'une valeur éprouvée et d'une remarquable distinction, appelé aux Indes à un important commandement, et sa charmante femme, Lady Evelyne, dont la grâce, la distinction et l'enjouement étaient fort appréciés par tout son entourage.

Le *Kent* était un des plus beaux paquebots de la Compagnie des Indes.

Armé de soixante caronades, il portait, en plus de son équipage, des troupes destinées aux garnisons de la colonie : en tout un effectif de quatre cent quatre-vingt-dix-sept combattants[1].

« Admirablement armé, gréé, nous apprend Joseph Garneray, dans les si curieux *Mémoires* qu'il a consacrés à Surcouf, il présentait un type parfait de sécurité et de coquetterie.

1. Historique.

« Son pont, ses batteries, ses cursives et ses cabines brillaient chacun de l'éclat qui leur était propre.

« Sa proue était ornée de deux admirables sculptures sur bois doré, qui pouvaient rivaliser avec les chefs-d'œuvre de Puget, le grand artiste du XVIIIe siècle, qui excellait en ce genre d'ornementation maritime.

« La poupe, décorée à la fois avec art et richesse, avec sa double rangée de balcons en galerie, offrait un aspect imposant, majestueux.

« La galerie, c'est-à-dire la partie la plus reculée de l'arrière, celle qui, sous le couronnement, s'étendait dans toute la longueur du bâtiment, représentait un somptueux salon ou plutôt une splendide salle des fêtes.

« Ce bâtiment synthétisait en quelque sorte la puissance et la fortune anglaises. »

Le *Kent* avait pour chef le commodore Ravington, type du marin britannique, très brave, d'une endurance sans limites, d'une force herculéenne qui le rendait capable de fendre une tête d'un coup de sabre, et d'une santé de fer qui lui permettait d'avaler d'un trait une demi-bouteille de whisky sans en être le moindrement incommodé.

Bien qu'impitoyable sur la discipline, il apportait dans l'exercice de ses fonctions, aussi bien que dans les manifestations de sa vie privée, un humour flegmatique qui lui valut une réelle popularité.

Or, le *Kent* recélait dans ses flancs un véritable mystère, dont seul son commandant détenait le secret.

Dans une cabine isolée, une femme, dont nul n'avait jamais aperçu les traits, vivait, rigoureusement enfermée.

Tour à tour, devant la porte, deux Hindous montaient la garde.

L'un qui répondait au nom de Timour était un grand gaillard à figure bronzée, au regard terrible, à la barbe grisonnante.

L'autre, Tagore, était un jeune homme de dix-huit à vingt

ans aux yeux ardents, aux allures mystérieuses, au profil régulier et fier.

Eux seuls avaient le droit de pénétrer auprès de l'inconnue... de lui préparer ses aliments et de veiller sur elle...

Ils vivaient à l'écart, taciturnes, apparaissant et disparaissant comme des ombres, ne répondant que par un mutisme absolu aux questions qu'on leur posait, et nul ne pouvait se vanter d'avoir jamais entendu le son de leur voix.

Les passagers et surtout les passagères du *Kent* eussent été fort désireux de connaître le mot de cette énigme... Mais le commodore Ravington s'était toujours obstinément refusé à satisfaire leur curiosité, répliquant même à Lady Bruce, qui insistait pour être renseignée :

— Secret d'État, madame... Secret d'État !

L'attitude du commodore n'avait réussi qu'à surexciter les curiosités ambiantes et principalement celle des jeunes officiers anglais qui, tous, s'étaient romanesquement épris de cette inconnue à laquelle ils prêtaient les plus fabuleuses origines.

Les uns affirmaient qu'elle était l'épouse d'un des plus riches nababs de l'Inde et, qu'après un mystérieux séjour en Europe, elle regagnait, non moins mystérieusement, les pays de ses ancêtres.

Les autres prétendaient, sans grande conviction d'ailleurs, que c'était une Européenne, une Anglaise même, qui, chargée par le gouvernement de Londres d'une mission aussi importante que confidentielle, devait garder le plus strict incognito.

Mais bien que nul n'eût assisté à son embarquement, qui avait eu lieu avant celui de tous les passagers, et que personne n'eût jamais entrevu son visage, tous étaient d'accord pour lui prêter les avantages physiques les plus rares, les charmes les plus ensorceleurs.

Cette sorte de fétichisme dont l'inconnue était l'objet de la part des officiers du *Kent* n'allait point sans éveiller la jalousie des jolies *misses* qui se trouvaient à bord et qui eussent préféré voir l'attention des élégants *midshipmen* se concentrer exclusivement sur elles.

Or, ce jour-là, profitant d'un temps superbe, et convaincu qu'il ne risquait plus aucune fâcheuse rencontre, le commodore Ravington offrait à ses hôtes du *Kent* une après-midi dansante.

Une partie du pont avait été aménagée en salle de bal où, au son d'un petit orchestre improvisé, de jolies femmes aux toilettes somptueuses et aux parures éblouissantes exécutaient, au bras des officiers en uniforme de gala, la nouvelle danse à la mode, la *walse*, récemment importée d'Allemagne.

Près de l'entrée des cabines, sous une tente qui abritait un buffet abondamment servi, quelques jeunes officiers offraient le champagne à de charmantes jeunes filles qui caquetaient tout en jouant gracieusement avec leurs éventails. L'un d'eux, le lieutenant George Wilde, aide de camp du général Bruce, levait sa coupe en disant :

— Je bois à la belle passagère !

— La belle passagère, répétait ironiquement Miss Lucy Brown, délicieusement souriante dans l'épanouissement de ses vingt printemps.

« D'abord, comment savez-vous qu'elle est belle, puisque nul d'entre vous ne l'a même entr'aperçue ?

— Nous le supposons, lançait étourdiment le lieutenant de vaisseau James Morris.

— En effet, appuyait le *midship* Robertson.

Et il ajouta avec toutes les apparences de la plus rigoureuse logique :

— Il serait étrange que l'on prît autant de précautions pour un laideron.

— En attendant, scandait Miss Jenny Monrose, je m'étonne de voir tant d'imaginations s'exalter et tant de cœurs s'enflammer pour une femme dont on ne peut même pas dire si elle est brune ou blonde et dont on ignore le pays, la race et le nom...

— Secret d'État ! répliquait Sir George Wilde, avec un accent de solennité comique.

Provocante, agressive, de plus en plus piquée au jeu, Miss Lucy Brown reprenait :

— Il faut croire, messieurs, que vous n'êtes guère entreprenants et je m'étonne qu'aucun de vous n'ait été encore assez audacieux pour nous apporter la clef de ce mystère.

— Vous ignorez donc, objectait Sir James Morris, que la consigne du commodore est formelle.

Le *midship* Robertson précisait :

— Nul n'a le droit, sans risquer les peines disciplinaires les plus graves, de pénétrer dans le couloir qui donne accès à la cabine de l'inconnue.

— Il me semble, ponctuait Jenny Monrose sur un ton de défi, que cette interdiction devrait, au contraire, au lieu de ralentir votre zèle, surexciter votre curiosité.

— Et la discipline, Miss Jenny ? objectait le lieutenant de vaisseau James Morris.

— N'est-il donc jamais permis de la sacrifier à la plus élémentaire galanterie ? ripostait du tac au tac Miss Lucy Brown.

— Le commodore Ravington n'a point pour habitude de badiner avec le règlement, précisait Sir Robert Robertson et je crois qu'aucun de ses officiers ne se soucie de mériter ses foudres ni d'encourir sa disgrâce.

— Je vous croyais plus audacieux ! raillait Miss Lucy Brown, et je suis sûre que si des officiers français étaient à votre place, ils eussent déjà su, grâce à leur habituelle témérité et leur naturelle finesse, débrouiller cette singulière énigme et cela sans aucun risque pour eux.

Les jeunes Anglais, visiblement froissés par cette boutade qui ressemblait à un affront, eurent un sursaut de protestation.

Mais Sir George Wilde, qui paraissait le plus vexé de tous, s'écriait :

— Eh bien ! moi, Miss Lucy, je parie un baiser qu'avant ce soir je saurai quelle est cette femme.

— Je refuse..., ripostait la jolie Anglaise en affectant un air offusqué.

— Si ! si ! vous acceptez ! la pressait-on de toutes parts.

— Soit, consentait Miss Lucy Brown, mais à une seule condition.

— Laquelle ?

— Si vous perdez, scanda Miss Lucy en agitant un index menaçant, j'aurai le droit de vous donner un soufflet.

— La punition sera encore très douce ! déclarait galamment l'officier.

L'orchestre, qui s'était tu, attaquait une nouvelle danse.

Le joyeux essaim s'empressa d'abandonner le buffet pour se mêler aux autres danseurs.

— Mon cher camarade, observait le lieutenant de frégate James Morris, je suppose que vous n'allez pas donner suite à ce dangereux projet.

— J'y suis au contraire absolument décidé, répliquait Sir George.

— Vous n'ignorez pas cependant que le commodore Ravington est d'une sévérité implacable.

— Je sais aussi qu'un pari est sacré pour un Anglais, surtout quand il a pour enjeu le baiser d'une jolie femme.

— D'accord ! Cependant, laissez-moi vous dire : "Prenez garde !"

Sir James Morris quitta l'aide de camp et s'en fut prier Lady Bruce de l'inscrire sur son carnet pour la première country-danse.

Quant à George Wilde, après avoir jeté autour de lui un rapide coup d'œil et s'être assuré que personne ne l'observait, il se dirigea vers l'entrée des cabines, descendit un escalier d'une douzaine de marches ; puis il s'engagea dans un couloir éclairé par des quinquets à l'huile encastrés au plafond dans de solides armatures de verre double et qui aboutissait à une sorte d'antichambre rectangulaire assez obscure, à l'entrée de laquelle l'Hindou Timour veillait, immobile, les bras croisés sur la poitrine.

L'officier anglais voulut s'avancer. Mais Timour, toujours silencieux, lui barra le passage.

Alors, se campant devant lui, l'aide de camp du général Bruce lança d'une voix impérieuse :

— Quelle est cette femme que tu gardes ainsi prisonnière ?

L'Hindou ne broncha pas.

Sir George Wilde, tirant de sa poche quelques *sovereigns*, les tendit à Timour en insistant :

— Quelle est cette femme ? Parle ! Je le veux ! Je te l'ordonne !

Timour, avec un étrange sourire, s'empara des pièces d'or et les lança à la figure de l'officier...

Celui-ci bondit sous l'outrage et, d'un formidable *swing*, il envoya rouler à terre l'Hindou, qui poussa un cri guttural.

Passant par-dessus son corps, l'officier se dirigeait vers la cabine de l'étrangère dont la porte donnait sur l'antichambre...

Mais il n'eut pas le loisir de l'atteindre...

Surgissant des ténèbres, un poignard à la main, Tangore s'élançait vers lui, menaçant.

L'aide de camp le saisit par le bras, cherchant à le désarmer.

Mais Timour, qui s'était relevé, le ceinturait de ses bras nerveux et, lui faisant perdre l'équilibre, il le renversa sur le plancher.

Tangore se penchait pour le frapper... lorsqu'une main de fer se posa sur son épaule, le forçant à plier sur ses genoux...

C'était le commodore Ravington qui, attiré par l'appel de Timour et redoutant un grave incident, s'était empressé d'accourir.

Près de lui se profilait l'élégante silhouette du général Bruce.

L'aide de camp s'était relevé... et, aussi furieux qu'humilié, prenait aussitôt une attitude réglementaire.

— Ah çà ! gronda Ravington, vous ignoriez donc qu'il était interdit de pénétrer ici ?

Le jeune officier n'eut pas le temps de balbutier même une vague excuse.

Le général Bruce, se tournant vers Ravington, lui demandait, tout en lui désignant Tagore, dont le regard brillait d'une lueur farouche :

— Est-il interdit de châtier celui qui a voulu assassiner un de mes officiers ?

— Attendez, général...

Et le commodore, se penchant à l'oreille de Lovel Bruce, lui murmura quelques phrases que lui seul put entendre.

À mesure que Ravington s'exprimait, le visage du général Bruce prenait une expression de douloureuse surprise.

Dominant son trouble, le général Bruce se tournait vers l'aide de camp et lui ordonnait d'un ton sévère :

— Lieutenant George Wilde, par votre imprudence, par votre étourderie, vous avez failli commettre une faute impardonnable et dont les conséquences auraient pu être irréparables.

« Allez prendre immédiatement les arrêts, en attendant que je statue sur votre sort.

Le jeune officier salua et, tout interdit, regagna l'escalier...

Le général Bruce dirigea son regard attristé vers la cabine mystérieuse devant laquelle Timour et Tagore avaient repris leur faction...

Puis, avec un accent de pitié profonde, il soupira :

— La pauvre femme !

Alors Timour, s'approchant de Tagore, lui dit à voix basse :

— C'est bien, mon fils... Le grand brahmane sera content de toi !...

Et Tagore eut un mystérieux sourire.

VII

À L'ABORDAGE !

Habilement camouflée en navire de commerce, la *Confiance* était partie au-devant du *Kent*. Surcouf et Dutertre étaient vite devenus les meilleurs amis du monde... et le Lorientais, reconnaissant loyalement la supériorité du Malouin, n'avait voulu être que son second à bord... et non pas son égal...

L'équipage, trié sur le volet, était animé de la plus magnifique ardeur... Le temps était splendide et la brise favorable.

L'audacieuse entreprise débutait donc sous les meilleurs auspices.

Cependant, Surcouf semblait préoccupé, mélancolique.

Était-ce parce qu'il jugeait à présent plus froidement l'entreprise qu'il avait résolu de tenter et qu'il commençait à trouver la partie par trop inégale ?

En effet, il fallait une singulière audace pour livrer bataille avec une corvette qui jaugeait à peine trois cents tonneaux, n'avait pas cent matelots à son bord, et n'était armée que de huit couleuvrines, à la véritable citadelle mouvante qu'était le *Kent*.

Mais Surcouf – tous les marins le savaient – n'était pas homme à se laisser décourager par les difficultés d'une tâche résolument décidée.

Au contraire, on eût dit que l'approche du danger, tout en développant ses merveilleuses qualités de chef, exaspérait encore l'indomptable énergie, le sublime courage du corsaire… Et pas un homme de son équipage, depuis Dutertre jusqu'au plus humble gabier, n'avait eu un seul instant la pensée que le capitaine, toujours confiant dans la victoire, éprouvait la moindre inquiétude sur l'issue de sa nouvelle croisière.

Pour eux comme pour lui, le *Kent* était vaincu d'avance !

Cependant tous ses compagnons se demandaient pourquoi Surcouf, d'ordinaire si bouillant d'impatience, si vibrant de belle humeur à l'approche du danger, se montrait, en la circonstance, si sombre et si fermé.

Mais nul n'eût osé provoquer les confidences du grand corsaire.

D'un caractère facilement irritable, servi par une de ces forces physiques dont il ne connaissait pas lui-même les limites, on eût dit qu'à certains moments il incarnait la tempête.

Aussi personne ne se hasardait, en lui posant une question indiscrète, à déchaîner un orage dont les effets risquaient d'être aussi redoutables aux êtres vivants qu'aux objets inanimés.

Or, un soir qu'accoudé au bastingage Surcouf contemplait la mer d'un œil voilé de brume, plusieurs marins accroupis sur le pont entouraient un de leurs camarades qui soufflait dans un biniou un air breton pittoresque et nostalgique.

Soudain, Surcouf eut un ressaut de colère, bondit vers le matelot et lui cria en lui arrachant son instrument :

— Tais-toi, Madurec, tu me casses la tête !

Et il ajouta avec colère :

— Vous autres, allez fourbir vos armes, car j'espère bien que vous aurez bientôt l'occasion de vous en servir !

Les matelots déguerpirent aussitôt et disparurent en un clin d'œil par les écoutilles...

Surcouf se laissa tomber sur un tas de cordages... et se cacha la tête entre les mains...

Dutertre, qui avait assisté de loin à cette scène, s'approcha de lui et, fraternellement, lui posa la main sur l'épaule.

En effet, depuis leur réconciliation, il n'existait plus entre eux aucun motif de ressentiment, aucune trace de rancune...

Faits pour s'estimer, se comprendre et s'aimer, tous deux, en apprenant à se mieux connaître, avaient scellé leur pacte d'alliance d'une amitié sans cesse grandissante et cimentée par la mise en commun de leurs intérêts, l'association de leur vaillance et l'union de leurs ambitions.

À présent, ils pensaient, ils espéraient, ils voulaient ensemble, et le désintéressement si spontané avec lequel le Lorientais avait déclaré devant tous que, seul après Dieu, Surcouf resterait maître de son navire et de son équipage, avait achevé de lui conquérir pour toujours l'affection du Malouin.

— Robert, attaquait Dutertre, on dirait que tu as le mal du pays

Surcouf, un instant, garda le silence. On eût dit qu'il hésitait à répondre.

Puis il murmura :

— Peut-être !

Et, lentement, il poursuivit, hanté par les souvenirs qui l'obsédaient :

— Je pense aux miens... aux amis que j'ai laissés, à ma ville si noble, si belle en sa cuirasse de pierre.

— Pourquoi n'y retournes-tu pas ?

Surcouf laissa échapper un profond soupir.

Dutertre reprenait :

— Tu es riche... glorieux... La prise du *Kent*, qui ne saurait manquer de tomber entre nos mains, va encore grandir notre fortune.

« Moi, je t'assure que si, comme j'en suis certain, notre grand coup réussit, je m'en retournerai à Lorient, je m'y marierai et je tâcherai d'y fonder un foyer, une famille...

« Pourquoi n'en ferais-tu pas autant ?

Surcouf secoua tristement la tête...

— Moi, fit-il, je ne peux pas !

— Te serais-tu brouillé avec les tiens ?

— Non... jamais je ne les ai autant chéris... J'étais si content de me retrouver près d'eux... La grand-mère et la petite Marie-Catherine étaient au désespoir de me voir repartir. J'ai vu mon père essuyer furtivement une larme... et moi-même, quand je me suis éloigné, j'ai senti mes yeux me picoter comme si je les avais trempés dans de l'eau salée.

— Alors ?

Surcouf se tut de nouveau... Sa poitrine se soulevait par saccades et son visage exprimait une amertume profonde.

Dutertre lui prit la main...

— Peine d'amour ! fit-il d'un air à la fois triste et surpris...

— Oui... peine d'amour ! articula douloureusement le corsaire !

— Toi !

— Oui, moi !

— Quelle est donc la fille de ton pays, s'exclamait le Lorientais, qui ne serait pas à la fois folle de joie et d'orgueil à la pensée de devenir ta femme ?

— Ce n'est pas une Malouine ! déclarait Robert.

Puis, brusquement, fébrilement, il s'écria :

— Je vais tout te dire... car je ne puis plus garder cela pour moi... J'étouffe... oui, j'étouffe... J'ai tellement souffert et je souffre encore si cruellement. Je croyais qu'une fois en mer, repris par mon métier, reconquis par mes aventures, j'oublierais. Mais non... Chaque jour, au contraire, ma blessure au lieu de se cicatriser saigne davantage... C'est comme une bête qui me ronge tour à tour le cœur et le cerveau... C'est à en devenir fou, tu m'entends, fou à lier ! Oui, c'est abominable... Écoute-moi... le Lorientais !... Mais, jure-moi que tout ceci restera à jamais entre nous !...

— Je te le jure !

— Tu vas tout savoir !

Et, tout en s'efforçant de maîtriser la tempête qui grondait en lui, le corsaire fit :

— Tu as connu Marcof ?

— Si je l'ai connu !... C'était et c'est encore un grand corsaire...

— Je lui dois tout, scandait Surcouf. C'est lui qui a convaincu mon père qu'il devait me laisser suivre ma vocation de corsaire... C'est lui qui m'a emmené avec lui, m'a élevé, dressé à son école, m'a fait donner ma première lettre de marque, a obtenu pour moi de l'armateur Zacharie, de l'Île de France, le commandement de mon premier bâtiment.

— L'*Émilie*, précisait Dutertre, un fin voilier avec lequel tu as réussi, en quelques mois, à capturer quatre vaisseaux anglais dans le golfe du Bengale.

— Et cela a été le départ de ma fortune. Tu vois donc que j'ai raison, le Lorientais, quand je te dis que je lui dois tout !... Aussi, quand je suis revenu au pays, je n'avais qu'un désir : le revoir, pour lui crier toute mon amitié, toute ma reconnaissance...

« Il se trouvait justement auprès de Saint-Malo... dans sa propriété du Chêne-Vert, sur le bord de la Rance...

« Il n'était pas seul... Il vivait là... très retiré... avec la fille d'un Français et d'une Hindoue qu'il avait ramenée d'une de ses croisières... Elle était chrétienne et il l'avait épousée à l'église... Il en était tellement amoureux qu'il la cachait à tous... Et, en dehors des hommes de son équipage, personne ne l'avait jamais vue et il a fallu des circonstances indépendantes de sa volonté pour qu'il me fît faire sa connaissance...

« Le soir où je me présentai chez lui, deux bandits dont il a été impossible de retrouver la trace, après avoir poignardé Marcof, s'apprêtaient à enlever Madiana... C'est ainsi qu'elle se nomme !... J'arrivai à temps pour les mettre en déroute, délivrer cette malheureuse... et prodiguer mes soins à Marcof, qui se rétablit promptement.

« Hélas ! Madiana était si belle... si différente des autres... ses traits si purs étaient si bien l'expression de son âme, que je ne tardai pas à être entraîné vers elle par une de ces passions contre lesquelles se brisent les plus irréductibles volontés.

« Et voilà qu'un soir, malgré elle, elle m'avoua qu'elle aussi m'aimait !

« Ce fut un instant à la fois d'indicible allégresse et d'atroce déchirement. Car nous avions compris tous deux que ces aveux étaient déjà le commencement du crime ; mais nous résolûmes de ne pas faire un pas de plus sur le chemin de la trahison.

« Et nous nous séparâmes après nous être juré de nous oublier et de ne plus jamais nous revoir.

Et, d'une voix enfiévrée, Surcouf ajouta :

— Toi, auquel j'ai confié mon secret, toi qui sais pourquoi je suis parti de Saint-Malo et pourquoi, sans doute, je n'y reviendrai jamais, tu dois comprendre combien je suis malheureux !

— Alors, tu penses encore à cette femme ?

— Oui, Lorientais, et pourtant, sur mon honneur de corsaire, je te jure que j'ai tout fait pour me détacher d'elle, pour effacer de moi son image, son souvenir... Mais je n'ai pas réussi et maintenant, je le sens bien, j'y penserai toujours !

— Pauvre ami !

Un cri retentissait :

— Un navire !

Ces mots produisirent sur Robert l'effet d'une décharge électrique.

D'un bond, il se leva, lançant, à l'homme de vigie installé à califourchon sur une vergue :

— Un navire ?... Dans quelle aire ?...

— Sous le vent, par le bossoir de tribord...

— Quel signalement ?

— À ce que l'on voit de sa coque hors de l'eau, il doit avoir au moins deux batteries couvertes.

— Ah ! ah !

— Ensuite, il est supérieurement gréé et il a ses voiles taillées à l'anglaise...

— Diantre !

— Je veux bien ne plus m'appeler Pierre-Marie Tinténiac et ne plus jamais revoir le clocher de Cancale, ma paroisse, si ce n'est pas un gros paquebot anglais qui s'avance vers nous...

— N'a-t-il pas, à l'avant, un buste de femme ?

— Oui, commandant !

— Et des bras de civadière à palais simples ?

— Oui, commandant.

— Et son petit hunier ?

— Il porte une prise neuve au-dessus du rez-de-chaussée.

Surcouf n'en entendit pas davantage.

Suivi par Dutertre, il se précipita sur la dunette et, s'emparant d'une longue-vue, il scruta l'horizon.

Bientôt une vive rougeur colora son visage... Les narines frémissantes, la bouche entrouverte en un sourire d'allégresse, il s'écria :

— C'est le *Kent* ! Enfin !

À l'approche de la bataille, Surcouf était redevenu lui-même.

Saisissant un porte-voix, il lançait :

— Tout le monde debout !

Quelques secondes après, tous les matelots de la *Confiance* étaient rassemblés sur le pont.

— Camarades, s'écriait-il, nous allons attaquer le *Kent* que voici là-bas.

D'un même mouvement, les marins se penchèrent vers le bastingage ou se courbèrent sur le guibre...

Au loin, la masse sombre du *Kent* se profilait dans le crépuscule du soir, gigantesque, orgueilleuse, superbe !...

C'était bien la lutte de la mouette contre le cormoran qui allait s'engager !

Mais déjà Surcouf commandait à travers son porte-voix :

— Laisse arriver ! Mets le cap droit sur son travers !... Amène les basses voiles... la barre à tribord... Aborde sous le vent !...

« Arrondis de poupe à tribord, timonier, largue les boulines ! et les bras du vent partout !

« Canonniers, parez en dedans les canons de bâbord, ils gêneraient l'abordage.

« En haut, les gabiers ! Garnissez les hunes de grenades ! Qu'elles pleuvent sur l'Anglais dru comme grêle !

« Sur la drisse et dans les chaloupes, les meilleurs tireurs et visez surtout les officiers !...

Tous s'adressaient des regards effarés comme s'ils croyaient avoir mal entendu les ordres du maître.

Celui-ci, qui s'attendait à cet étonnement, reprenait :

— Nous n'avons de chance de venir à bout d'un pareil adversaire que par la surprise... Nous accosterons donc sans mot dire... Nous jetterons les grappins et, du haut de nos vergues, nous tomberons sur le pont du *Kent* comme la foudre... Que chacun tue son homme d'abord... Moi, je réponds du mien...

« Frappez indistinctement sur les Anglais et sur nos hommes, si les premiers avancent ou si les seconds reculent...

« Que rien ne nous résiste !... et le *Kent* est à nous !...

Électrisés par le langage et l'attitude de leur chef, tous les marins de la *Confiance* clamèrent d'un seul coup :

— Hourra ! Hourra ! pour le commandant !

— Branle-bas de combat et veille au grain..., lançait Surcouf d'une voix de tonnerre... Chacun à son poste et silence partout !...

En un clin d'œil, les caisses d'armes furent montées sur

le pont... et chacun s'empara de haches, de mousquetons, de sabres, de piques... suivant son goût et ses aptitudes...

Les yeux de Surcouf étincelaient.

À la vue de ces braves qui se préparaient si hardiment à attaquer un ennemi si formidable... le grand corsaire sentit une flamme de divin enthousiasme l'embraser... et, brandissant une hache d'abordage, il s'écria :

— Camarades, le moment est venu de vaincre ou de mourir !

— Commandant, nous vaincrons..., fit d'une seule grande voix tout l'équipage.

— Mes gars... je suis content de vous !... Jamais la *Confiance* n'a mieux mérité son nom. À présent, je suis sûr de la victoire !

« Maintenant, masque, partout !... Hop ! Hop !...

« La barre, dessus, timonier ! À l'abordage.

Et tandis que Surcouf gagnait le beaupré sur lequel il s'installait à califourchon avec Dutertre et les meilleurs marins, chacun, sur le pont, se tenait prêt à bondir sur le tillac du *Kent*.

Et la *Confiance* passait vent sous vergue, s'élançant vers son ennemi...

. . . .

À bord du *Kent*, le bref et dramatique incident qui s'était déroulé devant la cabine de la mystérieuse passagère était passé complètement inaperçu et l'on continuait à danser avec le plus joyeux entrain et la plus parfaite insouciance.

Trois vieilles dames anglaises, armées de leurs faces-à-main, regardaient tourbillonner les couples tout en échangeant les propos les plus rassurants.

L'une d'elles, Lady Mappleton, grande, mince, sèche, anguleuse et qui avait la fâcheuse manie de découvrir sans cesse en un sourire officiel et figé une double rangée de dents longues et jaunes qu'on eût dites taillées dans une défense d'éléphant, s'écriait :

— Décidément... nous sommes favorisés ! Je ne vous cacherai pas que lorsque j'ai quitté l'Angleterre pour rejoindre, à Bombay, le colonel Mappleton qui, depuis deux ans, tient garnison dans cette ville, j'éprouvais une double crainte : celle du mal de mer et celle plus vive encore de voir notre navire attaqué par un de ces bandits de l'Océan, vulgairement appelés corsaires.

Lady Mappleton poursuivait :

— Or, depuis notre départ, non seulement nous n'avons pas essuyé le moindre grain, mais nous n'avons même pas vu poindre à l'horizon la plus petite voile suspecte...

« C'est tout simplement admirable.

— La traversée n'est pas encore terminée, observait Mrs. Blomfield, dont l'excessive corpulence couronnée par une énorme tête en forme de boule et aux joues cramoisies comme la robe d'un cardinal, contrastait comiquement avec la maigreur squelettique de sa voisine...

— En effet..., appuyait Miss Betty Hornsby, vieille fille riche, maniaque et à moitié folle qui passait sa vie à faire la traversée de Londres à Bombay et de Bombay à Londres, ne restant à terre que juste le temps nécessaire pour renouveler ses provisions de médicaments dont elle ne cessait de se droguer, et de sa mauvaise humeur, dont elle faisait sentir autour d'elle les effets avec une insistance et une générosité toutes particulières.

Et, en lançant tour à tour à chacune de ses interlocutrices un regard qui révélait la rancœur vinaigrée que lui inspirait le célibat auquel elle était irrémédiablement condamnée, elle insinua :

— Nous allons précisément aborder, cette nuit, dans les parages où les pirates français ont l'habitude de se livrer à leurs sinistres exploits.

— Que nous dites-vous là ! s'exclamait la grosse

Mrs. Blomfield, tandis qu'automatiquement les lèvres minces et blêmes de Lady Mappleton se refermaient sur sa menaçante dentition.

Avec une froideur tranquille et calculée, Miss Betty Hornsby, férocement, poursuivit :

— Lors de mon dernier voyage à bord de la *Sibylle*, nous avons été attaqués, ici même, par un bâtiment corsaire...

« Fort heureusement, deux frégates de la marine anglaise qui croisaient aux alentours ont pu arriver à temps pour nous sauver... Sans quoi, je crois que nous tombions entre les mains de ces terribles pillards.

— Vous avez dû avoir bien peur ! soulignait Lady Mappleton.

— Je n'ai jamais peur, répliquait sans sourciller la vieille demoiselle.

« Je vous dirai même qu'en ma qualité de fille, petite-fille et arrière-petite-fille de marins, j'ai toujours été attirée par la mer... et tout spécialement par la guerre navale, qui est un des spectacles les plus grandioses que l'on puisse rêver.

« Vous ne pouvez vous imaginer combien il y a de beauté dans la rencontre de deux vaisseaux qui, après s'être bombardés, s'abordent, s'agrippent comme deux immenses oiseaux de proie qui s'étreindraient avec leurs serres.

« Ce bruit de caronades, ces panaches de fumée, cette odeur de poudre, ces hommes qui luttent à coups de mousquets, à l'arme blanche, ces corps à corps, c'est quelque chose de merveilleux, de fantastique, qu'il faut avoir vu pour s'en rendre compte. Et moi qui ai vu, je ne demande qu'à revoir encore.

— Eh bien ! pas moi, déclarait Mrs. Blomfield, déjà toute tremblante d'émoi.

Toujours avec la même placidité, Miss Betty Hornsby continuait :

— Ce qui mettrait le comble à ma joie, ce serait, à la suite d'un combat où nos marins auraient été victorieux, de contempler pendus aux vergues du *Kent* le corps d'un de ces forbans, un Surcouf, par exemple !

— Surcouf ! s'exclamèrent simultanément Lady Mappleton et Mrs. Blomfield, auxquelles le seul nom du célèbre corsaire inspirait une véritable épouvante.

Avec un flegme déconcertant, Miss Betty Hornsby accentuait :

— De tous nos ennemis, c'est le plus dangereux, le plus terrible... Il paraît que lorsqu'il s'attaque à l'un de nos navires, il ne lâche jamais sa proie... Or, pendant mon dernier passage en Angleterre, mon cousin, l'amiral Davidson, premier lord de l'Amirauté, m'a affirmé qu'après un bref séjour à Saint-Malo, sa ville natale, il était reparti pour l'Île de France et qu'il avait recommencé à écumer la mer des Indes.

« Aussi ne serais-je pas surprise que nous fussions bientôt attaqués par lui !

« J'en serais ravie... surtout si, comme je l'espère, la bataille se terminait par la défaite, la capture et la pendaison de ce démon.

— Je vous en prie..., s'écriait Lady Mappleton, parlons d'autre chose.

— Mistress Hornsby, déclarait Mrs. Blomfield, vous me donnez la chair de poule.

— Vous allez être cause que je vais rêver toute la nuit que je suis tombée vivante entre les mains de ce maudit Surcouf.

Et, apercevant le commodore Ravington qui se dirigeait de son côté en compagnie du général Lovel Bruce, Lady Mappleton se leva et s'en fut vers lui en clamant :

— Commodore !... Commodore !... venez nous rassurer. Miss Betty Hornsby vient de nous mettre la mort dans l'âme.

— Comment cela ? s'exclamait Sir Ravington avec un cordial sourire.

— Miss Betty Hornsby, scandait Mrs. Blomfield, prétend que nous allons être attaqués par Surcouf.

— Et quand cela serait ! répliquait le commodore, dont le sourire se teinta d'une légère ironie.

— Commodore ! s'exclamèrent simultanément les deux vieilles Anglaises, tandis que Miss Betty Hornsby demeurait stoïquement impassible... Commodore, vous voulez plaisanter.

— Pas du tout, mesdames !... D'ailleurs, le *Kent* n'a rien à redouter.

« N'est-il pas armé d'une puissante artillerie ? Ne porte-t-il pas à son bord un équipage dont la valeur égale le nombre ?

— Et, soulignait le général Bruce, n'est-il pas commandé par l'un des meilleurs officiers de la marine anglaise ?...

— Qui se sent d'autant plus fort, s'empressait d'ajouter Ravington, qu'en cas d'alerte il aurait à ses côtés l'un des plus valeureux officiers de l'armée britannique.

Et, s'adressant à Lady Mappleton, qui tamponnait son front couvert de sueur avec un mouchoir garni de dentelles :

— J'espère, mesdames, que vous voilà quelque peu rassurées. Mais, pour achever de vous tranquilliser tout à fait, laissez-moi vous dire que, si audacieux que soit Surcouf, je doute qu'il ose livrer bataille au *Kent*... car il ne doit pas ignorer que cette fois il courrait à une défaite écrasante.

— Eh bien ! moi, commodore, s'écriait Miss Betty Hornsby, je souhaite, au contraire, qu'il ait cette idée, afin qu'ainsi que je le disais tout à l'heure à ces dames, je puisse enfin voir le corps de ce pirate se balancer à la plus haute vergue de votre paquebot.

À peine avait-elle prononcé ces mots qu'un cri retentissait, dominant le bruit de la fête :

— Un navire à bâbord !

Tandis que Miss Betty Hornsby avait un sursaut d'inquiétude, en contradiction absolue avec ses précédents propos, et que Lady Mappleton et Mrs. Blomfield échangeaient un regard consterné, le commodore, accompagné du général Bruce, se hâtait de regagner la passerelle pratiquée sur le château d'arrière, et, s'emparant d'une puissante lunette d'approche installée sur un solide trépied fixé au plancher par des boulons de cuivre, il regardait dans la direction indiquée par la vigie... et apercevait au lointain un flocon blanc... un voilier si mince qu'on le devinait plutôt qu'on ne l'apercevait.

C'était la *Confiance* qui s'avançait vers le *Kent*.

— Ce doit être un caboteur ou un bateau pilote, grommela le commodore.

Mais, à mesure que le navire grossissait, Ravington, vieux marin d'expérience, commençait à concevoir, non pas de l'inquiétude, mais de la méfiance.

— Voyez donc, vous aussi, général..., invitait-il. Ce vol à la fois rapide et sournois, comme celui d'un épervier qui va fondre sur sa proie... ne serait-ce pas un corsaire ?

— En tout cas, observait Lovel Bruce, je suppose qu'il ne commettrait pas la folie de nous attaquer.

Quelques rires s'élevèrent du groupe des officiers qui l'entouraient.

— Le malheureux ! lançait le lieutenant James Morris, il ne se doute pas de la réception qui l'attend.

— Une bordée bien dirigée, s'exclamait le midship Robertson, suffira à couler cet insensé.

Et, se précipitant vers les valseurs, il s'écria étourdiment :

— Il paraît que nous allons être attaqués.

À ces mots, toutes les danses s'arrêtèrent... Miss Betty Hornsby, toute tremblante de peur, se précipitait, la première, vers l'entrée des cabines, suivie par Lady Mappleton et Mrs. Blomfield qui donnaient des signes de la plus manifeste épouvante.

— Ne craignez rien, mesdames, déclarait l'officier de

marine... Ce n'est pas une bataille qui se prépare, c'est une fête à laquelle nous vous prions d'assister.

— Alors, mesdames, nous restons ? proposait la charmante Lady Bruce, qui avait gardé tout son sang-froid.

Et elle ajouta :

— Il y aura peut-être des blessés et nous serons là pour les secourir.

— Oui, oui, nous restons ! affirmèrent toutes les passagères, enhardies par ce joli exemple de courage.

À ce moment, une ombre couchée derrière la tente du buffet, se dirigea en rampant vers l'escalier qui conduisait à l'entrepont.

C'était l'Hindou Tagore qui, aux écoutes, avait tout entendu et se hâtait de rejoindre Timour qui montait la garde devant la porte de l'inconnue.

— Père, lui dit-il, il paraît que le *Kent* va être attaqué par un corsaire.

Timour répondit, toujours impassible :

— Mon fils, souviens-toi du serment que nous avons fait au grand brahmane.

Tagore murmura d'un air extatique :

— Nous jurons de la tuer plutôt que de la laisser retomber entre les mains d'un étranger !

Et, en un geste d'implacable cruauté, les mains des deux Hindous se crispèrent sur la garde de leur poignard.

Pendant ce temps, le navire suspect était entré dans les eaux du *Kent*... Un premier coup de canon tiré à blanc le sommait de hisser son pavillon.

La *Confiance* continua à avancer sans obtempérer à cet ordre... et toujours avec les allures d'un bateau de commerce inoffensif.

— Il a l'oreille dure..., s'écriait Ravington, qui avait pris place à son poste de commandement.

Et il martela :

— Nous allons élever un peu la voix !

Et il lança dans le porte-voix des ordres qui furent presque immédiatement suivis d'une formidable décharge d'artillerie...

Les canons de bâbord du *Kent* venaient de lâcher sur la *Confiance* une terrible bordée.

Le grand paquebot disparut au milieu d'un nuage de fumée... Lorsqu'elle se dissipa, très lentement, car la brise était faible, le commodore, le général Bruce et les officiers fouillèrent en vain l'horizon.

La *Confiance* avait disparu.

— Ah ça ! s'écriait Ravington, qu'est devenu ce maudit navire ?

« L'aurions-nous déjà envoyé par le fond...

En effet, sur la mer, on ne distinguait aucune épave... Aucun cadavre ne flottait sur l'eau...

— C'est étrange..., s'inquiétait le commodore, ce n'est pourtant pas un bateau fantôme... Ah çà ! où a-t-il bien pu passer ?

La *Confiance* était beaucoup plus près de lui qu'il ne le supposait.

Surcouf, en une manœuvre aussi audacieusement conçue qu'habilement exécutée, après avoir évité la bordée qu'il prévoyait en faisant brusquement pointer vers le *Kent* l'avant de son navire, au lieu de lui présenter le flanc, avait réussi, à la faveur de la fumée qui entourait le paquebot d'un nuage opaque et persistant, à glisser en travers sa corvette jusqu'à l'arrière du *Kent*, dont la haute masse le protégeait contre la fureur des canonnades et déjà ses échelles de corde s'appliquaient comme sur un rempart[1].

1. Tous ces détails du combat entre la *Confiance* et le *Kent* sont rigoureusement authentiques. Ils ont été empruntés, ainsi que toute la partie historique de ce récit : 1° à la *Vie de Surcouf*, par Cunat ; 2° à l'*Histoire de Surcouf*, par son neveu, Robert Surcouf ; 3° aux *Mémoires*, de Joseph Garneray ; 4° à un article sans signature paru dans les *Lectures pour tous* ; 5° aux documents qui nous ont été fort aimablement communiqués par

Un cri, un seul, retentit :

— À l'abordage !

Les femmes s'enfuirent dans l'entrepont... Le commodore, le général Bruce et leurs officiers, surpris, déroutés par cette attaque inattendue, organisaient hâtivement la défense.

Ravington clamait dans le porte-voix :

— Tout le monde sur le pont !... Branle-bas de combat ! Chacun à son poste !... Feu partout !

Mais l'équipage du *Kent*, dont la moitié à peine se trouvait sur le pont, était tellement sidéré par l'acte d'audacieuse folie que venaient de commettre les corsaires français que quelques instants de confusion suivirent les ordres donnés par le commodore.

Profitant de ce désarroi, Surcouf qui, ainsi qu'on l'a vu plus haut, avait combiné son plan d'attaque avec une précision remarquable, faisait d'abord lancer par ses hommes grimpés dans les vergues de son navire une pluie de grenades sur le pont du paquebot anglais, puis il ordonnait de jeter les grappins de la *Confiance* dans les agrès du *Kent* et les basses vergues du mât de beaupré qui allait servir de communication entre les deux navires. Le Malouin, son sabre d'abordage à la main, cria :

— Sautez ! tout le monde !

Et il s'élança sur l'arrière du *Kent*, suivi par Dutertre et cinquante Bretons, la pique, la hache à la main, le poignard aux dents, les pistolets à la ceinture.

Les Anglais eurent un cri :

— Surcouf ! c'est Robert Surcouf !...

Bravement, ils vont tenir tête à la horde humaine qui se

M. l'amiral Ratye, directeur de l'École de guerre navale, membre du conseil supérieur de la Marine, et par M. le bibliothécaire de la Marine ; 6° à une *Étude inédite* de M. le lieutenant de vaisseau Guierre ; 7° à un remarquable travail de M. le lieutenant de vaisseaux Croiset sur les croisières de *Surcouf*.

précipite vers eux... Mais rien ne semble devoir résister à ce prodigieux bondissement d'hommes, à cet ouragan de faces hurlantes, à toutes ces puissances de l'enfer déchaînées.

Bousculés, terrassés avant qu'ils aient eu le temps de se reconnaître, les marins de Ravington et les soldats du général Bruce, stimulés par leurs chefs héroïques, essaient de se former en carré. Mais ils sont éventrés, labourés en de larges trouées sanglantes... Debout au milieu de la fusillade, Surcouf mène la danse. Il est partout à la fois, il agit, il parle, il frappe, il commande[1] !

D'une main, il brandit son sabre, tandis que, de l'autre, il décharge son pistolet qu'il abandonne aussitôt pour s'emparer d'un fusil que porte religieusement un de ses matelots, véritable arme de légende qui s'appelle le Foudroyant, comme jadis l'épée de Roland s'appelait Durandal, et le pont est bientôt balayé.

C'est en vain que les marins qui se trouvaient dans l'entrepont ont cherché à rejoindre leurs camarades... Des corsaires, qui se sont emparés des écoutilles, les abattent successivement aussitôt qu'ils paraissent, à coups de hache et de grenades. Un cri commencé s'achève dans l'agonie... Ce ne sont partout que cadavres gisant dans des flaques de sang, des blessés s'étreignent dans un dernier spasme de rage.

Malgré tout, le commodore et le général qui, entourés de quelques survivants, ont accompli de véritables prodiges, continuent à se battre encore.

— Rendez-vous ! leur crie Surcouf.

— Jamais !... répondirent-ils d'un unanime élan.

Le général Bruce, s'abat, épuisé... Ravington, blessé au bras, lâche son sabre... Des corsaires se précipitent pour les achever, mais Surcouf, s'interposant, ordonne :

1. « Le Roi des Corsaires », revue *Lecture pour tous*, Hachette.

— Ce sont des braves, je vous défends d'y toucher... Je les prends sous ma sauvegarde !

Et voilà que des cris d'épouvante s'élèvent des cabines. Ce sont les vainqueurs qui se préparent à pénétrer dans l'entrepont. Une femme se dresse au sommet de l'escalier... très pâle... mais le regard brillant d'une admirable vaillance... C'est Lady Bruce qui clame aux matelots :

— Épargnez au moins les passagères !

Deux grands gaillards, ivres de bataille, noirs de poudre et nus jusqu'à la ceinture, vont s'emparer d'elle.

Mais Surcouf bondit, les repousse et s'exclame avec colère :

— Nous ne faisons pas la guerre aux femmes !... Le premier qui bouge, je l'étends comme un chien.

— Je suis la femme du général Bruce et je vous remercie ! répond la jolie Anglaise, encore sous l'émotion que lui a causée ce geste chevaleresque.

— Moi, répliqua le Malouin, je suis Robert Surcouf... Je tiens à vous annoncer que votre mari est sain et sauf.

Et il ajouta gravement :

— Le général Bruce est un héros !

À peine a-t-il prononcé ces mots que des acclamations frénétiques s'élèvent sur le pont du *Kent*.

Alors une clameur jaillit de toutes les poitrines des Bretons qui ont survécu au carnage.

— Vive Surcouf ! Vive Dutertre ! Vive la France !

La victoire est complète... La mouette a triomphé du cormoran !

. . . .

Si la bataille avait cessé sur le pont du *Kent*, un drame plus intime, mais non moins terrifiant, achevait de se dérouler dans les flancs du paquebot.

Pendant tout le combat, Timour était resté devant la

cabine de l'inconnue, l'oreille aux aguets, l'œil brillant de lueurs sanglantes.

Mais bientôt apparaissait Tagore qui, dissimulé derrière un tas de cordages, avait assisté à la lutte.

— Surcouf est vainqueur ! annonçait-il, frémissant de fureur et de haine.

— Alors, s'écriait Tagore, accomplissons la volonté du brahmane.

Tous deux pénétrèrent dans la cabine... À leur vue, une femme dont le visage disparaissait sous les voiles sombres dont elle était enveloppée, se dressait, bouleversée d'effroi... Tagore se jetait sur elle pour la maintenir et déjà Timour levait son poignard pour la frapper... Mais, en un effort suprême, la malheureuse s'arrachait à l'étreinte de l'Hindou et se précipitait dans l'antichambre en poussant des cris de terreur ; puis, courant à perdre haleine, elle se dirigeait vers l'escalier donnant accès au pont du *Kent*.

Tagore voulut s'élancer sur ses traces... Mais Timour l'en empêcha :

— Inutile de la suivre, fit-il... car Surcouf nous ferait massacrer par ses marins.

— Alors, père, elle nous échappe ?

— Non ! scanda Timour, d'une voix sourde, car ils vont tous périr !

Puis il murmura à l'oreille de son fils :

— Tâchons de gagner les soutes et, ce soir, le brahmane Kalagâni sera vengé !

Tous deux disparurent dans le dédale des couloirs intérieurs et sombres.

... Grimpant quatre à quatre les escaliers, la femme voilée, persuadée qu'elle était toujours poursuivie, atteignait le pont du paquebot encombré de morts et de blessés au milieu desquels Surcouf, superbe comme le dieu des batailles, donnait des ordres à ses matelots.

À la vue du corsaire, un cri de délivrance jaillit de sa poitrine :

— Lui ! Lui !

Et, les mains tendues, elle se dirigea vers le vainqueur. Mais, à bout de forces, elle chancela et tomba à ses genoux.

Surcouf surpris, ainsi que tous ceux qui l'entouraient, contemplait l'inconnue, lorsque celle-ci, d'un geste brusque, écarta les voiles qui cachaient son visage... Alors le Malouin se pencha vers elle.

— Madiana ! s'écria-t-il, bouleversé d'amour et d'épouvante.

— Oui, moi ! reprit la femme de Marcof en s'évanouissant dans ses bras.

VIII

APRÈS LA BATAILLE

Surcouf avait fait transporter Madiana évanouie dans une des cabines du *Kent* et ordonné qu'on le laissât seul avec elle.

Penché au-dessus de la couchette sur laquelle elle était étendue, il contemplait avec angoisse son beau visage, attendant avec anxiété qu'elle revînt à elle et lui apprît comment et pourquoi elle se trouvait à bord du paquebot anglais.

Sa patience n'allait pas être soumise à une longue épreuve. Bientôt, en effet, Madiana rouvrait les paupières. Sous le coup de la scène terrible qu'elle venait de vivre, elle se dressa brusquement, frissonnante, éperdue et clamant :

— J'ai peur ! J'ai peur !

Doucement, Surcouf l'attirait dans ses bras en disant :

— Rassurez-vous, Madiana, vous êtes désormais à l'abri de tout danger.

« Je me suis rendu maître de ce navire. Tous nos ennemis sont morts ou prisonniers. Vous êtes sous ma sauvegarde et désormais vous n'avez plus rien à craindre de personne.

— C'est la seconde fois que vous me sauvez ! déclarait Madiana en se blottissant contre le corsaire.

— Le destin – ou Dieu plutôt – a voulu qu'il en fût ainsi, reprenait gravement Surcouf... C'est donc qu'il était écrit...

Il s'arrêta, comme s'il craignait de trahir la passion qui

n'avait jamais cessé d'exalter son cerveau et de brûler son cœur. Puis, dominant son émoi, il demanda :

— Comment se fait-il que vous vous trouviez à bord du *Kent* ?

Madiana tressaillit. Son visage, un instant éclairé par un rayonnement de joie, s'assombrit de nouveau ; ses lèvres entrouvertes en un sourire d'espoir et de délivrance se refermèrent tristement et elle garda le silence.

Haletant, Surcouf interrogeait :

— Et Marcof ?

D'une voix sourde, Madiana scanda :

— Marcof est mort.

— Mort ! sursauta le Malouin.

— Oui, affirmait la jeune femme. Lors d'une expédition sur les côtes d'Angleterre, son navire a été attaqué par une escadre ennemie. Malgré des prodiges de valeur, Pierre n'a pas tardé à succomber sous le nombre. Criblé de boulets et de mitraille, le *Jean-Bart* s'est enfoncé dans la mer. Je me suis jetée à l'eau avec Marcof. Un canot battant pavillon anglais m'a recueillie à son bord. J'ai vu alors un marin tendre un aviron à Marcof qui, au moment où il allait le saisir, a été emporté par une lame et a disparu dans les flots. Alors, on m'a emmenée prisonnière dans la citadelle de Douvres où j'ai été traitée avec égards, et là, on m'a appris que Marcof avait péri en mer avec tout son équipage.

« Je suis tombée gravement malade et j'ai été transportée dans un hôpital, aux environs de Londres, où j'étais fort bien soignée... lorsqu'un jour où j'achevais ma convalescence, sous la surveillance discrète et bienveillante de deux infirmières qui paraissaient me témoigner beaucoup d'intérêt et même une certaine amitié, je reçus la visite d'un constable accompagné de deux policemen.

« — Vous êtes accusée, me dit-il, d'avoir provoqué l'assassinat, par des Français, du grand brahmane Kalagâni.

« Tandis que je revivais la scène tragique où Marcof

m'avait arrachée aux fanatiques qui voulaient me faire périr, le constable poursuivait d'un air grave et attristé :

« — La justice de votre pays vous réclame. À notre grand regret, nous sommes obligés de vous livrer à elle, sous peine de voir la population de nos nouvelles colonies des Indes se livrer à un soulèvement dangereux, mortel même pour nos nationaux qui résident dans ce pays. Veuillez donc nous suivre.

« Je compris que toute résistance de ma part serait inutile et que je ne parviendrais pas à attendrir cet homme qui ne faisait qu'obéir à une consigne dictée par une raison d'État suprême... Et, folle de terreur, je m'évanouis dans les bras des policemen qui s'étaient emparés de moi.

« Lorsque je revins à moi, j'étais étendue sur une couchette, à bord de ce navire, sous la garde de deux Hindous qui me déclarèrent que j'étais leur prisonnière, qu'ils avaient pour mission de m'interdire de communiquer avec toute personne étrangère et de me ramener dans mon pays où je serais jugée suivant la loi.

« Mon existence ne fut plus alors qu'une lente et cruelle agonie.

« À mesure que je me rapprochais du but de mon voyage, je sentais grandir mes angoisses ; et je crois que je me serais donné la mort si je n'avais pas été sans cesse épiée par mes deux geôliers qui, tour à tour, montaient autour de moi une garde vigilante.

« Lorsque, tout à coup, j'entendis plusieurs coups de canon suivis du fracas de la bataille.

« Je tressaillis d'espérance. Sans doute était-ce un corsaire français qui attaquait le paquebot anglais ? Je ne me trompais pas. En effet, tandis que la bataille se poursuivait sur le pont, la porte de ma cabine s'ouvrait brusquement, livrant passage à mes deux gardiens qui s'avançaient vers moi en me menaçant de leurs poignards.

« En même temps des cris me parvenaient : "Vive Surcouf ! Vive la France !"

« Vive Surcouf ! Vous étiez donc là vous... oui, vous, combattant sans vous en douter pour ma délivrance. Alors, il me sembla qu'une force surnaturelle me galvanisait et je m'élançai vers le couloir.

« Comment ai-je réussi à échapper à mes bourreaux et à vous rejoindre parmi le tumulte, l'enivrement, l'horreur de la bataille autour de moi ? Je ne saurais vous l'expliquer !

« Oui, vous avez raison de dire que le destin voulait que nous fussions réunis, puisque vous voilà et que vous m'avez encore une fois sauvée !

Et, avec un accent de profond mysticisme, Madiana ajouta :

— Si le ciel a permis ce miracle, c'est qu'il a tenu à ce que, désormais, nous ne soyons plus séparés !

Surcouf, qui avait écouté ce récit avec une indicible émotion, reprenait :

— Marcof m'avait fait jurer de veiller sur vous s'il venait à disparaître, je tiendrai mon serment !

Madiana, exultant d'allégresse, saisit de nouveau la main du corsaire, qui poursuivait :

— Je vais vous conduire à l'Île de France.

Mais la jeune femme, reprise de frayeur, s'écriait :

— Non ! non ! pas là ! C'est trop près des Indes ! Ils me reprendraient et ils me brûleraient vivante !

Et, tout en s'abattant dans les bras de son sauveur, elle ajouta :

— J'aime mieux mourir près de... oui... près... de... toi !...

Ces derniers mots s'exhalèrent en une plainte douloureuse... et Madiana retomba inerte sur la couchette.

Surcouf, effrayé, s'efforça de la ranimer... Ce fut en vain... Effrayé, il courut vers la porte qu'il ouvrit toute grande, appelant du secours.

L'entrepont avait été presque entièrement transformé en

ambulance où les blessés français et anglais recevaient indistinctement les premiers soins des passagères. Celles-ci, maintenant rassurées, tenaient à rivaliser de zèle avec la noble et courageuse Lady Evelyne Bruce, qui leur avait donné un si bel exemple de courage...

À la vue de Surcouf, la femme du général eut un léger tressaillement et, après avoir achevé de panser sommairement un corsaire dont le bras avait été traversé de part en part d'un coup de baïonnette, elle s'avança vers la cabine d'où était parti l'appel du commandant.

La porte était restée entrouverte ; Lady Evelyne Bruce en franchit le seuil, et, se dirigeant vers Surcouf qui, de retour auprès de Madiana, se penchait, guettant son retour à la vie, elle fit avec une grande simplicité :

— Puis-je lui venir en aide ?

Surcouf la regarda avec étonnement.

Lady Bruce déclara :

— Je suis la femme du général Lord Bruce ; vous nous avez sauvé la vie à mon mari et à moi. Je voudrais vous prouver combien je vous en suis reconnaissante !

— Vous savez quelle est cette femme ? interrogeait Surcouf.

— Je l'ignore, commandant ; mais, du fait que vous vous intéressez à elle, cela me suffit pour que je lui accorde toute ma sympathie.

Le corsaire, touché, s'inclina en disant :

— Je vous remercie, madame, et je vous la confie.

Puis, d'une voix grave, il ajouta :

— Un jour, je vous raconterai son histoire, et je suis sûr qu'elle vous inspirera une telle sympathie que vous ne regretterez pas d'avoir eu pitié d'elle.

— Je devine qu'un terrible mystère enveloppe sa vie, déclarait Lady Bruce ; mais quel qu'il soit, commandant, dites-vous que cette femme est désormais sacrée pour moi !

Surcouf salua avec respect cette « grande dame » qui

n'était déjà plus pour lui une ennemie ; et, tandis qu'elle s'approchait de Madiana, repris par ses devoirs de chef, il quitta la cabine et regagna le pont.

En son absence, Dutertre avait déjà pris de sages mesures. Après avoir fait descendre les blessés dans l'entrepont, ranger les cadavres à l'avant du navire et enfermer les officiers et les passagers du *Kent* sous bonne garde, les uns dans leur salle à manger ; les autres dans le grand salon, il avait donné l'ordre de transborder les autres prisonniers à bord de la *Confiance*, où on les avait descendus à fond de cale.

Surcouf s'avança vers lui et, constatant qu'un ordre relatif régnait sur le pont qui avait été, si peu de temps auparavant, le théâtre d'un affreux carnage, il lui lança :

— Mes compliments, camarade, tu viens de faire de bonne et prompte besogne !

— On a fait de son mieux, répliquait modestement le Lorientais.

Et, rondement, il ajouta :

— Maintenant, que faisons-nous ? Est-ce que nous remettons tout de suite le cap sur l'Île de France ?

— Attends un peu, fit Robert...

Et, gravement, il poursuivit :

— La femme que tu as vue tout à l'heure se précipiter vers moi...

— Oui, eh bien !

— C'est Madiana, la femme de Marcof.

— Que me dis-tu là ?

— Elle vient de m'apprendre qu'à la suite d'un combat où Marcof avait péri, elle était tombée aux mains des Anglais qui l'avaient livrée à deux Hindous chargés de la ramener dans son pays et de la livrer à la justice ou plutôt à la vengeance, à la férocité des brahmanes !... Au fait... j'ai un compte à régler avec ces deux bandits.

Et, s'adressant à un groupe de matelots qui passaient près de lui, Surcouf ordonna :

— Deux Hindous se cachent à bord de ce navire. Qu'on les cherche et qu'on me les amène !

« Que l'on fasse venir également en ma présence le commodore et le général anglais que nous avons faits prisonniers.

« J'ai besoin de leur parler sur-le-champ !

Tandis que les corsaires s'empressaient d'exécuter ses ordres, Surcouf reprenait :

— Camarade, te voilà riche, puisque la moitié de la part de prise t'appartient. Et ce sont plusieurs fortunes que le *Kent* recèle dans ses flancs. Que dirais-tu si, au lieu de rentrer à l'Île de France, nous mettions le cap sur la Bretagne ?

À ces mots, les traits du Lorientais s'illuminèrent à leur tour d'une belle allégresse.

— Eh bien ! c'est entendu... décidait le corsaire. Nous allons cingler vers la France.

Dutertre objectait :

— Et si nous sommes attaqués ?

— À nous deux nous ne craignons rien ! ripostait Surcouf. Et puis, par mesure de prudence, nous saurons, suivant les rencontres que nous ferons en route, hisser tour à tour sur la *Confiance* et sur le *Kent* le pavillon français et le pavillon britannique.

Puis, éclatant d'un rire sonore, le grand corsaire s'écria :

— J'ai plus d'un tour dans mon sac. Jamais l'ennemi n'a réussi à me prendre... et l'heure où je tomberai en son pouvoir n'a pas encore sonné.

Le commodore Ravington et le général Bruce qui, dans leurs uniformes déchirés, encore noirs de poudre, conservaient dans la défaite la dignité qui sied au courage héroïque mais malheureux, apparaissaient, encadrés de quelques marins bretons.

Surcouf, après un salut bref mais correct, attaquait :

— Messieurs, pendant que nous nous battions tout à

l'heure en soldats mutuellement dignes d'estime et de respect, deux Hindous, sur ce navire, ont voulu traîtreusement assassiner une femme.

Bruce et Ravington échangèrent un regard attristé.

Le Malouin, s'adressant au commodore, reprenait avec indignation :

— Comment un marin tel que vous a-t-il pu consentir à se faire le geôlier de cette femme et, par-là même, le complice d'une infamie ?

Ravington bondit sous l'outrage.

Mais il n'eut pas le temps de répliquer. Se plaçant entre Surcouf et lui, le général Bruce déclarait avec un tel accent de noblesse que le Malouin en fut aussitôt désarmé :

— Commandant, ne forcez pas ce brave officier à rougir devant vous d'une consigne qu'il a dû exécuter la mort dans l'âme.

Surcouf réfléchit un instant ; puis, redevenant entièrement maître de lui :

— Vous êtes des gens de cœur, messieurs, reprit-il, et je me réjouis de vous avoir sauvé la vie.

« Je vais vous faire rendre vos épées à une seule condition, c'est que vous me donnerez votre parole d'honneur que vous ne chercherez pas à vous évader, tant que le gouvernement de mon pays n'aura pas statué sur votre sort !

— Commandant, nous vous la donnons volontiers, répliquèrent simultanément Bruce et Ravington, très émus par la générosité chevaleresque que leur témoignait le corsaire.

— C'est ma façon de faire la guerre, déclarait Surcouf. Et si je suis implacable dans le combat, sachez aussi que je ne me laisse jamais griser par la victoire au point de ne pas reconnaître et saluer comme il le mérite l'héroïsme de ceux qui, loyalement, se sont battus contre moi.

Les trois hommes s'adressèrent un de ces saluts qui sont l'honneur de ceux qui les échangent.

Un léger tumulte s'élevait tout près d'eux. C'était un

groupe de marins bretons qui ramenaient les deux Hindous que leur chef les avait chargés de rechercher à bord du *Kent*.

L'un d'eux s'avançait vers Surcouf et disait en lui désignant Timour et Tagore, dont les yeux étincelaient de fureur :

— Commandant, nous les avons trouvés dans la soute aux munitions. Ils avaient réussi à percer un tonneau et à verser un peu de poudre à terre. L'un d'eux, le plus vieux, battait déjà un briquet. Et si nous n'étions pas arrivés à temps pour les en empêcher, ces deux gredins faisaient sauter le navire.

Surcouf, d'un air terrible et sans prononcer un mot, dévisagea successivement Timour et Tagore qui soutinrent avec une rare et froide énergie le regard fulgurant dont les foudroyait le Malouin.

Puis, d'une voix métallique et tranchante, il fit :

— Qui êtes-vous ?

Les deux Hindous ne bronchèrent pas et se contentèrent de croiser lentement les bras.

On sentait que l'un et l'autre avaient fait le sacrifice de leur vie.

— Parlez ! ordonnait Surcouf de plus en plus impérieux.

Mais les deux Hindous demeurèrent silencieux.

— Vous ne voulez pas me répondre ? martelait le corsaire.

Le même sourire, tout de fatalité, erra sur les lèvres du père et du fils.

Emporté par la colère, Surcouf, comprenant qu'il ne viendrait pas à bout du fatalisme passif de ces deux Orientaux, s'écriait :

— Qu'on pende ces coquins à une vergue !

Aussitôt les corsaires entraînèrent Timour et Tagore au pied du grand mât.

L'un d'eux s'était emparé d'une solide corde, grimpait dans les agrès, lorsque Tagore, en un bond de tigre, échappant aux matelots qui l'entouraient, courait vers le bastingage et, avant qu'on eût le temps de le retenir, se jetait à la mer.

Surcouf et plusieurs de ses hommes se précipitèrent. Ils aperçurent Tagore qui nageait vigoureusement entre deux eaux. Le Malouin saisit un pistolet... Des matelots s'emparèrent de mousquets. Une grêle de balles s'abattit autour du fugitif qui, sans doute, fut atteint car il disparut dans les flots en un tourbillonnement d'écume.

Pendant ce temps, Timour, lui aussi, avait échappé à ses gardiens qui, non sans peine, avaient réussi à le maîtriser. Maintenant, le bout de la corde attaché à la vergue pendait sur le pont.

Sur un geste de Surcouf qui s'était rapproché, un corsaire passa la corde au cou de l'Hindou qui s'écria, en joignant les mains :

— Mon fils, que Siva nous venge !

Les matelots, juchés sur une vergue, commencèrent à tirer sur la corde.

Quelques instants après, le corps de Timour se balançait dans les airs. Le corsaire avait fait justice.

. . . .

Le lendemain, au point du jour, tandis que, sous la garde de Lady Evelyne qui ne l'avait pas quittée, Madiana dormait tranquille et reposée sur sa couchette, une émouvante cérémonie se déroulait à bord du *Kent*.

Les ennemis de la veille, réunis en un même devoir, adressaient à leurs morts un suprême adieu.

Au milieu d'un carré formé par trois rangs de Français et un rang d'Anglais, des corps enveloppés, les uns de drapeaux et les autres de pavillons aux couleurs britanniques, étaient étendus sur le pont. Chacun portait un boulet attaché aux pieds. Au centre, se dressaient, tête nue,

Surcouf, Dutertre, le commandant Ravington et le général Bruce.

Au milieu d'un grand silence, le commodore lut une brève prière, tourné vers ses marins morts en faisant leur devoir. Quand il eut terminé, Surcouf tira son sabre et, saluant d'un geste large les cadavres de ses matelots, il s'écria d'une voix vibrante :

— Adieu, mes amis !

Puis, étendant son arme vers les morts anglais, il ajouta :

— Adversaires dans les combats, soyez désormais frères dans la gloire !

Un bref roulement de tambour se fit entendre, suivi d'une salve tirée par les canons du paquebot.

Puis on vit un premier corps, soulevé par un palan, transporté par les airs, franchir le bastingage, s'abaisser vers la mer et disparaître pour toujours.

Successivement, tous les morts prirent le même chemin, tandis que les corsaires présentaient les armes.

Et quand tout fut terminé, quand les morts furent tous descendus au fond de l'Océan, le *Kent* et la *Confiance*, toutes voiles dehors, et poussés par un vent favorable, s'élancèrent vers la France.

IX

À SAINT-MALO

Depuis longtemps, les Surcouf étaient sans nouvelles de Robert.

Installée dans son fauteuil, la vieille grand-mère regardait tour à tour le portrait du corsaire suspendu à la muraille et Marie-Catherine qui, non moins mélancolique, rangeait du linge dans une vaste armoire. Elles avaient déjà tant parlé de *lui*, qu'il semblait qu'elles n'eussent plus de mots pour exprimer leurs mutuelles angoisses. Chaque matin, elles se rendaient à l'église assister à la messe et prier pour l'absent.

Elles espéraient toujours une lettre ou bien la visite d'un marin qui l'aurait rencontré à l'Île de France et viendrait les rassurer sur son sort... Et rien... toujours rien !... Alors, dans la journée, elles se rendaient chez les parents des matelots qui étaient partis avec lui... Mais les pauvres gens ne pouvaient rien leur dire... car eux aussi n'avaient rien reçu, rien appris. Et tous résumaient leurs inquiétudes en une phrase qu'ils n'osaient prononcer, mais qu'ils pensaient tout de même :

— Pourvu que la *Confiance* n'ait pas subi le sort du *Jean-Bart* ! Pourvu que Surcouf, ainsi que Marcof, n'ait pas péri avec tout son équipage !

Ce jour-là, la pauvre maman Surcouf se sentait particulièrement envahie par la plus douloureuse des anxiétés. La nuit précédente, elle avait eu un cauchemar qui la hantait, l'obsédait et la plongeait dans un affreux chagrin.

Des larmes roulaient sur ses joues qu'elle ne songeait pas à essuyer et bientôt, éclatant en sanglots, elle murmurait :

— Mon Robert, mon enfant ! Je sens bien que je ne te reverrai plus jamais !

À ce cri de douleur, Marie-Catherine s'empressait d'accourir auprès de sa marraine. S'agenouillant devant elle et lui prenant les mains, elle s'écriait :

— Il faut toujours prier, toujours espérer !

— Je suis à bout de courage, déclarait la bonne vieille... Et puis, j'ai fait un rêve, un rêve épouvantable... Je me figurais que notre Robert avait été capturé par l'ennemi et que ceux-ci, qui l'avaient garrotté, le pendaient à une vergue, tandis qu'il nous criait :

« — Adieu ! adieu !

« Ah ! pourquoi me suis-je réveillé ! Le bon Dieu aurait mieux fait de me rappeler à lui tout de suite !

— Marraine, reprenait Marie-Catherine, il ne faut point parler ainsi. Vous savez bien que les rêves sont toujours le contraire de la réalité.

— Ah ! ma pauvre petite, je ne sais plus, je ne sais plus !

— Maman, Robert reviendra... oui, il reviendra, j'en suis sûre.

— Maman ! s'écriait Mme Surcouf dont le visage s'illumina tout à coup d'un rayonnement de touchante tendresse.

Et, attirant vers elle l'orpheline, elle poursuivit :

— Oh ! oui, appelle-moi "maman". Cela me fait du bien que tu m'appelles ainsi... Maman, maman.

Et, longuement, elle serra contre sa poitrine la jolie Bretonne, consolation de ses derniers jours, ultime rayon de soleil dans son hiver, et dont la si profonde tendresse, la si sincère gratitude calmaient la souffrance que lui causait l'absence de son petit-fils.

Et elle ajouta, presque souriante :

— Tu as raison d'espérer ! Robert est à la fois si habile et si brave qu'il n'est pas possible qu'il ne soit pas toujours vainqueur !

— Et puis, observait justement la jeune fille, s'il avait été pris par les Anglais, ceux-ci n'eussent pas manqué de le faire savoir par tout l'univers.

— Tu as raison. Embrasse-moi encore, ma chérie. Grâce à toi, je ne pleure plus, je ne veux plus pleurer, je ne veux plus mourir, et la seule grâce que je demande au ciel, c'est de me permettre de vivre assez longtemps pour revoir encore mon cher Robert !

— Et je suis sûre, affirmait Marie-Catherine, que Dieu vous exaucera !

... Depuis un moment déjà, Jacques Morel, le commis aux écritures, l'air soucieux, se promenait sur la terrasse.

Ni Mme Surcouf, ni Marie-Catherine ne pouvaient le voir, car la porte-fenêtre, garnie de rideaux, était fermée. Soudain, Mme Surcouf, qui avait entendu un bruit de pas, fit observer :

— On dirait qu'il y a quelqu'un dehors... Veux-tu aller voir, mon enfant ?

Marie-Catherine s'en fut vers la porte, qu'elle ouvrit.

En apercevant Jacques Morel qui la regardait d'un air préoccupé, elle eut un léger sursaut.

— Entrez, Jacques, fit-elle sans grand empressement.

Mais le commis aux écritures répondait d'un ton mystérieux :

— Il faut que je vous parle !

Marie-Catherine qui, après avoir refermé la porte, s'était un peu avancée sur la terrasse, esquissa un mouvement de retraite. Mais, cédant à une impulsion qu'il ne pouvait plus refréner, Jacques Morel l'entraîna jusqu'au sommet de l'escalier, et lui dit d'une voix rauque :

— Marie-Catherine, vous n'avez donc pas compris combien je vous aimais !

La jeune fille voulut se dégager. Mais... tout en resserrant son étreinte, Jacques Morel, hors de lui, articulait :

— Pourquoi ne voulez-vous pas être ma femme ?

Avec fermeté, la jolie Bretonne affirmait :

— Parce que je ne vous aime pas, et je ne vous aimerai jamais !

Morel eut un cri de rage. Puis, les traits tourmentés, la bouche entrouverte en un rictus de haine, il reprit :

— Vous pensez toujours à Robert ?

Marie-Catherine ne répondit pas, mais son visage s'illumina d'une sorte de ferveur mystique.

— Lui ne vous aime pas..., proférait Jacques, que sa colère enlaidissait encore... D'ailleurs, c'est en vain que vous l'attendez, il ne reviendra jamais !

— Jacques... que vous êtes méchant ! Que vous êtes cruel ! scandait Marie-Catherine en se dégageant.

« Cela ne vous portera pas bonheur.

— Ah ! prenez garde ! grondait Jacques Morel. J'en ai assez d'être toujours traité en paria. À la fin, je me révolte ! Et vous verrez jusqu'où l'exaspération et le désespoir peuvent conduire un homme tel que moi ! Oui, je me vengerai, Marie-Catherine, je me vengerai.

— Je ne vous crains pas ! répliquait fermement la petite Bretonne.

Une voix joyeuse s'élevait :

— Ah ! mes enfants, quelle nouvelle !

C'était M. Surcouf qui apparaissait, tout essoufflé, au sommet de l'escalier dont il avait gravi les marches en courant...

Tandis que la grand-maman, attirée par les cris de son fils, apparaissait à son tour sur la terrasse, M. Surcouf, qui avait repris haleine, déclarait :

— On signale au large deux navires, un grand et un petit. Il paraît que le petit serait la *Confiance* !

Un même cri de délivrance jaillit des lèvres de l'orpheline et de sa marraine. Quant à Jacques Morel, il se mordit les lèvres jusqu'au sang.

Mais M. Surcouf se précipitait vers une longue-vue qui, sur son trépied, était braquée vers la mer. Fébrilement, il la mit au point, puis regarda.

Au lointain, deux bâtiments, l'un en effet de dimensions majestueuses, l'autre de tonnage plus modeste, mais fin, élancé comme une hirondelle, émergeaient de l'horizon au nord-ouest de l'îlot de Cézembre. Leurs proues tournées vers la côte, leurs voiles gonflées par une forte brise et battant tous les deux le pavillon de France, ils se dirigeaient ostensiblement vers le port de Saint-Malo.

Mme Surcouf et Marie-Catherine, haletantes d'émotion, Jacques Morel, pâle de rage, attendaient, les regards fixés sur les deux navires.

Bientôt, M. Surcouf lançait :

— C'est la corvette de Robert... C'est la *Confiance*, j'en suis sûr !

Il se redressa et courut vers sa mère qu'il serra dans ses bras. Marie-Catherine, folle de joie, l'embrassa aussi, sous le regard furieux de Jacques Morel, qui rongeait son frein.

Et la vieille grand-maman, transfigurée, radieuse, rajeunie, s'écriait :

— Merci, mon Dieu, d'avoir exaucé ma prière !

Tous trois s'en furent vers le parapet de la terrasse qui surplombait la mer. Les deux navires approchaient du port. Maintenant, on distinguait nettement la masse formidable du *Kent* et la silhouette élégante de la *Confiance* qui se détachaient nettement sur l'horizon, ce jour-là tout de soleil et d'azur.

Mme Surcouf voulut regarder, elle aussi, à travers la longue-vue ; mais ses pauvres yeux tout embrumés par les larmes de bonheur qui succédaient enfin à tant de pleurs de tristesse, ne distinguaient plus rien. Marie-Catherine lui succéda... toute tremblante... Presque aussitôt, elle eut un cri :

— C'est lui... je le vois... à l'avant... dans son bel uniforme de commandant !...

Mais soudain elle s'arrêta... l'œil fixe, la bouche entrouverte... en proie à un trouble subit.

Puis, tout bas, elle murmura :

— On dirait qu'il y a une femme près de lui !

— Une femme ! répétait M. Surcouf, stupéfait... Oh ! tu dois te tromper !... Voyons, ce n'est pas possible !

Vivement, il s'empara de la longue-vue.

— C'est vrai, fit-il... C'est bien une femme.

Marie-Catherine, instinctivement, se réfugia auprès de sa marraine. M. Surcouf, de plus en plus interloqué, grommela :

— Une femme ! Voilà qui est étrange !

Et Jacques Morel, dont le regard brillait d'une satisfaction sournoise, grinça entre ses dents :

— Maintenant, j'en suis sûr, Marie-Catherine sera à moi !

. . . .

M. Surcouf et Marie-Catherine ne s'étaient pas trompés. C'était bien une femme qui était près de Robert, appuyée au bastingage, à l'avant de la *Confiance*.

D'un geste large, Surcouf lui montrait les remparts de Saint-Malo sur lesquels la foule, avertie de l'approche des deux navires et du retour de son jeune héros, commençait à s'amasser.

Et le corsaire, adoucissant l'éclat naturel de sa voix, disait à Madiana :

— Nous allons être heureux, Madiana !

Il semblait qu'en effet rien désormais ne pouvait leur interdire d'être l'un à l'autre. Et si l'ombre de Marcof planait encore au-dessus d'eux, ce n'était nullement pour leur reprocher un amour criminel contre lequel ils avaient su si noblement se défendre...

En effet, lorsqu'il se croyait mortellement frappé, Marcof n'avait-il pas dit à Surcouf :

— Si je meurs, promets-moi de défendre Madiana, jure-moi de veiller sur elle toujours !... toujours !

En associant leurs deux existences, Surcouf et Madiana n'accomplissaient-ils pas la volonté suprême du disparu ? Exempts de toute défaillance, purs de toute trahison, leur conscience n'était-elle pas en règle avec leur cœur ? Leur bonheur ne connaîtrait aucun remords, puisque, l'un et l'autre, fidèles à la foi jurée, avaient su accomplir, lorsqu'il le fallait, le plus déchirant des sacrifices.

Pénétrés tous deux de cette même pensée, c'était avec orgueil qu'ils pouvaient échanger le même regard tout brûlant d'amour, le même baiser tout vibrant de joies divines.

Et Surcouf, tout en serrant dans ses bras Madiana, qui, extasiée, avait laissé retomber sa tête contre son épaule, murmura avec un accent de sublime allégresse :

— Oui, comme nous allons être heureux !

X

À BORD DU *CROWN*

À l'époque où se déroule ce récit, l'Angleterre était gouvernée par un homme qui a laissé dans l'histoire un nom et une trace ineffaçables, c'est-à-dire par William Pitt.

Fils d'un homme d'État déjà célèbre, qui avait joué un rôle prépondérant et parfois même éclatant dans les affaires de son pays et auquel son éloquence et son habileté parlementaires avaient valu le surnom de « Grand Député des Communes », William Pitt non seulement avait supporté sans faiblir le poids de l'héritage paternel, mais il avait encore illustré son nom, déjà célèbre, d'un incomparable éclat.

Élu en 1781 membre de la Chambre des communes, après avoir obtenu de grands succès parlementaires qui inspiraient ce mot au vieux député Burke : « Ce n'est pas un rameau du vieux chêne, c'est le chêne lui-même », il était nommé chancelier de l'Échiquier à l'âge de vingt-trois ans et, quelques mois après, il était chargé par le roi George III de former un cabinet dont il devint le chef.

Son premier soin fut de rétablir les finances anglaises, qui étaient alors dans un déplorable état. Tout de suite, le tribun se révéla comme un des plus grands « argentiers » du monde. Tout en faisant preuve de qualités diplomatiques exceptionnelles, il déploya à l'intérieur une énergie gouvernementale qui fit de lui un véritable dictateur.

Poursuivant avec une vigueur extrême tous ceux qui avaient l'imprudence de proférer des opinions révolutionnaires, il ne recula jamais devant les mesures les plus sévères pour maintenir son autorité et, s'il fut un adversaire acharné de la France, rendons-lui la justice qu'il fut un grand serviteur de son pays.

On doit penser qu'un tel homme ne pouvait être qu'animé d'un terrible ressentiment envers ces corsaires français qui avaient réussi à porter une si grave atteinte à la marine anglaise.

Surcouf, surtout, était devenu ce que l'on appelle vulgairement « sa bête noire ». Pitt avait même mis sa tête à prix, et quel prix ! Vingt mille livres sterling ! Une fortune !

Mais Surcouf était toujours vainqueur, toujours insaisissable. Et chaque fois que l'on prononçait son nom, Pitt entrait dans une violente colère.

Comme il les eût rendus à la liberté en échange de Surcouf, tous ces autres corsaires français qu'il détenait prisonniers sur les fameux pontons, en rade de Portsmouth !

Mais le Malouin, ainsi qu'on l'a vu, n'était pas homme à se laisser prendre... Et Pitt en était pour sa rage impuissante... qui lui valait souvent des heures agitées et parfois même des nuits sans sommeil.

Elle allait s'exaspérer encore au cours de la lecture que lui faisait ce matin-là l'un de ses secrétaires, dans son vaste cabinet de travail, en présence du premier lord de l'Amirauté, Sir Robert Davidson.

Après avoir communiqué à son maître certains renseignements de relative importance, le secrétaire, avec un tremblement dans la voix, attaquait :

Nous avons appris que le corsaire Surcouf, après s'être emparé du Kent, *l'un des meilleurs paquebots de notre Compagnie des Indes, et capturé son équipage...*

Pitt eut un sursaut de colère.

Le secrétaire, dont l'émoi s'accentuait, poursuivait néanmoins d'une voix de moins en moins assurée :

> *... a réussi à déjouer le blocus de nos escadres et à regagner la France.*
>
> *Nous avons appris également...*

— En voilà assez ! coupait William Pitt en frappant un grand coup de poing sur la table.

« Voilà trop longtemps que ce bandit se moque de nous... Il faut en finir !

Et, tout en foudroyant du regard le premier lord de l'Amirauté, il martela :

— Amiral, je vous donne trois mois pour en finir avec Surcouf.

— Est-ce votre dernier mot, Excellence ?

— C'est mon dernier mot.

— Alors je préfère tout de suite vous remettre ma démission.

— Qu'est-ce à dire ?

— J'ai fait tout ce qui était humainement possible pour m'emparer de Surcouf. J'ai envoyé à sa poursuite mes meilleurs officiers, montés sur nos plus rapides navires. Surcouf a toujours réussi à leur échapper, soit par force, soit par ruse. C'est à croire qu'il a fait un pacte avec le diable !

— Je suis surpris, observait Pitt d'un ton acerbe, de voir un marin de votre envergure user, pour sa justification, de si piètres moyens.

Et, tout en fixant bien dans les yeux son interlocuteur, il poursuivit :

— Puisque nous devons renoncer à nous emparer de Surcouf par la force, cherchons un autre moyen.

Et, se levant, William Pitt, les sourcils froncés, le masque tourmenté, se mit à arpenter nerveusement son vaste cabinet.

Au bout d'un instant, il revenait vers l'amiral et scandait d'un ton saccadé :

— J'ai trouvé ! Je vais mander à Surcouf que, s'il ne se constitue pas notre prisonnier dans les huit jours, je ferai pendre tous ses compatriotes qui sont en ce moment sur nos pontons.

À ces mots, Lord Davidson tressaillit.

C'était, en effet, un loyal marin et un parfait gentleman.

— Excellence, fit-il sans chercher à dissimuler la répugnance que lui inspirait un tel projet, je doute que vous trouviez dans toute la marine anglaise un officier qui consente à exécuter une pareille sentence.

— Pourquoi ?

— Parce que s'il plaît à Votre Excellence de ternir sa juste gloire par un acte aussi barbare, moi, je préférerais à tout jamais briser ma carrière plutôt que de me voir au ban de l'humanité.

Pitt se mordit les lèvres. Il avait compris la leçon... Car, si parfois sa nature impulsive le poussait à des extrémités indignes de son caractère, il savait toujours donner à sa volonté le coup de frein qui l'empêchait de tomber dans des excès dont il eût ensuite regretté les irréparables conséquences.

Mais dans son orgueil, qui était presque sans limites, il ne voulut pas avoir l'air de donner tout de suite raison à son interlocuteur. Et, affectant un vif mécontentement, il reprit :

— Je vous trouve bien hardi, amiral, de me tenir un pareil langage.

— Excellence, répliquait lord Davidson, il m'est dicté non seulement par ma conception de l'honneur, mais encore par le respect, l'admiration et le dévouement que m'inspire votre personne.

— Je sais, en effet, combien l'Angleterre et moi nous

pouvons compter sur vous ; et je n'ignore point que vos actes, ainsi que vos paroles, vous sont toujours suggérés par le sentiment du devoir.

« Cependant, votre attitude me cause un vif étonnement... Certes, je la comprendrais s'il s'agissait d'un de ces adversaires généreux et chevaleresques qui vous forcent à s'incliner devant eux.

« Mais qu'est-ce que Surcouf ?... Un forban !... Nous n'avons donc aucun ménagement à garder envers lui.

— Excellence ! observait l'amiral, qui sentait qu'il avait à moitié gagné la bataille... permettez-moi de ne pas partager votre opinion.

« Certes, Surcouf nous a déclaré une guerre implacable... et qui nous coûte fort cher, et, tout autant que Votre Excellence, je ne demande qu'à en finir avec lui. Mais tous ceux qui l'ont combattu sont unanimes à reconnaître que c'est un noble adversaire.

« Et vous-même, Excellence, sans le vouloir, vous l'avez jugé tel, puisque vous avez eu l'idée qu'il était capable de sacrifier sa vie pour sauver celle de ses camarades.

De plus en plus démonté par cette rigoureuse logique, William Pitt objectait :

— Vous autres, marins, vous avez la tendance fâcheuse de vous estimer entre ennemis, parfois à l'aveuglette.

« Que Surcouf soit un brave, je n'en disconviens pas... Mais qu'il soit un héros et même un gentleman, j'en doute... On m'a rapporté qu'il n'avait jamais fait quartier à personne.

« Et qui sait si ce féroce corsaire, après avoir massacré tout l'équipage du *Kent*, n'a pas fait subir le même sort à tous ses passagers !

— Excellence, intervenait timidement le secrétaire qui, pendant toute cette scène, s'était prudemment et discrètement tenu à l'écart, je n'avais pas entièrement terminé la lecture de ce rapport.

« Peut-être serait-il utile que Votre Excellence en prît connaissance jusqu'au bout ?

— Eh bien ! lisez, ordonnait Pitt.

Le secrétaire, d'une voix un peu plus assurée, entama :

Nous avons appris également que le commodore Ravington, le général Lowel Bruce, plusieurs officiers, une centaine de matelots et tous les passagers du Kent, *qui avaient été faits prisonniers par Surcouf, ont été ramenés par lui en France. Nous ajouterons que, durant toute la traversée, ils ont été traités par lui avec les plus grands égards.*

Lord Davidson lança un regard triomphant à Pitt. Le ministre dissimulait mal le dépit que lui causaient ces renseignements supplémentaires qui donnaient raison à la thèse de l'amiral ; il garda un instant le silence, puis il reprit :

— Que n'avons-nous un autre Surcouf à opposer à celui-ci ? En attendant, veillez à ce que l'on redouble de surveillance sur les pontons ; car ce damné Malouin, ivre de ses victoires, serait parfaitement capable de chercher à nous enlever nos prisonniers.

— Excellence, déclarait l'amiral, je doute que, malgré son extraordinaire audace, Surcouf ose affronter une pareille entreprise. Nos pontons forment une série de citadelles imprenables. Je m'en porte garant... Toute embarcation suspecte qui s'aventurerait dans leurs parages serait immédiatement reconnue et coulée au fond. Sur ce point, Votre Excellence peut être entièrement rassurée. Nos pontons sont imprenables !

Lord Davidson disait la vérité.

Rien n'était plus formidable, en effet, que ces geôles flottantes si tristement célèbres dans les annales de la marine anglaise et dont, en raison du rôle important qu'elles sont appelées à jouer dans cette véridique histoire, nous nous devons de faire une brève description à nos lecteurs[1].

« Jugeant que les forteresses de guerre, malgré leurs fossés, leurs remparts épais, leurs énormes portes à triples et quadruples verrous, ne suffisaient pas à garder efficacement les prisonniers de guerre et à prévenir les tentatives d'évasion, le gouvernement britannique avait fait transporter en rade de Portsmouth de vieux bateaux sans mâts, sans voiles, sans cordages, sans gouvernail, des carcasses rasées, noires, mornes, dénuées de mouvement, capables de se maintenir à la surface de l'eau et attachées à une faible distance du rivage par des chaînes et des ancres.

« C'était noir, et cela se dressait sur les flots, informe comme une épave. On ne pouvait, en les voyant, s'empêcher de songer à quelque sarcophage.

« Tout autour de chaque ponton courait une galerie extérieure où des factionnaires circulaient comme dans un chemin de ronde. Les parois du ponton étaient constamment examinées. Elles l'étaient au-dessus de la galerie, elles l'étaient aussi au-dessous, car le plancher en avait été laissé à claire-voie et, du haut en bas de l'épaisse muraille de bois, il n'y avait pas un seul point qui pût échapper à la vigilance des sentinelles.

« Nuit et jour d'incessantes patrouilles en canot circulaient entre les bâtiments, prêtes à alerter la garde au moindre signe suspect. Sur chaque ponton, en plus des gardiens qui, armés jusqu'aux dents, surveillaient les prisonniers à l'intérieur et à l'extérieur des casemates, un détachement de fusiliers marins, renforcé d'une batterie

1. Les détails qui vont suivre sont rigoureusement authentiques : ils sont empruntés, pour la plupart, à *Mes Pontons*, de Joseph Garneray, au beau livre de Henry Chevalier, les *Aventures de Tom Souville*, et aux Archives de la Marine.

d'artillerie et placé sous les ordres d'un capitaine, était toujours prêt à prendre les armes. »

Maintenant, pénétrons à l'intérieur de l'un d'entre eux, le *Crown*, qui avait été tout spécialement réservé aux corsaires bretons.

Dans l'entrepont, une quarantaine de prisonniers étaient rassemblés, revêtus d'une chemise, d'un pantalon et d'un gilet de couleur jaune orange qui portait deux immenses lettres T.O. (Transport Office) en galon noir, cousues dans le dos.

Quelques-uns, hâves, décharnés, scrutaient l'horizon d'un regard impuissant, derrière les énormes barreaux de fer qui obstruaient les sabords – et essayaient de humer un peu l'air salin qui filtrait péniblement à travers les grillages.

Les autres, en plus grand nombre, travaillaient, autant pour se procurer de maigres ressources que pour se distraire et lutter contre le terrible envahissement de l'ennui.

L'un fabriquait un petit bateau... l'autre tressait un chapeau de paille. Ceux-ci exécutaient de menus ouvrages de tabletterie, ceux-là sculptaient patiemment un jeu d'échecs et, devant un tableau noir, un officier apprenait la géométrie à ses anciens matelots.

Sous cette apparente résignation, tous, au fond, n'avaient qu'un désir : reconquérir la liberté.

Mais, ainsi que l'amiral Davidson l'avait déclaré à Lord William Pitt, s'évader des pontons était une entreprise presque impossible ; et lorsqu'un malheureux qui était demeuré captif pendant de longs mois sur le *Crown* parvenait, à force d'ingéniosité, de patience et d'audace, à se faufiler hors de la casemate et à plonger dans la mer, neuf fois sur dix il périssait, soit sous les balles des factionnaires, soit enlisé dans les bancs de vase qui environnaient les pontons.

... Ce jour-là, un prisonnier, les yeux caves, les traits tirés, le teint terreux, le dos voûté, les cheveux en broussaille, la barbe hirsute, gisait étendu, les yeux fermés, sur un amas de paille pourrie.

Bientôt, un matelot s'approchait de lui et le regardait avec un air de profonde pitié.

Puis, se penchant vers lui, il le secouait doucement par le bras en disant :

— Ne reste donc pas seul dans ton coin... Viens plutôt avec nous. Le temps te paraîtra moins long, camarade.

L'homme le repoussa d'un geste las.

— Laisse-le donc ! lançait le corsaire qui était en train de tresser un chapeau. Tu vois bien qu'il ne veut parler à personne.

— C'est peut-être un faux frère, insinuait un autre matelot.

— Tu es fou ! protestait le professeur en géométrie. Il paraît que c'est le seul survivant du *Jean-Bart*, le navire de Marcof.

Au nom de Marcof, le prisonnier, qui avait les yeux clos, eut un léger tressaillement et entrouvrit légèrement les paupières.

— Pauvre Marcof ! poursuivait le corsaire, mieux vaut pour lui qu'il ait péri ; car si les Anglais l'avaient capturé, ils l'auraient sûrement pendu !

— C'est comme Surcouf ! S'ils le tenaient, celui-là, je crois qu'ils ne tarderaient pas à le suspendre à leur plus haute vergue.

— Surcouf ! s'exclamait un des fabricants d'échecs... Oh ! ils ne sont pas près de le prendre. Hier, j'ai entendu, pendant la promenade, des soldats qui racontaient qu'il était revenu à Saint-Malo.

— Pas possible ! s'exclamaient les prisonniers, tandis que l'homme isolé, dont les yeux maintenant grands ouverts s'étaient illuminés d'une lueur étrange, se retournait nerveusement sur son tas de paille.

Mais un roulement de tambour retentissait sur le pont.

Aussitôt les prisonniers, abandonnant leur travail, se dirigeaient avec une satisfaction visible vers un escalier qui donnait accès sur le pont.

Chaque soir, en effet, pendant une heure, les captifs avaient le droit de monter par groupes, et à tour de rôle, sur le gaillard d'avant. C'était ce qu'on appelait la « promenade ».

Demeuré seul, l'inconnu se souleva, regarda autour de lui, puis, se levant brusquement, il se dirigea vers une des fenêtres, avec les allures d'un homme qui a retrouvé et même gardé toutes ses forces et toute son énergie. Et, s'approchant de l'un des sabords, il y colla son visage creusé de rides profondes, et, tour à tour, dans ses yeux s'alluma une flamme de fureur et une étincelle d'espérance.

— Surcouf à Saint-Malo ! murmura-t-il... Si c'était vrai !

Et il demeura un instant contemplant la toute petite part d'océan et de ciel qu'il lui était permis d'apercevoir.

Quittant le sabord, il se dirigea vers l'escalier, l'oreille aux aguets. Puis il regagna le tas de paille sur lequel il était étendu, en retira une planchette, du papier, une plume, une petite fiole qui contenait de l'encre et il commença à tracer ces mots :

Ami Surcouf,

Je suis prisonnier à bord du ponton anglais le Crown. *Viens me délivrer !*

Et il signa d'un mot, d'un nom, un seul... *Marcof* !

Marcof... le corsaire, l'époux de Madiana, l'ami de Surcouf était vivant !

XI

L'ÉTRANGÈRE

Revenons maintenant à Surcouf, que nous avons laissé en vue de Saint-Malo, à bord de la *Confiance*, échangeant avec Madiana les plus douces confidences d'amour en même temps que les plus beaux rêves de bonheur.

À peine la *Confiance* ainsi que le *Kent* avaient-ils jeté l'ancre en rade de Saint-Malo, que Robert, sautant dans un canot, se faisait conduire à terre.

Bousculant les amis et les curieux qui se massaient sur son passage, il atteignait rapidement la maison paternelle, grimpait quatre à quatre l'escalier et arrivait sur la terrasse que son père, sa grand-mère, Marie-Catherine et Jacques Morel n'avaient pas quittée.

Et ce furent, tout d'abord, avant les paroles, de longues et successives étreintes, de chaleureuses embrassades, des serrements de mains auxquels le commis en écritures ne put lui-même échapper.

Et puis les mots vinrent, spontanés, incohérents, mais si délicieux dans leur spontanéité charmante.

— Je suis si heureux de vous revoir !

— Et nous donc !

— Pourquoi ne nous as-tu pas donné de tes nouvelles ?

— Je ne pouvais pas.

— Nous étions si anxieux...

— Pourquoi ?

— Nous te croyions prisonnier des Anglais.
— Moi !
— Mort peut-être !
— Vous ne me connaissez donc pas ?
— Sait-on jamais !...
— Je pense que vous voilà rassurés.

Et l'aïeule, rajeunie de dix ans, s'écriait :

— Embrasse-moi, mon p'tit gars !

Mon p'tit gars !... Comme elle était touchante, cette appellation familière jaillie de la bouche ou plutôt du cœur de la chère bonne femme.

Mon p'tit gars ! Ce héros, ce colosse, ce corsaire invincible !

Les années avaient eu beau passer, transformant l'enfant dont elle avait guidé les premiers pas, guetté les premiers mots, meublé l'esprit et enrichi le cœur de toute la bonté dont elle était pétrie, en une sorte de demi-dieu dont elle était si légitimement fière, il restait et resterait toujours pour elle le « p'tit gars ».

Et rien ne pouvait être plus adorable que le spectacle de cette grand-mère qui semblait si petite à côté de son Robert, qui s'inclinait vers elle et la regardait rire, pleurer et répéter sans cesse ces simples mots :

— Mon p'tit gars ! Mon p'tit gars !

— Bonne-maman ! s'écriait joyeusement Surcouf, rentrons dans la maison...

Et, d'un air un peu mystérieux, il fit, en s'adressant aussi à son père et à Marie-Catherine :

— J'ai à vous dire des choses !...

Puis, se tournant vers Jacques Morel, qui esquissait un mouvement de retraite :

— Viens aussi, toi, ajouta-t-il, tu n'es pas de trop !... Ne fais-tu pas partie de la famille ?

Tous passèrent dans la grande salle.

Jamais encore, même lorsque Robert était reparti pour

l'Île de France, Marie-Catherine n'avait senti son cœur battre si anxieusement. Elle songeait à cette femme qu'elle avait aperçue près de son cousin, sur le pont de la *Confiance*. Et bien qu'elle eût comme un secret pressentiment que c'était l'autre, l'étrangère, qui avait jadis brisé son si beau rêve, elle n'osait s'attarder à cette hypothèse, tant elle la trouvait à la fois invraisemblable et cruelle.

La jolie Bretonne n'allait pas tarder à sortir de cette incertitude.

En effet, avec sa franchise habituelle, Surcouf attaquait :

— Vous avez dû apprendre que notre ami Marcof avait péri au cours d'un combat avec les Anglais ?

— Hélas ! oui..., déclarait M. Surcouf.

— Que Dieu ait son âme ! soupirait la grand-mère.

Le corsaire poursuivait :

— Sans doute ignorez-vous le sort qu'a subi sa femme ?

— En effet ! ponctuait M. Surcouf.

Tout en regardant du côté de Marie-Catherine qui, oppressée, avait baissé la tête, Jacques Morel insinuait sur un ton d'hypocrite pitié :

— Les uns ont prétendu qu'elle aussi était morte noyée... d'autres qu'elle avait été faite prisonnière par les Anglais et emmenée par eux dans leur pays.

— Ce sont ces derniers qui avaient raison, scandait Robert ; mais aujourd'hui elle est libre... Elle est à bord de mon navire et c'est moi qui l'ai sauvée !

Un silence glacial suivit ces paroles, fiévreusement proférées.

M. Surcouf, au comble de la surprise, contemplait son fils d'un air inquiet. La grand-mère avait joint les mains comme pour prier Dieu d'éloigner de leur maison celle qui, instinctivement, lui avait toujours inspiré non de la haine, mais de la crainte. Jacques Morel contenait à grand-peine la joie mauvaise qui l'animait. Quant à Marie-Catherine, étouffant un sanglot, elle songeait :

— C'était elle !

Emporté par la passion, Surcouf reprenait :

— Cela vous étonne ! Croyez que je n'ai pas moins été stupéfait que vous lorsque, après avoir pris à l'abordage le *Kent*, l'un des plus beaux paquebots de la Compagnie des Indes que j'ai ramené avec moi, j'ai vu accourir vers moi et se précipiter à mes genoux cette femme, qui, en me reconnaissant, n'a pu que me lancer un cri vibrant de délivrance.

« Figurez-vous, en effet, que les Anglais l'avaient livrée aux Hindous qui l'avaient condamnée à mort et l'emmenaient dans leur pays pour la brûler vive. Mais c'est toute une tragique histoire que je vous raconterai tout à l'heure, un peu plus tard. Car il faut que vous sachiez, avant tout, que nous nous aimons et que je veux en faire ma femme.

À ces mots-là, le doux visage de la vieille grand-mère se contracta douloureusement et Marie-Catherine, pour ne pas chanceler, dut s'appuyer contre une commode.

D'un ton sévère, M. Surcouf s'écriait :

— Alors, tu veux épouser cette femme ?

— Oui, père, je l'aime depuis le premier jour où je l'ai connue.

— La compagne de ton meilleur ami, de ton maître ?

— Père, je vous en supplie, n'ayez pour moi ni pour elle aucune mauvaise pensée. Le jour où nous nous sommes aperçus qu'un irrésistible et même sentiment nous attirait l'un vers l'autre, nous avons décidé de ne plus jamais nous revoir. Et voilà pourquoi je suis retourné aux Indes ! C'est, je vous jure, l'unique raison pour laquelle, le cœur brisé de vous quitter si brusquement, je suis reparti, ne sachant pas quand je reviendrais, si je reviendrais !

« Mais le sort, ou plutôt Dieu, oui, Dieu, n'a pas voulu qu'il en fût ainsi, puisqu'il m'a permis de retrouver Madiana, de l'arracher à mon tour à ceux qui voulaient la faire périr.

« Et maintenant qu'elle est libre, que la mort a mis fin au

pacte d'honneur et de reconnaissance qu'au prix du plus douloureux des sacrifices elle et moi nous avions respecté, pourquoi n'aurions-nous pas le droit de nous unir, puisque nous avons celui de marcher côte à côte dans la vie, la tête haute, certains que nous sommes de n'avoir trahi personne et d'avoir fait tout notre devoir ?

Surcouf avait prononcé cette dernière phrase avec un tel accent de loyauté et de noblesse que son père sentit diminuer considérablement les préventions que lui inspirait un tel projet.

Cependant il objectait encore, mais avec moins de fermeté :

— Cette femme n'est pas de notre race.

— Son père était français, répliquait le corsaire ; et dès son enfance elle a été élevée par des missionnaires de notre pays. Ses origines hindoues n'ont laissé en elle, moralement aussi bien que physiquement, qu'une sorte de rayonnement qui ajoute une grâce ineffable à tout ce qu'elle a en elle de « chez nous ».

— Elle n'est pas de notre religion, déclarait la grand-mère d'une voix tremblante.

— Si ! affirmait Robert, puisque Marcof s'était marié avec elle à l'église.

Marie-Catherine, dont chacune des paroles de Surcouf martelait atrocement le pauvre cœur brisé, sentit qu'elle n'avait plus la force d'en entendre davantage. Profitant de ce qu'elle se trouvait tout près de la porte, elle se glissa sur la terrasse et, courbée sous le poids de son immense chagrin, ses frêles épaules secouées par les sanglots qu'elle était maintenant impuissante à réprimer, elle s'en fut tomber sur un banc de pierre à l'abri d'un petit mur de granit contre lequel elle s'appuya, pantelante, désespérée, n'ayant plus la force de murmurer une prière.

Surcouf, de plus en plus ardent, enfiévré, poursuivait, cherchant à vaincre les dernières résistances de son aïeule et de son père qui, silencieux, songeurs, ne pensaient plus à l'interrompre :

— Si vous saviez combien elle est bonne et douce, et belle ! Je lui ai si souvent parlé de vous. Elle ne demande qu'à vous aimer, qu'à être votre fille.

M. Surcouf avait encore quelques petits hochements de tête réprobatifs. Mais soudain, en un élan de touchant égoïsme, la grand-mère s'écriait :

— Robert, si tu épousais cette femme, est-ce que tu resterais près de nous ?

— Mais oui, grand-maman, affirmait le corsaire ; car ainsi que je viens de vous le dire, si je suis parti, c'est uniquement parce que Madiana et moi nous nous aimions déjà et que nous ne voulions pas trahir Marcof.

— Mon pauvre enfant ! soupirait la bonne dame, comme tu as dû souffrir !

— Cent fois plus que vous ne pouvez vous l'imaginer, affirmait Surcouf... Et elle donc ! Ah ! quand vous saurez toute son histoire, vous la plaindrez tous du fond de l'âme... et quand vous connaîtrez Madiana, vous ne pourrez pas faire moins que de l'admirer et de vous attacher à elle.

« Ah ! oui, mon père, accueillez-la, et vous aussi, grand-maman, aimez-la, éclairez-la du rayonnement de votre bonté.

Encore indécis, M. Surcouf considéra tour à tour son fils et sa mère.

Et, plus encore peut-être que la volonté irréductible, la foi amoureuse qui transfiguraient le jeune et beau corsaire, les yeux, les bons yeux suppliants et tendres de l'aïeule le décidèrent.

— Eh bien ! va la chercher ! s'écria-t-il en tendant la main à Robert.

Surcouf, fou de joie, s'en empara avec effusion, embrassa d'un grand élan la vieille grand-mère, lança un geste amical à Jacques Morel qui, tout en demeurant discrètement à l'écart, avait assisté à cette scène, passa en courant, et sans la voir, devant Marie-Catherine qui, toujours assise sur son banc de pierre, continuait à pleurer doucement, doucement, en silence.

À bout d'émotion, Mme Surcouf se laissa tomber sur un siège. Son fils s'en fut vers elle...

— Je ne suis pas tranquille..., fit-il... car j'ai peur que Robert...

Mais la grand-mère l'interrompait, gagnée, elle aussi, tout entière à celle qui lui rendait son petit-fils, et, toute frémissante d'une allégresse qu'elle avait cru à jamais bannie de sa vie, elle s'écria :

— Ne dis rien, Charles, ne dis rien, *puisqu'il va nous rester* !

Et elle ajouta :

— Cette femme nous avait séparés de Robert, elle nous le rend... Qu'elle soit le bonheur de sa vie et la joie de mes vieux ans !

Puis, se levant, elle ajouta :

— Je veux la recevoir au seuil de notre maison...

Elle gagna la terrasse avec son fils et Jacques Morel, fort désireux, lui aussi mais pour d'autres raisons, d'assister à l'arrivée de l'étrangère.

Marie-Catherine, de l'endroit où elle se trouvait, vit venir les siens... Depuis un instant, ses larmes s'étaient arrêtées. À force de pieuse volonté, la pauvre enfant avait accepté son sacrifice. Et maintenant, assez forte pour imposer silence à sa douleur, décidée à se réfugier en Dieu, elle ne lui demandait plus qu'une seule grâce, celle de lui donner la force de tout concentrer en elle et de porter intérieurement pour elle, rien que pour elle, le deuil qui changeait le printemps de sa vie en un hiver éternel.

Tout en évitant Jacques Morel, dont le regard s'était porté vers elle, la jolie Bretonne, qui avait maintenant le courage de sourire, s'avança vers sa marraine. Mais celle-ci, ainsi que son oncle, impatiente de connaître la fiancée de Robert ne parut même pas s'apercevoir de sa présence. L'orpheline n'en éprouva aucune jalousie, mais une indicible mélancolie, et son sourire, son pauvre petit sourire, timide, fugitif comme un pâle rayon de soleil qui cherche à percer un horizon encore lourd de nuages, s'effaça et, saisie de nouveau par un besoin d'isolement, elle s'achemina vers le logis.

Jacques Morel l'arrêta.

— Marie-Catherine, fit-il d'une voix à laquelle il cherchait à donner des inflexions de déférente tendresse, votre oncle et votre marraine ont consenti à ce que Robert épousât...

Mais la jeune fille dirigea vers lui un tel regard de clarté loyale, de pureté lumineuse et de résignation surhumaine, que le commis aux écritures, troublé, interdit, ne put que balbutier :

— Si je vous parle de cela, c'est uniquement parce que je vous porte un très vif intérêt...

Cette fois, Marie-Catherine reprenait lentement :

— Mes parents font bien d'accueillir cette femme, puisque Robert l'aime et qu'elle est digne d'être aimée !

— Je vous admire, déclarait Jacques Morel, d'être assez courageuse pour ne pas en vouloir à celle qui vous fait tant souffrir.

— Et moi je vous plains de ne pas comprendre qu'en un tel moment votre silence vaudrait mieux pour moi que tant d'inutiles paroles.

— Moi, je n'ai ni votre foi, ni votre esprit de sacrifice.

« Je ne suis pas un héros, moi, je suis laid, très laid... Je ne suis qu'un pauvre diable sans avenir, je le reconnais, et j'en souffre aujourd'hui plus que jamais... car je sens qu'il y a en moi des forces cachées, une, surtout, celle de mon amour, qui me dévore, qui me consume sans me laisser un seul instant de repos... Oh ! voyez-vous, c'est horrible d'être ainsi méconnu... surtout au moment où l'on croyait voir luire dans les ténèbres une petite lueur d'espoir.

— Alors, reprenait Marie-Catherine, vous pensiez que j'étais capable de vous dire : “Eh bien ! soit, puisque Robert me dédaigne, puisque Robert en aime une autre, je consens à être votre femme !” Et si je vous avais tenu ce langage qui révolte mon honnêteté autant qu'il outrage ma douleur, vous eussiez admis la possibilité de faire consacrer par un prêtre une union qui eût été pour moi pire qu'un mensonge, un parjure !...

« Et vous eussiez fondé avec moi un foyer dont mon cœur aurait été absent !

« Non, Jacques. Vous n'avez pas pu avoir une telle pensée.

— Je vous adore à un tel point que je suis prêt à tout supporter.

— Un cœur tel que le mien ne se donne pas deux fois !

— Vous ne vous doutez donc pas que vivre sans vous c'est l'enfer pour moi !

— Priez !

— Je ne suis pas croyant.

— Devenez-le.

— Je ne pourrais pas ! Et puis, je ne veux pas me résigner... je veux endurer mon supplice jusqu'au bout ! Et qui sait, peut-être, un jour, aurez-vous pitié de moi !

— J'ai déjà pour vous une grande compassion, et je voudrais être votre sœur en souffrance.

— Ma sœur ! ricana Morel.

Et, au lieu de tomber à genoux devant celle qui se révélait à la fois comme un ange et une sainte, le commis en écritures grinça :

— Prenez garde ! un amour méprisé peut parfois se changer en haine.

— Et moi, reprenait l'orpheline, je vous pardonne d'avance tout le mal que vous me causerez. D'ailleurs, vous ne me verrez plus, désormais.

— Que voulez-vous dire ?

D'un geste touchant, Marie-Catherine lui montra le ciel.

— Vous voulez mourir ! s'écriait Jacques en pâlissant.

— Pour le monde, peut-être, répondit l'orpheline, les yeux toujours fixés là-haut, en une expression de ferveur mystique et de sublime renoncement.

Mais un cri retentissait :

— Les voici !

C'était M. Surcouf qui venait d'apercevoir Robert et Madiana qui gravissaient l'escalier. Tous deux, en apparaissant sur la terrasse, semblaient fort émus. Madiana surtout. Drapée dans un manteau, simplement et adorablement belle, elle était uniquement désireuse non pas de plaire, mais de laisser d'un seul coup deviner son âme à ces braves gens qui, maintenant dégagés de toute méfiance, avançaient avec un bon sourire vers ces deux êtres splendides qui incarnaient si bien la jeunesse et l'amour...

Surcouf, tout en désignant ses parents à Madiana, disait, d'une voix que la plus douce des émotions faisait trembler.

— Mon père... Ma grand-mère...

Madiana s'inclina devant eux avec respect. Mais l'aïeule, bien moins conquise par la beauté de l'étrangère que par son attitude toute de déférence et de modestie, l'attirait aussitôt dans ses bras, en un geste d'adoption aussi spontané que décisif et, longuement, elle la serrait contre elle.

— Mon Robert vous aime et vous l'aimez aussi, fit-elle.

— Oh ! oui, madame, et de toute mon âme.

Madiana avait prononcé ces mots avec un tel accent de sincérité profonde et de tendre ferveur, que Mme Surcouf, bouleversée de joie, s'écriait :

— Dès à présent, ma fille, vous avez la même place que lui dans mon cœur.

Madiana l'embrassa à son tour, et M. Surcouf, déjà conquis par son charme si pur, lui tendit la main en disant :

— Soyez la bienvenue dans notre maison !

Robert, radieux, reprenait, en désignant tour à tour le commis aux écritures et Marie-Catherine :

— Voici mon ami d'enfance, Jacques Morel, et puis ma cousine, ou plutôt ma petite sœur, dont je vous ai si souvent parlé.

Madiana, gracieusement, répondit au salut cérémonieux que lui adressait Jacques.

Puis, regardant, en souriant la jolie Bretonne, qui, maintenant, était assez forte pour cacher sa douleur, elle dit de sa voix charmante et harmonieuse :

— Je sais combien Robert a d'affection pour vous ! Moi aussi, croyez-le, je suis toute prête à être pour vous une sœur !

— Mon Dieu ! priait intérieurement Marie-Catherine, accordez-moi la grâce d'aller jusqu'au bout de mon calvaire !

Mais la bonne-maman, s'emparant de nouveau de Madiana, l'entraînait vers la maison, dont elle avait hâte de lui faire les honneurs. Surcouf et son père s'empressèrent de les suivre. Quant à Marie-Catherine, elle demeura sur place. Elle n'avait pas fléchi. Elle n'avait pas livré son secret... Mais, elle le sentait bien, elle n'était pas guérie... Toute la douleur qu'elle avait réussi à refouler jusqu'au fond de son être s'évadait maintenant de la prison dans laquelle, à force de volonté et d'énergie, elle l'avait isolée... Oh ! oui, à présent elle en était sûre, elle ne retrouverait le calme, l'apaisement, que lorsque la porte d'un couvent se serait pour toujours refermée sur elle. Et elle comprit qu'en attendant l'instant de cette mort terrestre à laquelle elle se condamnait, elle allait avoir besoin d'encore plus de courage.

Jacques Morel, qui depuis un instant l'observait et s'était sensiblement rapproché d'elle, lui murmura :

— Vous voyez bien que Robert ne vous aimera jamais !

Marie-Catherine tressaillit sous cette insinuation, toute de méchanceté, de jalousie et de haine ; elle fit, d'une voix qui monta vers le ciel à la fois comme un serment solennel et un cri d'adieu à toute espérance :

— Moi, je l'aimerai toujours !

XII

MARCOF

Après avoir relu le bref billet qu'il venait d'écrire à Surcouf, Marcof s'était empressé de le cacher entre sa chemise et sa poitrine. Et, pendant de longues heures, puis toute la nuit, il avait réfléchi au moyen de le faire parvenir à son destinataire... Car il connaissait trop bien son ami pour ne pas être sûr que celui-ci, dès qu'il apprendrait que Marcof était prisonnier sur les pontons, mettrait tout en œuvre pour assurer sa délivrance.

À cette pensée, Marcof sentait, au désespoir qui ne cessait de le ronger, succéder un espoir qui galvanisait son énergie un moment abattue.

La liberté ne représentait pas seulement pour lui la perspective de s'évader enfin de cette geôle où il étouffait, d'échapper à une mort qu'il sentait certaine le jour où il serait reconnu par ses ennemis, la possibilité de reprendre sa vie de corsaire et de tirer une éclatante revanche de la défaite qu'il avait subie. Elle allait lui permettre de savoir ce qu'était devenue Madiana !

Il la savait vivante puisque, avant de disparaître sous les flots, il l'avait vue, emportée dans un canot par des marins anglais. Mais il ignorait ce qu'elle était devenue.

En effet, lorsque, après avoir été repêché, quelques instants après, par d'autres matelots britanniques, il était revenu à lui, constatant que ceux-ci le prenaient pour un simple corsaire, et craignant, en les questionnant sur le sort de sa femme, d'éveiller leur suspicion et de se perdre sans aucun espoir de retour, il avait continué à se faire passer pour un homme de son équipage.

Comme il avait reçu de graves blessures au cours du combat, les Anglais l'avaient fait transporter dans un hôpital du littoral, où il avait été soigné et traité avec humanité, et ce n'est qu'au bout de trois mois qu'il avait été dirigé sur le *Crown*.

Marcof avait craint alors de s'y rencontrer avec des matelots français qui avaient jadis servi sous ses ordres. Certes, il n'avait rien à redouter d'eux, et il savait très bien que nul d'entre eux n'était capable de révéler son identité à leurs geôliers... Mais une indiscrétion, même involontaire, est si vite commise... Une exclamation de surprise, quelques mots chuchotés, un simple regard pouvaient suffire à éveiller l'attention de gens sans cesse sur le qui-vive. Et Marcof voulait vivre, surtout, avant tout, pour Madiana... pour la reprendre à ceux qui la lui avaient arrachée, pour la retrouver, la revoir, contempler ses yeux, respirer son haleine et la serrer de nouveau dans ses bras.

Ce rêve, qu'il avait cru si longtemps irréalisable aux heures où, hanté par la pensée de la femme aimée, replié sur lui-même, désarmé, hors de lui porter le moindre secours, il n'avait même pas la ressource de confier à une oreille amie et compatissante ses atroces angoisses, était donc devenu une réalité possible !

À cent lieues de soupçonner les événements qui s'étaient déroulés tandis qu'il agonisait moralement au fond d'un ponton, convaincu que Madiana était toujours prisonnière, il n'avait plus désormais qu'une idée, qu'un but : être libre pour la libérer à son tour !

Et c'était sur son ami Surcouf qu'il comptait pour l'aider en cette formidable aventure, au moment même où le Malouin et Madiana, convaincus tous deux que Marcof avait péri, s'apprêtaient à s'unir dans l'exaltation de leurs cœurs éperdus !

Ah ! s'il avait eu seulement l'intuition de la vérité, vérité tragique entre toutes, de quel nouveau et plus cruel désespoir eût-il encore été déchiré ! Mais il ne savait rien... Il ne pouvait rien savoir de cette situation tragique, formidable, voulue par le destin et qui risquait de précipiter l'un contre l'autre ces deux hommes d'honneur, ces deux sublimes amis qui s'étaient juré l'un à l'autre une fidélité éternelle. Et si là-bas, un soir, Marcof avait éprouvé la terrible étreinte d'un premier soupçon, l'attitude de son ami, l'éclatante franchise de son regard, la sincérité de la poignée de main qu'à l'instant des adieux ils avaient échangée, lui avaient prouvé que leur affection sortait de cette épreuve plus solide que jamais et qu'elle était à l'abri de toute défaillance...

Voilà pourquoi, dégagé de toute arrière-pensée, à l'abri de toute inquiétude, Marcof n'avait pas hésité à faire appel à Surcouf.

Mais ce billet, à quelles mains assez sûres le confier ? Quel serait le messager assez habile pour le porter ou le faire parvenir à son adresse ?

Et maintenant, en face de ce terrible problème, Marcof se demandait, non sans effroi, s'il était possible de le résoudre, lorsque tout à coup une lueur flamba dans ses yeux.

Il venait d'apercevoir, s'avançant vers lui, un gabier du *Crown*, brave garçon aux allures ouvertes et sympathiques, qui s'était toujours montré humain envers les prisonniers et lui avait, en plusieurs circonstances, témoigné tout particulièrement une réconfortante pitié.

— Alors, ça ne va toujours pas ? interrogeait le marin en lui frappant familièrement sur l'épaule.

— Non, ça ne va pas, répliquait Marcof en feignant une grande lassitude. Si ça continue, je sens que je ne ferai pas de vieux os sur le *Crown*. Il y a des moments où le souffle me manque. On étouffe ici.

— Pourquoi n'es-tu pas monté sur le pont avec tes camarades ?

— Parce que je n'en ai pas la force.

— Mon pauvre vieux !... soupira le gabier avec une sincère compassion. C'est dur, la vie sur les pontons, surtout quand on est habitué à naviguer et à humer l'air du large. Je crois que je ne pourrais pas m'y habituer... Rien qu'à vous voir tous, si malheureux loin des vôtres, ça me retourne... Et bien que vous soyez, comme on dit, des ennemis, il me semble que je respirerais mieux si je vous savais chez vous.

— Mon brave Will !...

— On a beau s'être battu les uns contre les autres, on est tout de même des hommes, et c'est triste de se dire que cela a toujours été comme ça, qu'on s'est toujours cognés, qu'on se cognera toujours !... Ah ! quand donc nos deux nations ne se feront plus la guerre ?

— Ça viendra peut-être un jour, scanda Marcof... Mais ce n'est pas nous qui verrons cela.

— C'est dommage !

Le gabier allait se retirer, mais Marcof le rappelait.

— Dis donc ! et ton petit garçon, comment va-t-il ?

La figure du brave gabier s'assombrit d'une expression de tristesse.

Hochant la tête, il répondit :

— Il va mal ! Le médecin lui a ordonné des médicaments très coûteux et je n'ai pas d'argent pour les acheter !

Marcof glissa une main à travers la paille vers la cachette d'où, la veille, il avait retiré sa bouteille d'encre. Il y prit, dans un vieux livre aux trois quarts déchiré, un billet d'une livre qu'il tendit à William en lui disant :

— Tu as toujours été très bon envers moi... Voilà de quoi soigner ton enfant.

Le gabier s'empara du billet et, dans un élan de reconnaissance, il s'écria :

— Qu'est-ce que je pourrais bien faire pour toi ?

— Vrai ! s'exclamait le prisonnier, tu es prêt à me rendre service ?

— Le plus grand que je pourrai, puisque tu viens peut-être de sauver la vie de mon enfant.

Et, baissant la voix, il ajouta :

— Tu me demanderais de t'aider à t'évader du *Crown* que je n'hésiterais pas à te dire oui... tout de suite et de grand cœur.

Marcof le regarda un instant... Le visage du gabier exprimait une telle sincérité que, tout de suite, le corsaire se dit :

— Voilà l'homme qu'il me faut !

Et, s'emparant de la lettre qu'il avait serrée contre sa poitrine, il la tendit à Will en disant :

— M'évader ! Il ne faut pas y songer, car ce serait pour moi la mort certaine. Mais veux-tu te charger de faire passer cette lettre en France ?

— Volontiers ! acceptait le gabier, qui saisit le message.

À peine avait-il parcouru l'adresse qu'il tressaillit, subitement troublé.

— Au commandant Robert Surcouf, à Saint-Malo, fit-il lentement.

— Craindrais-tu ?... interrogeait fébrilement Marcof.

— Non ! affirmait Will, qui s'était aussitôt ressaisi, je n'ai qu'une parole, j'ai promis, je tiendrai.

Et il fit disparaître la lettre sous sa tunique.

Puis il ajouta, d'un ton ferme et décidé qui acheva de rassurer Marcof :

— Sois tranquille... Tu peux entièrement compter sur moi. Cette lettre parviendra à Surcouf ou j'y laisserai ma vie !

Et il s'éloigna.

Ni lui, ni Marcof n'avaient aperçu le visage d'une sentinelle qui, placée sur la galerie extérieure du ponton, et à laquelle tous deux tournaient le dos, les observait depuis un moment.

À peine Will eut-il disparu que le factionnaire se précipitait vers un officier qui, debout à l'entrée de la passerelle, inspectait l'horizon à l'aide d'une longue-vue marine.

— Je viens, leur dit-il, d'apercevoir un prisonnier qui était resté seul dans la casemate remettre un papier au gabier Will.

— C'est bien, ponctua simplement l'officier.

Celui-ci s'empressa de regagner le bureau du commodore Portham, qui se trouvait dans l'entrepont au bas de l'escalier principal... En quelques mots, l'officier mettait le commodore au courant de la situation et, sur-le-champ, celui-ci envoyait chercher le gabier.

Au regard que lui lança son chef, le pauvre Will comprit aussitôt qu'il avait été surpris et dénoncé.

Sir Portham attaquait, d'un ton sévère :

— Donne-moi le billet qu'un prisonnier vient de te remettre.

Des gouttes de sueur apparurent aux tempes du gabier. Il était trop tard, en effet, pour qu'il songeât à détruire le compromettant message. Et le malheureux, figé dans un silence qui était déjà un aveu, comprit qu'il était perdu.

— Allons ! obéis ! accentuait le commodore.

Will hésitait encore.

Sir Portham saisit un pistolet et le braqua dans la direction du gabier.

Celui-ci, pâle, décomposé, se décida à remettre le billet à son chef qui l'ouvrit et lut à sa grande stupeur :

Mon ami,

Je suis prisonnier à bord du ponton anglais le Crown. *Viens me délivrer.*

MARCOF.

— Marcof ici ! s'écriait le commodore, et tu le savais sans doute ?

— Non, je l'ignorais, je vous le jure.

— Sais-tu que tu as mérité la mort ?...

Mais tout à coup un homme surgissait...

C'était Marcof qui venait d'entendre l'exclamation poussée par l'officier anglais et, entraîné par son admirable loyauté, se précipitait en clamant :

— Fusillez-moi à sa place ! Je suis Marcof !

Alors un grand mouvement se fit dans l'entrepont. Les prisonniers qui regagnaient leurs casemates et s'étaient arrêtés au bas de l'escalier, regardant à travers la porte du carré la scène aussi étrange que rapide que nous venons de décrire, se précipitaient autour du corsaire dont le nom exerçait sur eux un prestige presque aussi grand que celui de Surcouf.

Instinctivement, les braves matelots bretons cherchaient à lui faire un rempart de leurs corps... Et ceux qui, jusqu'alors, avaient résisté à toutes les rigueurs d'une captivité implacable, se révoltaient à la pensée que l'on pouvait toucher à l'un de leurs plus purs et plus nobles héros, s'apprêtaient à se faire hacher pour le défendre.

Des soldats accouraient, cherchant à refouler les prisonniers et à s'emparer de Marcof. Mais les Français, décidés à se faire tuer jusqu'au dernier plutôt que de leur livrer le prisonnier, sautant à la gorge des fusiliers marins, cherchèrent à s'emparer de leurs armes et à les retourner contre eux. Le sang commençait à couler, les cris de rage et de haine, des imprécations de mort s'entrechoquaient, scandés par les cliquetis des baïonnettes.

Les Anglais, surpris par cette ruée irrésistible, allaient-ils avoir le dessous ? Non ! car toute une nuée de fusiliers envahissait le carré... dégageant leurs camarades, et forçant les Bretons à reculer au fond de la pièce. Et le commodore, qui avait mis l'épée à la main, groupant ses hommes qui braquaient aussitôt les canons de leurs fusils vers les Bretons, s'écriait d'une voix éclatante :

— Rendez-vous !

— Jamais ! clamaient avec ensemble les révoltés qui continuaient à se battre.

Les fusiliers allaient tirer.

Mais Marcof, se jetant entre eux et ses camarades, hurlait d'une voix de tonnerre qui domina le tumulte :

— Assez ! mes amis ! je ne veux pas que vous mouriez pour moi !

Et, présentant sa poitrine nue aux fusils de ses adversaires, il ajouta, en étendant ses bras en croix, sublime de courage, d'abnégation et de sacrifice :

— Vive la France !

XIII

LE BONHEUR DES UNS, LE MALHEUR DES AUTRES

Le lendemain, tandis que ses compatriotes étaient mis aux fers, au pain sec et à l'eau pour une période de quinze jours et se préparaient à expier durement leur tentative de révolte, Marcof comparaissait devant un conseil de discipline qui, presque sans débats, le condamnait à être pendu.

Le jour même, conformément au code maritime en usage à cette époque, un courrier partait de Portsmouth afin de communiquer au premier lord de l'Amirauté une copie du jugement qui avait été prononcé contre lui.

En effet, lord Richardson, et lui seul, avait le droit, d'abord de fixer la date et le lieu de l'exécution, puis de décider s'il y avait lieu de soumettre un recours en grâce à Sa Majesté George III.

Marcof comptait si peu sur la clémence royale, qu'il n'y songeait même pas...

Dans une sorte de cage sordide, qui avait été pratiquée au fond de la cale du *Crown*, il se tenait assis sur le plancher, le dos appuyé contre la cloison, entravé par une chaîne qui s'enroulait autour de son corps, et dont l'une des extrémités était attachée à un anneau de fer rivé dans la paroi du ponton.

À travers une porte grillée, la lumière d'un falot, suspendu dans le couloir, le long duquel se promenait une sentinelle, éclairait son visage d'un sinistre rougeoiement, accentuant encore l'expression de morne désespoir répandue sur ses traits.

Certes, Marcof ne tremblait pas devant la mort. Cent fois déjà, il l'avait affrontée avec l'insouciance sublime du héros qui, avant de se jeter dans la mêlée, a fait délibérément le sacrifice de sa vie. Et s'il lui répugnait de mourir comme un malfaiteur, pendu à une vergue, étranglé par une corde, balancé par le grand vent, il n'en eût pas moins marché au supplice avec la noble résignation d'une âme vaillante entre toutes, si le souvenir de Madiana, l'incertitude dans laquelle il se trouvait à son égard ne l'eussent pas bouleversé de la plus déchirante des angoisses.

N'était-ce pas déjà assez cruel de se dire qu'il ne reverrait plus jamais cette femme tant adorée ?... Il fallait encore qu'à son heure suprême, dans l'ignorance des événements dont elle avait été le jouet et peut-être la victime, il fût assailli par les plus terribles hypothèses et qu'il se dît :

— Non seulement je ne la reverrai plus, mais j'ignorerai toujours quel est son sort. Je ne saurai jamais rien, rien !

Soudain, il lui sembla entendre des bruits de pas dans le couloir.

— On vient me chercher, murmura-t-il... Tant mieux !... Ce sera plus vite terminé.

La porte du cachot s'ouvrit, livrant passage au commandant Portham, qui, accompagné d'un lieutenant de vaisseau et d'un jeune *midshipman*, s'avança vers Marcof en disant :

— S. M. George III, usant de son droit de grâce, vient de commuer votre peine en celle de la détention perpétuelle.

Marcof écouta sans qu'un muscle de son visage tressaillît.

Le commandant poursuivait :

— En attendant votre transfert dans une prison d'État, vous resterez ici au secret le plus absolu.

Le corsaire demeurait immobile... Impassible, du moins

en apparence, on eût dit ou qu'il n'avait rien entendu, ou que la grâce dont il bénéficiait le laissait complètement indifférent.

Les officiers anglais, déconcertés par l'attitude du prisonnier, allaient se retirer en silence, lorsque le visage de Marcof se ranima et, tandis qu'une flamme illuminait tout à coup ses pauvres yeux aux trois quarts éteints, il fit, d'une voix tremblante, oppressée :

— Pouvez-vous me dire ce qu'est devenue une femme que les vôtres ont emmenée ?

L'officier eut un imperceptible tressaillement.

Ainsi que bien d'autres, il n'ignorait pas que le gouvernement britannique, sous peine de voir surgir de dangereuses complications dans les Indes, avait dû donner suite à la demande d'extradition formulée par les brahmanes et livrer cette malheureuse à la justice de son pays. Mais, plutôt que de porter à Marcof, en lui révélant la vérité, un coup effroyable, l'officier préféra user d'un généreux mensonge.

— Je l'ignore, fit-il d'une voix brève.

Et, tout en dirigeant un regard impérieux vers le lieutenant de vaisseau et le *midshipman*, il ajouta :

— Et nous l'ignorons tous ici.

— Je voudrais tant savoir !... s'écriait Marcof avec un accent dans lequel frémissait toute sa désespérance.

Le commodore le considéra un instant... Son visage exprimait une telle souffrance, que, pris de pitié, il murmura :

— Vous avez montré assez de courage en face de la mort pour que vous n'en montriez pas moins en présence de la vie. Tant que vous serez à bord du *Crown*, je m'efforcerai d'adoucir les rigueurs de votre captivité.

Et, s'adressant au guichetier, il ajouta :

— Détachez cette chaîne... Rendez-lui la liberté de ses mouvements.

Les officiers s'éloignèrent en silence, et, lorsque le geôlier eut dégagé le corsaire de l'étau de fer qui lui meurtrissait les chairs, il s'en fut à son tour, referma la porte grillée et regagna le pont, tandis que la sentinelle recommençait à faire les cent pas dans le couloir.

Marcof écouta un instant, l'oreille tendue vers le dehors, et, lorsqu'il fut bien sûr que nul ne pouvait plus l'observer, il laissa éclater toute sa douleur, et la poitrine secouée par les sanglots qui, depuis si longtemps, l'étouffaient, à genoux, les mains tendues vers l'être à la fois toujours invisible et sans cesse présent qui ne cessait de le poursuivre de ses hallucinantes apparitions, il ne proféra qu'un cri, un seul, mais un cri dans lequel il y avait à la fois toute la douleur, tout l'amour :

— Madiana !

Il retomba et, torturé par la pensée qu'il ne la reverrait plus jamais, jamais, il râlait, dans l'épuisement de son corps et dans le découragement de son âme :

— Ils auraient mieux fait de me pendre !

. . . .

Pendant que l'infortuné Marcof sombrait ainsi dans la plus atroce des détresses, la joie régnait au logis de Surcouf. Ainsi que l'avait prévu Robert, Madiana, en effet, avait achevé de conquérir le cœur du papa et celui de la vieille grand-mère.

Ce matin-là, dans la grande salle, Madiana, toujours dans son costume pittoresque qui donnait à sa beauté une saveur si étrange, se tenait debout, penchée vers Mme Surcouf qui, assise dans un fauteuil, faisait de la dentelle.

M. Surcouf, tout en fumant sa pipe, contemplait avec satisfaction ce gracieux tableau.

— Que c'est beau, cet ouvrage ! s'écriait bientôt Madiana avec admiration.

— C'est pour vous que je travaille, déclarait l'aïeule avec un bon sourire.

« Je veux que le jour de votre mariage vous ayez sur vous quelque chose de moi, et ce petit fichu de dentelle que vous jetterez sur vos épaules sera comme l'étreinte très douce de mes deux pauvres vieux bras qui ne demandent qu'à vous serrer longtemps, le plus longtemps possible, contre mon cœur.

Très touchée par ces paroles pleines de maternelle tendresse, Madiana reprenait :

— Robert m'avait dit combien vous étiez bonne, et pourtant...

— Pourtant ?

— J'avais peur !

— Est-ce possible ? s'écriait Mme Surcouf, en prenant la main de la jeune femme.

— Peur de quoi ? questionnait le père, qui s'était rapproché.

— D'être pour vous toujours une étrangère, précisait Madiana, non sans une certaine tristesse.

Mme Surcouf reprit avec un grand accent de franchise affectueuse et simple :

— Puisque vous aimez notre Robert, n'avez-vous pas droit d'avance à toute notre tendresse ? Et maintenant que nous vous avons vue et que nous commençons à vous connaître, nous serions ou bien injustes ou bien aveugles si nous vous marchandions notre affection.

Et, gravement, elle ajouta :

— Robert nous a tout dit : son sacrifice et le vôtre ! Vous aviez prouvé ainsi que, capable de tous les devoirs, vous étiez digne de toutes les confiances. Vous avez eu la force d'imposer silence, de briser même un amour alors sacrilège... C'est ainsi que Robert et vous avez pu, le jour où Dieu a permis qu'il en fût ainsi, renouer la chaîne que, noblement, vous aviez brisée et qui va bientôt vous lier l'un à l'autre pour toujours.

Et, avec l'accent et l'attitude d'une femme de la Bible, la grand-maman ajouta :

— Vous m'aviez pris mon petit-fils, vous me le rendez ! Soyez aimée mon enfant, soyez bénie.

Émue, dominée par tant de grandeur, Madiana allait se jeter aux genoux de l'aïeule comme pour vénérer une sainte... mais la gracieuse silhouette de Marie-Catherine se profilait sur le seuil et, s'avançant vers Madiana, la jolie Bretonne annonçait, d'un ton plein de froideur :

— Le courrier de Rennes vient d'apporter un colis pour vous ; je l'ai fait déposer dans votre chambre.

— Merci, petite cousine, répondit Madiana avec un charmant sourire.

Marie-Catherine, gênée, baissa les yeux, mais Madiana s'écriait gaiement :

— Je veux vous faire une surprise.

Et elle s'enfuit en courant à l'intérieur de la maison. Un peu surpris, M. Surcouf et sa mère la suivirent du regard. Marie-Catherine, les yeux toujours baissés, n'avait pas bougé. M. Surcouf s'en fut vers elle et lui dit, sur un ton de reproche dans lequel il entrait plus d'affection que de sévérité :

— Pourquoi es-tu aussi peu aimable avec la fiancée de Robert ?

Figée en une attitude de plus en plus renfermée, l'orpheline garda le silence.

— Pourtant, observait la grand-mère, elle n'a pour toi que des gentillesses !

Marie-Catherine eut un signe de tête affirmatif.

— Alors, reprenait son oncle, pourquoi es-tu la seule ici à ne pas l'aimer ?

— Je ne sais pas.

— Tête de Bretonne !

— Charles, intervenait Mme Surcouf, tu vois bien qu'elle est malheureuse.

— Merci, marraine ! s'écriait Marie-Catherine en se jetant dans les bras de sa marraine.

— Bon Dieu ! grommela M. Surcouf qui venait enfin de tout deviner. Elle est amoureuse de Robert... J'aurais dû m'en douter... Ah ! la pauvre petite !...

Mais le jeune corsaire apparaissait sur le seuil, accompagné de Jacques Morel, qui, depuis les fiançailles de Robert avec Madiana, vivait en quelque sorte dans le sillage de son ancien camarade d'enfance et s'évertuait à lui témoigner autant d'admiration que d'amitié.

Surcouf exultait de bonheur, et l'allégresse dont il rayonnait le rendait plus magnifique encore. À sa vue, Marie-Catherine s'arracha de l'étreinte de sa marraine et gagna la terrasse, tandis que M. Surcouf interpellait joyeusement son fils :

— Alors, à quand la noce ?

— Jacques et moi, répondait Robert, nous arrivons de l'église et de la mairie... Tout est en règle. Je me marie dans trois semaines, et dimanche, si vous le voulez bien, nous fêterons nos fiançailles.

— Avec joie, mon cher enfant.

Brusquement, Robert interrogeait :

— Et Madiana ?

— Elle vient d'aller dans sa chambre, expliquait la grand-mère. Il paraît qu'elle nous ménage une surprise.

— Une surprise ?

Surcouf, impatient, se précipitait vers la porte ; mais celle-ci s'ouvrait toute grande, démasquant la plus adorable apparition qu'il fût possible d'imaginer.

C'était Madiana qui avait changé son costume habituel pour une robe très simple, mais délicieuse, qui lui seyait à ravir.

Et ce fut un long cri d'admiration spontané, hommage

qui la fit rougir de plaisir et s'écrier dans le plus légitime orgueil de son triomphe intime :

— N'est-ce pas que, maintenant, me voilà tout à fait française ?

Surcouf, enthousiasmé, lui prit les mains en disant :

— Tu es encore plus belle ainsi.

La conquérante s'écriait :

— J'ai tenu à être tout à fait une femme de chez toi... et j'ai voulu que ton cher Saint-Malo comptât une Française, une Bretonne de plus et que ta chère petite patrie m'adoptât comme je l'ai adoptée moi-même, m'aimât comme je l'aime déjà, de toute mon âme !

Surcouf, radieux, approcha ses lèvres du front qui se tendait vers lui.

— Madiana..., fit-il, je veux pourtant te garder ton nom... si harmonieux... si pur... et qu'aux heures de solitude et de désespoir il me suffisait de prononcer pour que la paix revînt en moi.

— Robert, ne pensons plus aux mauvaises heures... Cette maison où j'ai été si tendrement accueillie ne doit donner asile qu'à notre bonheur à tous !

— Madiana ! Madiana !... répétait Robert, sans se douter qu'à la même heure, au même instant, à ce cri d'amour et d'ivresse répondait, du fond du ponton anglais, un autre cri d'amour, mais déchirant, désespéré, celui-là, l'appel au secours, litanie de douleur égrenée par le mort vivant qui s'appelait Marcof !

Un bruit de pas et de voix retentissait au-dehors. Une servante accourait, l'air effaré, annonçant :

— Commandant, commandant, c'est le ministre de la Marine qui demande à vous voir.

— Le ministre de la Marine ! répétait Surcouf au milieu de la stupéfaction générale.

En effet, précédé de deux matelots de la *Confiance* qui

l'avaient guidé jusque-là, et accompagné de plusieurs officiers, l'ingénieur René-Alexandre Forfait auquel, depuis un an, Bonaparte avait confié le portefeuille de la Marine, venait d'apparaître sur la terrasse.

Surcouf s'avança vers lui et, après l'avoir salué militairement, il l'invitait à pénétrer dans la maison. Le ministre, accédant aussitôt à son désir, pénétrait dans la salle avec ses officiers et, après avoir salué l'assistance, il déclarait :

— En tournée d'inspection dans cette ville, j'ai tenu à venir féliciter moi-même le vainqueur de tant de combats qui a couvert de gloire le pavillon tricolore, le drapeau de la République !

« Commandant Surcouf, je suis heureux et fier de serrer la main au plus grand corsaire français.

Et, dans un grand silence, les deux hommes échangèrent une rude étreinte.

Le ministre reprenait :

— Il paraît que vous avez ramené des prisonniers de marque ?

— En effet, citoyen ministre, un certain nombre de colons, de négociants et d'officiers, parmi lesquels le général Bruce et le commodore Ravington.

— Belle prise... dont nous pouvons tirer une forte rançon.

— Ils sont enfermés au Fort-National, poursuivait Robert. Il y avait aussi des passagères ; mais j'ai pris sur moi de les faire remettre en liberté, sauf la femme du général Bruce, qui a voulu rester auprès de son mari.

— J'irai leur rendre visite cet après-midi, déclarait le ministre. Auparavant, je tiens à vous déclarer que le premier consul, qui est au courant de vos exploits, m'a chargé de vous dire qu'il désirait que vous lui fussiez présenté dans le plus bref délai.

Surcouf, avec un sourire plein de dignité, répondait :

— Citoyen ministre, je vous prie de dire au général Bonaparte combien je lui suis reconnaissant de l'intérêt qu'il me porte, mais que je regrette de ne pouvoir me rendre en ce moment à son appel... En effet, je vais me marier dans quelques jours et voici ma fiancée !

À la vue de Madiana, qui répondait avec une grâce exquise aux saluts que lui adressait le ministre, un murmure d'admiration s'éleva du groupe des officiers.

— Et voici ma grand-mère et mon père, ajouta Surcouf en désignant les siens qui, modestement, s'effaçaient.

— Tous mes compliments ! accentuait Pierre Forfait. Je regrette de ne pouvoir être là pour signer à votre contrat. Je vous souhaite, commandant, ainsi qu'à votre future femme, tout le bonheur que vous méritez.

« Quant à vous, madame et monsieur Surcouf, je tiens à m'associer à votre légitime orgueil de compter dans votre descendance l'un des hommes qui auront le plus honoré et grandi leur patrie !

« Mais je m'en voudrais de vous arracher plus longtemps à vos effusions de famille. À bientôt, commandant, et encore tous mes vœux de prospérité. Puisse une nombreuse lignée de Surcouf perpétuer à jamais le nom que vous avez si noblement illustré !

Le corsaire reconduisit le ministre jusqu'aux premières marches de l'escalier. M. Surcouf resplendissait d'orgueil. Madiana et la grand-maman échangeaient un regard de limpide allégresse. Seul, Jacques Morel, mordu de nouveau par la jalousie, car comme toujours il avait été complètement oublié, faisait un peu grise mine, lorsqu'une cloche vibra, annonçant l'heure du déjeuner... Presque aussitôt, une servante apparaissait, apportant un plat qu'elle déposa au milieu d'une grande table, sur laquelle le couvert avait été dressé. Et M. Surcouf, s'adressant à son fils qui regagnait la salle, s'écria avec bonne humeur :

— J'espère, mon garçon, que la visite du ministre ne t'a pas coupé l'appétit ?

— Diantre non ! s'écria le corsaire avec un franc éclat de rire.

Mais, apercevant une place vide, il s'écria :

— Et Marie-Catherine, elle n'est donc pas là ?

M. Surcouf et sa mère échangèrent un rapide regard d'inquiétude.

La servante déclarait :

— Je l'ai vue, tout à l'heure, qui longeait les remparts, en pleurant.

— En pleurant !... répétait Robert. Comment ! elle a du chagrin ! Mais je ne veux pas, moi !

La grand-mère déclarait en hochant la tête :

— Elle est toute drôle en ce moment.

— Je vais la chercher, décidait Jacques Morel en se levant.

— Non, laisse-moi y aller, imposait Surcouf qui, aussitôt, s'élança au-dehors.

— Qu'est-ce qu'elle peut bien avoir ? se demandait Surcouf en arpentant les remparts qui entouraient la ville. Pourquoi est-elle partie ainsi, et pourquoi surtout pleurait-elle ?... Il faudra bien qu'elle me le dise : car je ne veux pas qu'il y ait aujourd'hui la moindre tristesse dans notre demeure.

Il marchait à grands pas, cherchant à apercevoir la petite silhouette toujours invisible de l'orpheline, lorsqu'il s'arrêta. Un bruit de sanglots, doux comme le chant isolé du violon dans la compagne, s'élevait d'une guérite de pierre qui flanquait le rempart, en face du Grand-Bé, que la marée montante commençait à encercler de son irrésistible étreinte.

Il s'approcha et, apercevant Marie-Catherine qui, assise sur un banc de pierre, n'avait pu retenir un léger cri d'émoi, il s'écria :

— Qu'est-ce que tu as donc, petite sœur ?

Marie-Catherine, bouleversée, voulut s'enfuir.

Mais Surcouf l'en empêcha et, doucement, il la retint prisonnière dans ses bras.

— Je crois deviner, reprit-il avec un accent de fraternelle bonté... Chagrin d'amour, n'est-ce pas ?

La jeune fille, douloureusement, courba la tête.

— C'est un marin que tu aimes ? Un marin de mon équipage ?

Marie-Catherine, lentement, abaissa ses paupières sur ses beaux yeux noyés de larmes.

On eût dit qu'elle fermait les volets sur la chambre dévastée qu'était son âme à l'agonie.

Robert reprenait :

— Je me charge de ta dot !... Allons, souris, petite sœur, et sois heureuse !

À ces mots, les sanglots de l'orpheline redoublèrent. Et Surcouf, qui sentait le cœur de la pauvre petite battre à se rompre contre le sien, interrogea, plein de compassion :

— Il a péri en mer ?

— Oui... oui... il est mort ! répondit la jolie Bretonne... en laissant retomber sa tête sur l'épaule de son héros.

— Chère petite sœur ! s'apitoyait Surcouf.

Ah ! s'il avait pu soupçonner qu'il était la cause involontaire de toute cette détresse, combien son cœur généreux s'en fût encore plus affligé ! Mais il ne savait pas, et il ne pouvait pas comprendre. Il était trop ébloui par son propre amour pour deviner le secret de cette pauvre petite fleur qui s'effeuillait ainsi sous ses pas. Il ne pouvait donc que la plaindre, que se révolter contre l'injustice dont elle était victime, que lui prodiguer les consolations que lui inspirait son affection si douce, augmentant encore ainsi l'affreuse douleur de la jolie Bretonne.

— Allons, viens, disait-il... Ne reste pas ainsi toute seule. Rentre avec moi à la maison. Tout le monde t'attend et tout le monde t'aime.

— Non, Robert, je ne pourrais pas.

— Si, viens, petite sœur. Nous nous efforcerons de te consoler et de te faire oublier ta peine.

— C'est impossible.

— Il le faut cependant. Tu es trop jeune pour te désespérer ainsi. La vie peut être encore belle pour toi.

— Non, Robert, celui que j'ai perdu a laissé en moi une trace trop profonde pour que mon souvenir ne reste pas éternellement attaché au sien.

— Je le connais ?... interrogeait le corsaire.

Marie-Catherine eut un cri :

— Robert, je vous en supplie, ne me parlez plus, ne me parlez plus jamais de lui !... Cela me fait trop de mal, oh ! oui, trop de mal.

— Ma pauvre petite !

— Laissez-moi, oh ! oui, laissez-moi m'en aller à l'église prier... seule, toute seule... c'est désormais mon unique soutien... mon unique refuge !

— Alors, va, Marie-Catherine, déclara Surcouf...

Car il avait compris que, pour le présent du moins, en insistant, il ne ferait qu'exaspérer sa peine.

Et il ajouta :

— Dis-toi bien, Marie-Catherine, que tu as en moi un grand frère qui t'aime et n'a qu'un seul désir : te savoir heureuse.

— Merci, Robert... merci, et au revoir !

L'orpheline s'en fut vers un escalier qui donnait accès à l'intérieur de la vieille cité... Surcouf la regarda s'éloigner, descendre les marches, et, quand il eut vu disparaître la petite coiffe blanche dont une brise légère soulevait les ailes comme celles d'une mouette qui s'apprêtait à prendre le large, il fit :

— Comme elle doit souffrir !

Et pensif, attristé, il ajouta :

— Je ne croyais pas qu'une si frêle enveloppe cachait un cœur pareil !...

Lentement, Surcouf reprit le chemin de la maison. Les demi-confidences de l'orpheline avaient mis de l'ombre à sa joie. Car il était de ceux dont le bonheur est fait, avant tout, de celui des gens qui les entourent ; et jamais il n'avait été aussi sincère que lorsqu'il avait dit à Marie-Catherine : « Je voudrais te savoir heureuse. »

Aussi, lorsqu'il reparut dans la salle, tous s'étonnèrent de la préoccupation qui se reflétait dans ses yeux.

— Tu ne l'as pas trouvée ? interrogeait Mme Surcouf.

— Si ! répliquait le corsaire, mais elle n'a pas voulu revenir, et elle s'est rendue à l'église... Elle a beaucoup de chagrin. Elle a fini par m'avouer qu'elle aimait un de mes marins qui a péri en mer.

— Lequel ? interrogeait Madiana.

— Elle a refusé de me le dire.

— Mieux vaut respecter sa douleur, scandait M. Surcouf.

— Et son secret ! ajoutait la grand-mère.

À peine avait-elle prononcé ces mots, qu'un homme haletant, le visage en sueur, les traits bouleversés, surgissait dans la salle. C'était le commandant Dutertre.

— Ah ! te voilà ! s'exclamait fougueusementSurcouf. Tu arrives bien, nous commençons notre déjeuner. On va te faire une bonne place.

— Merci ! répliquait le Lorientais, et excusez-moi tous d'apporter le trouble dans votre maison, mais il se passe en ville des choses très graves.

— Quoi donc ? s'exclamait Surcouf.

— Les Malouins viennent d'apprendre que plusieurs des nôtres avaient été fusillés sur les pontons anglais de Portsmouth.

— Tonnerre ! rugit Surcouf, en pâlissant de colère.

Dutertre poursuivait :

— Et la foule veut massacrer les prisonniers anglais qui sont enfermés au Fort-National.

Tous s'étaient levés, saisis d'angoisse.

Dutertre martelait :

— J'ai voulu en vain les calmer. Ils ne m'ont pas écouté. Toi seul peux empêcher une irréparable catastrophe. Viens !

Surcouf, empoignant son sabre et se coiffant de son bicorne, s'écriait en s'adressant aux siens :

— Je vais mettre bon ordre à cela !

Et, saisissant Dutertre par le bras, il l'entraîna au-dehors.

XIV

LES PRISONNIERS ANGLAIS

Dutertre n'avait pas exagéré. Une vive et dangereuse effervescence régnait dans Saint-Malo... Elle avait été provoquée par un article du journal *le Corsaire malouin*, paru le matin même, et rédigé ainsi :

« Nous apprenons de la source la plus autorisée que, il y a quelques jours, plusieurs de nos infortunés compatriotes, détenus à bord du ponton anglais le *Crown*, ont été massacrés par leurs geôliers. »

Cette nouvelle qui, d'ailleurs, n'était pas exacte, et avait été faussement rapportée par un de ces agents secrets dont on dit « qu'ils mangent à tous les râteliers », et qui ont intérêt à provoquer des conflits en exaspérant les haines, avait provoqué parmi la population malouine une colère et une indignation qui n'avaient pas cessé de grandir au point de dégénérer en une véritable émeute.

Une foule considérable, composée de marins, de pêcheurs, de femmes, d'enfants, d'ouvriers du port auxquels s'étaient mêlés quelques bourgeois qui n'étaient point parmi les moins excités, encombrait la plage qui, à marée basse, s'étendait devant le Fort-National.

Une pauvre vieille sanglotait :

— Mes deux gars étaient là-bas... Sûr qu'ils les ont fait périr !

Une femme qui tenait un marmot dans ses bras, s'écriait :

— Et mon homme ! ils ont dû le tuer, lui aussi.

— Et mon frère ! clamait une autre... Mon pauvre Jean-Marie !

Et parmi un concert d'imprécations et de menaces, un vieux loup de mer au masque raviné, farouche, hirsute, terrible, poursuivait en désignant les murs du Fort-National qui se profilait sur le ciel bleu :

— Et dire qu'ils sont là, toute une bande de « goddems » qu'on traite comme des grands seigneurs et qu'on nourrit comme des princes !

Un jeune matelot, grimpant sur une borne, vociférait en agitant les bras :

— Il n'y a qu'à leur faire passer le goût du pain !

— Oui, à mort ! À mort !

Et ce fut une ruée vengeresse vers le château.

Les corsaires, armés de sabres, de pistolets, de haches, marchaient en avant.

Les pêcheurs, qui s'étaient emparés de harpons, de grappins, de barres de fer, les suivaient... prêts à sortir de leurs gaines les larges et longs couteaux qu'ils portaient accrochés derrière le dos, fixés à leurs ceintures de cuir.

Les femmes, enfiévrées, les cheveux dénoués, transformées en véritables mégères, assoiffées de vengeance, les escortaient, criant, courant à perdre haleine, les dépassant, dans leur désir d'arriver les premières, d'assouvir leur fureur.

Que pouvaient, contre cette véritable tempête humaine, les quelques sentinelles qui gardaient l'entrée principale du fort, ainsi que la toute petite garnison, un peloton d'infanterie commandé par un lieutenant ?

Ce fut en vain que, stimulés par leur officier, ces braves soldats tentèrent de s'opposer au flot envahissant. Ils furent vite submergés et les manifestants, ivres de leur facile victoire, se précipitant dans la cour intérieure, enfonçaient la porte qui défendait l'accès de l'escalier desservant le bastion dans lequel étaient enfermés les Anglais.

Ceux-ci, qui, du haut de la plate-forme où, durant le jour, ils avaient le droit de circuler, avaient vu venir les assaillants, s'étaient réfugiés dans une vaste salle dans laquelle ils cherchaient à se barricader, accumulant devant la porte les rares meubles qui garnissaient la pièce.

Le général Bruce, Ravington et les autres officiers qui, sur l'ordre de Surcouf, avaient conservé leurs armes, mettaient l'épée à la main et s'apprêtaient à défendre chèrement leurs existences.

Et parmi tout ce tumulte, au milieu des cris de mort qui montaient de la cour et retentissaient déjà, sinistres, effroyables, sous la voûte de l'escalier de pierre, Lady Bruce, calme, vaillante, héroïque même, attendait le choc.

Il n'allait pas tarder à se produire. Des coups formidables ébranlaient la porte en chêne massif qui, bientôt, volait en éclats sous les entailles des haches maniées avec fureur et la pression des pics qui avaient rapidement fait sauter de leurs gonds les puissantes charnières...

Et, balayant en un clin d'œil les sièges et le bahut derrière lesquels les Anglais les attendaient, les corsaires se jetaient sur eux en criant :

— Sus à l'ennemi !... Vengeons nos frères !

Mais une voix claironnante retentissait, dominant l'ouragan, prélude d'un atroce carnage :

— Arrêtez, malheureux ! Mais arrêtez donc !

C'était Surcouf qui, beau comme l'archange saint Georges, formidable comme Hercule, dominateur comme le dieu des batailles, se jetait résolument entre les Anglais et leurs adversaires.

Et, le regard fulgurant, les mains étendues en avant, comme pour repousser l'élan fanatique de ces hommes en proie à une véritable folie, il clama :

— Vous n'avez pas honte de vous attaquer, vous des Bretons, à des ennemis sans défense !

Le loup de mer qui avait mené la danse ripostait :

— Les leurs ont bien tué les nôtres !

Le grave et grand corsaire martelait âprement :

— D'abord, qu'en sais-tu ?... Et quand bien même auraient-ils commis un pareil crime, ce n'est pas une raison pour nous déshonorer à notre tour en d'aussi lâches et aussi inutiles représailles !

Impressionnée par le langage énergique et la fière attitude de Surcouf, la foule hésitait, déjà à moitié domptée.

Et le Malouin, secondé par Dutertre qui, de son côté, faisait de grands efforts pour apaiser ces gens que la colère avait transformés en énergumènes, continuait en désignant les Anglais qui, pas un instant, n'avaient cessé de faire une fière contenance :

— J'ai juré qu'ils seraient respectés. Vous ne me ferez pas manquer à ma parole !

Sidérée, la foule se tut... Seule, une femme protestait :

— Et nos hommes, les laisserez-vous tous périr là-bas, sur ces maudits pontons ?

Un murmure, de nouveau, gronda. La tempête, un instant apaisée, allait-elle reprendre avec une plus grande fureur ?

Non ! Car, étendant la main, comme s'il voulait ratifier d'un geste énergique entre tous la promesse qui, spontanément, venait de monter de son cœur à ses lèvres, Surcouf s'écriait avec flamme :

— Nos frères !... Dès demain, je partirai les délivrer !

Un tonnerre d'acclamations salua cette déclaration solennelle.

Mais le ministre de la Marine, accompagné de ses aides de camp, s'avançait vers le grand corsaire en disant avec autorité :

— Commandant, vous ne tenterez pas une aussi héroïque folie !

— Pourquoi, citoyen ministre ? ripostait Surcouf au milieu des grondements que provoquait parmi les Bretons l'intervention inattendue pour eux de cet important personnage.

Sur un ton de dignité ferme qui en imposa à l'assistance, Parfait déclarait :

— En ma qualité de chef de la marine française, je viens d'écrire à Lord William Pitt, Premier Ministre de l'Angleterre, pour lui proposer d'échanger ces prisonniers contre nos compatriotes, nos amis, qui sont enfermés sur les pontons !

Et cette fois ce ne fut plus par des protestations mais par un cri d'approbation unanime que les Bretons accueillirent cette résolution qui mettait si heureusement fin à un conflit dont les conséquences menaçaient d'être si terribles. Et le général Bruce, au nom des Anglais, dont les visages s'étaient illuminés de joie, s'écriait :

— Citoyen, je reconnais là encore la France, toujours si généreuse, si chevaleresque, la France des Jean Bart, des Duguay-Trouin et des Surcouf !

Le ministre s'empressait d'ajouter :

— Il ne me reste plus qu'à désigner celui qui portera mon message à son destinataire.

— Citoyen ministre, intervenait Surcouf, je vous propose de le confier à Lady Bruce, la femme du général qui vient de traduire si éloquemment, si noblement, les sentiments de ses amis et qui n'a cessé, tant au cours du combat que nous avons livré au *Kent* que pendant la captivité qu'elle a tenu à partager jusqu'au bout avec son mari, de donner le plus bel exemple d'abnégation et de courage !

Tout en saluant Lady Bruce qui, après avoir adressé à Surcouf un expressif regard de gratitude et de sympathie, s'avançait vers lui, le ministre, s'inclinant devant elle, lui demandait :

— Vous acceptez, madame ?

Lady Bruce répliquait :

— De grand cœur, Excellence, et j'espère accomplir cette œuvre d'humanité et de justice !

— Je le souhaite ardemment, affirmait le ministre. Car, grâce à vous, le bonheur régnera de nouveau dans bien des foyers...

Et, tout en lui tendant une lettre cachetée qu'un de ses officiers d'ordonnance venait de lui remettre, il ajouta :

— Il ne me reste plus, madame, qu'à vous souhaiter bon voyage.

— Êtes-vous contents, vous autres ? s'écriait Surcouf en s'adressant à ses Malouins.

— Oui ! oui ! clamèrent les Bretons, désarmés.

— Eh bien ! rentrez tranquillement chez vous, attendez-y patiemment le retour de ceux que vous aimez, et cela vaudra mieux que d'avoir sali d'une tache ineffaçable la blanche hermine de notre chère Bretagne.

Toutes les mains se tendirent vers Surcouf, et beaucoup de ces yeux qui étincelaient de haine, se mouillèrent de larmes... Puis tous s'en furent, portant gauchement, presque honteusement, les armes que, tout à l'heure, ils brandissaient avec furie... Et sous la voûte de l'escalier qui retentissait, quelques instants auparavant, d'imprécations et de hurlements de furie, ce fut la clameur toute joyeuse, toute confiante de tous ceux qui s'en allaient au-dehors porter la bonne nouvelle, l'annonce de la libération prochaine de ceux qu'ils avaient tant craint de ne plus jamais revoir !

. . . .

Pendant que cette scène se déroulait dans le château, Marie-Catherine, ainsi qu'elle l'avait dit à son cousin, avait gagné l'église. Le sanctuaire, à cette heure, était désert... Elle en éprouva une sorte de soulagement et, d'un pas plus assuré, elle se dirigea vers l'autel consacré à sainte Anne et devant lequel elle s'agenouilla. Et ce fut une longue et touchante supplication qui apaisa un peu son désespoir. Elle se releva toute nimbée de la sérénité des saints et prête à accepter sa douleur en expiation des fautes, qu'en sa naïveté de croyante, elle se reprochait d'avoir commises et dans lesquelles elle redoutait de tomber encore.

Pour rentrer chez ses parents d'adoption, au lieu de prendre la route des remparts, elle choisit le chemin de la grève. Elle éprouvait, sans s'en rendre compte, après cette heure si décisive et si cruelle, le besoin physique de respirer largement l'air du large. Il faisait un temps magnifique. Un soleil étincelant luisait dans le ciel bleu. Une brise légère saturait l'atmosphère de l'âpre et vivifiant parfum de la mer. Après avoir franchi la porte qui débouchait sur la plage, Marie-Catherine se mit à marcher sur le sable d'or très ferme, vers les rochers découverts à marée basse et où s'accrochaient les varechs jaunes et les algues vertes. Où allait-elle ainsi ? Elle n'en savait rien... elle ne pensait plus... Son cœur, son cerveau étaient plongés dans un de ces engourdissements voisins de la torpeur qui suit presque toujours les grandes crises morales. Elle n'était plus qu'un système nerveux agissant par réflexe. Elle allait toujours, inconsciente, vers le flot qui commençait à monter en un envahissant clapotis... Et, sans s'en être aperçue, elle se trouva bientôt jusqu'au bord de l'eau qui venait mourir à ses pieds en larges flaques qui se retiraient pour revenir aussitôt s'approcher encore, encerclant les grosses pierres de granit de leur mouvante ceinture avant de les submerger tout à fait.

Soudain, Marie-Catherine, qui s'était arrêtée, les yeux fixés sur la mer, sur l'horizon, sans souci des premières atteintes des petites lames qui mouraient autour d'elle, se sentit défaillir. Un voile obscurcit son regard... et son souffle expira en un tout petit cri, presque un soupir, à peine une plainte... Ses jambes se dérobèrent et elle tomba lentement, comme une pauvre petite poupée qui s'échapperait des mains d'un enfant distrait... Et la mer montait qui commença à conquérir son corps inanimé, la recouvrant de sa caresse implacable, achevant de l'endormir de son murmure perfide et charmeur.

Des femmes accouraient... des pêcheuses qui ramassaient des coquillages et qui l'avaient vue de loin s'effondrer doucement parmi le flot montant... Elles l'attirèrent sur la plage, et l'une d'entre elles s'écriait :

— Mais c'est Marie-Catherine, la nièce des Surcouf !

Et comme les autres femmes ne parvenaient pas à la ranimer, la Bedoche, une forte gaillarde, s'écriait :

— Il faut la ramener chez ses parents.

Elle la saisit dans ses bras vigoureux et l'emporta vers la maison du corsaire. Robert n'avait pas encore reparu. Les siens l'attendaient avec impatience, mais sans trop d'inquiétude.

Ils le connaissaient et ils savaient trop bien qu'il avait bravé d'autres tempêtes et triomphé dans de plus rudes batailles, pour ne pas être persuadés que là encore il serait le plus fort et que tout allait rentrer dans l'ordre à sa vue.

Mais en apercevant la pêcheuse qui tenait dans ses bras Marie-Catherine évanouie et toute ruisselante d'eau, M. Surcouf, la grand-mère, Madiana et Jacques Morel eurent en même temps un cri de surprise et de frayeur.

Tout en étendant la jeune fille sur un canapé, la Bedoche expliqua :

— J'étais en train de pêcher des crevettes avec la mère Larmor et la fille à la Carlu, lorsque nous avons vu votre demoiselle, qu'était toute drette comme un piquet devant la mé, choir tout de son long dans le bouillon. Alors, vite on a couru la cri (la chercher). Faut croire, qu'elle était tombée faible, dame oui, dame. Mais je me demande quoi qu'elle pouvait bien faire toute seule sur la plage. Sûr que ça n'était pas pour ramasser des berniques ou des bigorneaux.

Mme Surcouf n'écoutait plus la Bedoche... Penchée sur

Marie-Catherine, elle écoutait son souffle qu'on n'entendait plus qu'à peine. Madiana, elle aussi, s'était approchée et contemplait la pauvre petite avec étonnement et pitié.

M. Surcouf, affolé, appelait les domestiques, et Jacques qui, seul, semblait ne pas avoir perdu la tête observait :

— Il ne faut pas la laisser là... Il faut l'emporter dans sa chambre, la coucher dans un lit bien chaud.

Marie-Catherine revenait à elle. En rouvrant les paupières, ce fut Madiana qu'elle aperçut la première. Alors, instinctivement, elle se réfugia dans les bras de Mme Surcouf, toute grelottante de froid, toute tremblante de douleur.

Et, envahie d'une crainte angoissante, saisie d'un doute qui la bouleversait d'horreur, la grand-mère qui, elle, *savait*, murmura à l'oreille de la jeune fille :

— Oh ! mon enfant, tu n'as pas voulu te faire périr ?

— Non, marraine, répondait la jolie Bretonne.

Et elle ajouta :

— Je vous aime trop pour cela.

Et Madiana qui, elle, *ne savait pas*, dit à Jacques Morel qui, les lèvres serrées, le front barré d'un pli, se sentait de plus en plus ulcéré de jalousie :

— Comme elle l'aimait, ce marin !...

Et lui, avec un pli d'amertume aux lèvres, scanda d'une voix sourde :

— Et comme elle l'aime encore !...

XV

TAGORE

C'était une personnalité des plus curieuses et même des plus énigmatiques que celle de Sir Edgar Weiss qui, à l'époque où se déroule ce récit, exerçait à Londres les fonctions de chef de la police secrète. Les uns affirmaient que c'était un ancien fils de famille qui, après s'être ruiné en menant la vie à grandes guides, s'était lancé dans la carrière d'espion et avait rendu de tels services au gouvernement britannique que celui-ci n'avait pas hésité à lui confier la direction d'un département qui jouait alors un rôle si important dans les affaires politiques de la Grande-Bretagne. Mais cela ne devait être qu'une légende, car les allures brutales, vulgaires, de Sir Edgar, son visage empreint d'une bestialité que corrigeaient, seuls, la lumineuse intelligence et l'éclat pénétrant d'un regard sans cesse en éveil, démentaient clairement ses prétendues origines aristocratiques...

D'autres assuraient – et cette version paraissait plus vraisemblable – qu'ayant été attaché à William Pitt comme simple agent chargé de veiller sur la sécurité du premier ministre, celui-ci, frappé de son flair surprenant et de son inlassable audace, avait tenu à faire de lui l'informateur exact et avisé dont il avait sans cesse besoin, ainsi que l'exécuteur de toutes les manœuvres occultes et les besognes ténébreuses qu'exigeait parfois son implacable politique.

Doué de pouvoirs très étendus, il disposait non seulement de toute une nuée de détectives dressés à sa manière, mais encore de tout l'or dont il avait besoin pour acheter les concours les plus chers et rémunérer les services suivant leur mesure.

En moins d'un an, Sir Edgar Weiss avait réussi à organiser son « Office » de telle sorte qu'il n'avait jamais cessé de donner entière satisfaction à son maître, dont les exigences insatiables étaient si capables pourtant de décourager les zèles les plus obstinés et les dévouements les plus inlassables.

En possession de la plupart des secrets d'État et de ceux d'un grand nombre de particuliers, maître absolu d'un véritable clavier humain dont il excellait à faire vibrer chaque note au moment voulu, ne considérant qu'une chose, le but, et sachant user, avec une sûreté d'exécution infaillible, des procédés appropriés à chaque individu, à chaque espèce, Sir Edgar Weiss était devenu la seconde puissance de l'Angleterre, puissance d'autant plus redoutable qu'elle était occulte et que toujours couvert par la seule autorité dont il dépendait, c'est-à-dire celle de William Pitt, il avait la force prodigieuse de se dire que, quoi qu'il fît, il aurait toujours raison.

Aussi, tous tremblaient devant lui.

Mais, considérant justement qu'il ne suffit pas d'être craint pour se faire obéir, il ne reculait devant aucun sacrifice, devant aucune largesse, pour rémunérer suivant leurs mérites tous ses collaborateurs, pas plus, d'ailleurs, qu'il ne pardonnait aucune erreur, aucune défaillance...

Il était, comme le disaient ses compatriotes : *The right man in the right place*.

Or, son action ne se cantonnait pas uniquement dans son pays. À l'aide d'espions disséminés sur toute la surface du globe, il avait établi un réseau de renseignements tellement serré qu'il était en peu de temps mis au courant de tout ce qui pouvait l'intéresser, le documenter ou le mettre en garde, et il s'efforçait chaque jour de se procurer de nouvelles recrues, de précieux indicateurs, trouvant encore, au milieu de son immense labeur, le temps de les voir, de les interroger, de les choisir et de leur donner ses instructions précises.

Ce matin-là, Sir Edgar Weiss était précisément en train de lire le rapport que lui avait adressé l'un de ses meilleurs limiers, installé par ses soins à Saint-Malo, sur les moindres faits et gestes de Surcouf, que Pitt lui avait recommandé de faire surveiller sans relâche, lorsqu'un de ses secrétaires lui apporta un pli qui portait cette adresse, tracée d'une écriture étrange :

À Sir Edgar Weiss
Urgent et confidentiel.

Le chef de la police ouvrit le message et lut ce qui suit :

Je sais que la tête de Surcouf est mise à prix. Je peux vous l'apporter promptement.

Accordez-moi quelques instants d'entretien, et vous n'aurez pas à regretter de m'avoir prêté votre attention, et je suis sûr que vous ne tarderez pas à m'accorder votre confiance.

Ce billet ne portait aucune signature. Pas un instant, Sir Edgar ne songea qu'il pouvait être l'œuvre d'un mystificateur. Car nul n'eût osé se permettre vis-à-vis de lui une aussi stupide et dangereuse plaisanterie.

— Cet homme est là ? demanda-t-il à son secrétaire.

— Oui, monsieur le chef. C'est un jeune Hindou à l'air calme et résolu et qui semble à la fois très sûr de lui et très maître de ses actes.

— Faites-le entrer ! ordonnait Sir Edgar Weiss.

Quelques secondes après, un jeune homme, drapé dans une ample tunique de soie brune que serrait à la taille une large ceinture noire, la tête encerclée d'un sombre turban qui accentuait encore l'expression mystérieuse de ses yeux profonds et la dureté de son fier profil, pénétrait dans le bureau.

À sa vue, Sir Edgar Weiss, malgré tout son flegme, eut un sursaut de surprise.

— Tagore ! vous ici ! s'écria-t-il.

— Oui, moi, répliquait l'Hindou, tandis qu'une flamme ardente illuminait son regard.

Et il reprit :

— Vous m'avez reconnu ?

— J'ai bonne mémoire, déclarait le détective. Et je n'ai pas oublié que c'était à votre père et à vous que j'avais remis Madiana, la femme de Marcof.

— Que Surcouf nous a reprise ! achevait le fils de Timour.

Et il ajouta avec un étrange sourire :

— Ce que vous ignorez peut-être.

— Non, je le savais ! répliqua le détective. Et j'ai appris également que Surcouf, de retour à Saint-Malo, y avait amené cette femme.

— Eh bien ! reprit Tagore, donnez-moi le moyen d'aborder en France et je m'engage à vous livrer Surcouf.

— Tu le hais donc bien ? observait le chef de la police.

— Oui, répliquait Tagore, car il a fait pendre mon père.

— Et toi, comment as-tu réussi à te soustraire à ce maudit corsaire ?

— J'ai pu échapper aux matelots qui s'apprêtaient à me faire subir le même sort en me précipitant dans la mer. Ils ont tiré sur moi ; mais Siva me protégeait, car aucune de leurs balles ne m'a même effleuré. J'ai plongé, puis nagé, longtemps, désespérément. Au bout de deux longues heures, à bout de forces, j'allais couler à pic, lorsqu'une barque, montée par des Hindous, m'a recueilli. J'ai compris que Siva m'avait laissé la vie pour venger mon père, et voilà pourquoi je suis venu de là-bas. Vous avez mis la tête de Surcouf à prix. Encore un coup, faites-moi passer en France et je vous jure que je vous l'apporterai bientôt et que je ne réclamerai de vous aucune récompense. Celle d'avoir fait mon devoir me suffira !

Le chef de la police considérait Tagore avec un intérêt qui n'avait fait que croître. Ce jeune Asiatique, animé d'un fanatisme qui ne semblait avoir aucune limite, doué d'une énergie, d'une audace que révélait son langage sobre et terrible, et que confirmait son attitude résolue, c'était bien l'instrument qu'il lui fallait pour se débarrasser d'un ennemi qui, jusqu'alors, lui était apparu à lui-même invulnérable.

Cependant, un doute subsistait en lui, qu'il traduisit par ces mots :

— Que pourras-tu faire, seul, dans un pays que tu ne connais pas ?

— Je ne suis pas seul et j'ai déjà vécu dans ce pays, répondait Tagore.

Sir Edgar Weiss poursuivait :

— As-tu de l'argent ?

— Plus que vous ne pourriez m'en donner.

— Eh bien ! soit. Je vais te fournir le moyen d'aborder en France.

La figure de Tagore s'éclaira d'un rayonnement de joie sauvage.

— Merci, fit-il simplement.

Le chef de la police fit résonner un timbre placé à portée de sa main.

Aussitôt un secrétaire apparut.

— Birgham, déclarait Sir Edgar... il s'agit de jeter sur la côte bretonne ce jeune Hindou que je viens de charger d'une mission importante.

— Nous serons cinq ! interrompait Tagore.

— Quels sont les gens qui t'accompagnent ? questionnait le chef de police.

— Des Hindous comme moi.

— Cela complique singulièrement les choses... car s'il est relativement facile de déposer un espion anglais sur les côtes de France, cinq Hindous, c'est beaucoup plus compliqué. Qu'en penses-tu, Birgham ?

— En effet, monsieur le chef, et je crains bien, en admettant, ce qui est possible, que nous réussissions à débarquer ces gens sur un point du littoral breton, qu'ils ne soient vite reconnus et arrêtés par la police française.

Tagore eut un sourire ironique, accompagné d'un léger haussement d'épaules.

— Croyez-vous donc, fit-il, que je n'aie pas tout prévu ?

Et, sans rien révéler du plan qu'il avait élaboré, il ajouta :

— Je ne vous demande qu'une chose : une barque montée par de bons marins capables de déjouer la surveillance des Français et de nous conduire à l'embouchure de la rivière d'Aguernon, au pied des ruines d'un vieux château qui s'appelle le Guildo.

— Je constate, observait Sir Edgar, que vous connaissez à merveille tous les détails de cette partie de la côte.

— J'y ai fait un long séjour avec mon père... ce qui doit vous prouver que les gens de notre race savent, quand ils le veulent, devenir des ombres...

— En ce cas, décidait le chef de la police, je ne vois plus aucune objection à ce que vous partiez dès ce soir avec vos compagnons. Birgham, vous allez vous occuper de procurer à Tagore l'embarcation et les marins qu'il demande.

Alors, Tagore, dont les yeux étincelaient, s'écria :

— Je fais le serment de ne reparaître devant vous que la tête de Surcouf à la main !

— Cette fois, murmura Sir Edgar Weiss, je crois que Surcouf ne nous échappera pas.

Le même soir, au large, à la clarté de la lune qui se

reflétait sur les flots, deux bateaux de faible tonnage et battant tous deux pavillon tricolore, se croisaient à une égale distance des côtes anglaises et françaises.

Sur l'un d'eux, qui cinglait vers l'Angleterre, près d'un officier de marine française qui, debout, surveillait la manœuvre, une femme était assise, drapée dans un manteau. C'était Lady Bruce qui s'en allait vers sa mission d'humanité et de grâce.

Sur l'autre, également piloté par un officier français ou tout au moins par un marin qui en avait revêtu l'uniforme, cinq silhouettes noires, inquiètes, se profilaient sur la blancheur d'une voile basse gonflée par le vent.

C'étaient Tagore et ses complices qui partaient accomplir leur œuvre de vengeance et de mort.

XVI

LIBERTÉ ! LIBERTÉ CHÉRIE !

Lorsque Lady Bruce pénétra dans le cabinet de Sir William Pitt, celui-ci ne semblait pas précisément disposé à l'indulgence. Il venait, en effet, ainsi que chaque matin, de prendre connaissance de la traduction des articles que les gazettes françaises lui consacraient, et nous devons à la vérité de reconnaître que, ce jour-là, elles étaient particulièrement agressives.

Dominant néanmoins sa mauvaise humeur, il accueillit Lady Bruce avec cette politesse si parfaite et si distinguée qu'il réservait à chacune des solliciteuses qui parvenaient à franchir le seuil de son cabinet. Et après avoir renvoyé son secrétaire, tout en désignant un siège à la visiteuse, il attaquait :

— Soyez la bienvenue, madame... Je vous croyais encore prisonnière et nul plus que moi ne se réjouit de constater que les Français vous ont enfin rendu la liberté !

— Il ne tenait qu'à moi de la reconquérir plus tôt, répliquait Lady Bruce avec un charmant sourire. Mais je voulais rester auprès de mon mari.

— Je ne puis que vous féliciter du bel exemple de fidélité conjugale que vous avez donné en acceptant de subir une captivité, qui n'a pas dû manquer d'être extrêmement rigoureuse.

— Détrompez-vous, Excellence ! Nous avons été traités avec beaucoup d'égards, et nos ennemis se sont conduits en véritables et parfaits gentlemen.

— Ce qui doit, soulignait Pitt, non sans une certaine ironie, empêcher nos compatriotes de soupirer trop ardemment après leur liberté.

— Détrompez-vous, Excellence, affirmait Lady Bruce. Tous n'ont qu'un désir : regagner au plus tôt leur patrie.

— Je crains bien pour eux qu'ils ne la revoient pas de sitôt.

— Cela dépend de vous, Excellence. Voici la lettre que le ministre de la Marine française m'a priée de vous remettre.

— Alors, interrogeait Pitt en s'emparant du message que lui tendait Lady Bruce, vous venez en ambassadrice ?

— Dites plutôt, Excellence, en femme qui serait heureuse de voir la fin de douleurs que votre clémence peut apaiser d'un seul mot.

William Pitt décacheta la lettre que lui tendait son interlocutrice. Et il lut ce qui suit :

À Lord William Pitt,
Premier Ministre de S. M. George III,
roi d'Angleterre.

Excellence,

Le gouvernement de la République française détient en ce moment prisonniers, dans le château de Saint-Malo, un certain nombre d'officiers et de notables anglais, qui ont été capturés par le corsaire Robert Surcouf. J'ai l'honneur de vous proposer de les échanger contre les marins français que vous détenez en ce moment sur les pontons de Portsmouth.

Dans l'attente de votre réponse, je vous prie, Excellence, de recevoir l'assurance de ma considération distinguée.

Pierre-Alexandre Forfait,
ministre de la Marine
et des Colonies de France.

P.-S. – *Je joins à cette lettre la liste des prisonniers qu'au cas d'acceptation de votre part j'aurai l'honneur de vous réclamer.*

À mesure que Pitt poursuivait sa lecture, ses lèvres se pinçaient en un rictus de mauvais augure. Et, tout en regardant à la dérobée Lady Bruce, qui attendait, avec anxiété, sa décision, il fit :

— D'honneur, M. le ministre de la Marine française choisit bien mal son moment pour me demander la liberté de ces forbans de la mer.

Et, d'un ton acerbe, il précisa :

— Il y a quelques jours, une révolte a éclaté à bord du *Crown*, et l'Amirauté a dû prendre des mesures de rigueur contre ces rebelles.

Lady Bruce pâlit légèrement.

— Et sans doute en fusiller plusieurs ? fit-elle d'une voix tremblante.

— Ne l'avaient-ils pas mérité ?

— Excellence !

— Rassurez-vous, madame.

« Je tiens à vous déclarer qu'aucune exécution n'a été ordonnée, et que même le chef principal de la révolte a été épargné. Nous nous sommes contentés de mettre aux fers les plus coupables.

« Vous voyez, Lady Bruce, que les Anglais ne le cèdent en rien en chevalerie à messieurs les Français.

« Cependant, si disposé à la clémence que puisse être un

homme d'État, il ne doit jamais, par pure sensiblerie, se laisser aller à la faiblesse. Et en acceptant la proposition que vous me transmettez, ne serait-ce pas encourager cette guerre de course qui nous fait tant de mal, et cela au moment où, plus que jamais, j'ai le devoir d'en finir ?

— Puis-je rappeler à Votre Excellence, reprenait Lady Bruce, que c'est un échange que l'on demande ?

— Il est tout naturel que vous plaidiez la cause de votre mari.

— Et de tous les braves officiers qui se sont battus à ses côtés.

— Ils n'avaient qu'à ne pas se laisser prendre.

— Excellence, s'écria Lady Bruce en se redressant fièrement, je n'ignore pas que le devoir d'un soldat est de mourir plutôt que de se rendre.

« Eh bien ! j'ai assisté au terrible combat qui s'est déroulé sur le pont du *Kent*, et laissez-moi vous affirmer que le général Bruce, le commodore Ravington et les autres officiers qui ont survécu à la bataille ont lutté jusqu'à la dernière extrémité, et je vous jure qu'ils auraient péri jusqu'au dernier, les armes à la main, si Surcouf n'était pas intervenu pour les arracher à ses hommes qui voulaient les égorger.

« J'ajouterai que notre ennemi a été le premier à rendre hommage à leur bravoure, et qu'il nous a sauvé à tous la vie, en empêchant les Malouins qui avaient envahi notre prison de nous massacrer jusqu'au dernier.

— Et pourquoi, interrogeait Pitt, ces gredins voulaient-ils vous tuer ?

— Parce qu'on leur avait dit que vous aviez fait pendre plusieurs de leurs compatriotes.

— Je viens de vous affirmer le contraire.

— Ces gens l'ignoraient.

— En tout cas, ils ne sont pas excusables de s'être portés à de pareilles extrémités.

— C'est ce que Surcouf leur a dit et fait comprendre.

— De tels procédés n'en sont pas moins condamnables puisqu'ils révèlent un état d'esprit fait de barbarie.

— Excellence, ripostait courageusement Lady Bruce, si l'on venait vous annoncer que l'un des vôtres, votre frère, par exemple, prisonnier de guerre en France, a été pendu ou fusillé, n'en ressentiriez-vous pas une indignation, une colère qui vous feraient vous départir de l'admirable sang-froid dont vous êtes doué, et ne seriez-vous pas le premier à ordonner d'implacables représailles ?

Pitt, brusquement, redressa la tête.

Mais Lady Bruce s'écriait, avec toute l'éloquence enflammée qu'elle puisait dans son cœur généreux :

— Excellence, vous venez de me dire que les Anglais savaient être, quand ils le voulaient, aussi chevaleresques que les Français. Eh bien ! au nom des femmes de notre pays, au nom de celles qui attendent les êtres chers dont elles ont été si cruellement séparées, je vous adjure de ne pas repousser l'offre que vous fait le gouvernement français.

« Grâce à vous, le bonheur peut refleurir à la fois non seulement dans de nombreux foyers français, mais aussi dans de nombreuses familles anglaises.

« N'est-ce pas la plus noble réponse que vous puissiez faire à ceux qui vous injurient ? Et nul n'aura plus le droit de vous appeler "Pitt le cruel", puisque vous vous serez montré le plus clément et le plus humain des hommes d'État d'Angleterre.

À ces mots, prononcés avec un élan magnifique, le visage contracté, hautain, de l'homme d'État se détendit en une expression d'apaisement qui ne lui était pas coutumière.

Et, avec un sourire où il n'y avait plus qu'une simple bienveillance et même une sincère admiration pour cette femme qui avait osé aussi résolument lui tenir tête, William Pitt reprenait :

— Soyez satisfaite, madame, vous avez gagné votre cause.

— Excellence...

— L'échange des prisonniers aura lieu dans le plus bref délai et suivant les règles ordinaires.

— Mille fois merci !

— Ce qui, achevait Pitt d'un air à nouveau pincé, ne m'empêchera pas, si jamais votre ami Surcouf tombe entre mes mains, de le faire pendre haut et court.

Lady Bruce ne put s'empêcher de frémir.

Feignant de ne pas avoir remarqué l'émoi qui s'était emparé d'elle, William Pitt se levait et, tout en s'inclinant galamment, il dit :

— Encore tous mes compliments, madame. Retournez fleurir de votre charme et de votre beauté la maison où votre mari ne tardera pas à vous rejoindre !

Lady Bruce comprit que l'audience était terminée et, après avoir gracieusement salué le Premier Ministre, elle se retira, tandis que celui-ci murmurait :

— D'honneur, il est à croire que ce damné Surcouf lui a tourné la tête.

Et, tout de suite, il appela son secrétaire pour lui communiquer la décision qu'il venait de prendre, lui dicter la réponse favorable qu'il adressait à Forfait et lui donner toutes les instructions sur les conditions dans lesquelles l'échange des prisonniers devait s'opérer.

Quand il eut terminé, son secrétaire lui demanda :

— Qu'a décidé Votre Excellence au sujet du corsaire Marcof ?

Pitt réfléchit un instant ; puis, après avoir consulté le document qui était joint à la lettre du ministre de la Marine française, il déclara :

— Son nom ne figure point sur la liste des prisonniers réclamés par les Français.

Et il martela, implacable :

— Donc, qu'il reste en prison !

Quelques jours après, une vive allégresse régnait sur le pont du *Crown*. Le commodore Portham, entouré de ses officiers, et debout au centre d'un carré formé par les prisonniers français que surveillaient des sentinelles, prononçait en anglais les paroles suivantes que traduisait aussitôt un interprète :

— En vertu d'une convention passée entre mon gouvernement et celui de la France, j'ai reçu l'ordre de vous faire embarquer aujourd'hui sur le transport le *Cydnus*, qui vous conduira au-devant du bâtiment français qui ramène les prisonniers anglais, contre lesquels vous devrez être échangés, à la limite de nos eaux territoriales.

Un grand cri de délivrance jaillit de deux cents poitrines haletantes.

Mais le commodore, impérativement, ordonnait :

— Silence !

Puis il ajoutait :

— Vous allez redescendre dans l'entrepont, où l'on vous rendra vos uniformes...

Les Bretons, fous de joie, se précipitèrent dans l'escalier qui conduisait aux casemates... sauf deux matelots qui s'approchèrent du commodore.

Tout en le saluant respectueusement, l'un d'eux reprenait d'un air un peu embarrassé :

— Commodore, est-ce que nous pourrions vous demander quelque chose ?

— Parlez !

— C'est au sujet du commandant Marcof.

— Eh bien ?

— Est-ce qu'il retourne avec nous au pays ?

— Je n'ai pas reçu d'ordres à son sujet.

— Alors, il reste ?

— Il reste !

— Pauvre commandant !

La douleur des deux marins était à la fois si sincère et si simple que le commodore ne put s'empêcher d'en ressentir une réelle émotion.

— Rassurez-vous, fit-il, je ferai de mon mieux, tant qu'il sera à bord du *Crown*, pour adoucir les rigueurs de sa captivité.

— Mais après ?...

Sir Portham eut un geste évasif.

L'autre matelot reprenait :

— Est-ce que nous ne pourrions pas lui dire au revoir ?

L'officier réfléchit un instant. Puis, de plus en plus impressionné par l'attitude de ces deux hommes qui n'avaient pas oublié leur chef, il fit :

— Venez avec moi !

Et, accompagné des deux Bretons, il gagna l'entrepont où les prisonniers français étaient en train de revêtir leurs uniformes. Les uns chantaient, dansaient, d'autres s'embrassaient, grisés par la réalisation d'un rêve que nul d'entre eux n'osait plus espérer.

Du fond de son cachot, Marcof, depuis un instant déjà, entendait ces cris, ces chants, ces rires. Et, s'approchant du grillage qui donnait sur le couloir, il demanda au factionnaire :

— Qu'est-ce qu'ils ont donc à faire tant de tapage ?

La sentinelle ne lui répondit pas.

Marcof, intrigué, écoutait le bruit qui allait sans cesse grandissant, lorsque Sir Portham apparut derrière le grillage avec les deux Bretons.

— Le voici, fit-il en leur désignant le prisonnier.

Les Bretons s'approchèrent.

— Commandant, attaquait l'un d'eux, nous sommes libérés et nous venons vous dire au revoir.

— Tant mieux pour vous ! fit le corsaire en étouffant un profond soupir.

— Courage ! fit le second matelot.

Marcof lui tendit la main à travers les barreaux.

— Là-bas, reprit-il, si vous voyez Surcouf, vous lui direz que son ami Marcof est bien malheureux.

Mais Sir Portham intervenait.

— Remontez vous mettre en tenue.

Tous deux s'éloignèrent avec le commodore, Marcof les suivit du regard.

— Madiana !... murmura-t-il d'une voix douloureuse.

Et, pour la première fois, les yeux du rude marin se mouillèrent de larmes.

XVII

UN COUP DE THÉÂTRE

Ce soir-là, la maison de Surcouf était en fête. Au milieu d'une assistance choisie, on célébrait les fiançailles du grand corsaire et de la belle Madiana.

Celle-ci avait fait la conquête de tous, désarmant les esprits les plus prévenus contre elle, et c'était à qui féliciterait Robert de son heureux choix, en un unanime concert de souhaits de bonheur, de vœux de prospérité qui achevaient de faire resplendir d'une joie sans mélange le visage des deux fiancés.

Tandis qu'au son d'un biniou et d'une bombarde, Surcouf et Madiana ouvraient le bal, Marie-Catherine, retirée dans sa chambre et agenouillée sur un prie-Dieu, implorait, les mains jointes, un Christ suspendu à la muraille.

À la suite de l'accident qui lui était arrivé sur la plage, elle avait été, pendant plusieurs jours, gravement malade. La bonne grand-mère s'était installée à son chevet et l'avait soignée avec un dévouement tout maternel.

Respectueuse du secret qu'elle avait deviné et que Marie-Catherine l'avait suppliée de garder pour elle, Mme Surcouf avait su, avec beaucoup de tact, lui éviter la présence trop fréquente de Robert et de Madiana, qui, inconscients du drame intime dont ils étaient la cause, ne demandaient, elle, qu'à lui prodiguer ses soins, et lui, qu'à lui témoigner sa fraternelle amitié. Et M. Surcouf, jouant lui aussi son rôle dans cette conspiration de compatissante tendresse, s'était évertué à éviter que les deux amoureux ne fissent devant la pauvre enfant un trop grand étalage de leur allégresse.

Tout à eux, rien qu'à eux, ni l'un ni l'autre ne pouvaient voir clair dans cette âme désolée. Ils croyaient qu'elle pleurait la mort d'un des marins de la *Confiance* ; et, tout en la plaignant de tout son cœur, Robert, convaincu que le temps userait sa peine, ne l'avait plus interrogée à ce sujet...

Marie-Catherine, voyant sa marraine affligée de son propre chagrin, n'avait pas voulu la tourmenter davantage en lui faisant part de ses projets d'entrer en religion. Pour s'en ouvrir à elle, l'orpheline attendait que le mariage de Surcouf fût un fait accompli... c'est-à-dire, ainsi qu'il est dit dans l'Écriture, qu'elle eût bu le calice jusqu'à la lie.

Et calmant Mme Surcouf qui lui demandait si elle aurait la force de gravir jusqu'au bout ce calvaire, elle avait répondu :

— Oui, marraine, puisqu'il le faut !

Et, dès qu'elle avait été rétablie, le jour où elle avait repris sa place à la table familiale, désireuse, dans son angélique héroïsme, de ne pas apporter une note de tristesse dans cette atmosphère toute de vie lumineuse, d'amour superbe et d'espoir réalisé, non seulement elle avait refoulé ses larmes, mais elle avait réussi à donner à son doux visage une expression de sérénité, masque sublime de la douleur que grandissait en elle le spectacle de tous ces préparatifs de fête qui achevaient de déchirer son cœur.

Et Surcouf, dupe de cette attitude inspirée par le plus généreux, le plus pur esprit de sacrifice, s'était écrié en lui tapotant affectueusement la joue :

— Petite sœur, si tu savais combien je suis content de te voir enfin sourire !

Marie-Catherine avait eu cette réponse admirable :

— Je souris, Robert, parce que tu es heureux...

Et elle avait accepté, sans déplaisir apparent, d'essayer la jolie robe dont sa marraine lui avait fait cadeau pour le bal... Elle s'était parée de son mieux, non point par coquetterie, mais toujours parce qu'elle tenait, avant tout, à ne pas se trahir...

Soutenue par la foi qui la transfigurait et par la pensée de cette prochaine et définitive retraite monastique qui, en l'isolant, allait lui permettre de se concentrer uniquement dans l'attente d'un monde meilleur, elle n'avait pas connu la moindre défaillance jusqu'au soir de ce bal où, adorablement jolie, elle était apparue parmi les lumières et les fleurs dans le brillant tumulte des invités qui entouraient les fiancés, au milieu de ces voix joyeuses, de ce concert de louanges, interrompus par les premiers accords d'une musique entraînante.

Alors, elle s'était sentie faiblir... Tout cela, c'était trop. Elle n'avait pas cru que sa croix serait si lourde à porter... Elle ne s'était pas imaginé que les dernières stations de son calvaire seraient si dures à gravir ! Toute pâle, elle avait chancelé, appelant instinctivement au secours, de son regard éploré et de nouveau embué de larmes. Mais elle n'en avait rencontré aucun autre pour la réconforter, pas même celui de l'aïeule, de la bonne marraine qui, toute à son Robert, ce soir-là, n'avait d'yeux que pour lui et pour celle qu'il avait choisie pour compagne.

C'en était trop !... Et voilà pourquoi elle avait fui, désertant le champ de douleur, courant se jeter aux pieds de ce Christ qu'elle implorait, les mains toujours jointes. Mais on eût dit que la prière qui, jusqu'alors, lui avait toujours apporté tant d'apaisement, ne lui était, cette fois, d'aucun secours.

Non seulement elle continuait à endurer son supplice, mais il s'y ajoutait encore la hantise sans cesse grandissante et de plus en plus dominatrice de pressentiments qui renouvelaient en elle les toutes premières craintes que Madiana, instinctivement et sans qu'elle l'eût jamais vue, lui avait autrefois inspirées.

Cette phrase, qu'elle avait jadis recueillie d'autres lèvres de femmes superstitieuses et timorées : « Il paraît que cette femme porte avec elle le malheur », lui était revenue à la mémoire et l'obsédait maintenant avec un tel acharnement qu'elle ne pouvait plus se libérer de l'angoisse qu'elle lui causait ; et si Madiana l'avait un moment désarmée, tant par sa grâce conquérante que par les avances affectueuses qu'elle lui avait prodiguées, à présent, ces musiques, ces bruits de fête qui troublaient sa méditation religieuse mettaient en elle un tel émoi qu'ils suffisaient à faire revivre en elle toutes ses premières et mystérieuses frayeurs. Et dans sa fièvre, dans l'égarement de son esprit exalté qui ne pouvait plus raisonner, Madiana lui apparaissait à présent sous ses formes séductrices mais trompeuses, comme une créature d'enfer envoyée sur terre par le démon, non seulement pour lui enlever le cœur de Robert, mais encore pour voler son âme à Dieu.

Jamais encore la pauvre enfant n'avait autant souffert. Et, dans l'exaspération de sa douleur, tout son être se tendit en un élan vers le Christ qui, cloué à sa croix, le front couronné d'épines, incarnait d'une façon si saisissante toute la détresse humaine. Il lui sembla alors que les mêmes clous s'enfonçaient dans sa chair, que les mêmes épines ensanglantaient son front et elle eut ce cri :

— Jésus ! S'il faut que je meure pour son salut, je vous donne ma vie avec joie. Immolez-moi avec mes espérances. Emportez-moi avec mon amour... Je vous les offre pour lui en holocauste !

« Mais ayez pitié de Robert ! Oh ! oui, Seigneur, ayez pitié !

Dans la grande salle, la fête continuait. Au menuet, à la gavotte et à la chacone classiques avaient succédé les danses locales, si charmantes dans leur pittoresque simplicité :

« l'aridée », la « dérobée bretonne », « l'en avant-deux », pour se fondre en une ronde cordiale et animée à laquelle, avec les fiancés, avaient tenu à prendre part M. Surcouf et la bonne grand-maman, emportée, elle aussi, dans le mouvement général.

Robert et Madiana étaient radieux. C'est à peine s'ils échangeaient quelques brèves paroles ; mais leurs yeux, qui ne se quittaient pas, parlaient pour leurs bouches, puisqu'ils disaient tout l'amour qu'il y avait dans leurs cœurs.

Et quand la ronde fut terminée, oubliant tout, en un geste spontané, ils s'embrassèrent, au milieu des applaudissements de tous, approbation enthousiaste de la plus exquise des signatures que les deux amoureux pouvaient échanger, devant tous, au bas du pacte sacré qui déjà les unissait.

Mais un coup de canon retentissait au lointain, jetant un certain trouble parmi les invités.

— On dirait qu'on a tiré de la citadelle, observait M. Surcouf.

— Rassurez-vous, déclarait Robert avec un bon sourire. C'est le signal qui annonce le retour des rapatriés que l'on attendait depuis cet après-midi.

Et, tandis que tous les visages exprimaient une satisfaction ardente, Surcouf poursuivait :

— Je veux célébrer leur retour en les faisant participer à cette fête.

Et, s'adressant à Jacques Morel, il ajouta :

— Jacques... va vite au-devant d'eux. Tu leur diras que le commandant Surcouf les invite à ses fiançailles, qu'ils viennent tous avec leurs amis, leurs femmes, leurs enfants... Je veux qu'aujourd'hui tout le monde soit heureux.

Jacques Morel disparut. Les danses reprirent, encore plus animées.

Madiana dit à Robert :

— Comme tu es bon de penser ainsi à tous ! Et combien je suis fière d'être aimée par un cœur tel que le tien !

Bientôt, Jacques Morel revenait ; et, après avoir contemplé un instant d'un air bizarre les couples qui tournoyaient, s'approchant de Surcouf qui dansait avec Madiana, il lui glissa à l'oreille :

— Dutertre est là, sur la terrasse... il veut te parler.

— Eh bien ! qu'il vienne..., lançait le corsaire.

Le commis aux écritures reprenait sur un ton mystérieux :

— Il veut te voir seul.

— Pourquoi ? interrogeait Surcouf.

— Il paraît qu'il a une grande nouvelle à t'apprendre.

— Dutertre est là qui désire me parler en particulier, disait Robert à Madiana... Tu permets ?

— Oui, va ! répondait Madiana un peu inquiète.

Surcouf s'en fut aussitôt rejoindre Dutertre qui l'attendait, entouré de plusieurs des rapatriés. L'aspect sombre du Lorientais et des autres marins lui donna l'impression qu'un malheur, dont il ne pouvait pas encore soupçonner la nature ni l'étendue, planait dans l'air, prêt à fondre sur lui.

— Qu'y a-t-il donc ? fit-il d'une voix brève.

Dutertre, qui semblait bouleversé, lui prit la main en disant :

— Le Malouin, tu as du courage, eh bien ! il va falloir que tu en aies cent fois plus que jamais !

— Pourquoi ?

Lentement, le Lorientais laissa tomber les mots terribles :

— Marcof est vivant !

Surcouf eut un grand tressaillement.

Dutertre poursuivait :

— Il est prisonnier à bord du ponton le *Crown*.

— Est-ce possible ? scanda le corsaire.

Tout en désignant les deux marins qui avaient été autorisés à dire adieu au captif, Dutertre ajouta :

— Demande à ces hommes.

Les deux Bretons eurent en même temps un geste affirmatif.

Surcouf, la voix étranglée, interrogeait :

— Vous l'avez vu ?... Vous lui avez parlé ?

— Oui, mon commandant.

Et l'un d'eux précisa :

— Même qu'il nous a chargés de vous dire qu'il était bien malheureux.

Surcouf se tut... Le visage tout blanc d'une pâleur mortelle, il dirigea vers la porte de la grande salle son regard qui se fixa tragiquement sur Madiana, qui parlait à Mme Surcouf.

Jamais, sous l'éclat des lumières, elle ne lui avait paru plus belle.

Surcouf porta sa main à son front brûlant... Puis... comme frappé d'un coup qui ne pardonne pas, il chancela... fit quelques pas sur la terrasse... et s'en fut en titubant comme un homme ivre vers la balustrade contre laquelle il s'appuya en disant :

— Il est vivant ! Il est vivant !

Dutertre et les matelots échangèrent un long regard d'angoisse.

Un des Bretons murmure :

— Pauvre commandant !

Et le Lorientais ajouta :

— Il est capable de s'en faire mourir.

Et il s'approcha de Surcouf pour lui dire... rien, car il ne se sentait pas capable de trouver des mots de consolation en face d'une telle douleur, et son geste était uniquement le réflexe de sa loyale amitié.

Mais déjà Surcouf s'était redressé. Son mâle visage resplendissait d'un éclat que nul ne lui avait connu, même au cours des plus formidables batailles.

Et, d'une voix qui ne tremblait pas... de ce ton d'autorité qui en imposait à tous, il martela :

— Ami, va m'attendre à la taverne de *L'Homme Armé*, avec les meilleurs marins de la *Confiance*.

— Que vas-tu faire ?

— Mon devoir !

— Robert !

— Mais pas un mot à personne !

— Tu veux sauver Marcof ?

Alors, avec un accent de volonté sublime, Surcouf s'écria :

— Je veux le sauver et je le sauverai !

Dutertre ne dit rien, mais il tomba en pleurant dans les bras que lui tendait son ami, lui rendant ainsi le plus touchant et le plus noble des hommages.

Surcouf, se dégageant de son étreinte, lui ordonnait :

— Va, va vite, je te rejoindrai tout à l'heure.

Dutertre s'éloigna avec les deux Bretons.

Alors, de nouveau, les yeux du corsaire se portèrent vers la salle...

— Madiana !... Madiana !...

Ce fut tout ce qu'il put dire... Et un immense sanglot déchira sa poitrine.

Le sacrifice était consommé !

XVIII

LE SACRIFICE

Surcouf demeurait comme écrasé sous le poids de l'immense douleur qui l'étreignait. Mais, malgré lui, ses yeux ne pouvaient se détacher de la salle de bal où il apercevait la silhouette de sa fiancée, qui commençait à s'inquiéter de son absence.

Surmontant son désespoir, il murmurait :

— Mieux vaut la quitter sans la revoir !

Et il allait partir, lorsque Madiana apparut sur le seuil et courut vers lui en disant :

— Où vas-tu ?

Robert, cherchant à dominer son émoi, répondait :

— Ne t'inquiète pas, je reviens dans un instant.

Madiana, saisie d'un subit pressentiment, s'écriait :

— Robert, qu'y a-t-il ?... Tu n'es plus le même que tout à l'heure. On dirait que tu viens d'apprendre subitement une mauvaise nouvelle.

« Parle-moi, je t'en supplie, dis-moi toute la vérité.

Surcouf répliquait d'un ton bref :

— C'est un de mes amis qui a besoin de moi.

— Un de tes amis ? reprenait Madiana, tout en s'emparant des mains du corsaire.

Celui-ci, tout en cherchant à se dégager, reprenait :

— Rentre. Je reviendrai tout à l'heure.

Mais Madiana, qui ne l'avait pas quitté des yeux, s'écriait :

— On dirait que tu veux me quitter pour toujours.

— Non ! non !... protestait Surcouf d'une voix sourde.

— Alors, pourquoi fuis-tu mon regard ? Pourquoi ne veux-tu pas de mes lèvres ?

Éperdu, Robert allait appuyer sa bouche contre celle qui s'offrait à lui toute frémissante d'inquiétude et d'amour.

Envahie d'une soudaine détresse, Madiana scandait :

— Tu ne m'aimes donc plus ?

Mais Surcouf, fou de passion et de douleur, protestait :

— Je t'adore !

— Robert !

Et il ajouta, en la dévorant de son regard de flamme :

— Et je ne t'ai jamais autant aimée !

Madiana insistait :

— Alors, reste !

— C'est impossible ! affirmait Surcouf.

De nouveau, il voulut s'arracher à l'étreinte ; mais Madiana se révoltait :

— Non, non... tu ne t'en iras pas !

— Il le faut !

— Pourquoi ?

— Ne me force pas à te le dire.

— Parle, je t'en supplie, je le veux !

— Eh bien ! Marcof est vivant !

Madiana eut un cri d'épouvante auquel répondit un autre cri de surprise.

C'était Marie-Catherine qui, sortant de sa chambre, venait d'apparaître sur la terrasse et de surprendre les dernières paroles de Surcouf.

Madiana, tout en s'accrochant à Robert, martelait :

— Marcof vivant ! Non, ce n'est pas vrai ! Ce n'est pas possible !... Je l'ai vu, de mes yeux, disparaître dans la mer... Et les Anglais m'ont affirmé eux-mêmes qu'on n'avait jamais retrouvé son corps.

— Ils mentaient ! déclara le corsaire d'un air farouche. Je

viens d'apprendre, en effet, que Marcof était prisonnier à bord d'un ponton...

Et, avec une expression d'incomparable noblesse, Surcouf ajouta :

— Et je veux le délivrer !

Madiana demeura un instant comme hébétée. Surcouf en profita pour se dégager.

— Robert ! Robert ! implorait-elle, folle de douleur.

Mais elle chancela... et, comme frappée au cœur, elle s'écroula sur les dalles.

Surcouf la saisit dans ses bras et la transporta sur un banc.

— Madiana..., appelait-il, Madiana ! ma bien-aimée !

Mais elle ne donnait plus signe de vie ; et n'eût été le faible rythme de sa poitrine, qui indiquait qu'elle respirait encore, on aurait pu croire qu'elle était morte.

— Si je reste encore, s'écriait Robert, je sens bien que je n'aurai plus le courage de la quitter.

Alors il aperçut Marie-Catherine qui, frappée de stupeur, le regardait et semblait lui dire :

— Je suis là ! Si tu as besoin de moi, dis-le... dis-le vite !

Et, tout haletant, il lança :

— Tu as entendu ?

La jolie Bretonne eut un signe de tête affirmatif.

— Il faut que je m'en aille tout de suite... là-bas... C'est mon devoir... mon devoir absolu...

Et il ajouta, en désignant Madiana qui ne donnait aucun signe de vie :

— Petite sœur, je te la confie !

Marie-Catherine frémit de tout son être, tant cette épreuve lui semblait encore plus cruelle que toutes celles qu'elle avait déjà endurées.

Surcouf, qui n'avait pas remarqué son trouble, continuait :

— Prends bien soin d'elle. Console-la. Et dis-lui surtout

que, *quoi qu'il arrive*, je l'aime et je l'aimerai toujours. Tu me le promets, petite sœur ?

— Oui, Robert, je te le promets.

— Merci !

Le corsaire saisit la main de sa cousine qu'il porta rapidement à ses lèvres. Mais brusquement, il la quittait pour enlacer d'une suprême et déchirante étreinte Madiana, toujours inanimée.

Puis il s'en fut, en courant, dans la nuit.

Un instant, Marie-Catherine contempla sa rivale qui, tout à l'heure resplendissante de bonheur et d'amour, n'était plus qu'une pauvre chose inerte, véritable épave humaine brisée par la tempête.

Envahie d'une pitié qui ne laissait place en elle à aucune rancœur, elle fit simplement :

— La pauvre femme !

Et vite, elle s'en fut appeler au secours.

M. Surcouf, sa mère, Jacques Morel et les invités s'empressèrent d'accourir à ce cri d'alarme qui avait interrompu les danses.

Tandis que, consternés, et se demandant ce qui avait bien pu se passer, tous entouraient Madiana, Marie-Catherine, qui s'était approchée de M. Surcouf, lui expliquait :

— Robert vient d'apprendre que Marcof était vivant et prisonnier à bord d'un ponton anglais. Alors, il est parti pour le sauver.

— Mon fils ! Mon pauvre enfant ! s'écriait M. Surcouf. Ah ! je le reconnais bien là !

« Comme il doit souffrir ! Mais ne dis rien encore à la grand-maman... Il va falloir lui apprendre cela avec beaucoup de ménagements... Car je connais Robert... Maintenant que tout va le séparer de celle qu'il aime tant, il ne pourra plus rester ici... Il repartira encore pour longtemps... pour toujours peut-être...

« Et nous qui étions si heureux, si heureux !...

Marie-Catherine eut un sanglot... Car elle venait, elle aussi, de comprendre toute l'étendue, toutes les conséquences de cette catastrophe.

M. Surcouf avait raison... Si Robert ne périssait pas au cours de l'expédition si périlleuse qu'il allait tenter, après avoir rendu Madiana à Marcof, il repartirait certainement... pour se faire tuer... pour mourir !

Ah ! ses pressentiments ne l'avaient point trompée. Cette femme portait bien en elle le malheur. Et, à cette pensée, elle sentit que sa pitié pour elle s'écroulait et qu'en présence de cet irréparable désastre, elle allait peut-être, malgré elle, malgré sa religion, se mettre à la haïr.

Mais soudain les dernières paroles du corsaire vibrèrent à ses oreilles, laconique mais imposant testament, auquel son silence avait été un acquiescement tacite, formel aux suprêmes volontés de celui qui partait. Alors elle se dit qu'elle n'avait pas le droit de trahir le cœur qui avait mis toute sa confiance en elle et qu'elle n'avait plus qu'à accomplir son devoir de sœur de charité.

S'approchant de Mme Surcouf, qui avait pris Madiana dans ses bras et lui prodiguait des appels de tendresse, elle fit, avec tout l'héroïsme simple et touchant d'une vraie sainte :

— Marraine, il faudrait la transporter tout de suite dans sa chambre !...

Pourtant Surcouf, après avoir quitté la maison paternelle, longeait les remparts à pas saccadés.

Bientôt, il s'arrêta pour jeter un dernier regard vers la maison dans laquelle il laissait à la fois tout son bonheur, tous ses rêves, toute son âme !

— Adieu, Madiana ! Adieu ! Adieu ! fit-il en s'étreignant la poitrine, comme s'il voulait en arracher ce cœur qui avait déjà tant souffert et qui allait souffrir encore davantage.

Et il repartit tout en murmurant :

— Courage, Surcouf, ne regarde plus en arrière. Va jusqu'au bout de ton devoir, va !

Comme il s'éloignait, un jeune marin vêtu d'un suroît en toile cirée noir et coiffé d'un bonnet qui s'enfonçait jusqu'aux yeux, sortit d'une petite guérite en granit dans laquelle il se dissimulait... Et, silencieux, il se glissa à la suite du corsaire.

C'était Tagore, qui se préparait à accomplir sa vengeance !

XIX

PRÉPARATIFS D'EXPÉDITION

Dans l'arrière-salle d'un cabaret enfumé, dont la devanture aux petits carreaux verts en fond de bouteille prenait jour sur une rue étroite et tortueuse de la vieille cité malouine, Dutertre était attablé avec plusieurs matelots de la *Confiance* et de son ancien équipage du *Brûle-Gueule*.

Le patron, un ancien corsaire, lui aussi, qui, après de multiples exploits illustrés de non moins nombreuses blessures, avait acquis avec ses économies l'établissement de *L'Homme Armé*, fondé en 1624, également par un corsaire en retraite, remplissait d'un vin clairet « dret en goût », appelé muscadet, et récolté dans le pays de Nantes, les gobelets de ses clients qui étaient pour lui autant d'amis.

— Alors, commandant, interpellait un matelot, il va venir ?

— Oui, ponctuait le Lorientais, il me l'a promis, et Surcouf n'a qu'une parole.

— C'est bien ce qu'il fait là ! s'écria le matelot, approuvé par les hochements de tête de tous ses camarades.

— C'est un cœur de héros ! reprenait Dutertre. Quand je pense qu'un jour, dans un moment de colère, nous avons failli nous couper la gorge tous les deux !

— C'est oublié, ça, commandant !

— Moi, je m'en souviens toujours ; et le tort que j'ai eu,

c'est de ne pas avoir su mettre tout de suite ma main dans la sienne.

— Qu'est-ce que ça fait, puisque vous voilà maintenant amis pour toujours !

— Oh ! oui ! pour toujours, scandait Dutertre. Et le Malouin me demanderait ma vie que je serais heureux de la lui donner !

— C'est comme nous tous !

— Et c'est moi, s'écriait le Lorientais, qui porte aujourd'hui la santé de Surcouf, le plus brave, le meilleur de nous, de Surcouf, le roi des corsaires !

Les gobelets s'entrechoquaient lorsque Robert parut sur le seuil.

Surcouf était entièrement redevenu maître de lui et son visage, d'où avait disparu toute trace de douleur, n'exprimait plus qu'une froide et mâle énergie, une volonté vraiment surhumaine.

À sa vue, tous se levèrent d'un même élan ; et ce fut mieux qu'un salut, une sorte d'engagement silencieux, mais solennel, qui souscrivait d'avance, aveuglément, à tout ce qu'allait ordonner le chef.

Le Malouin lançait impérieusement au tavernier :

— Va-t'en dans la grande salle et veille à ce que personne ne nous dérange.

Le patron de *L'Homme Armé* s'empressa de déguerpir. Surcouf promena son regard sur ses hommes, qui le contemplaient avec une respectueuse admiration. Car, parmi ces rudes loups de mer, si durs, si insensibles en apparence, il n'en était pas un qui ne fût ému jusqu'aux larmes par l'annonce du sublime sacrifice que le grand corsaire se préparait à accomplir.

— Camarades, attaqua Surcouf d'une voix grave, vous avez appris, n'est-ce pas, que Marcof était prisonnier sur les pontons ?

— Oui, commandant.

D'une voix vibrante, Robert poursuivait :

— J'ai décidé de le sauver... Qui veut venir avec moi ?

En signe de dévouement, toutes les mains se tendirent vers lui.

— Merci ! répondait Surcouf, dont la poitrine se dilata d'un grand souffle de légitime orgueil.

Et il ajouta :

— Je savais que je pouvais compter sur vous !

— Jusqu'à la mort, commandant ! affirma le plus ancien.

— Jusqu'à la mort ! répétèrent tous ses camarades.

Un éclair de triomphe passa dans les yeux du grand corsaire. Avec de tels hommes, il était tranquille. Aucune entreprise, si périlleuse fût-elle, n'était impossible. Il connaissait le fanatisme calme, l'esprit de discipline, l'intrépidité farouche de ses Bretons. Une fois de plus, il allait à la bataille avec la certitude de la victoire.

S'installant sur le rebord de la table, à une légère distance et bien en face de son équipage, il fit, au milieu d'un silence profond :

— Il ne s'agit pas d'attaquer de front les pontons qui sont en rade de Portsmouth. Je le regrette, car ç'eût été pour moi une grande joie d'envoyer au fond ces immondes carcasses où ont souffert et sont morts tant des nôtres !

« Mais je ne dispose pas de forces assez considérables pour tenter, avec quelques chances de succès, une pareille aventure.

« Ce que je veux, c'est arracher Marcof à ses geôliers... Or, pour atteindre ce but, il n'y a qu'un moyen : la ruse.

« Voici donc ce que j'ai décidé :

« Nédélec, et toi, Jean le Timonier, vous allez tout de suite vous rendre à bord du *Kent* et y prendre deux tenues d'officiers anglais et douze uniformes de marins anglais.

« Vous les rapporterez à bord du cutter le *Swallow*[1]..., le

1. Les cutters étaient de petits bâtiments de guerre très légers, à un mât, et doués d'une grande vitesse.

bateau anglais qui a été capturé précisément par Marcof, il y a quelques mois.

— Bien, commandant !

Nédélec et Jean le Timonier se précipitèrent aussitôt au-dehors.

Surcouf continuait :

— Vous autres, prenez à bord de la *Confiance* des barils de poudre vides, que vous remplirez de terre et que vous amarrerez solidement dans la cale du *Swallow*.

« Allez, mes gars ! Videz vos gobelets !... Le Lorientais et moi nous vous rejoindrons tout à l'heure !

Les matelots avalèrent rapidement leur dernière gorgée de muscadet. Puis, après avoir essuyé leurs lèvres du revers de leurs manches et salué les deux commandants, ils s'empressèrent d'aller exécuter les ordres de leur chef.

Surcouf et Dutertre demeurèrent seuls...

Toujours assis sur son siège, Surcouf se taisait, songeur et taciturne.

Dutertre le regarda. Puis, s'approchant de lui, il fit :

— C'est bien, ce que tu as fait là, le Malouin !

Surcouf ne broncha pas. Ses yeux fixaient le vide, hanté par l'image de Madiana, qu'il se figurait voir apparaître, lui tendant les bras, l'appelant, l'implorant, le suppliant de rester.

Mais bientôt la vision s'effaça. Et Surcouf, se levant brusquement, saisit un gobelet, l'emplit de vin et en avala le contenu d'un trait.

Puis, se retournant vers le Lorientais, il s'écria :

— Tu as raison, le Lorientais, il m'a fallu bien du courage !

... Pendant ce temps, Tagore, qui avait suivi Surcouf et l'avait vu pénétrer au cabaret de *L'Homme Armé*, s'était glissé jusqu'auprès de la baie vitrée qui était restée entrebâillée, afin de permettre à la fumée des pipes de s'évader au-dehors. Il n'avait rien perdu de ce que le corsaire avait dit à ses hommes.

Tout de suite fixé sur les intentions de celui dont il avait juré la perte, il avait ressenti une sorte de sauvage allégresse en se disant que, maître désormais du secret de son ennemi, il allait pouvoir en user pour le plus grand profit de sa vengeance.

Dans son fanatisme religieux, il se disait :

— Siva me protège ! Siva est avec moi... puisque après avoir voulu que je connusse les desseins de cet homme, il me permet, en déjouant ses projets, non plus de le frapper par moi-même et d'apporter sa tête aux Anglais, mais de le leur livrer vivant, d'assister à sa longue agonie et de le voir suspendu, un jour, au bout d'une vergue. Oui, mon père, c'est ainsi que tu dois être vengé !

Et, instantanément, Tagore improvisait un plan tout de mystérieuse audace que seul un cerveau tel que le sien pouvait concevoir et exécuter.

— Il veut sauver Marcof..., s'était-il dit... Il veut agir par ruse... il veut s'embarquer sur le *Swallow*... vêtu en officier anglais. Je n'ai pas besoin d'en apprendre davantage, et je sais ce qui me reste à faire.

Aussi, dès que Nédélec et Jean le Timonier quittèrent la taverne, Tagore gagnait rapidement le quai Duguay-Trouin auquel, ainsi que l'avait dit Surcouf, le *Swallow* était amarré. La mer était haute... Le pont du cutter était à niveau du quai. Sans la moindre hésitation, le jeune Hindou franchit le bastingage. Il n'y avait personne à bord. Les trois voiles, le foc, la brigantine et le hunier étaient repliés sur leurs agrès. L'embarcation, fine, élancée, mais à la coque profonde qui se terminait en une quille très longue et s'enfonçant profondément dans la mer, pouvait jauger une cinquantaine de tonneaux.

Tagore jeta un regard autour de lui. Le quai était désert. Nul n'avait pu le voir se faufiler sur le *Swallow*. D'ailleurs, son accoutrement de marin, qu'il portait avec une remarquable aisance, n'était-il pas fait pour éloigner tout soupçon et même justifier sa présence à bord de ce petit navire ?

Mais il s'agissait pour lui de ne pas se laisser surprendre par les marins de Surcouf qui n'allaient pas tarder à rallier le *Swallow*.

Tagore, toujours avec le même calme, les mêmes glissements d'ombre, se dirigea vers l'entrée d'une petite chambre située à l'avant, ouvrit la trappe, se faufila à l'intérieur du bâtiment : et, après avoir descendu les quelques marches d'un escalier de bois, il se trouva à l'intérieur d'un réduit obscur, encombré de chaînes rouillées, de morceaux de vieilles voiles, d'un tonneau d'eau douce pourvu de sa canelle et d'une caisse de biscuits de mer.

Alors l'Hindou, après avoir refermé la trappe, revint dans la chambre où la lumière du jour pénétrait chichement par deux hublots pratiqués de chaque côté de l'avant... et, tandis qu'un énigmatique sourire errait sur ses lèvres, il se dissimula sous une voile.

L'ennemi était dans la place.

Une heure après, Nédélec et Jean le Timonier regagnèrent le cutter, apportant les uniformes anglais réclamés par Surcouf.

Quelques instants après survenaient à leur tour les autres corsaires, poussant un baquet qui contenait les tonneaux remplis non plus de poudre, mais de terre, qu'immédiatement ils arrimèrent à fond de cale.

À peine cette besogne était-elle terminée, que Surcouf et Dutertre apparaissaient sur le quai, suivis par un marin qui portait sur son épaule la dame-jeanne de rhum fournie par le patron de *L'Homme Armé*.

Immédiatement, les deux amis s'embarquèrent sur le cutter. Le corsaire avec sa dame-jeanne s'enfonça dans l'escalier qui donnait accès à la chambre du capitaine.

Tout de suite, Surcouf demandait à ses marins, qui étaient remontés sur le pont :

— Tout est paré ?

— Oui, commandant, répliquait Nédélec. Les uniformes sont dans votre cabine.

— Et les tonneaux ?

— Dans la cale, déclarait un vieux loup de mer en essuyant avec un mouchoir à carreaux tout déchiré la sueur qui inondait son front.

— Alors, ordonnait Surcouf, mettez à la voile.

Et bientôt, piloté par Dutertre, le *Swallow* quittait le port de Saint-Malo.

Surcouf demeura debout à l'arrière les bras croisés sur la poitrine, les yeux rivés sur Saint-Malo qui disparut bientôt à l'horizon.

Alors, une phrase, une seule lui échappa, proférée avec un accent qui révélait à la fois son indicible douleur et son immense courage :

— Madiana... adieu pour toujours !

XX

EN FACE DE LA CROIX

On avait transporté Madiana dans sa chambre qui, ainsi que la grande salle commune, donnait de plain-pied sur la terrasse, et on l'avait étendue sur un lit de repos qui occupait un des angles de la pièce que Surcouf avait fait aménager et meubler somptueusement pour sa fiancée.

Les invités s'étaient retirés, bouleversés par ce coup de théâtre inattendu, car Jacques Morel n'avait rien eu de plus pressé que d'apprendre à tous la résurrection de Marcof. Et cette nouvelle, prélude d'un drame dont nul ne pouvait prévoir les conséquences, avait jeté la stupeur dans tous les esprits.

M. Surcouf et sa mère, ainsi que Marie-Catherine, étaient demeurés auprès de Madiana. Celle-ci, après être revenue à elle et avoir absorbé une potion calmante, était tombée dans une sorte de torpeur qui avait apporté un soulagement momentané à sa souffrance.

Marie-Catherine dit à ses parents :

— Robert me l'a confiée, je vais passer la nuit près d'elle...

Mme Surcouf embrassa sa filleule et se retira avec son fils, après avoir lancé un dernier regard de compassion à Madiana, qui semblait plongée dans une profonde léthargie.

Marie-Catherine s'en fut s'asseoir à son chevet et la contempla à son tour.

Certes, elle était incapable de nourrir la moindre haine envers cette malheureuse, si cruellement abattue. Son âme était assez élevée pour planer désormais au-dessus de toute misère terrestre.

Et, malgré sa résignation, malgré son désir de n'être plus auprès de la grande blessée qu'était Madiana qu'une sœur de charité, dévouée et compatissante, dans le déchirement que lui causait le départ de Robert, départ qu'elle croyait sans espoir de retour, elle ne pouvait s'empêcher de se demander :

— Pourquoi Dieu a-t-il permis que Robert rencontrât sur sa route cette étrangère ?

Instinctivement, les yeux de Marie-Catherine se portaient vers un très beau crucifix en argent massif qui se dressait sur une table, entre deux vases de porcelaine de Chine, où s'épanouissaient de belles roses. C'était à ce Christ que, chaque soir, depuis qu'elle était à Saint-Malo, Madiana, croyante aussi sincère, aussi fervente que Marie-Catherine, adressait, dans la joie de son bonheur, une longue et ardente action de grâces.

La jeune Bretonne interrogeait du regard ce maître auquel elle était résolue de consacrer désormais toute sa vie, lorsque Madiana eut un long frisson. Puis, entrouvrant les paupières, elle appela d'un air égaré :

— Robert ! Robert !

Marie-Catherine se leva et se pencha vers elle, s'efforçant de l'apaiser. Mais Madiana, qui semblait en proie à un violent délire, la repoussa en s'écriant :

— Robert, reviens ! Reviens !

Se redressant, elle se jeta hors du lit ; et pâle, échevelée, comme folle, elle se précipita vers la porte-fenêtre qui donnait sur la terrasse, en clamant :

— Je veux le retrouver ! Je veux le rejoindre !

Marie-Catherine, résolument, lui barra la route. Et, s'emparant de ses mains, elle s'efforça de la ramener vers un siège, tout en lui disant :

— Je vous en prie, calmez-vous ! calmez-vous !...

— Il ne reviendra jamais, jamais ! sanglotait Madiana, éperdue.

D'un brusque mouvement, échappant à Marie-Catherine, elle courut vers une panoplie d'armes qui était suspendue à l'un des panneaux de la pièce ; et, avant que la jeune fille ait eu le temps de la retenir, elle s'emparait d'un poignard et cherchait à s'en frapper la poitrine.

Mais Marie-Catherine avait bondi vers elle ; lui saisissant le bras, elle arrêta le geste fatal.

Une lutte s'engagea entre elles deux, au cours de laquelle le crucifix placé sur la table se renversa et tomba à terre. Mais la Bretonne avait été la plus forte. Non sans peine, elle parvint à arracher son arme à Madiana, qui s'abattit sur un siège, en proie à un atroce désespoir.

Marie-Catherine regarda le poignard qu'elle tenait par la lame et qui formait une croix. Alors son visage s'illumina d'une mystique clarté. Mais bientôt, en un mouvement d'instinctive frayeur, ses doigts s'écartèrent, laissant échapper le poignard, qui s'en fut tomber à côté du Christ gisant sur le plancher... L'instrument de la haine près du symbole de l'amour !

Marie-Catherine, vivement, s'agenouilla et, s'emparant du crucifix, elle le replaça sur la table, entre les deux vases fleuris. Puis elle commença à prier tout haut :

— Mon Dieu, protégez Robert... Oh ! oui, protégez-le !

Madiana releva la tête, écoutant la jeune fille qui continuait :

— Nul autre que vous, Seigneur, ne sait combien je l'aime.

Madiana se leva et s'en fut vers elle.

Et, d'un ton farouche, elle fit :

— Vous l'aimez ?

Marie-Catherine eut un sursaut. Une vive rougeur colora son visage... Ne venait-elle pas de se trahir, devant celle qui aurait dû être la dernière à connaître son secret ?

Et, douloureusement, elle baissa la tête.

Madiana, non moins troublée qu'elle, se taisait. Maintenant, elle comprenait toute la détresse de cette amie... Le marin qu'elle pleurait... l'être aimé à jamais disparu... c'était Robert !

Songeant à tout ce que la pauvre petite avait souffert, souffrait et souffrirait encore, à tout le courage, à toute la volonté dont elle avait eu besoin pour ne laisser soupçonner la vérité à personne, elle ne put s'empêcher de murmurer :

— Comme vous devez me haïr !

Marie-Catherine eut un sourire mélancolique et, tout en secouant la tête, elle répondit à Madiana en la fixant bien dans les yeux :

— Non, je ne vous hais pas !

Et comme la jeune femme esquissait un geste d'étonnement, Marie-Catherine reprit :

— Je comprends ce que vous devez souffrir à ce que je souffre moi-même.

En un mouvement spontané, Madiana s'empara des mains de la jolie Bretonne qui achevait :

— Et je vous plains de toute mon âme !

— Pardonnez-moi ! s'écriait Madiana, dominée par cette grandeur d'âme sereine, par cette sublime bonté qui étaient pour elle mieux qu'un réconfort : tout un exemple.

— Je n'ai pas à vous pardonner ! répondait l'orpheline. Volontairement, vous ne m'avez fait aucun mal. Robert vous a aimée parce que vous êtes plus belle que moi... et ce n'est pas sur mes espoirs perdus que j'ai pleuré et que je pleure. Il faut savoir se faire une raison. C'est pour lui, pour lui seul, je vous le jure, que je suis angoissée et malheureuse !

— Comme vous êtes meilleure que moi !

— Ne dites pas cela !

— Si j'avais été à votre place, je n'aurais certainement pas trouvé les mots que vous venez de me dire.

— Qu'en savez-vous ? Nous sommes toutes deux de la même religion ; et notre foi commune nous commande de nous aimer les uns les autres, surtout aux heures d'épreuve.

« Votre peine est la mienne. Unissons-nous, pour porter en commun le poids de notre calvaire !

« Si l'une de nous deux tombe en route, l'autre l'aidera à se relever. Ainsi nous parcourrons plus sûrement, moins tristement, notre route de larmes.

Madiana reprenait en soupirant :

— Je sens bien que je n'aurai jamais votre résignation, votre courage.

D'un geste expressif, Marie-Catherine lui désigna la croix :

— Prions, fit-elle... Oui, prions toutes deux. N'avons-nous pas un même cœur, puisque ce cœur est tout rempli d'un même amour, une même âme, puisqu'elle ne vit que par la même pensée ?

— Prier ! répétait Madiana. Prier, à quoi bon ! Dieu ne nous exaucera pas... Jamais nous ne le reverrons ! Et je le sens bien, j'en mourrai bientôt, puisque c'est déjà pour moi la plus terrible des agonies.

— La mienne a commencé depuis plusieurs semaines, observait Marie-Catherine ; et, vous le voyez, je suis encore là !

— Et pourtant, ni vous, ni moi, n'avons plus aucune raison de vivre.

— Si, affirmait la jolie Bretonne.

— Laquelle ?

— Prier, vous dis-je, oui, prier pour lui, prier pour qu'il soit protégé contre ses ennemis, défendu contre lui-même !

Alors, Madiana, illuminée par la grâce divine qui émanait de Marie-Catherine, s'agenouilla à ses côtés.

En un mouvement plein d'abandon, elle posa sa tête contre son épaule.

Et grave, recueillie, d'une voix angélique, la Bretonne commença l'oraison :

— « Notre Père qui êtes aux cieux, que votre volonté soit faite !... »

XXI

LE TESTAMENT DU CORSAIRE

Lorsque Saint-Malo eut tout à fait disparu à l'horizon, Surcouf se retira dans la chambre du capitaine.

C'était une très étroite « carrée » avec son lit classique en armoire, véritable niche au fond de laquelle était étendu un matelas plat comme une galette.

Pour tout ameublement, une table rustique, un escabeau... Le jour et l'air n'y parvenaient qu'avec parcimonie. Il y régnait une odeur forte aux relents de goudron, de tabac et de salaisons.

C'était plutôt une sentine qu'une cabine, où il ne pouvait être que pénible de s'enfermer.

Pourtant, Surcouf, qui aimait les larges espaces et qui éprouvait toujours le besoin de respirer largement l'air des océans, Surcouf, habitué aux horizons infinis et auquel il arrivait fréquemment, aux cours de ses croisières, de passer les nuits sur le pont et d'y dormir, étendu au fond d'une chaloupe, tant il avait une répulsion instinctive pour tout ce qui ressemblait de près ou de loin à une cellule, à une prison, semblait désireux de s'isoler dans ce véritable taudis étroit, sans air et sans clarté.

En effet, après y avoir pénétré, il referma la porte, dont il poussa même le verrou ; et, après avoir jeté un regard distrait vers la dame-jeanne de rhum que le matelot avait déposée sur la table, il décrocha son sabre qu'il jeta sur le lit de camp, s'installa sur l'escabeau et se prit à songer.

Il n'y avait plus aucune trace d'amertume, ni même de douleur sur son beau visage. Ses traits, au contraire, exprimaient une sérénité parfaite, un calme absolu.

Surcouf, en effet, était de ceux qui, une fois leur sacrifice consenti, ne songent plus qu'à l'accomplir.

Il avait décidé de sauver Marcof. Maintenant, cette pensée absorbait uniquement son esprit avec d'autant plus d'exclusive insistance qu'il ne se dissimulait pas que c'était peut-être la tâche la plus formidable qu'il eût jamais entreprise.

Déjà son génie lui avait dicté, presque instantanément, les grandes lignes d'un plan qui, ainsi qu'il l'avait déclaré à ses compagnons, était avant tout basé sur la ruse. Et le grand corsaire était beaucoup trop avisé pour ne pas se dire que sa réussite était à la merci d'un oubli, d'une maladresse, d'une négligence, enfin du plus petit incident, qu'il s'agissait de prévoir.

C'était donc un véritable plan de campagne qu'il s'agissait de fixer dans ses moindres détails.

Surcouf, nous l'avons vu plus haut, lors de l'attaque du *Kent*, excellait en ce genre de préparations qui demandent à la fois une grande force de raisonnement et une puissante possession de soi-même.

Et maintenant, dans l'isolement, dans le silence, il mûrissait son plan au bout duquel était la délivrance de Marcof.

Il resta ainsi, près d'une heure, plongé dans ses réflexions. Puis, visiblement satisfait des résultats de sa longue méditation, il prit, dans une petite trousse en cuir qu'il portait attachée à sa ceinture, une fiole qui contenait un liquide jaunâtre, déboucha la dame-jeanne qui se trouvait sur la table, y versa le contenu de la fiole et reboucha soigneusement la grosse bouteille qu'entourait une solide armature en osier.

Puis, cette étrange besogne terminée, il retomba dans sa rêverie.

Maintenant qu'il avait accompli une partie de son devoir, en attendant qu'il réalisât jusqu'au bout le sublime programme qu'il s'était assigné, sa pensée, malgré lui, revenait sans cesse vers ceux qu'il avait laissés là-bas. Car son cœur était trop grand pour que le regret d'avoir quitté les siens ne s'ajoutât pas au déchirement qu'il éprouvait d'être séparé de Madiana. Et, maintenant qu'il voguait vers la grande aventure et qu'il obéissait à l'appel impérieux de l'amitié et de l'honneur, dans la générosité de son cœur entre tous magnanime, il se rendait très bien compte que s'il était en règle avec sa conscience, il ne l'était pas envers ceux dont il venait de se séparer pour toujours.

Ne s'était-il pas juré de vaincre ou de périr ? Et, si légitime que fût la confiance qu'il avait en la victoire, il ne se dissimulait pas le risque qu'il courait... c'est-à-dire la mort !

Et puis, en admettant qu'il triomphât, n'était-ce pas aussi pour lui la fin de tout, non point par un suicide banal qui révoltait son héroïsme, mais par un de ces glorieux trépas auxquels depuis l'instant où il avait, pour la dernière fois, serré Madiana contre sa poitrine, il était farouchement résolu ?

Au seuil du grand passage, au voisinage de cette éternité que, pour lui, il sentait prochaine, il ne se croyait pas le droit de disparaître, sans apporter aux siens la consolation d'un suprême adieu en même temps que l'expression d'une loyale excuse, sous la forme des dernières volontés que lui dictaient à la fois sa raison et son cœur.

Alors, prenant dans sa trousse une petite bouteille qui contenait de l'encre, une plume et quelques feuillets qu'il déposa sur la table, il commença à écrire d'une main ferme, assurée :

Ceci est mon testament.

Tout d'abord, moi qui ne me suis jamais incliné devant personne, moi qui ai toujours suivi l'impulsion de ma volonté, qui n'ai cessé de vouloir vivre indépendant et sans entraves, je demande humblement pardon à tous ceux auxquels, involontairement ou non, j'ai causé du tort ou de la peine.

De même que j'oublie le mal que l'on m'a fait, les injures que l'on m'a adressées, les calomnies que l'on a colportées sur mon compte, je souhaite que mes ennemis, lorsque j'aurai quitté ce monde, ne voient plus en moi qu'un adversaire qui les a loyalement combattus au nom d'une cause qu'il croyait juste et sacrée entre toutes.

Puissent tous ceux qui aiment passionnément leur patrie comprendre que moi aussi j'ai passionnément aimé la mienne !

Surcouf s'arrêta.

Puis, après avoir réfléchi pendant quelques instants, il se reprit à écrire :

J'institue mon père mon légataire universel. J'entends que ma fortune revienne aux miens, sauf une somme de cinq cent mille livres dont le revenu devra être distribué aux veuves et aux orphelins de mes compagnons d'armes et dont une part sera consacrée à soulager les vieux ans de mes anciens matelots.

Au fur et à mesure qu'il traçait ces mots, le visage de Surcouf, tout d'abord impassible, prenait une expression d'émotion profonde. « En transcrivant ces dernières volontés », continuait-il :

Je ne puis m'empêcher d'évoquer ces années si nobles, si belles, que j'ai vécues au milieu de mes chers marins.

Je suis fier d'avoir été leur chef. Jamais, chez aucun, en face du danger, je n'ai remarqué la moindre défaillance.

Si j'ai souvent été rude et sévère envers certains d'entre eux, c'est que la discipline l'exigeait. Un chef trop faible n'est plus un chef. Mais c'est une joie pour moi de rendre hommage à la bravoure, au dévouement et à l'affection de ceux que j'ai eu l'orgueil de commander.

Qu'ils continuent à servir leur patrie, à aimer la France, sœur aînée de notre chère Bretagne, qu'ils fassent souche d'une nombreuse lignée de braves gens !

Plus que jamais notre pays en a besoin. Qu'ils leur apprennent à être comme eux de bons marins et d'honnêtes gens !

Si je suis tué, je leur défends de chercher à venger ma mort au détriment des intérêts de la grande cause.

Qu'ils poursuivent leur œuvre tout comme si j'étais là, près d'eux ! Qu'ils se rappellent mes enseignements.

Qu'ils se montrent, ainsi que je l'ai toujours été, humains envers un ennemi à terre. Qu'avant tout, ils respectent les femmes. Qu'ils ne se laissent pas entraîner par le goût des bénéfices illégitimes ! Qu'ils ne déshonorent jamais leur bon renom en des actes illicites, incompatibles avec le rôle de corsaire et qui les ravaleraient au rang des pirates, des écumeurs de mer, des pilleurs d'épaves !

À toute heure, en toute circonstance, qu'ils se souviennent que du sang breton coule dans leurs veines. Et qu'ils se rappellent sans cesse la devise de notre petite patrie qui, sur son blason inviolé, s'étale fièrement au pied de notre hermine sans tache :

Plutôt mourir que forfaire !

Je lègue ma corvette la Confiance *à mon équipage. Qu'il choisisse parmi eux celui qui leur semblera le plus digne de les commander et de les conduire à nouveau à l'honneur et à la gloire.*

Né chrétien, je veux mourir chrétien.

Sans doute ne reposerai-je pas en terre sainte et aurai-je pour tombeau la mer et pour linceul ces flots sur lesquels j'ai vécu des instants si magnifiques.

Je demande aux miens de prélever sur mon héritage une somme de deux mille livres dont les revenus seront affectés à la paroisse de Saint-Malo où, chaque année, le jour anniversaire de ma mort, sera célébré un service funèbre pour le repos de mon âme et celles de mes compagnons.

En foi de quoi je signe, sain de corps et d'esprit.

Robert SURCOUF,
commandant corsaire.

Robert Surcouf relut attentivement ce testament qu'il avait écrit presque d'un trait, d'une écriture large, vigoureuse, sans la moindre rature.

Il n'y apporta pas la moindre rectification.

Ces lignes si spontanées, jaillies de son cœur, reflétaient fidèlement sa pensée. Il n'avait rien à y ajouter, rien à en retrancher.

C'étaient bien là sa pensée suprême, ses dernières volontés.

Mais tout n'était pas terminé.

Il lui restait à dire adieu à ceux qu'il aimait tant... à ceux près desquels il eût tant aimé continuer sa vie ensoleillée par l'amour de Madiana.

Et voici ce qu'il écrivit aux siens :

Ma chère grand-maman,
Mon bon père,

Avec cette lettre, vous recevrez mon testament. Je vous connais trop tous deux pour avoir recours à un homme de loi. Je vous remets donc en toute tranquillité cet acte dont vous serez les exécuteurs et les dépositaires.

De même que j'ai demandé pardon aux hommes du tort que j'avais pu leur causer, je vous prie d'abord de ne pas m'en vouloir, si je suis parti sans vous embrasser.

J'ai compris, en effet, que si je prolongeais, ne fût-ce que de quelques instants, mon séjour en cette maison un moment auparavant si vibrante de la plus douce des allégresses, j'aurais peut-être manqué du courage nécessaire pour me rendre où le devoir m'appelle.

Or, sachez-le, dès que Dutertre m'a appris que Marcof était prisonnier sur les pontons, si je suis resté un moment comme assommé par cette révélation foudroyante, dès que je me suis ressaisi, ma résolution a été prise tout de suite et je me suis juré de sauver Marcof ou de mourir !

J'ai été trop élevé par vous deux à l'école de la droiture et de l'honneur, pour ne pas être sûr que vous m'approuverez entièrement.

Je suis même certain que si j'eusse reculé devant la mission que l'amitié m'inspire, vous eussiez rougi de moi et vous eussiez flétri de votre mépris un amour qui eût fait de votre fils un lâche.

J'espère réussir dans ma tâche... mais je puis succomber. Mon serment est fait, je le tiendrai jusqu'au bout. Les Surcouf n'ont jamais eu qu'une parole !

Il se peut donc que Marcof revienne seul... En ce cas, c'est vous qui lui rendrez Madiana...

S'il ne revient pas, vous demanderez à celle qui fut tout

mon rêve de demeurer près de vous, et vous vous efforcerez d'adoucir sa peine.

Je ne veux pas lui écrire... Que lui dirais-je ?... Que je l'aime ?... Je n'en ai plus le droit !... Que je souffre tous les supplices d'en être séparé pour toujours ?... Elle le sait !

Il vaut mieux que les dernières pensées que je lui envoie lui soient révélées par votre bouche.

Voici ce que vous lui direz :

Robert vous supplie d'être courageuse. Il connaît trop la noblesse de votre cœur pour ne pas être sûr que vous serez assez forte pour ne pas attrister celui qui revient par le trop visible regret de celui qui est parti... Vous vous souviendrez avant tout que c'est Marcof qui, le premier, vous a sauvée, que c'est à lui que vous devez la vie, et vous aurez envers lui cette tendresse reconnaissante, cette amitié fervente, ce dévouement fidèle qu'il mérite et que vous ne voudrez pas lui marchander.

Car il faut que tous deux vous puissiez parler de l'absent sans amertume, y penser sans que rien ne puisse ternir un souvenir qui doit demeurer pur entre tous. »

Oui, voilà ce que vous direz à Madiana, et, Dieu aidant, elle vous écoutera...

Car mon plus grand désir est qu'après moi *il n'y ait ni trouble ni douleur* à cause de moi.

Je veux vous parler aussi de Marie-Catherine. Elle sait ce qu'est une souffrance d'amour. Et combien maintenant je comprends son désespoir. Pauvre petite, je la plaignais déjà, je la plains encore davantage. Prenez bien soin d'elle, de toutes deux. Ce sont deux grandes blessées que vous allez avoir à soigner, à guérir... Avec le secours de la Providence, vous êtes capables de ce double miracle. Et c'est cet espoir qui me rend si fort devant ma destinée.

Adieu donc, mes chéris. Grand-maman, envoyez-moi de loin la bénédiction que je n'ai pu vous demander avant mon départ. Mon père, je vous embrasse. Embrassez Marie-Catherine pour moi. Adieu ! adieu !

Votre ROBERT.

Je m'aperçois que j'ai oublié Jacques Morel. Je crois que ce n'est pas un mauvais garçon... Ainsi qu'il le dit lui-même, il n'a jamais eu beaucoup de chance. Vous lui verserez une pension de deux mille livres par an et, s'il se conduit bien, lorsqu'il se mariera, vous lui constituerez un petit capital qui lui permettra de connaître une agréable aisance.

R. S.

Surcouf, sans se relire, approcha furtivement de ses lèvres le feuillet sur lequel il avait tracé sa signature.

Puis, de cette lettre et de son testament, il fit un seul paquet qu'il plaça dans sa trousse de cuir. Et il remonta sur le pont.

Les premiers feux du jour éclairaient l'horizon. Le *Swallow*, piloté par Dutertre, avant de piquer sur l'Angleterre, avait suivi les côtes françaises. Poussé par une brise favorable, le cutter avait bien marché et se trouvait légèrement au large, en face du cap de la Hague, au point même où, sous Louis XIV, Tourville livra aux flottes alliées d'Angleterre et de Hollande une si terrible mais si glorieuse bataille.

Le temps était superbe. Plusieurs barques, essaimées sur la Manche, qui avait, ce matin-là, de belles teintes d'argent, se livraient à la pêche. Surcouf ordonna de jeter l'ancre au milieu de la pacifique flottille.

Sur le ton le plus naturel, le Malouin dit à Dutertre, qui paraissait étonné de cette mesure :

— Il faut que j'achève de mettre en ordre mes affaires de famille.

Et il fit mettre à la mer un canot dans lequel il s'embarqua, avec deux bons rameurs, auxquels il commanda de se diriger vers la barque la plus rapprochée.

Debout dans le canot, Surcouf héla le patron du bord qui lui fit signe d'accoster.

Lorsque les deux embarcations furent côte à côte, le corsaire s'écria :

— Je suis le commandant Surcouf !

Instinctivement, le patron porta la main à son bonnet de laine et les hommes cessèrent de tirer sur le filet.

Robert poursuivait :

— Veux-tu, mon brave, me rendre un grand service ?

— Avec plaisir, mon commandant.

Alors, Surcouf, lui tendant la trousse de cuir dans laquelle il avait enfermé ses deux messages, fit :

— Il s'agit de remettre ceci en mains propres à mon père qui demeure à Saint-Malo.

— Entendu, mon commandant.

— Je puis y compter ?

— J'irai dès demain, si nous avons bon vent, le lui porter moi-même.

Et, se penchant au-dessus du bastingage, le pêcheur s'empara de la trousse.

Mais Surcouf reprenait :

— Attends un peu. Je n'entends pas te priver, toi et les tiens, de deux bonnes journées de pêche.

— Oh ! commandant... On sait ce que vous valez et mes gars et moi on est trop heureux et trop fiers de vous obliger.

« Pour ça, on n'a pas besoin de récompense.

— Prends ceci ! déclarait le corsaire en remettant au patron, en même temps que la trousse, une bourse pleine de pièces d'or.

Et, sans attendre les remerciements du pêcheur et de son équipage, d'un ton bref, il ordonna à ses rameurs de s'éloigner.

Quelques instants après, il sautait sur le pont du *Swallow*.

La figure rassérénée, dégagé de toute préoccupation qui n'était pas le succès de son entreprise, il s'avança vers Dutertre et, tout en laissant retomber sa large main sur son épaule, il scanda :

— Et maintenant, mon ami, à l'ouvrage !

XXII

OÙ NOUS VOYONS SURCOUF FAIRE PREUVE D'UNE HABILETÉ ÉGALE À SON AUDACE

Le *Swallow*, toujours poussé par un vent favorable, avait continué sa route vers l'Angleterre. Avant de quitter les eaux territoriales françaises, Surcouf avait rassemblé tous ses hommes sur le pont et leur avait donné l'ordre de revêtir les uniformes anglais que Nédélec et Jean le Timonier avaient été chercher à bord du *Kent*.

Ainsi que Dutertre, il avait revêtu, lui aussi, une tenue d'officier de la marine britannique, et les deux amis, grâce à leurs perruques blanches à la queue en catogan et roulées en marteau sur les tempes, ainsi qu'à un savant maquillage qui leur donnait à chacun au moins une dizaine d'années en plus, s'étaient si complètement transformés que leurs marins, eux-mêmes, au premier abord, avaient hésité à les reconnaître.

Tous ces camouflages opérés, Surcouf avait fait hisser au sommet du mât le pavillon anglais... Il était tout à fait tranquille ; il ne craignait plus aucune mauvaise rencontre et le *Swallow*, redevenu anglais, avait poursuivi sa route.

Maintenant, revenons un peu à Tagore que nous avons laissé tapi dans sa cachette, au fond de la petite cabine pratiquée à l'avant du cutter.

Ainsi qu'un certain nombre d'individus de sa race, le jeune Hindou était capable, pendant des heures entières, de conserver une immobilité absolue. Aussi n'avait-il été nullement troublé par les matelots qui venaient chercher des provisions et ne pouvaient soupçonner que, sous ces vieilles voiles, se cachait un ennemi mortel, qui s'était juré de livrer leur chef aux Anglais.

Il était resté ainsi jusqu'à la nuit. Alors, tandis qu'en dehors de l'homme de quart, du timonier et du gabier chargés de la manœuvre, l'équipage, y compris Surcouf et Dutertre, prenait un repos bien gagné, Tagore, qui désirait se rendre compte de ce qui se passait à bord, se glissa hors de son abri et, rampant dans l'ombre, il gagna sans bruit le petit escalier qui conduisait sur le pont. Là, abrité, l'oreille tendue, il écouta.

Les deux matelots, l'un assis sur un tas de cordages, l'autre debout appuyé contre le bastingage, allaient achever, sans s'en douter, de livrer au fils de Tamour le secret du plan que leur chef avait combiné.

— Quoi que vous en pensez de tout ça, père Lequerré ? demandait l'un des loups de mer à son camarade.

Celui-ci, un vieux dur-à-cuire, au visage raviné, tanné, mais dont le regard limpide avait gardé toute sa jeunesse, sans lâcher le brûle-gueule vissé au coin de sa bouche, répliquait d'un ton rude :

— Je ne pense « rin », mon gars. Penser, c'est l'affaire du commandant. Nous autres, on n'a qu'à obéir.

— Vous ne trouvez pas que c'est tout de même risqué ?

— Quoi ?

— ... De s'en aller, comme ça, aborder le *Crown* et de jouer la comédie aux Anglais ?

— Puisque le commandant le veut, c'est qu'il est sûr de son affaire. Il en a vu et il en a fait bien d'autres.

— C'est égal...

— Non, mais le gas Piriac, c'est-y que tu n'aurais plus de sang de Malouin dans les veines ?

— Pourquoi me dites-vous ça, père Lequerré ?

— Parce que t'as pas l'air content d'aller là-bas.

— Pas content ! Dites pas ça, l'ancien... On est toujours content de se battre à côté du commandant... Seulement...

— Seulement quoi ?

— Aller se fourrer comme ça, dans la gueule du loup.

— Dans la gueule du loup ?

— Dame oui, dame ! Voyez-vous que les officiers du *Crown* reconnaissent le commandant ?

— Est-ce qu'on ne serait pas tous là pour le défendre ?

— Ben sûr qu'on serait là. Mais paraît que, sur ces pontons, il y a de la troupe en masse, et nous autres on n'est qu'une poignée.

— On n'était qu'une poignée pour prendre le *Kent* et on l'a pris tout de même.

— Ça, c'est une raison ! Seulement, il peut y avoir de la casse. Nous autres, ça ne sera pas bien grave si on laisse là-bas nos carcasses... Elles sont faites pour ça... mais le commandant...

— Le commandant ! J'ai pas peur pour lui... Il les mettra tous dans sa poche.

Et, gravement, le père Lequerré, tout en tirant une bouffée de sa pipe, prononça :

— Pour que le commandant ne soit pas le plus fort, il faudrait qu'il soit trahi ; et cela, vois-tu, gars Piriac, ça n'arrivera jamais !

Tagore, qui avait tout entendu, eut un atroce sourire.

Il avait appris tout ce qu'il voulait savoir.

Pour l'instant, il n'en demandait pas davantage.

Il s'empressa de regagner sa cachette et, tandis qu'il se glissait sous la vieille toile, il murmura :

— À présent, j'en suis sûr, mon père sera vengé !

... Lorsque, après de longues heures de navigation sans incidents, le *Swallow* arriva en face de Portsmouth, vers six heures du soir, il faisait encore grand jour.

Immédiatement, la sentinelle qui veillait tout en haut de

la citadelle, au pied du sémaphore, signalait son apparition aux officiers de service.

En effet, l'Amirauté anglaise, craignant toujours que des espions se faufilassent dans leur grand port de guerre et redoutant aussi quelque hardie tentative des corsaires contre les pontons, avait ordonné qu'aucun navire, même battant pavillon anglais, ne pénétrât dans la rade sans avoir, au préalable, échangé un certain nombre de signaux.

Cette mesure de précaution n'était nullement faite pour embarrasser Surcouf.

En effet, non seulement celui-ci connaissait admirablement la langue anglaise, mais il avait encore pu se procurer le code de ces signaux édictés par l'Amirauté britannique.

Dès que le drapeau qui ordonnait au cutter de stopper apparut en haut du sémaphore, le commandant donna l'ordre à ses marins d'abattre les voiles et de jeter l'ancre.

La manœuvre une fois accomplie, Surcouf plaça à l'avant du cutter un de ses matelots, qu'il avait dûment stylé, et lui dicta les mots suivants que le corsaire traduisait aussitôt en gestes nets et bien rythmés :

— Venons porter munitions au navire de guerre *Egmont* !

Un officier anglais qui, une longue-vue à la main, suivait attentivement tous les mouvements du matelot, faisait répondre par le sémaphore :

— Donnez-nous le mot de consigne.

Surcouf qui suivait, lui aussi, à l'aide d'une lorgnette, les signaux du sémaphore, lançait au marin :

— Honni soit qui mal y pense !

Le marin traduisit fidèlement cette phrase...

Et le sémaphore, aussitôt, répondit :

— Vous pouvez passer !

Surcouf commanda à son équipage de se remettre en route... mais sans hâte.

À présent, il était entièrement rassuré. Nul ne pouvait

suspecter les intentions de ce bâtiment aussi nettement anglais ; monté par des officiers et des marins anglais. Il allait donc pouvoir agir et manœuvrer en toute tranquillité.

Après avoir franchi une passe assez étroite, le cutter s'avança dans la rade immense, où un grand nombre de bâtiments de guerre étaient attachés à leur « corps mort ».

Or, Surcouf n'avait nullement l'intention de se rendre auprès de l'*Egmont*, mais de l'éviter, au contraire, avec le plus grand soin.

Son unique objectif était le *Crown*, qui se trouvait tout au fond de la rade, parmi les autres pontons, dont rien, d'ailleurs, ne le distinguait.

— Madurec ! appela-t-il.

Un matelot s'approcha aussitôt. C'était un des récents rapatriés, qui avait voulu se joindre aux corsaires de Surcouf.

Le commandant lui passa sa longue-vue en disant :

— Désigne-moi le *Crown*.

Le marin saisit l'appareil, scruta l'horizon et, presque aussitôt, sans la moindre hésitation, il déclara :

— C'est le troisième, en commençant par la gauche.

Surcouf reprit sa lorgnette et regarda à son tour.

Puis il fit :

— Il fait encore trop jour. Nous allons jeter l'ancre ici et attendre qu'il fasse nuit pour nous approcher du *Crown* et l'accoster. Vous tous vous savez ce que vous avez à faire.

— Oui, commandant.

— La nuit prochaine s'annonce comme devant être plutôt mouvementée. Aussi vous allez prendre tout de suite votre repas du soir, à la suite duquel vous ferez deux heures de sieste. Après quoi nous nous dirigerons vers le *Crown*.

« Le reste me regarde.

L'équipage du *Swallow* s'empressa d'exécuter les ordres de son chef. Et, après avoir fait honneur à une excellente soupe au poisson que le maître-coq avait tout particulièrement soignée, mangé de bonnes, épaisses et larges tartines au beurre, au lard et aux oignons, arrosé le tout de deux quarts de vin et d'un demi-quart d'eau-de-vie, les marins de Surcouf ainsi lestés s'étendirent sur le pont et ronflèrent bientôt à poings fermés.

La nuit était venue. Peu à peu, les innombrables bâtiments mouillés dans la rade de Portsmouth avaient allumé leurs falots. Surcouf, qui avait soigneusement repéré le *Crown*, avait également noté l'emplacement exact des feux rouges et verts du ponton.

Aussi, lorsque au bout du délai fixé par lui, ses hommes se réveillèrent et reprirent leurs service, put-il désigner à Jean le Timonier, qui s'était emparé de la barre, le point exact vers lequel celui-ci devait se diriger.

Quelques instants après, l'ancre était levée. Les voiles battaient doucement sous la brise ; et le *Swallow* muni, lui aussi, de ses feux réglementaires, – car Surcouf, toujours avisé, n'avait oublié aucun détail – s'avança vers le *Crown* au milieu de tous les autres bateaux, petits et grands, qui reposaient, comme endormis, sur l'immense nappe d'eau très calme.

Sur le pont du *Crown*, une sentinelle apercevait bientôt le *Swallow* au moment où il n'était plus qu'à une faible distance du ponton.

Surpris par cette apparition inattendue, le factionnaire, obéissant à sa consigne qui lui ordonnait de tirer même sans sommation sur tout bâtiment qui s'approcherait trop près du *Crown*, épaulait déjà son fusil.

Mais une main se posait sur son bras, arrêtant son geste.

C'était celle du commodore Portham qui, ainsi que chaque soir, avant son souper, faisait sa tournée d'inspection en compagnie de son officier d'ordonnance, le lieutenant de vaisseau Wallace Trimm.

Et le commodore, embouchant son porte-voix, lançait un

sonore : « Qui va là ? » auquel Surcouf répondait à travers son porte-voix, en un anglais aussi pur que celui avec lequel s'exprimait Sir Portham :

— Nous devons porter demain, au point du jour, des munitions à l'*Egmont*. Mais comme nous avons perdu notre ancre, voulez-vous m'autoriser à m'amarrer pour la nuit à votre ponton ?

— Avez-vous une lettre de service ?

— Oui.

— Avancez.

— Animal ! s'écria Sir Portham en bousculant quelque peu le factionnaire, tu allais faire un beau coup. Ce cutter est, en effet, plein de munitions. Tu risquais de le faire sauter, et nous avec lui !

Pendant ce temps, le *Swallow*, habilement manœuvré, accostait le *Crown*.

Surcouf et Dutertre, « très britanniques » dans leurs uniformes impeccables, mettaient le pied sur la passerelle du ponton et s'avançaient vers le commodore et le lieutenant qui les attendaient à l'entrée du ponton.

Surcouf remit à Sir Portham le document que celui-ci avait réclamé.

Ainsi qu'on s'en doute, il était parfaitement en règle.

En quelques phrases très nettes, avec des précisions techniques indiscutables, et sur un ton de courtoisie déférente qui acheva de lui conquérir les sympathies du commodore, le corsaire le mettait au courant du prétendu accident qui lui était arrivé, ajoutant qu'étant donné la nature de sa cargaison, il voulait à tout prix assurer la sécurité de son bâtiment et ne pas l'exposer à une rencontre ou à une chose qui eussent risqué de provoquer une irréparable catastrophe.

Sir Portham ne pouvait faire mieux que d'accéder à une demande aussi naturelle et formulée selon toutes les règles de la discipline et de la bienséance.

— Soyez le bienvenu, capitaine, fit-il ; cependant laissez-moi vous demander pour quelles raisons vous avez choisi le *Crown* de préférence à tout autre bâtiment ?

Surcouf répliquait aussitôt :

— Dès que j'ai constaté que l'ancre de mon bâtiment était restée au fond, je me suis dirigé vers les feux que je voyais briller au fond de la rade et je ne puis que remercier le hasard qui m'a permis d'avoir recours aux bons offices d'un marin dont le nom est justement célèbre dans les annales de la marine anglaise.

— Vous me connaissez donc ? se rengorgeait le commodore, dont l'orgueil n'était pas le plus petit défaut.

— Je sais tous vos exploits. Je n'ignore point que votre brillante carrière militaire se double d'un caractère dont la proverbiale fermeté lui a valu la mission importante entre toutes de tenir sous sa garde nos plus redoutables ennemis.

— Et je vous garantis qu'ils sont bien gardés ! scandait avec un rire sonore le brave commodore, de plus en plus gagné par les habiles flatteries de son interlocuteur.

Et il ajouta :

— Je m'en voudrais de vous laisser retourner à votre bord sans vous avoir invité, ainsi que votre camarade, à partager notre souper.

— Le capitaine Pocklinton, présentait Surcouf avec un aplomb imperturbable, qu'il avait réussi à communiquer à son ami Dutertre.

Celui-ci, d'ailleurs, jouait son rôle à merveille. Ainsi que le commandant corsaire, il parlait admirablement l'anglais. En outre, il avait été prisonnier pendant un certain temps, non pas sur les pontons, mais dans une maison de détention située dans l'île de Wight ; et il avait pu, tout à son aise, observer les attitudes des officiers, sans soupçonner qu'un jour il se trouverait dans la nécessité de s'identifier à eux.

Tout rond, tout jovial, *english* des pieds à la tête, il ne pouvait qu'accentuer l'excellente impression que Surcouf avait produite sur le commodore. Et celui-ci, enchanté d'avoir à sa table des convives qui semblaient avoir une si haute opinion de sa personne, les entraîna à l'arrière et les présenta successivement aux autres officiers qui ne pouvaient faire moins que de leur réserver un accueil aussi cordial que celui de leur chef.

Après un échange de vigoureux *shake hands* – poignées de mains –, tous pénétraient dans la chambre qui avait été aménagée en salle à manger.

Le commodore, tout en s'excusant envers ses hôtes de la maigre chère qu'il allait leur offrir, donnait l'ordre que l'on ajoutât deux couverts et, appelant le maître-coq, il lui glissait à l'oreille quelques recommandations aussi brèves que bien senties et qui avaient pour but de corser le menu, déjà suffisamment copieux, qu'il se préparait à déguster avec son état-major.

En effet, si le commodore Portham était, ainsi que le lui avait dit Surcouf, un grand marin, et si, conformément aux assertions du madré corsaire, il s'était couvert de gloire au cours de ses nombreuses campagnes, il était affligé d'un tel penchant pour les bonnes choses, liquides et solides... qu'il lui était parfois arrivé de négliger involontairement ses devoirs professionnels pour s'attarder à savourer un dîner succulent et déguster les vins et les liqueurs, obligatoire complément d'agapes qui prenaient toujours des proportions de pantagruéliques banquets.

On racontait même à ce sujet une anecdote qui était restée célèbre dans les annales du monde maritime.

Un soir, dans les parages de l'île de Ceylan, Sir Portham se trouvait sur sa frégate *The Queen Élisabeth* lorsqu'un incendie se déclara à bord. Vite on courut le prévenir. Or, Sir Portham déjeunait installé devant une grasse poularde ; car le commodore emportait toujours avec lui une véritable cargaison de volatiles. Il commença par infliger huit jours de « fers » au marin qui, enfreignant une consigne formelle, avait eu la malencontreuse audace de le déranger pendant son repas, et il continua à savourer sa poularde avec la sérénité d'un gourmet que rien ne saurait troubler dans l'exercice de son sacerdoce.

Malgré les secours promptement organisés, le feu gagnait sans cesse du terrain. Une fumée épaisse envahissait bientôt la salle à manger. Mais le commodore mangeait et buvait toujours. Et il continua jusqu'au moment où, à demi asphyxié, il dut abandonner la place.

Il était temps. Le navire était en flammes et ce fut à grand-peine que Sir Portham descendit dans une des chaloupes qui avaient été mises à la mer. Quelques instants après, la frégate *The Queen Élisabeth* sautait en une formidable explosion de ses poudres.

Cette aventure ne valut pas précisément de l'avancement à Sir Portham. Mais, en raison de ses services passés, il ne connut pas une complète disgrâce.

On se contenta de lui retirer son commandement à la mer et on lui confia la garde des prisonniers du *Crown*. Sur ce ponton, le brave commodore put donner libre cours à ses fantaisies gastronomiques. Il ne s'en priva pas et sa table devint promptement légendaire.

Or, ce que ce soir-là Sir Portham appelait une « maigre chère », consistait précisément en un de ces menus abondants et succulents qui étaient son ordinaire et auquel Surcouf et Dutertre étaient décidés à faire honneur avec un appétit dénué de tout scrupule.

Tout de suite, la conversation avait pris un tour enjoué.

Sir Portham était un hôte plein d'entrain ; et Surcouf savait, quand il le fallait, se montrer le plus joyeux des convives.

Oubliant la grande douleur qui le déchirait, ainsi que les préoccupations qui, en face de la terrible partie qu'il jouait, n'eussent point manqué d'assaillir tout autre homme moins bien trempé que lui, il se montra un causeur plein de verve.

Au courant, mieux que n'importe quel sujet britannique, de la vie maritime anglaise, il sut, avec beaucoup d'à-propos, conter d'abord quelques anecdotes qu'il savait pertinemment être connues de ses auditeurs... Puis il se mit à « broder » avec un tel luxe, mais aussi avec une telle vraisemblance, que Dutertre lui-même n'en revenait pas.

S'arrêtant entre chaque plat pour féliciter son hôte de l'excellence de sa cuisine, allant même jusqu'à lui demander la recette d'un certain poulet au curry dont il redemanda par trois fois, riant, plaisantant, risquant même des calembredaines qui provoquaient les approbations et les rires de Sir Portham, dès le milieu de ce festin improvisé, il avait conquis à un tel point les bonnes grâces du commodore, que celui-ci s'écriait :

— Quel dommage, capitaine, que vous ne puissiez pas prolonger plus longtemps votre séjour parmi nous !

Et l'on arriva ainsi jusqu'aux liqueurs qui étaient aussi variées qu'exquises.

C'était là que le Malouin attendait les geôliers de Marcof.

En effet, à peine Surcouf avait-il trempé ses lèvres dans un merveilleux curaçao de Hollande, qu'il s'écriait :

— Voilà certes un breuvage délicieux et qui mérite de figurer sur la table d'un roi. Mais que diriez-vous, commodore, si je vous faisais goûter à un nectar tel que sans doute votre palais si fin et si averti n'en a jamais dégusté de pareil ?

— Oh ! oh ! capitaine, ponctuait Sir Portham, voilà une proposition singulièrement audacieuse.

— Qu'il me serait infiniment agréable de vous voir accepter, se hâtait d'ajouter le corsaire.

— J'accepte ! s'écriait Sir Portham.

— En ce cas, commodore, permettez-moi de m'absenter quelques instants, le temps d'aller chercher à mon bord ce fameux rhum de la Jamaïque dont vous me direz des nouvelles.

— Je puis envoyer un de mes hommes ?

— Les vieilles personnes, reprenait gaiement le Malouin, ont besoin d'être traitées avec beaucoup de ménagements.

— C'est juste.

— Aussi je préfère aller chercher moi-même celle que je vous destine.

Et Surcouf s'éloigna, salué par les joyeux hourras de l'assistance.

Quelques instants après, il revenait avec la dame-jeanne dans laquelle nous l'avons vu introduire, à bord du *Swallow*, une dose de narcotique.

De nouvelles acclamations saluèrent son retour. Surcouf déposa sa dame-jeanne sur la table et, pompeusement, il annonça :

— Ce vaste flacon renferme un rhum provenant des caves de Sir Archibald Murray, le plus riche planteur de la Jamaïque.

« Sir Archibald m'en a fait cadeau en retour de quelques menus services que j'avais eu l'avantage de lui rendre.

« Il possède, ainsi que vous allez en juger vous-mêmes, une saveur tout particulièrement aromatique et dont seul Sir Archibald possède le secret.

« C'est, je vous le répète, un chef-d'œuvre, une merveille !

Tout en parlant, Surcouf avait rempli les verres de ses hôtes ainsi que celui de Dutertre et le sien.

Sir Portham goûta le premier. Il se recueillit un instant, puis il déclara avec la solennité d'un juge qui rend un arrêt :

— Vous avez raison, capitaine, ce rhum est doué d'une saveur toute particulière qui vous déroute un peu le palais au premier abord, mais qui ensuite, ajoute un moelleux étrange et fort délicat à son bouquet naturel.

« Je vous engage, messieurs, à vider vos verres à la santé de ce cher capitaine.

Tous obtempérèrent et burent... sauf Surcouf et Dutertre qui, après avoir échangé un rapide coup d'œil, avaient profité de l'inattention générale pour répandre à terre le contenu de leurs verres.

Sir Portham, ravi de l'aubaine, allait se lancer dans une véritable étude comparative des différentes marques de rhum répandues sur le globe lorsqu'un planton s'en vint lui apporter un pli urgent.

Depuis son aventure de la *Queen Élisabeth*, le commodore admettait qu'on le dérangeât lorsqu'il était à table, surtout quand il s'agissait des affaires de service.

Après s'être courtoisement excusé auprès de ses convives, il ouvrit le message, le parcourut et s'écria sur un ton d'allégresse :

— Je ne suis pas fâché d'être débarrassé de ce prisonnier-là !

— Lequel donc ? interrogeait Surcouf, sur le ton le plus innocent du monde.

— Mais du corsaire Marcof, parbleu !

— Comment ! s'exclamait Dutertre, en feignant le plus vif étonnement, Marcof est ici ?

— Mais oui ! reprenait le commodore. Et l'amirauté nous donne l'ordre de le remettre demain à Sir John Moore, attorney général, qui est chargé de le conduire sous bonne escorte à la Tour de Londres.

— Quel bon débarras ! s'écriait le lieutenant de vaisseau Wallace Trimm.

Surcouf, tout en versant une nouvelle rasade de rhum à son hôte, insinuait négligemment :

— Sans doute craignez-vous une évasion ?

— Ici, scandait le commodore avec une belle assurance, c'est impossible. Je vous avoue cependant que je n'étais pas sans redouter que son ami Surcouf qui, paraît-il, est de retour à Saint-Malo, et avec lequel il avait cherché à correspondre, ne tentât de le délivrer.

— Surcouf n'est pas bien à craindre..., soulignait le corsaire avec un imperturbable aplomb.

— Pourquoi ?

— Le bruit court qu'il va se marier et qu'il a renoncé à la guerre de course.

— N'empêche, affirmait Sir Portham, en vidant pour la deuxième fois son verre de rhum, que j'aimerais mieux le voir se balancer au bout d'une vergue que...

Et Surcouf d'achever, tout en élevant son verre :

— Que de trinquer, par exemple, avec lui !

Tous s'esclaffèrent bruyamment. Et, de nouveau, les verres s'entrechoquèrent, se vidèrent, se remplirent jusqu'au moment où le rhum de la Jamaïque ou plutôt le narcotique qu'y avait introduit le Malouin commença à produire son effet.

Dix minutes après, Sir Portham et ses officiers étaient profondément endormis.

Surcouf fit un signe à Dutertre. Tous deux regagnèrent le pont du *Crown*. Ils attendirent que la sentinelle qui faisait les cent pas le long du ponton se fût éloignée. Alors le Malouin, se penchant au-dessus du bastingage, tira de sa poche un mouchoir et l'agita rapidement.

C'était le signal convenu avec l'équipage du *Swallow*, qui était demeuré aux aguets. Tandis qu'un marin commençait à hisser les voiles, les autres, conformément aux instructions qu'ils avaient reçues, se massèrent à l'avant du cutter, prêts à s'élancer à bord du ponton, dès la première alerte.

Surcouf et Dutertre gagnèrent alors la partie du pont sur laquelle donnait l'entrée des cachots.

La sentinelle qui se tenait au sommet de l'escalier, les prenant tous deux pour des officiers anglais, se figea en une attitude de respect.

Surcouf s'avança vers le factionnaire, qui lui barra le passage en disant :

— Capitaine, il est interdit de descendre dans les prisons !

Le Malouin scandait avec autorité :

— Je veux voir le détenu Marcof !

— Pas sans ordre du commodore..., ripostait le factionnaire anglais.

Surcouf eut un sursaut de colère et voulut passer outre. Mais la sentinelle croisa la baïonnette. En un tour de main, le corsaire lui arracha son arme, et, l'envoyant rouler à dix pas, il se précipita dans l'escalier.

— À moi ! proféra le factionnaire.

Mais déjà Dutertre s'était élancé vers le cutter en criant :

— À nous ! les gars !...

Une véritable trombe humaine se rua sur le pont du *Crown* et se précipita sur les soldats anglais qui étaient accourus à l'appel de la sentinelle.

Tandis qu'un véritable corps à corps s'engageait, Surcouf s'élançait vers l'escalier en hurlant :

— Marcof ! me voici !

Un autre cri lui répondit, lointain, comme étranglé :

— Surcouf ! Surcouf ! par ici... par ici !

C'était Marcof, qui, du fond de sa geôle, avait entendu et reconnu la voix de son ami.

Le Malouin, guidé par la clarté du falot qui éclairait le couloir de la casemate dans laquelle était enfermé Marcof, se précipitait sur le factionnaire qui, jour et nuit, faisait les cent pas devant la geôle.

Avant que celui-ci ait eu le temps de se mettre sur la défensive, Surcouf l'assommait à moitié d'un formidable coup de poing qui l'étendait à terre inanimé et, enjambant son corps, il se trouvait en face de la porte grillée derrière laquelle Marcof, croyant rêver, le contemplait, transfiguré, les mains tendues à travers les barreaux et bégayant dans l'ivresse de ses espoirs réalisés :

— Toi, mon ami, toi, toi !...

La porte était solidement verrouillée. Ce fut en vain que le corsaire, malgré sa force herculéenne, chercha à la faire sauter de ses gonds.

Des cris, des blasphèmes, tout un bruit de lutte leur parvenait de là-haut. Il fallait agir au plus vite, sous peine d'échouer au port.

Avisant une hache suspendue à la cloison, Surcouf s'en empara, et, s'en servant comme d'un levier, les nerfs et les muscles tendus en un effort digne d'Hercule, il parvint à faire sauter la serrure.

La porte s'ouvrit, livrant passage à Marcof, qui se précipita dans ses bras.

Mais Surcouf l'entraînait vers la porte. Il était temps. En effet, un détachement de la garnison casernée dans la citadelle accourait à la rescousse au pas gymnastique, le long du quai auquel était amarré le *Crown*.

Alors Surcouf ralliant ses hommes, leur cria :

— Les gars, tous à bord du *Swallow* !

Mais sa voix s'étrangla dans sa gorge. Le *Swallow*, toutes voiles dehors, filait dans la direction de la passe.

C'était Tagore qui, profitant de ce que tous les hommes avaient sauté à bord du *Crown*, était sorti de sa cachette, et, après avoir tranché l'amarre qui retenait le cutter attaché au ponton, s'éloignait vers le large.

— Trahison ! s'écria Surcouf, au comble de la fureur.

Mais il n'y avait pas une seconde à perdre.

À la vue du renfort qui leur arrivait, les soldats du *Crown*, qui, privés de leurs chefs, n'avaient pu opposer au choc inattendu des corsaires bretons qu'une médiocre et inutile résistance, commençaient à se ressaisir, à se regrouper, et ils esquissaient une contre-attaque.

Mais Surcouf, enlevant sa tunique, clamait :

— À l'eau ! les gars ! À l'eau tout le monde !...

Et l'intrépide corsaire, après s'être débarrassé de sa tunique, se précipita à la mer, entraînant avec lui Marcof et ses compagnons.

Le détachement de fusiliers arrivait au pas accéléré sur le

pont du *Crown*. Et ce fut une mousqueterie dans la direction des fuyards, qui avaient disparu dans la nuit.

Tout en nageant vigoureusement et soutenant Marcof, affaibli par plusieurs mois de captivité, Surcouf criait :

— Courage ! Amis !... Courage ! Ils ne nous tiennent pas encore !...

DEUXIÈME PARTIE

La chasse à l'homme

I

À LA GRÂCE DE DIEU

Tout en soutenant Marcof, auquel l'espérance d'un prochain salut avait rendu une partie de ses forces, Surcouf, ainsi que Dutertre et les autres corsaires, dont trois seulement, tués ou grièvement blessés au cours de la bagarre, étaient restés sur le pont du *Crown*, continuaient à nager vigoureusement, n'ayant pour l'instant que l'immédiate préoccupation d'échapper aux salves de mousquets qu'au hasard les fusiliers anglais dirigeaient sur les fugitifs.

Fort heureusement aucune balle n'atteignit son but.

Mais les Anglais n'avaient pas renoncé à les reprendre.

Déjà des embarcations chargées de soldats prêts à tirer s'éloignaient des flancs du ponton. Surcouf et ses amis percevaient nettement les ordres lancés à haute voix parmi le bruit des rames fendant les flots.

— Camarades, dit Surcouf, nous sommes poursuivis. Gagnons la côte qui n'est pas distante de plus de trois encablures[1]. Là, nous trouverons où nous cacher.

En principe, franchir cette distance n'était rien pour des nageurs aussi entraînés que nos corsaires. Mais il s'agissait pourtant d'éviter un triple danger... D'abord, et c'était le plus imminent, échapper aux chaloupes lancées à leur poursuite et sur lesquelles commençait à briller la lueur des torches

1. Huit cents mètres environ.

qui répandaient autour d'elles une compromettante clarté, puis ne pas éveiller l'attention des hommes de quart qui se trouvaient à bord des navires mouillés en rade, et, enfin, éviter les îlots de vase avoisinants et dans lesquels ils risquaient de s'enliser.

Surcouf, en grand et véritable chef qu'il était, avait instantanément compris tout le péril de la situation... Certes, il comptait sur l'effort ; mais il ne se dissimulait pas qu'il fallait surtout tabler sur un heureux hasard... Or, ce hasard, pour le croyant qu'il était resté, s'appelait la Providence. Et, en un élan lumineux, rapide comme un éclair, sa pensée s'en fut vers le Dieu de son enfance, qu'il avait depuis longtemps négligé de prier, mais en qui il n'avait jamais cessé de croire... Cette oraison ne dura que quelques secondes.

Après avoir accompli cet acte spontané de foi, Surcouf, sans s'inquiéter s'il serait exaucé ou non, ne songea plus qu'à atteindre le plus rapidement possible l'objectif qu'il s'était tracé, c'est-à-dire la côte.

Heureusement pour lui et ses amis, la nuit était fort obscure...

De gros nuages orageux voilaient la lune et les étoiles. La mer était d'un noir d'encre et se confondait avec les ténèbres de l'horizon.

Surcouf, qui nageait en tête, avait sans doute pris pour point de repère la lumière, non d'un phare, mais d'un cottage qui se dressait sur la falaise, dans la direction de Gooport. Et bientôt, il constatait, à sa vive satisfaction, que les chaloupes aux torches, après s'être attardées en vaines recherches, aux alentours du ponton, se dirigeaient vers le centre de la rade.

— Sans doute, se dit-il, les Anglais croient-ils que nous avons dû chercher à gagner la passe... et espèrent-ils nous cueillir les uns après les autres sur les corps morts ou sur les radeaux où la fatigue nous aura contraints de nous réfugier ?...

« Or, nul d'entre eux n'aura eu l'idée que nous puissions chercher à atterrir sur la côte... ce qui, en effet, est une entreprise très hasardeuse, mais la seule qui puisse nous offrir quelque chance de salut.

« Allons, messieurs nos ennemis, je m'aperçois une fois de plus que vous n'êtes pas de taille à lutter avec les Malouins !

Mais, soudain, un violent juron lui échappa.

À quelques brasses de lui, il venait d'apercevoir, étendu au milieu des flots, comme un énorme monstre endormi, une forme immobile et jaunâtre qui semblait former une sorte de petit îlot propre à l'atterrissage.

Marcof qui l'avait également remarqué dit à Surcouf :

— Si nous nous reposions là ?

— Malheureux ! s'écriait Surcouf, tu veux donc mourir ?

— Pourquoi ?

— C'est précisément un de ces bancs de vase sur lesquels déjà tant des nôtres ont dû s'enliser.

Et, se retournant vers ses camarades, il leur lança :

— Attention, camarades, suivez mon sillage et ne vous en écartez pas d'un pouce.

Contournant l'îlot, piège effroyable tendu par la nature, et qui réservait une mort affreuse à quiconque aurait eu l'imprudence de l'aborder, Surcouf, la main de Marcof toujours appuyée sur son épaule, fit un rapide crochet à gauche, puis revint dans la direction de la côte, dont il n'était plus distant que d'une centaine de brasses.

Quelques instants après, les rescapés du *Crown* prenaient pied et émergeaient de l'eau. Ils respirèrent largement, car, pour l'instant du moins, ils étaient, sinon en sécurité, mais tout au moins hors d'atteinte.

Aussitôt, ils gagnèrent une petite plage entourée de rochers formant une crique, au-dessus de laquelle s'élevait le cottage, dont les fenêtres illuminées leur avaient servi de guides.

Dutertre et les autres marins, tout ruisselants d'eau, inspectèrent les alentours.

Alors, Marcof, s'élançant vers Surcouf, lui dit :

— Mon ami... mon frère... je te devrai la liberté, la vie !

Le Malouin répondait :

— Je n'ai fait que payer ma dette !

Et leurs mains se serrèrent en une fraternelle étreinte.

À ce moment, Surcouf n'éprouvait que le légitime orgueil de la triple victoire qu'il venait de remporter, c'est-à-dire sur lui d'abord, puis sur ses ennemis et enfin sur les éléments !

Et, dans la joie sublime qui le transfigurait, il se sentait emporté si haut, si haut, qu'il en respirait comme une atmosphère divine qui semblait déjà l'avoir guéri de toute souffrance humaine.

De son côté, Marcof ressentait un grand rayonnement intérieur.

Certes, il n'était pas complètement hors de danger ; mais déjà il n'était plus sur les pontons, enfermé au fond de ce cachot où il avait vécu des journées si atroces, si désespérantes.

Et s'il foulait toujours le sol anglais, s'il était encore à la merci d'une poursuite et sous le coup d'une capture possible, il avait tellement confiance en son sauveur qu'il ne voulait pas un seul instant s'arrêter à la pensée qu'il pouvait retomber au pouvoir de ses ennemis.

Pour lui, quelles que fussent encore les embûches dressées sur sa route, il n'admettait pas un seul instant que Surcouf n'en triomphât pas, comme il avait déjà vaincu les autres...

Alors, la plus grande joie qu'il eût éprouvée de sa vie dilata sa poitrine, tandis qu'un cri de délivrance lui échappait, vibrant de résurrection et d'amour :

— Madiana !

Mais à peine l'avait-il proféré qu'il regrettait cette brusque explosion de son cœur, si longtemps, si terriblement comprimé. Et, saisissant la main de son ami, il lui dit :

— Pardonne-moi, Robert, de te parler d'elle tout de suite... Je sais combien tu l'as aimée et je suis sûr que tu l'aimes encore !

Surcouf ne répondit pas.

Redescendu du ciel, il lui avait suffi que Marcof prononçât devant lui le nom de Madiana, pour qu'il reprît aussitôt contact avec la douleur.

Mais, se mordant les lèvres, il se contint, laissant sa main dans celle de son ami et souffrant toute sa peine en silence...

Marcof poursuivait :

— Crois bien que dans cette épreuve qui aurait pu faire de nous deux d'implacables ennemis, mon amitié, mon admiration pour toi ont grandi à un point que je ne saurais te dire.

« Car tu ne t'es pas contenté de partir, de t'éloigner, de te sacrifier avec un héroïsme au moins égal à celui que tu avais montré dans les combats, il faut encore que tu me sauves !

— C'était mon devoir, scandait Surcouf, la voix étranglée par une indicible émotion.

Et, tout de suite, il ajouta :

— Et maintenant, tu peux me parler d'elle !

— Tu sais ce qu'elle est devenue ?

— Oui... elle est en sûreté !

— Où cela ?

— À Saint-Malo, dans ma famille.

— Robert !

Bouleversé, Marcof se jeta dans les bras de Surcouf ; et, sans voir les deux larmes qui venaient d'apparaître au fond des yeux du corsaire, Marcof ne put, en l'étreignant, que répéter d'une voix frémissante :

— Robert, mon ami, mon frère !

Le premier mouvement de Surcouf fut de tout apprendre à Marcof. Sa franchise lui imposait une confession complète, absolue, car il ne voulait pas qu'à l'avenir il y eût entre eux un malentendu, un soupçon.

D'ailleurs, sa loyauté n'était-elle pas inattaquable ?

N'avait-il pas respecté Madiana, puisqu'il n'avait jamais songé, lorsqu'il l'avait crue libre, qu'à lui donner son nom, qu'à en faire sa femme ?

Enfin, dès qu'il avait appris que Marcof était vivant, il n'avait pas hésité à se déchirer une seconde fois le cœur et plus cruellement encore que la première, pour accomplir tout son devoir, pour délivrer son ami.

Oui, il le sentait... il fallait tout de suite parler... et par la netteté de ses déclarations et de son attitude, épargner à Marcof les angoisses du doute et de la morsure de la jalousie.

Et il attaquait, très calme, très maître de lui – car il se sentait sûr de sa conscience :

— Maintenant, Marcof, il faut que je te dise...

Mais un coup de canon, tiré de la citadelle, vibra dans les airs.

Le Malouin tressaillit.

— C'est le signal d'alarme ! fit-il. Pourvu que ces satanés Anglais n'aient pas l'idée de battre la côte avec des patrouilles !

Mais Dutertre survenait avec ses marins.

— Nous venons, commença-t-il, de découvrir, tout près d'ici, un coin où nous pourrons nous sécher et souffler un peu.

— Nédelec ! commandait Surcouf, conduis le commandant Marcof jusque-là... car c'est lui qui, de nous tous, a le plus besoin de repos.

Et il martela avec autorité :

— Vous autres, restez, il faut que je vous parle.

— Merci encore ! disait Marcof à Surcouf.

Celui-ci ripostait :

— Nous ne sommes pas encore tirés d'affaire !

Mais Marcof reprenait :

— Je suis tranquille ! Maintenant, Dieu est avec nous !

Et il suivit Nédelec qui l'emmena vers un amas de rochers, au milieu desquels la mer avait pratiqué une fente assez large pour laisser passer le corps d'un homme.

Cette excavation aboutissait à une sorte de couloir qui allait en s'élargissant, pour se transformer en une grotte assez large dont le sol était formé de sable fin, que recouvraient en grande partie des herbes marines desséchées. C'était une merveilleuse cachette.

Marcof et Nédelec s'y glissèrent, et Marcof, les nerfs détendus, mais brisé d'émotion et de fatigue, se laissa choir sur un tas de goémon, abattu par un subit et irrésistible besoin de sommeil.

Pendant ce temps, Surcouf lançait à Dutertre et à ses hommes réunis autour de lui :

— Les gars, la disparition du *Swallow* prouve que nous avons été trahis.

— Par qui ? s'exclamait Dutertre, tandis qu'un murmure de colère s'élevait du groupe des marins.

D'un geste impérieux, Surcouf imposait silence à ses corsaires et continuait :

— Je l'ignore ; car nul de nos marins n'est capable d'une pareille infamie. La preuve, c'est que vous êtes tous ici, sauf trois des nôtres qui sont tombés en se battant comme des lions. Et puis, il n'y a jamais eu de traîtres en Bretagne.

« Il y a donc là-dessous un mystère que je ne comprends pas encore, mais que je finirai bien par découvrir.

« Alors, malheur à celui ou à ceux qui ont commis ce crime !

Surcouf eut un geste terrible... accompagné par les grondements de fureur de ses compagnons.

Mais le Malouin déclarait, avec cette autorité dominatrice qui savait si bien ramener instantanément le calme dans les esprits les plus surexcités :

— En attendant, les gars, du sang-froid... Car ce qu'il faut avant tout, c'est sortir d'Angleterre et regagner la France.

Et, avec cet esprit de décision qui se développait encore en lui au moment du danger, il ajouta :

— Pendant que Dutertre et moi nous allons tâcher de découvrir une barque aux alentours, allez rejoindre Marcof et Nédelec dans la grotte. Surtout, quoi qu'il arrive, n'en bougez pas. Bientôt, je viendrai vous y retrouver.

— Compris, commandant, et bonne chance ! souhaitait Jean le Timonier.

Mais Dutertre s'approchait du marin et lui glissait à l'oreille :

— Si Marcof vous demande des nouvelles de Madiana, vous lui répondrez qu'elle va bien, mais pas un mot de plus, surtout... Car le reste, ça ne vous regarde pas !

« Tu as compris, mon gars ?

— Oui, commandant, j'ai compris.

— Passe la consigne à tes camarades.

— Soyez tranquille, commandant, on se taira !

Dutertre rejoignit Surcouf qui s'était avancé sur la grève et cherchait à s'orienter.

Alors le Malouin entraînant son ami le long du rivage, s'écria :

— Et maintenant, à la grâce de Dieu !

II

L'HÔTE INATTENDU

Ce soir-là, Lady Evelyn et le général Bruce recevaient leurs amis dans leur joli cottage situé aux environs de Portsmouth, tout en haut de la crique à laquelle Surcouf et ses compagnons avaient abordé et dont les lumières avaient servi au Malouin pour se diriger vers le rivage.

En rentrant de captivité, le général était venu rejoindre là sa charmante femme et, au cours du dîner de retour qu'ils avaient offert à quelques intimes parmi lesquels se trouvait le commodore Ravington, il n'avait été guère question que du grand corsaire, et nous devons dire que Lady Bruce et son mari ainsi que Ravington, encore sous l'impression de sa conduite si chevaleresque à leur égard, n'avaient pas tardé à faire partager à leurs invités l'admiration non déguisée que leur inspirait un si noble adversaire.

Seul, un homme d'un certain âge, au visage grave, aux yeux durs, aux allures compassées, aux gestes volontairement importants, au port de tête hautain, prétentieux, et qui révélait une très haute opinion de lui-même, avait gardé un silence glacial, qui s'accentuait d'une attitude nettement hostile et désapprobatrice.

Ce personnage n'était autre que l'attorney général John Moore[1], petit cousin par alliance de Lady Bruce et qui, en

1. En Angleterre, les fonctions d'attorney général correspondaient alors à celles de procureur général en France.

mission à Portsmouth, avait été retenu à dîner par sa parente.

Type de magistrat anglais, sévère, implacable, incorruptible, serviteur de la loi dans la plus grande acception de ce mot, stérilisé en quelque sorte par l'exercice de ses fonctions, il était incapable d'admettre, et même de comprendre que ce Surcouf, dans lequel il ne pouvait et ne voulait voir qu'un forban de la mer, un écumeur des côtes, un pilleur d'épaves, fût capable du plus petit mouvement de générosité...

Selon lui, l'attitude de Surcouf n'avait pu être qu'intéressée, soit que le corsaire, au cas où il serait fait prisonnier lui-même, éprouvât le besoin de se ménager des sympathies en Angleterre, soit qu'il cherchât à masquer, sous les apparences d'un procédé qu'on était si peu en droit d'attendre de lui, les préparatifs d'une nouvelle campagne encore plus acharnée et plus redoutable que les autres.

Aussi n'avait-il pu entendre sans un agacement qui n'avait pas tardé à se transformer en une indignation mauvaise, les éloges que le général, le commodore et Lady Bruce n'avaient pas ménagés à celui auquel ils devaient la liberté et la vie. Et bientôt, incapable de se contenir, il s'écriait :

— Eh bien ! moi, vous ne me ferez pas changer d'avis.

« Malgré tout ce que vous me racontez à ce sujet, je persiste à déclarer que ce Surcouf est un bandit tout au plus bon pour la potence !

— Vous oubliez, monsieur l'attorney général et cher cousin, observait Lady Bruce, que, sans lui, je n'aurais pas ce soir l'honneur et le plaisir de vous recevoir à ma table.

Sir John Moore reprenait, d'un ton pincé :

— N'empêche que c'est le pire ennemi de l'Angleterre !

— D'accord, scandait le commodore Ravington, mais c'est un rude marin.

— Et, surenchérissait le général Bruce, le plus loyal des adversaires.

— Alors, concluait d'un ton acerbe l'attorney général, il ne nous reste plus qu'à porter un toast en son honneur.

— Monsieur l'attorney, vous exagérez ! protestaient les invités.

Et Lady Bruce, debout, s'écriait, en levant son verre :

— Je bois à la fin de la guerre entre gens qui s'estiment déjà et sont faits pour s'aimer !

Mais à peine avait-elle prononcé ces mots qu'une détonation retentissait au lointain.

— Le canon d'alarme ! déclarait le général.

— Sans doute, soulignait Sir John Moore, un prisonnier qui cherche à s'évader des pontons.

Ravington observait :

— Je croyais qu'on les avait tous renvoyés en France ?

— Sauf un, affirmait l'attorney général, un certain Marcof qui ne figurait pas sur la liste des détenus réclamés par le gouvernement de la République française.

Et il ajouta avec importance :

— À la suite d'une révolte qui a éclaté il y a quelques jours à bord du *Crown*, il avait été condamné à mort ; mais Sa Majesté George III, à la prière de l'Amirauté, a commué sa peine en celle de la détention perpétuelle en une enceinte fortifiée ; et notre gouvernement attache une telle valeur à ce captif qu'il m'a délégué en personne pour en venir prendre livraison et veiller à son transfert à la tour de Londres.

— En effet, reconnaissait Ravington, ce Marcof nous a donné pas mal de fil à retordre, presque autant que Surcouf, ce qui n'est pas peu dire.

— Lui aussi, scandait l'attorney, méritait cent fois la corde. Mais sans doute a-t-on estimé en haut lieu que mieux valait le garder en otage.

« Je n'ai pas à apprécier les décisions de mes supérieurs ; mais j'estime que si ce Marcof a réussi à s'enfuir, c'est un véritable soufflet pour le gouvernement britannique.

— Vous croyez, opinait le général Bruce, qu'un homme aux fers, et gardé comme devait l'être Marcof, a pu s'enfuir du *Crown* ?

— Avec ces diables de Bretons, il faut s'attendre à tout, s'écriait Ravington.

— Cela me paraît bien invraisemblable, s'obstinait le général, et à moins d'une complicité que je ne m'explique guère...

Il n'acheva pas. Un bruit de voix s'élevait dans l'antichambre. C'était un officier d'infanterie anglaise qui venait d'apparaître, la figure bouleversée et criant aux laquais qui voulaient lui barrer la route :

— Je veux parler au général Bruce !

Bousculant les domestiques qui tentaient en vain de lui barrer la route, il pénétra dans la salle à manger, au grand émoi de tous.

— Lieutenant, réprimandait sévèrement le général Bruce, comment osez-vous vous présenter ainsi chez moi ?

— Mon général, répliquait l'officier haletant d'émotion, pardonnez-moi, mais il vient de se passer, tout près d'ici, un événement d'une gravité aussi imprévue qu'exceptionnelle.

Et, dans un grand silence, le lieutenant révéla :

— Mon général, le *Crown* a été attaqué par des Français qui ont réussi à délivrer Marcof.

Une exclamation jaillit de toutes les bouches. Sir John Moore, le visage congestionné par une subite colère, s'écriait :

— Que vous disais-je ? J'ajouterai qu'il n'y a qu'un homme qui soit capable d'avoir tenté et réussi un coup pareil : c'est Surcouf.

— Surcouf ! répétait Lady Bruce en pâlissant.

Le général Bruce et le commodore échangèrent un rapide regard. Et ce coup d'œil signifiait clairement, pour l'un comme pour l'autre :

— L'attorney a raison ! Ce ne peut être que Surcouf.

L'officier continuait :

— En ce moment, des chaloupes fouillent la rade, dont la passe a été consignée. Mais on suppose que Marcof et ses amis, après s'être jetés à l'eau et s'être sauvés à la nage, ont dû aborder sur un point de la côte. Le commandant de la citadelle m'a chargé de vous en prévenir aussitôt ; et je viens, en son nom, vous prier d'accorder aux patrouilles que nous venons de lancer l'autorisation de pénétrer, au cas échéant, dans votre propriété.

— C'est entendu, répliquait le général Bruce, tandis que Lady Evelyn esquissait un mouvement d'angoisse.

Et, brusquement, il se tourna vers Ravington en disant :

— Commodore... si nous allions voir un peu ce qui se passe ? Mesdames, veuillez nous excuser...

Et il ajouta, tout en adressant un signe rapide et mystérieux à Lady Bruce, qui avait peine à maîtriser son émotion :

— Le devoir avant tout !

Puis, se tournant vers le lieutenant, il demanda :

— Où sont vos hommes ?

— En bas, sur la grève, répondait l'officier.

— C'est bien, allez les retrouver, je vous rejoins.

Après avoir salué l'assistance d'un geste bref, le lieutenant partit en courant.

Tandis que l'attorney entamait un véritable réquisitoire contre ces forbans français, qui venaient défier l'Angleterre jusqu'au cœur de son premier port de guerre, Bruce et Ravington sortaient de la maison, traversaient le jardin qui entourait le cottage, franchissaient une barrière et s'engageaient dans un sentier qui dévalait vers la mer.

Ils arrivèrent ainsi jusqu'à la petite crique où Surcouf et ses amis avaient atterri une demi-heure auparavant.

Une patrouille qu'avait rejointe le lieutenant explorait les alentours.

Deux soldats, un falot à la main, s'avançaient à travers les rochers, donnant naïvement, maladroitement, de grands coups de pied dans les amoncellements de varech que la mer montante avait apportés sur la plage et que le flot, en se retirant, avait laissés là, en tas, qui s'étendaient en larges traînées sombres.

L'un d'eux passa, sans la voir, devant la fissure à travers laquelle Marcof et les corsaires s'étaient glissés, et que Jean le Timonier avait eu la précaution de dissimuler sous un épais rideau d'algues encore toutes trempées d'eau de mer.

Mais, tout à coup, l'autre soldat anglais s'écriait :

— Des traces de pas !

Le lieutenant et les autres hommes de la patrouille s'approchèrent du fusilier qui, son falot à la main, venait de découvrir sur le sable humide des formes de pied encore assez nettement dessinées et qui, vraisemblablement, étaient bien celles des fugitifs.

— Ils ont dû certainement passer par là, constatait l'officier, vivement intéressé par cette découverte.

Mais, malheureusement pour les poursuivants, les traces se croisaient, s'enchevêtraient de telle sorte que, dans la nuit surtout, il était impossible de découvrir et de suivre une piste utile.

Mais le lieutenant, qui s'était emparé du falot, poursuivait lui-même les investigations.

Bientôt, il constatait qu'une suite de pas se dégageait des autres et se dirigeait vers l'est.

C'étaient ceux que Surcouf et Dutertre, en s'éloignant, avaient marqués sur le sable.

— Suivons ces traces, décidait l'officier, qui eût bien donné dix ans de sa vie pour retrouver les fugitifs...

Elles allaient conduire l'officier et ses soldats jusqu'à l'extrémité de la crique.

Mais là, plus rien. Toute trace avait disparu.

Le lieutenant eut un geste de dépit.

— Sans doute, fit-il, ont-ils abandonné le rivage de la mer pour prendre à travers les rochers ?

Un de ses hommes, qui s'était avancé, s'écriait, en désignant deux silhouettes qui, éclairées par la lune entièrement dégagée des nuages, se profilaient nettement, en contre-jour, sur le sommet d'un roc :

— En voici deux, les autres ne doivent pas être loin !

Déjà des soldats épaulaient leur fusil.

Mais le lieutenant les retenait en disant :

— Ne tirez pas !... Ils sont hors de portée et il est inutile de donner l'éveil aux autres qui doivent certainement se cacher aux alentours.

Puis il ajouta :

— Ils se dirigent certainement vers Gooport, où ils comptent trouver une barque de pêche grâce à laquelle ils s'efforceront de gagner le large.

« Mieux vaut donc leur couper la route par la falaise.

« Suivez-moi tous !

Le lieutenant et sa patrouille regagnèrent le sentier qui donnait accès à la crique.

La chasse à l'homme allait commencer !

Alors, le général Bruce et le commodore Ravington, qui avaient assisté, sans intervenir le moindrement, à toute cette scène, s'éloignèrent, en longeant la grève, dans la direction des deux silhouettes qu'ils avaient également aperçues.

— Je crois que c'est *lui*, fit le commodore.

— Et moi j'en suis sûr ! scanda tristement le général.

Le lieutenant anglais avait raisonné juste.

Surcouf et Dutertre, ainsi que nous le savons déjà, étaient bien partis en quête d'une barque ; et, après avoir franchi la barrière de rochers qui séparait la crique dont ils étaient partis d'une autre crique beaucoup plus profonde, véritable petit golfe au fond duquel brillaient les feux de Gooport, ils allaient continuer leur route lorsque, tout à coup, ils s'arrêtèrent.

Ils avaient cru entendre derrière eux un bruit de voix qui se rapprochait.

— Attention ! murmura le Malouin à l'oreille de son ami.

À peine avait-il prononcé ce simple mot que le Lorientais grommelait :

— Une patrouille sans doute ?

— Diantre ! cachons-nous !

Les deux amis se dissimulèrent derrière un rocher dans lequel la mer avait creusé une anfractuosité, sous laquelle ils se glissèrent.

À peine avaient-ils disparu dans cette cachette improvisée, que deux hommes qui longeaient le rivage apparurent côte à côte.

C'étaient le général Bruce et le commodore Ravington.

— Commodore, demandait Sir Lovel Bruce, que feriez-vous si vous vous trouviez tout à coup en face de Surcouf ?

Ravington réfléchit un instant, puis il reprit :

— Et vous, général ?

— Je tâcherai de ne pas le reconnaître.

— Et moi de même !

Et le commodore ajouta en souriant :

— Mais je crois que, si c'est bien Surcouf qui a fait évader Marcof, il est assez adroit pour ne pas venir se jeter ni dans nos jambes ni dans celles de personne.

Après avoir vaguement inspecté l'horizon, ils rebroussèrent chemin et se perdirent bientôt dans la nuit.

Surcouf et Dutertre, qui avaient tout entendu, attendirent qu'ils se fussent éloignés pour sortir de leur abri.

— Fausse alerte ! déclara le Lorientais.

— N'empêche, observait le Malouin, qu'il s'agit de faire attention, car il n'y a pas à se le dissimuler, l'alarme est générale.

« En ce moment, on nous cherche sur mer et sur terre ! Et je doute que si nous nous trouvions nez à nez avec une patrouille anglaise, nos bons ennemis usent envers nous de la même mansuétude que ce brave général Bruce et cet excellent commodore Ravington.

— Tu as raison ! approuvait Dutertre.

Et tous deux, se glissant le long des rochers, n'avançant que pas à pas, avec précaution, commencèrent à contourner la baie, ayant toujours Gooport comme objectif.

Mais bientôt ils s'arrêtaient, réprimant un cri de joyeuse surprise.

Ils venaient d'apercevoir, ancré au fond d'une rade de petit port naturel, un joli yacht d'une trentaine de tonneaux...

Il n'était porteur d'aucun feu, ce qui indiquait qu'il n'y avait aucun équipage à bord, sauf peut-être un veilleur qui devait dormir et dont, en tout cas, il serait facile d'avoir raison.

— Voilà ce qu'il nous faut ! s'écriait Surcouf.

Et déjà Dutertre et lui se préparaient à se mettre à l'eau et à gagner le yacht qui n'était distant du rivage que de quelques brasses, lorsque les soldats anglais, qui se dissimulaient derrière les rochers avoisinants, émergèrent brusquement, leur barrant la route.

D'un même mouvement, ils épaulèrent leurs armes... Mais le lieutenant leur criait :

— Ne tirez pas, car nous avons l'ordre de les prendre vivants.

Aussitôt, Surcouf et Dutertre, se séparant, prenaient la fuite à travers le dédale des grosses pierres qui formaient sur la grève une sorte d'immense labyrinthe de granit.

Un groupe de soldats s'élança à la poursuite de Surcouf ; un autre se mit à courir sur les traces de Dutertre.

Mais l'un et l'autre avaient disparu comme par enchantement : le Lorientais dans une sorte de couloir rocailleux que barrait un énorme tas de goémons sous lequel il se glissa ; le Malouin, dans un sentier escarpé qui conduisait à la falaise, dans la direction d'un jardin entouré d'une barrière facile à franchir et dont les massifs touffus pouvaient lui fournir un refuge momentané.

Mais, pour atteindre ce but, il avait à franchir un espace découvert. À peine s'y engageait-il qu'il aperçut devant lui des falots qui s'agitaient et se rapprochaient.

Derrière lui, il entendait les cris des Anglais qui l'avaient aperçu. Il eut un mouvement d'hésitation. Puis il voulut s'élancer en avant.

Trop tard ! il était cerné.

Alors, en un bond formidable, il escalada un rocher qui lui permettait de dominer les assaillants... et, s'emparant d'un énorme bloc de pierre, il le lança sur deux soldats qui, les premiers arrivés, menaçaient de l'atteindre, et roulèrent sur le sol, assommés.

Profitant du désarroi que cet acte de défense, digne d'un Titan, venait de semer parmi ses adversaires, Surcouf se laissait tomber de l'autre côté du rocher, atteignait le sentier de la falaise en trois enjambées, disparaissait sous les touffes d'ajoncs géants et de tamaris qui avaient poussé dans le sable et rampait vers la balustrade du jardin qu'il atteignît avant que les soldats aient pu retrouver sa piste.

Fort heureusement pour lui, de gros nuages, poussés par le vent d'ouest, jetaient de nouveau un manteau d'ombre sur le ciel, ce qui allait rendre plus difficile la tâche des poursuivants.

Maintenant, ils hésitaient... troublés, désorientés...

On eût dit des limiers qui ont tout à coup perdu la trace de la bête qu'ils croyaient aux abois et sur le point d'atteindre, et ils demeuraient sur place, ne sachant plus dans quelle direction s'élancer...

Le lieutenant, qui les avait ralliés, leur criait :

— En avant ! en avant ! qu'est-ce que vous attendez ? Il va nous échapper !

Mais il était trop tard, Surcouf avait déjà gagné l'un des massifs qui entouraient le cottage.

S'étant arrêté un instant pour reprendre haleine, il entendit les cris de l'officier et de ses soldats qui, rapidement, se rapprochaient.

Sans doute avaient-ils retrouvé sa trace et s'apprêtaient-ils à cerner la propriété dans laquelle il s'était réfugié, à y pénétrer et à fouiller le jardin qui, maintenant, il s'en rendait compte, ne lui offrait que de bien faibles gages de sécurité.

Que faire ?

Il n'y avait pas une seconde à perdre. Son salut et celui de ses camarades dépendaient de la décision qu'il allait prendre.

Le Malouin n'était pas homme à hésiter longuement, surtout en face d'un imminent péril.

— Peut-être, se dit-il, trouverai-je à me cacher dans cette maison sans éveiller l'attention de ses propriétaires ?

C'était un projet très audacieux et même très téméraire... Mais le corsaire n'avait pas l'embarras du choix... et, adoptant aussitôt l'idée qui venait de germer dans son esprit, sans soupçonner un seul instant que cette demeure appartenait à des gens auxquels il avait rendu le plus grand des services, uniquement soucieux de sauvegarder sa liberté et son existence, tout en se faufilant derrière une charmille, il se dirigea vers le cottage dont le rez-de-chaussée donnait en galerie sur le jardin.

À l'intérieur, Sir John Moore continuait à déblatérer contre Surcouf, les corsaires et les Français.

Agacée, énervée, Lady Bruce avait quitté le salon et gagné une petite pièce dont la porte-fenêtre donnait accès sous la galerie...

Là, envahie d'une sourde angoisse, faite du pressentiment qu'un malheur planait dans l'air, elle jetait à travers les vitres un regard inquiet, lorsqu'elle crut entendre au loin des clameurs qui, bien qu'assourdies par la distance, n'en étaient pas moins menaçantes.

Instinctivement, elle ouvrit la porte et elle allait s'avancer sur la galerie lorsqu'elle s'arrêta, figée de stupeur.

Un homme, simplement vêtu d'un pantalon et d'une chemise, venait de surgir devant elle.

Deux exclamations retentirent :

— Robert Surcouf !

— Lady Bruce !

La charmante Anglaise demeura un instant figée sur place.

Pâle, tremblante, bouleversée à la pensée que cet homme, auquel elle devait la liberté et l'existence, pouvait être arrêté d'un instant à l'autre, là, sous ses yeux, dans sa maison, elle ne savait que balbutier :

— Vous, ici !... vous !

Mais Surcouf, auquel Lady Bruce venait d'apparaître comme un ange libérateur, s'approchait d'elle et lui disait avec son habituelle netteté :

— J'ai voulu sauver mon ami Marcof, mais j'ai été trahi. J'ai dû me jeter à la mer avec lui et mes amis... Je suis traqué, poursuivi... Vous entendez les cris de cette meute humaine lancée à mes trousses ?

— Oui, oui, je les entends ! murmurait Lady Evelyn terrifiée.

Et Surcouf, en un élan de confiance absolue, s'écria :

— Je remets entre vos mains mon sort et celui de mes compagnons qui sont cachés dans une grotte au pied de la falaise.

Noblement, Lady Bruce lui répondait sans hésiter :

— Je vais tâcher de vous sauver tous.

En un geste de gratitude, le Malouin saisit la main secourable qui se tendait vers lui et la porta spontanément jusqu'à ses lèvres.

Mais aussitôt, Robert eut un violent sursaut. Le général Bruce et le commodore apparaissaient au détour d'une allée.

— Lui !... firent simultanément les deux officiers qui avaient reconnu le grand corsaire.

— Oui, moi..., ripostait Surcouf, en marchant vers eux.

Puis, avec un accent d'incomparable dignité, il martela :

— Et maintenant, messieurs, faites ce que l'honneur vous commande et ce que vous croyez être votre devoir.

Non moins émus que Lady Bruce, le général et le commodore, le visage contracté, gardaient le silence.

Leur attitude révélait le terrible combat qui se livrait en eux, conflit redoutable entre leur honneur de soldat et d'homme.

En effet, s'ils laissaient Surcouf s'échapper, n'étaient-ils pas infidèles au serment qu'ils avaient fait de servir leur pays en tout temps, en toute circonstance, de faire respecter partout ses lois et d'obéir strictement aux ordres de leurs chefs ?

S'ils le livraient à la justice qui le réclamait, n'accomplissaient-ils pas envers lui un acte d'abominable ingratitude ?

Quel douloureux problème, surtout pour les braves cœurs qui battaient sous leurs uniformes écarlates !

Ils eussent bien volontiers donné chacun une part de leur existence pour ne pas être placés en face d'un aussi terrible dilemme.

Lady Bruce, devinant leur hésitation, s'écriait :

— Allez-vous livrer au bourreau celui qui nous a sauvés deux fois ?

Ces mots tombèrent au milieu d'un tragique silence... coupé par les cris des soldats anglais qui se rapprochaient encore...

Lady Bruce, épouvantée, suppliait tour à tour d'un regard son mari qui tourmentait nerveusement la poignée de son sabre, et le commodore qui se grattait fébrilement le menton.

— Il est ici ! il est ici ! clamait le lieutenant de fusiliers qui avait pénétré dans le jardin.

Alors le général Bruce ouvrit une porte qui donnait sur la galerie et dit à Surcouf, qui était demeuré impassible :

— Entrez là, commandant, vous êtes mon hôte !

Surcouf, après un geste de remerciement bref, mais éloquent, disparut dans la maison...

Il était temps !

L'officier, accompagné de sa patrouille, bondissait dans l'allée qui s'étendait en face du cottage...

Attirés par tout ce tumulte, l'attorney général et les autres invités accouraient à leur tour sur la galerie et le lieutenant, s'avançant vers Lovel Bruce, lui disait :

— Mon général, un corsaire français s'est réfugié dans votre propriété.

Sir Lovel Bruce voulut feindre la surprise.

Mais le lieutenant martelait, d'un ton plein de déférence et de fermeté :

— Mon général, je l'ai vu moi-même qui se dirigeait vers votre maison.

Lady Bruce ne put réprimer un geste d'effroi. Sir John Moore, qui l'observait du coin de l'œil, eut un étrange sourire.

Le général Bruce répliquait au lieutenant derrière lequel s'étaient rangés ses soldats :

— Auriez-vous l'intention de perquisitionner chez moi ?

— Mon général, répliquait l'officier un peu intimidé par cette réponse faite sur un ton nettement hostile, j'ai l'ordre rigoureux, absolu, d'appréhender ces corsaires français partout où je les rencontrerai.

Sir Lovel eut un geste de colère.

Mais Sir John Moore intervenait d'un ton doctoral :

— Que le général Bruce nous donne sa parole d'honneur qu'un fugitif n'est pas caché dans sa demeure, et la perquisition n'aura pas lieu.

Lady Bruce frémit. Son mari, dominant la colère qui

grondait en lui, demeurait impassible. Quant au commodore Ravington, il foudroyait d'un regard furieux l'attorney général qui reprenait :

— Eh bien ! général, qu'attendez-vous pour nous rassurer tous ?

— Monsieur l'attorney, commençait Sir Lovel Bruce, d'une voix toute tremblante d'indignation et de colère...

Mais il n'acheva pas... Une porte s'ouvrait, livrant passage à Surcouf qui avait tout entendu.

Et, superbe d'honneur, transfiguré d'héroïsme, le grand corsaire s'écriait :

— Général, je ne veux pas que vous ayez à choisir entre un parjure et une trahison !

Et, au milieu de l'émotion générale, il ajouta :

— Je suis Robert Surcouf !

— Suivez-moi ! ordonnait le lieutenant.

Mais Sir John Moore interrompait :

— Lieutenant, de combien disposez-vous d'hommes ?

L'officier désignait les quatre soldats qui, sur un geste de lui, entouraient déjà Surcouf.

Sir John Moore observait :

— Pour un tel prisonnier, c'est une escorte insuffisante.

Et, se redressant avec importance, il ajouta :

— Je suis l'attorney général, et je vais moi-même vous chercher du renfort.

Un vague sourire d'espoir erra sur les lèvres de Lady Bruce... Mais Sir John Moore, qui n'avait cessé de l'observer, reprenait, tout gonflé d'autorité haineuse :

— Général, et vous aussi, commodore, vous me répondez de Surcouf sur votre honneur.

Et, se retournant vers l'officier, il ajouta :

— Et vous, lieutenant, sur votre tête !

Avec une hautaine et dédaigneuse ironie, Surcouf ripostait :

— Rassurez-vous, monsieur l'attorney général, je n'ai, pour l'instant du moins, nullement l'intention de m'évader.

— Vraiment ?... ponctuait l'attorney général avec un air de bravade.

Avec un sourire énigmatique, le Malouin lançait :

— Cependant, j'imagine que la corde qui doit me pendre n'est pas encore tressée.

— Nous verrons bien, grommela l'attorney avec un gloussement de dindon en colère.

— En attendant, reprenait le Malouin, j'ose espérer, monsieur l'attorney général, que vous n'interdirez pas à notre aimable hôtesse de m'offrir une tasse de thé ?

Sir John Moore eut un haussement d'épaules qui semblait signifier :

— Peu m'importe, puisque maintenant je te tiens et que tu ne peux plus m'échapper !

Et il s'éloigna d'un pas rapide, accéléré, vers la ville... Il ne se tenait pas d'aise ; car il s'attribuait déjà tout le mérite de la capture de Surcouf ; et, songeant avec un orgueilleux ravissement aux félicitations que ne manquerait pas de lui adresser Sir William Pitt, il se disait :

— À présent, j'en suis sûr, mon nom appartient à l'Histoire !

Lady Evelyn, qui avait peine à retenir ses larmes, demandait au général.

— M'est-il permis d'offrir au commandant la tasse de thé qu'il m'a demandée ?

— Oui, répondait le général, consterné.

Lady Evelyn s'esquiva rapidement... Elle n'en pouvait plus. Les sanglots l'étouffaient.

Le général indiqua à Surcouf l'un des sièges qui se trouvaient dans la galerie.

Avec beaucoup d'aisance, le grand corsaire s'y installa en disant, d'un air dégagé :

— Ma parole d'honneur, mon cher général, je ne m'attendais pas à passer cette soirée avec vous !...

Au même instant, une ombre qui se dissimulait derrière un buisson de troènes de l'autre côté de l'allée commença à s'agiter, puis à ramper dans la direction de la falaise.

C'était le brave Dutertre qui, après avoir réussi à dépister ceux qui le poursuivaient, avait eu la même idée que Surcouf : gagner le jardin du cottage... Plus heureux que lui, il n'avait pas été reconnu et il avait assisté, invisible, à la scène que nous venons de décrire.

Dès qu'il avait aperçu le lieutenant et ses patrouilleurs entourer Surcouf, abandonnant son poste d'observation et rampant dans l'ombre, il avait franchi la clôture et regagné par le sentier qui dévalait vers la falaise la grotte où se cachaient Marcof et ses corsaires.

Lorsque Dutertre surgit, Marcof venait de se réveiller.

En voyant le Lorientais reparaître seul, tout de suite il demandait :

— Et Surcouf ?

— Il vient d'être fait prisonnier.

Un long cri de colère vibra sous la voûte de granit.

Haletant, Marcof proférait :

— Prisonnier, lui, c'est impossible !

— Ce n'est, hélas ! que trop vrai ! Il avait réussi à se réfugier là-haut, dans une propriété... Je le croyais en sécurité ; le cottage appartient au général Bruce, et celui-ci, noblement, l'avait caché dans sa maison.

« Mais une patrouille qui avait retrouvé la trace de notre ami a envahi le jardin...

« Une espèce de vilain justiciard anglais, arrivé là comme mars en carême, a voulu forcer le général Bruce à donner sa parole d'honneur qu'il n'y avait aucun fugitif chez lui...

« Bien qu'il fût notre ennemi, c'est un honnête et loyal soldat, et je crois que plutôt que de dénoncer son hôte il se serait peut-être parjuré. Mais Surcouf, voulant lui éviter un faux serment, est venu lui-même se livrer aux soldats.

— Ah ! misère ! s'écriait Marcof... Et c'est pour moi, à cause de moi qu'il va mourir !

« Car ils le pendront, j'en suis sûr ! Ils le pendront les bandits ! les lâches !

— Attends ! interrompait Dutertre, tout n'est peut-être pas perdu encore !

Mais, hors de lui, Marcof s'écriait :

— Si, si, ils le pendront. Sa tête a été mise à prix !

« Mais je veux partager son sort et je n'ai plus qu'une chose à faire : me livrer à mon tour.

— Calme-toi, Marcof, imposait Dutertre... Tout n'est pas perdu !

— Mais nous ne pouvons rien !

— Si ! j'ai mon idée ! s'écriait le Lorientais.

Et d'un ton rude, décidé, il interrogea :

— Avez-vous vos couteaux ?

— Oui, commandant, répondirent quelques voix.

— Ceux qui n'en ont pas, déclarait Nédelec, ont toujours leurs poings.

— Et avec ça, appuyait Jean le Timonier, on peut encore enfoncer quelques crânes et démolir quelques margoulettes.

— À la bonne heure ! approuvait Dutertre dont la bonne et large figure resplendissait d'une magnifique énergie.

Et, avec l'ascendant d'un vrai chef, il ajouta :

— Avec de l'audace et du courage, nous pouvons encore le sauver !

— Et s'il meurt, murmura Marcof, je mourrai aussi.

Un instant après, Dutertre, Marcof et les corsaires quittaient la grotte.

Ils n'avaient pas dit leur dernier mot !

III

OÙ L'ON VOIT TAGORE CONTINUER SON ŒUVRE INFÂME

Après avoir tranché l'amarre qui reliait le *Swallow* au ponton du *Crown*, Tagore, manœuvrant le cutter avec l'habileté d'un marin professionnel et favorisé par la forte brise qui soufflait de l'ouest, avait dirigé le bateau, non pas vers le goulet de la rade, qu'il ne songeait nullement à franchir, mais dans la direction de l'arrière-port de Portsmouth.

Abattant les voiles, il avait mis la barre vers le quai où il avait accosté et, sautant à terre, il s'était éloigné sans même prendre la peine d'amarrer son embarcation qui s'était aussitôt mise à flotter à la dérive ; et il s'était engagé dans une rue qui conduisait au centre de la ville.

Or, l'Hindou ne marchait pas au hasard. Il avait un but bien défini : se renseigner exactement sur le résultat de son acte.

Non point qu'il doutât du succès de son entreprise... Surcouf avait dû certainement tomber aux mains des Anglais...

Ce qu'il voulait, c'était savourer sa vengeance, et, en se retrouvant en face du corsaire, lui crier sa joie d'avoir pu enfin prendre sur lui la revanche qu'il avait si implacablement et si astucieusement préparée.

Bientôt, il se heurtait à un groupe de gens qui discutaient en gesticulant avec animation ; car la nouvelle s'était répandue comme une traînée de poudre dans la ville que Surcouf avait attaqué le *Crown* avec ses corsaires et qu'une véritable bataille dont on ignorait encore l'issue s'était engagée sur le ponton.

Un fusilier, qui passait en courant, fut aussitôt entouré par la foule avide d'apprendre le résultat du combat.

Le soldat répondit :

— Il paraît qu'ils se sont sauvés à la nage !

Tagore étouffa un cri de fureur qui fut couvert par les clameurs déçues des Anglais.

Mais le fusilier s'empressait d'ajouter :

— L'alarme a été donnée partout et on ne tardera pas à les rattraper et à les amener tous à la maison de police.

Cette assurance parut ramener quelque peu le calme dans les esprits.

— À la maison de police ! cria un des assistants...

Et tous se hâtèrent dans cette direction, afin d'être là quand on y ramènerait les fugitifs.

Tagore, l'œil brillant d'une flamme sombre, la bouche amère, le front barré d'un pli, leur emboîta le pas. Bientôt, ils arrivèrent devant une sorte d'hôtel à l'aspect sévère...

Déjà, devant la porte surmontée d'un écusson aux armes de l'Angleterre, une foule assez nombreuse stationnait, avide, elle aussi, de nouvelles, et que les deux soldats de garde avaient eu peine à contenir.

L'Hindou, l'oreille aux aguets, écouta. On ne savait rien de nouveau... Un gros bourgeois de Portsmouth, rouge, congestionné et en proie à une violente agitation, s'écriait :

— Vous verrez que ce Surcouf nous échappera encore !

Et, comme des protestations vibrantes accueillaient cette affirmation, le bourgeois, de plus en plus excité, s'écriait :

— J'en suis sûr... car il paraît qu'il a fait un pacte avec le diable, et qu'il lui a vendu son âme, à la condition qu'il ne serait jamais pris par les Anglais.

Quelques rires fusèrent ; mais Tagore ne partageait pas cette hilarité.

En effet, s'il ne croyait pas au démon des chrétiens, il était convaincu, suivant les préceptes mêmes de sa religion, qu'il existait un génie du mal qui se faisait le protecteur de ceux qui se donnaient à lui, et l'idée que Surcouf avait pu conclure une sorte de contrat avec cette force mystérieuse et malfaisante, loin de le surprendre, paraissait, au contraire, lui expliquer comment le grand corsaire avait pu non seulement remporter une série de victoires aussi nombreuses qu'invraisemblables, mais échapper toujours aux coups et aux embûches de ses ennemis.

Et, saisi d'effroi, il murmura :

— Siva nous aurait-il abandonnés ?

Puis, amèrement, il se reprocha :

— Pourquoi, lorsque je le tenais à ma merci, ne l'ai-je pas frappé moi-même d'un coup de poignard empoisonné. Pourquoi ai-je voulu apporter à ma vengeance un tel raffinement ?

« Ah ! mon père, mon père, pardonne-moi !... Tu es témoin que je n'ai rien épargné pour accomplir mon devoir jusqu'au bout... Et sois sûr, si cette fois Surcouf échappe au châtiment, que je continuerai mon œuvre :

« Il mourra ou je mourrai !

Une voiture s'arrêtait devant la maison de police. Sir John Moore dont la solennité coutumière avait fait place à une agitation fébrile, en descendait, cherchant à fendre les rangs sans cesse grossissant des curieux.

Mais ceux-ci ne semblaient nullement décidés à lui livrer passage. Reprenant tout à coup sa morgue, Sir John Moore lançait d'une voix éclatante :

— Place à l'attorney général !

À ces mots, la foule s'écartait... et, tandis que les deux factionnaires lui présentaient les armes, Sir John Moore franchit le seuil de l'hôtel.

Mais, se retournant vers le public, il lança sur un ton triomphant :

— Mes amis, j'ai la joie de vous annoncer que je viens de procéder de mes propres mains à l'arrestation de Surcouf le forban !

Une tempête de hourras s'éleva ; et la poitrine de Tagore se dilata en un grand cri d'allégresse.

Mais la porte de l'hôtel se refermait sur l'attorney général.

Alors ce fut une explosion de joie, toute une poussée d'orgueil national exultant, délirant, tout comme à l'annonce d'une victoire qui mettrait fin à un péril aussi grand que s'il eût menacé les destinées de l'Angleterre.

Et Tagore songeait :

— Sans doute va-t-on le ramener ici ? Je vais l'attendre ; car je veux être là, au premier rang, je veux qu'il m'aperçoive, qu'il me reconnaisse, je veux qu'il entende ma voix, écho de celle de mon père qu'il a fait pendre, lui crier toute ma haine et aussi toute ma joie.

Mais la porte de la maison de police se rouvrait, laissant apparaître Sir John Moore, flanqué d'un constable[1]. À leur vue, le silence s'établit comme par enchantement. Alors, l'attorney général, bombant le torse et rejetant la tête en arrière, proféra de façon à pouvoir être entendu par tous :

— Monsieur le constable, allez exécuter mes ordres. Je vous attends. Revenez vite avec Surcouf, car je ne serai vraiment tranquille que lorsqu'il sera à l'abri de ces hautes murailles.

Et, s'adressant à la foule, il continua :

— Quant à vous, mes amis, demeurez ici dans le calme le plus absolu, afin de ne pas gêner l'opération qui va s'accomplir. Je vous engage à ne vous livrer envers le prisonnier à aucune manifestation fâcheuse qui pourrait nuire à la dignité de l'Angleterre.

1. Nom donné en Angleterre aux officiers de police.

« Surcouf appartient désormais à notre justice ! Elle sera implacable !

De nouveaux hourras accueillirent ces paroles, et le constable, accompagné d'une dizaine de policemen armés, quitta l'hôtel, se dirigeant vers le cottage de Lady Bruce.

Dociles aux exhortations de l'attorney, tous restèrent sur place afin d'attendre le retour du prisonnier, sauf Tagore qui se glissa dans la nuit, à la suite de la petite troupe.

Après avoir traversé la ville, le constable et ses hommes prirent la route qui conduisait au cottage.

Au bout d'un bon quart de lieue, ils obliquèrent à gauche vers une avenue étroite, encaissée et qui donnait accès à la propriété du général.

À peine y étaient-ils engagés qu'une véritable avalanche humaine, jaillie de l'un des remblais, s'abattait sur les policemen qui, surpris par cette ruée inattendue, n'avaient pas eu le temps de se mettre sur la défensive.

C'étaient Dutertre, Marcof et leurs corsaires qui, depuis un moment déjà en embuscade, venaient de se jeter sur les Anglais.

L'attaque avait été si brusque, si imprévue, qu'en un clin d'œil les policiers, saisis à la gorge, ceinturés par les Bretons, maîtrisés avant d'avoir pu faire usage de leurs armes, roulaient à terre, les uns étranglés, les autres assommés. Ceux qui voulaient résister, le constable en tête, n'obtenaient qu'un formidable supplément de raclée qui les laissait inanimés sur le chemin, à côté des corps inertes de leurs camarades.

Et Dutertre, maître du champ de bataille, lançait à ses marins :

— Les gars, maintenant, à l'ouvrage ! Mais Tagore, qui avait assisté dans l'ombre à ce bref mais décisif combat, prenait sa course dans la direction de Portsmouth.

Le serpent n'avait pas fini de mordre !

IV

FRANCE... ANGLETERRE !

Revenons à Surcouf que nous avons laissé tranquillement assis dans un fauteuil, sous la galerie du cottage et gardé à vue par le lieutenant de fusiliers anglais et ses soldats.

Jamais il n'avait paru plus maître de lui. Son visage calme et sans colère reflétait la tranquillité d'une conscience qui n'a rien à se reprocher.

Dissimulant le dépit ou plutôt la douleur que lui causait l'échec de son aventure, il se consolait à la pensée qu'il avait accompli son devoir jusqu'à son extrême limite, et il n'eût rien regretté, pas même le bonheur dont il avait fait si grandement le sacrifice, s'il n'eût été anxieux du sort de son ami Marcof et de ses compagnons.

Certes, il savait pouvoir compter sur Dutertre... Mais Dutertre lui-même n'avait-il pas été capturé ? Et les corsaires privés de leur chef, quels que fussent leur courage, leur audace et leur esprit d'initiative individuelle, seraient-ils capables de se tirer du terrible mauvais pas dans lequel ils étaient engagés ?

Certes, Marcof était encore vivant et libre, et bien qu'affaibli par une longue et cruelle captivité, il pouvait, grâce au prestige qu'il exerçait sur les marins de son pays, leur inspirer les décisions nécessaires.

Mais Surcouf connaissait Marcof... Et il se disait :

— En admettant que la chance les favorise et qu'il trouve

le moyen de gagner la France, consentira-t-il à partir sans moi ?

Et son cœur se serrait à la pensée que son sacrifice serait peut-être inutile.

Mais, grâce à la volonté qui l'animait, le grand corsaire ne laissait apparaître sur son visage aucune expression de sombre humeur ou d'angoisse.

Il voulait se montrer fort, intrépide jusqu'au bout.

Et ce n'était pas de l'amour-propre inspiré par la volonté de ne pas paraître abattu, déprimé en face de ses adversaires vainqueurs, mais un sentiment profond de dignité qui parlait en lui au nom de la France dont il était l'incarnation présente et lui donnait cette force morale qui imposait le respect même à ses adversaires les plus difficiles à désarmer.

Avec un tact parfait, les invités de Lady Bruce, profondément impressionnés par les événements auxquels ils venaient d'assister, s'étaient retirés dans le salon afin d'éviter à Surcouf toute curiosité désobligeante.

Seuls le général Bruce et le commodore Ravington étaient restés près de lui et leurs regards révélaient, en même temps que leur regret qu'il n'eût pas réussi à s'échapper, l'admiration que leur inspirait sa magnifique attitude.

Le lieutenant qui avait procédé à son arrestation, et ses hommes eux-mêmes, malgré la haine qu'ils éprouvaient envers cet ennemi de leur patrie, haine surexcitée par toutes les calomnieuses légendes dont on avait cherché à le salir, se sentaient malgré eux intimidés, dominés par celui dont ils avaient pris la garde.

Certes, si Surcouf avait tenté à ce moment le moindre effort pour leur échapper, ils l'eussent frappé sans pitié.

N'était-ce pas leur consigne formelle, leur rigoureux devoir ?

Mais de même que, plusieurs siècles auparavant, leurs ancêtres, après avoir assisté au supplice de Jeanne d'Arc, s'étaient écriés, bouleversés par le sublime et divin courage de la vierge lorraine : « Nous avons brûlé une sainte ! », ils se fussent écriés à leur tour : « Nous avons fusillé un héros ! »

Rien qu'en quelques instants, sans un mot, rien que par sa fière allure, le grand corsaire avait fait mieux que de les désarmer, il les avait conquis. Et c'était ainsi pour lui, dans la défaite, une splendide victoire.

Bientôt Lady Bruce, qui avait réussi à maîtriser son émotion, revenait avec un plateau supportant une théière, une tasse, un sucrier qu'elle déposa sur une petite table près de Surcouf.

Encore un peu tremblante, elle remplit la tasse du breuvage fumant ; puis, tout en s'efforçant de sourire, elle fit :

— Deux morceaux, commandant ?

— Oui, madame, acquiesça Robert.

Et comme Lady Evelyn se penchait, il lui murmura à l'oreille :

— Pourvu que mes amis soient sauvés !

À voix basse, la charmante femme promettait :

— Ils le seront !

— Faites surtout, précisait le corsaire, que Marcof ignore mon arrestation.

— Il l'ignorera.

— Merci.

Et tout haut Surcouf, anxieux de ne pas éveiller les soupçons de ses gardiens en prolongeant ce mystérieux colloque, portait la tasse à ses lèvres, buvait quelques gorgées et s'écriait sur un ton de gaieté qui n'avait rien d'artificiel :

— Ce thé est délicieux ! Vraiment il n'y a qu'en Angleterre qu'on en boit de pareil.

Le général Bruce intervenait :

— Commandant, désirez-vous qu'on y ajoute une ration de rhum ?

— Non, merci, refusait Surcouf, me voilà tout à fait réchauffé.

« Vous le voyez, mes habits sont entièrement séchés, et nous n'avons plus qu'à attendre, en toute sérénité, le retour de M. l'attorney général...

« Je ne saurais d'ailleurs le faire en plus agréable compagnie.

— Alors, commandant, interrogeait Ravington, vous aviez résolu de délivrer Marcof ?

— Hé ! oui ! s'écriait le Malouin toujours avec le même enjouement.

« Tous mes compatriotes ayant été libérés, je ne trouvais pas juste que mon vieil ami demeurât sur les pontons. Et voilà pourquoi je suis venu le chercher !

— C'était une entreprise bien téméraire, observait le général.

— Dites impossible, ponctuait le commodore.

— Impossible ! Hé non ! rectifiait Surcouf, puisque j'ai failli réussir. Tout avait admirablement marché, et si je n'avais pas été trahi...

— Trahi ! s'exclamait Lady Bruce.

— Et de la façon la plus étrange, la plus inattendue, je crois qu'à l'heure présente, Marcof, mes compagnons et moi, nous voguerions paisiblement vers la France.

— Puis-je vous demander, questionnait Sir Lovel Bruce, comment vous avez réussi à pénétrer dans la rade de Portsmouth toujours si bien gardée ?

— Et à accoster le *Crown* ? complétait Ravington.

Avec la meilleure bonne grâce, Surcouf ripostait :

— Mais de la façon la plus simple du monde.

Et avec une verve étonnante, tout aussi à l'aise que s'il se fût trouvé chez lui, à Saint-Malo, en famille, avec ses amis, Surcouf entama le récit de son extraordinaire équipée.

Tous l'écoutaient avec une attention bientôt faite de l'intérêt le plus palpitant.

Le lieutenant et ses soldats n'en croyaient pas leurs oreilles. Entraînés par l'éloquence familière, le brio pittoresque du narrateur, qui s'exprimait en leur langue avec une facilité merveilleuse et y faisait passer comme le rayonnement de son âme si française, ils écoutaient, écoutaient, pris à un tel point par ce récit qu'il leur semblait le revivre à côté de cet homme formidable dont le génie valeureux et subtil nimbait le front d'une auréole de gloire !

Subjugués, entraînés, ils accomplissaient avec lui la merveilleuse randonnée du *Swallow*, l'entrée dans la rade, la série des signaux, l'accostage au ponton... toutes ces minutes si intenses, si graves, si périlleuses que Surcouf et ses compagnons avaient passées sans inquiétude, sans défaillance, animés qu'ils étaient tous par le noble désir de sauver un des leurs.

Nul ne songeait à reprocher au grand corsaire toutes ses ruses.

Ils ne pouvaient même s'empêcher de sourire à la bonne farce que Surcouf avait jouée au commodore Portham. Tout cela n'était-il pas de bonne guerre ? Et il faut rendre cette justice aux Anglais qu'ils ont toujours tenu en estime les beaux joueurs.

Aussi, lorsque Surcouf arriva à la fin de son récit, il n'était pas un des auditeurs qui, au fond de lui-même, ne regrettât qu'il eût perdu la partie.

— Vous le voyez, s'écriait le Malouin, si une main que vous me permettrez de qualifier de criminelle n'avait pas coupé ou détaché l'amarre avec laquelle le *Swallow* était accroché au *Crown*, c'était le succès complet, décisif.

Et, s'adressant à Ravington, il ajoutait :

— Vous voyez bien, commodore, qu'une fois de plus le mot "impossible" n'est pas français !

— Cependant, objectait Ravington, l'alarme était donnée, vous deviez être poursuivi... Et en admettant que vous eussiez échappé aux chaloupes qui vous poursuivaient, comment eussiez-vous franchi le goulet ?

— Je n'en sais rien, commodore ! s'écriait Surcouf.

Mais avec un accent de foi formidable qui acheva de galvaniser les assistants, il s'écria :

— J'aurais passé quand même !

— Eh bien ! non, s'écriait Lady Bruce enthousiasmée, il n'est pas possible que l'on condamne à mort un tel homme.

Et, emportée par la générosité de son cœur tout vibrant d'admiration, et de reconnaissance, elle poursuivait :

— S'il le faut, j'irai me jeter aux pieds du roi George III.

« Non seulement je lui dirai, ainsi que je l'ai déjà dit à William Pitt, tout ce que vous avez fait pour les prisonniers du *Kent*, mais je lui révélerai aussi quel noble adversaire vous êtes.

« Oui, il faudra bien qu'il m'écoute, qu'il connaisse la vérité, ainsi que le peuple anglais qu'on a trompé sur votre compte.

« Pitt m'a accordé la grâce de vos amis, il m'accordera aussi la vôtre.

— J'en doute, madame, répondait Surcouf avec un étrange sourire.

— Commandant ! protestait Lady Bruce avec un accent de douloureuse surprise.

Le grand corsaire reprenait d'un ton grave, cette fois, sous lequel perçait une mystérieuse mélancolie :

— Je n'ignore point, madame, que je ne puis être mieux défendu que par vous.

« Vous avez déjà opéré presque un miracle en décidant l'homme implacable qu'est votre Premier Ministre à accepter l'échange de prisonniers que mon gouvernement réclamait.

« Mais songez aux haines soulevées contre moi... Et, en admettant même que vous réussissiez à attendrir le roi, que dirait le peuple anglais auquel, depuis si longtemps, on a promis ma tête, s'il apprenait tout à coup que l'on a commué ma peine même en celle de la détention perpétuelle ?

« Votre gouvernement serait accusé de faiblesse, voire de trahison. Et voilà pourquoi, malgré toute la confiance que m'inspirent votre chaleureuse éloquence et votre force de persuasion incomparable, je demeure sceptique sur le sort de votre démarche.

« Pitt ne voudra pas soulever contre lui l'opinion publique en compromettant, par un acte d'humanité qui serait jugé par ses compatriotes comme une manifestation de faiblesse, la solidité de son ministère en même temps que le prestige de son pays !

— Le peuple anglais sera informé, s'écriait Lady Bruce. Oui, il saura la vérité... Il le faut, et je m'en charge...

— Nous aussi ! ponctuèrent simultanément le général Lovel Bruce et le commodore Ravington.

De plus en plus véhémente, Lady Evelyn poursuivait :

— Et lorsque vous lui apparaîtrez sous votre vrai jour, c'est-à-dire dépouillé de toutes les odieuses légendes dont on a voulu ternir votre vaillance, votre loyauté et votre gloire, purifié de toutes les souillures mensongères, lavé de tous les crimes que l'on vous a imputés, tous les braves cœurs de chez nous, et ils sont légion, je vous le jure, seront les premiers à approuver une mesure de clémence qui sera en même temps une mesure de justice.

Profondément ému par l'attitude de la jeune femme, Surcouf reprenait :

— Croyez, madame, que je n'oublierai jamais ce que vous vous proposez de faire pour moi, avec le concours du général et du commodore, dont je garderai également jusqu'à ma dernière minute le souvenir cordial et attendri.

« Mais pardonnez-moi de vous parler avec la rude franchise d'un marin.

« Quand bien même parviendriez-vous à créer dans votre

pays un mouvement d'opinion publique en ma faveur et obtenir que je ne sois pas pendu, que se passera-t-il ?

« Me rendra-t-on la liberté ? Non ! on me mettra en prison, et je ne veux pas de la prison.

— On s'en évade ! soulignait Lady Bruce.

— À quoi bon ! laissait échapper Surcouf d'une voix dans laquelle passait un étrange frisson.

Surprise par le premier signe de découragement que manifestait le Malouin depuis son arrestation, Lady Bruce reprenait :

— Qui vous dit, après tout, que l'on ne vous ferait pas grâce entière ?

— À quelle condition ? martelait Surcouf. À celle de m'engager sur l'honneur à ne plus prendre les armes contre l'Angleterre ?

— Eh bien ?

— Ça, jamais !

— Pourquoi ?

— Parce qu'avant tout, je me dois à la France, à ma patrie !

— Ne trouvez-vous pas, commandant, observait Lady Bruce, qu'il serait temps que deux grandes nations comme l'Angleterre et la France missent fin à ces guerres abominables qui leur coûtent les meilleurs de leurs fils, le plus précieux de leur sang ?

— Et vous voudriez, s'écriait Surcouf, que mon honneur de marin servît d'enjeu à une paix à laquelle, d'ailleurs, en dehors de vous, âme toute de bonté compatissante, nul ne saurait songer en ce moment ?

— Détrompez-vous, commandant, se défendait la noble femme. Si les grands, si les dirigeants de nos pays sont encore animés les uns contre les autres de sentiments hostiles, résultats de rivalités politiques, financières et commerciales qu'avec un peu de bonne foi et beaucoup de bonne volonté de part et d'autre on parviendrait à éteindre, tous ceux qui ont à souffrir de ces luttes si cruelles et si coûteuses n'ont au fond de l'âme qu'un désir : voir se terminer un conflit déchaîné autant par des malentendus faciles à dissiper que par des intérêts qui ne sont pas inconciliables.

— Je ne suis pas loin de partager votre avis, admettait Surcouf.

Et, gravement, il poursuivit :

— Souvent, au soir de dures batailles, il m'est arrivé, en contemplant sur le pont du navire les morts entassés, pêle-mêle, et dont quelques-uns s'étreignaient encore au-delà de la vie, de songer, moi aussi, à la fin de ces tueries et de souhaiter un terme à toutes ces haines !

« Mon existence de corsaire, croyez-le, ne m'a pas endurci au point de détruire en moi toute humanité.

— Nous le savons mieux que personne, souligna le général Bruce, puisque nous sommes ici.

— Et puis, scandait le commodore, nous vous avons vu, le jour où l'on a célébré les obsèques de nos marins et de nos soldats qui avaient été tués lors de la prise du *Kent*, saluer avec une émotion chevaleresque la dépouille de ceux qui allaient disparaître pour toujours dans les profondeurs de l'Océan.

— Voilà pourquoi, poursuivit Surcouf, en mon âme et conscience, je vous affirme que je n'hésiterais pas à apposer ma signature au bas d'un traité de paix qui serait tout à l'honneur de nos deux pays.

« Mais l'heure de la réconciliation que les générations suivantes verront peut-être n'a pas encore sonné.

— Pourquoi ?

— L'Angleterre, monarchiste et conservatrice, ne peut pas se mettre d'accord avec la France de la Révolution.

« Maintenant, il ne s'agit plus de guerre provoquée, ainsi que vous le disiez, par des chocs d'intérêts ou des conflits politiques, c'est le combat des idées nouvelles qui s'engage contre les principes du passé, c'est l'élan palpitant de toutes les espérances et de toutes les audaces qui vient donner l'assaut à la tradition égoïste, surannée, sans horizon, sans largeur et sans élan.

« Et vous croyez que les rois, même celui d'Angleterre, le plus libéral de tous, vont troquer leur couronne pour le bonnet phrygien ?

« Ce geste a trop mal réussi à l'infortuné Louis XVI pour qu'aucun monarque ait la tentation de l'imiter.

« Non, madame, non, général, non, commodore, n'espérons pas, quant à présent, et d'ici longtemps, en une paix qui, j'en suis sûr, ne peut être qu'utile et bienfaisante à la France et à l'Angleterre. Seul Dieu peut apaiser une pareille tempête. Seul il possède le secret de l'heure qu'il a choisie pour arrêter celle qui nous jette les uns contre les autres, au risque de nous broyer.

« N'anticipons pas sur les desseins de la Providence. Et je n'ajouterai plus qu'un mot, un dernier mot... Ma devise a toujours été : "Vaincre ou mourir !"

« J'ai été vaincu, je mourrai !

Ces dernières paroles prononcées avec l'accent d'une foi sublime, d'une volonté que l'on devinait insurmontable, achevaient de remuer jusqu'au fond de leurs fibres les plus intimes tous ceux qui les avaient recueillies.

Librement, Lady Bruce laissait couler ses larmes.

Spontanément, le général Bruce et le commodore Ravington tendirent leurs mains au grand corsaire, qui s'en empara et les serra fortement dans les siennes.

Quant au lieutenant, dont les hommes, figés, sidérés, se tenaient immobiles au port d'arme, instinctivement, il esquissa le salut militaire, rendant ainsi hommage à celui qui savait si crânement regarder la mort en face, au héros ennemi qui, vaincu, dominait encore si grandement ses vainqueurs !

Mais un bruit de pas cadencés faisait grincer le gravier de l'allée.

— Les voici, fit simplement Surcouf en se levant.

En effet, un constable, accompagné d'une dizaine de policemen en armes, apparaissait devant la terrasse. L'officier de police, un gros et solide gaillard, après avoir esquissé un salut militaire, se dirigeait vers Surcouf.

Celui-ci eut un imperceptible tressaillement.

Sous l'uniforme du constable, il venait de reconnaître son ami Dutertre, et, massés derrière lui, Marcof et ses corsaires qui, après avoir dépouillé les policemen anglais de leurs vêtements, se les étaient appropriés et les portaient avec une remarquable aisance.

Lady Bruce qui, elle aussi, avait reconnu le Lorientais, s'avançait vers lui en disant :

— Monsieur le constable, ne craignez-vous pas que la population ne fasse un mauvais parti à votre prisonnier ?

— C'est fort juste, approuvait Dutertre qui s'exprimait en anglais aussi bien qu'en sa langue maternelle.

Lady Bruce poursuivait :

— Ne vaudrait-il pas mieux que vous vous embarquiez à bord de mon yacht, qui est ancré sur la plage, et que vous regagniez la citadelle par mer ?

— Certainement ! s'empressait de déclarer Dutertre.

Et, élevant la voix, il fit, en français cette fois, mais en français teinté du plus pur accent britannique :

— Surcouf, suivez-moi !

Le lieutenant anglais s'avançait, demandant au faux constable :

— Veuillez me donner décharge du prisonnier.

Le Lorientais ne parut nullement embarrassé par cette question.

Tout de suite, en effet, il tirait de sa poche un papier qu'il avait trouvé sur le constable dont il avait réglé lui-même le compte, et il le remettait à l'officier, qui l'examina aussitôt.

C'était un récépissé en bonne et due forme, absolument en règle, qui portait le cachet de la police et la signature authentique de l'attorney général, Sir John Moore.

— Vous pouvez emmener le prisonnier, déclarait le lieutenant, soulagé d'un grand poids.

Alors Surcouf, s'inclinant vers Lady Bruce qui avait peine à dissimuler sa joie, lui dit tout bas :

— Merci !

Puis il serra chaleureusement les mains que lui tendaient le général Bruce et le commodore Ravington, complices tacites de l'évasion que Dutertre avait si ingénieusement, si audacieusement et si heureusement combinée.

— Je vais vous conduire moi-même jusqu'à mon yacht qui est mouillé au fond de la petite baie qui s'étend au pied de la falaise.

Surcouf réprima un léger sourire ; car, à présent, il en était sûr, ce bateau était bien celui dont il avait essayé de s'emparer pour gagner le large avec ses amis.

Guidé par Lady Bruce, entouré par Dutertre, Marcof et les corsaires qui jouaient fort bien leur rôle, Surcouf se dirigeait, à travers le jardin, vers la barrière qui s'ouvrait sur le sentier accédant à la mer.

Mais à peine la petite troupe avait-elle fait quelques pas, qu'elle était encerclée par un fort détachement de fusiliers anglais qui, immédiatement, mettaient en joue le Malouin et son escorte.

Lady Bruce eut un cri de détresse... le général Bruce et le commodore une exclamation de désappointement non déguisée.

Dutertre, Marcof et leurs Bretons, revenus de leur première surprise, se préparaient à vendre chèrement leur liberté.

Mais, d'un geste, Surcouf les arrêta.

— Toute résistance est inutile ! s'écria-t-il. Nous sommes

pris dans un traquenard et nous serons massacrés jusqu'au dernier.

« Mais rappelez-vous, mes amis, que tant qu'il y a de la vie il y a de l'espoir. Vive donc la France ! et vivent aussi les corsaires !

L'attorney général qui, prévenu par l'Hindou, était arrivé à temps, ordonnait à l'officier qui commandait le détachement :

— Emparez-vous de ces gens et conduisez-les à la prison de la ville.

Tous, obéissant jusqu'au bout aux ordres de leur chef, se laissèrent entourer.

Alors Tagore, qui se dissimulait dans l'ombre, s'approcha de Surcouf, et, le regard étincelant de sa haine enfin satisfaite, il lui lança, en éclatant d'un rire infernal :

— Tu as fait tuer mon père ! Je le venge !

V

EN PRISON

Après avoir été transférés à Londres, Surcouf et ses amis avaient comparu devant un tribunal ou plutôt une cour martiale.

L'audience, de pure forme, avait duré quelques minutes et s'était terminée par un jugement prévu et préparé d'avance qui condamnait tous les corsaires à être pendus.

L'exécution avait été fixée au lendemain, au point du jour ; et tous, dans le vaste cachot commun où on les avait enfermés, attendaient stoïquement la mort.

Surcouf, étendu à terre, dormait paisiblement. Marcof, accroupi près de lui, songeait. Dutertre et les autres marins, respectueux du sommeil de l'un et de la méditation de l'autre, s'entretenaient à voix basse.

— Ce diable de Malouin, murmurait le Lorientais, regardez comme il dort... On dirait qu'il est dans son lit ! Et pourtant, on a beau avoir du courage, c'est égal, ça vous fait tout de même quelque chose de penser que l'on va, dans quelques instants, passer l'arme à gauche !

— Avec une corde toute neuve en guise de cravate ! lançait Jean le Timonier.

— Si seulement on pouvait fumer une bonne pipe, grommelait Nédelec avec humeur.

— Quand tu seras au Paradis, ricanait Dutertre, sûr que le bon Dieu ne te laissera pas manquer de tabac !

Le marin ripostait :

— En ce cas, que les “English” se dépêchent de nous envoyer en Paradis ; car j'ai hâte d'allumer mon brûle-gueule et d'en tirer quelques bouffées.

Mais Jean le Timonier qui, depuis un instant, observait Surcouf, s'écriait :

— Regardez donc le commandant !

En effet, le visage de Robert, qui respirait une si grande et si impressionnante sérénité, venait de se contracter tout à coup en une expression de douleur poignante.

Un long soupir gonflait sa poitrine ; ses mains se tendaient en avant, comme vers une apparition qui serait venue hanter son sommeil ; et, en une plainte déchirante, un nom expira sur ses lèvres :

— Madiana !

Marcof tressaillit. Dutertre fit signe aux marins de se taire...

Et Surcouf, les mains toujours tendues et les yeux toujours clos, fit en un sanglot :

— Je t'aime !

Marcof eut un sursaut terrible. Et il allait saisir le bras de Surcouf, le réveiller. Mais Dutertre, qui s'était approché, lui disait avec une amicale autorité :

— Laisse-le ! Je vais tout te dire !

Marcof s'arrêta... regardant le Lorientais dont les yeux exprimaient à la fois une si touchante bonté et une si rude franchise qu'il se laissa entraîner par lui dans un coin du cachot.

Et, tout en s'affalant sur un banc de pierre, il fit d'une voix qu'étranglait l'émotion plus que la colère :

— Eh bien ! parle ! je t'écoute !

Dutertre attaquait aussitôt :

— Le soir où nous avions pris le *Kent*, après la bataille, après la victoire, Surcouf, après avoir sauvé la vie aux officiers anglais, que ses hommes voulaient massacrer, donnait l'ordre de les traiter avec égards, lorsqu'une femme vint se jeter à ses pieds. C'était Madiana.

— Madiana ! s'écriait Marcof bouleversé... Comment se trouvait-elle à bord du *Kent* ?

— Elle avait été faite prisonnière par les Anglais... et ceux-ci l'avaient livrée aux Hindous qui la lui réclamaient.

— Les misérables ! gronda Marcof en serrant les poings.

Le Lorientais poursuivait :

— Nous revînmes à Saint-Malo... Surcouf aimait Madiana...

À ces mots, Marcof dirigea vers le Malouin un regard dur, angoissé.

Mais Dutertre, tout en lui saisissant la main, continuait :

— Depuis longtemps déjà !...

— Je le savais.

— Et voilà pourquoi il était parti et n'était jamais revenu au pays.

— C'est vrai ! reconnaissait Marcof dont la figure s'était quelque peu adoucie.

— Tout le monde te croyait mort..., déclarait le Lorientais. Alors ils décidèrent de se marier...

— Elle l'aimait donc... elle aussi !... scandait Marcof, dont les yeux étaient redevenus mauvais.

— Faut croire !

Marcof eut un sursaut. Mais Dutertre, avec un accent de simplicité loyale et affectueuse, reprenait :

— Calme-toi, Marcof, et laisse-moi finir... Dès que Surcouf a su que tu étais prisonnier sur les pontons, tout de suite – et il n'a pas hésité !... je t'assure –, il a renoncé à Madiana pour venir te délivrer !

Marcof eut un grand cri qui réveilla Surcouf.

— Et pour moi... lui... toi... vous tous... vous allez mourir ! Ah ! pourquoi ne m'ont-ils pas pendu plus tôt ? Non, Dieu n'est pas juste, et c'est à ne plus croire en rien !

Mais Surcouf s'avançait vers lui, en disant d'un ton grave :

— Ne blasphème pas, Marcof... car plus que jamais nous allons avoir besoin de notre foi !

À peine avait-il prononcé ces mots qu'un bruit de chaînes que l'on secoue et de verrous que l'on tire se faisait entendre au-dehors, et la porte du cachot, tournant en grinçant sur ses gonds, laissait apparaître le chef de la police, Sir Edgar Weiss, un guichetier et plusieurs soldats en armes.

À leur vue, Surcouf se retourna vers ses compagnons :

— Mes amis, s'écria-t-il, c'est l'heure ! Montrons à nos ennemis comment savent mourir les marins de chez nous !

Instinctivement, tous les Bretons s'étaient groupés autour de leur chef en l'attitude tranquille et fière de héros qui ont fait le sacrifice de leur vie.

Le chef de la police appelait d'un ton bref :

— Surcouf !

Le Malouin s'avança.

— Suivez-moi ! ordonnait Sir Edgar Weiss.

— Seul ? interrogeait le corsaire.

— Oui, seul.

— Donnez-moi au moins le temps de dire adieu à mes amis.

— C'est inutile !

Le Malouin eut un geste de colère.

Mais le chef de la police déclarait d'un air énigmatique :

— Vous les reverrez encore.

— Alors, où m'emmenez-vous ? interrogeait Robert.

— Vous le saurez tout à l'heure.

Surcouf, précédé par Sir Edgar Weiss et suivi par les soldats, sortit, après avoir adressé à ses amis un signe de tête qui semblait vouloir dire :

— Courage ! Tout n'est peut-être pas perdu !

Et le guichetier referma la porte sur les prisonniers qui se regardèrent avec étonnement.

Sir Edgar Weiss conduisit Surcouf dans une petite pièce

qui servait de bureau au guichetier en chef. Et, lui désignant des habits déposés sur une table, il fit :

— Ces vêtements sont pour vous... Mettez-les tout de suite.

— Pourquoi ?

Le chef de la police répondit, toujours mystérieux :

— Vous êtes attendu par un très haut personnage et il est indispensable que vous vous présentiez devant lui dans une tenue convenable.

« J'ai des ordres formels à ce sujet.

— Ah çà ! se demandait Surcouf, qu'est-ce que tout cela veut dire ?... Enfin, nous verrons bien !

Quelques instants après, ses haillons de prisonnier étaient remplacés par un costume bourgeois fait à sa taille et complété par un chapeau et une paire de bottes qu'on eût dites faites à sa mesure.

— Maintenant, venez, ponctuait le chef de la police.

Après avoir longé à sa suite un interminable dédale de couloirs, Surcouf, toujours flanqué de ses quatre soldats, pénétra dans la cour de la prison, large quadrilatère aux hautes murailles sombres qui ne laissaient apercevoir qu'un tout petit coin de ciel.

Une voiture fermée, sorte de calèche massive, attelée de deux solides chevaux et entourée d'un peloton de cavaliers y stationnait. Sir Edgar Weiss invita Surcouf à y prendre place et s'installa auprès de lui. Deux policemen y montèrent à leur suite et prirent place en face d'eux. Et la voiture franchit avec son escorte la porte principale de la prison.

Le chef de la police avait fermé les volets en bois, percés de petits trous, qui garnissaient les portières, de telle sorte qu'il était impossible au prisonnier de se rendre compte des rues qu'il traversait, ni de soupçonner l'endroit où on l'emmenait.

— Un haut personnage ! se disait-il... Lequel ? Il y en a un certain nombre en Angleterre. Et pourquoi cette entrevue, presque à l'heure où je dois être pendu ? N'y a-t-il pas là-dessous quelque coup de traîtrise ? Et mes ennemis, avant de me faire mourir, vont-ils essayer de me tendre quelque traquenard afin de me déshonorer ?

« Tenons-nous donc sur nos gardes... Car j'ai l'impression que je n'ai pas livré ma dernière bataille et que je m'en vais engager une à laquelle je ne m'attendais pas, mais qui ne sera peut-être pas la moins périlleuse !

Le trajet, d'ailleurs, allait être d'une courte durée. Bientôt, en effet, la voiture arrivait devant le palais de White Hall, pénétrait dans la cour où, deux siècles auparavant, Charles Ier avait été décapité, et s'arrêtait devant une petite porte au seuil de laquelle attendaient deux officiers.

Le chef de la police descendit le premier de la voiture et, après avoir adressé quelques paroles à voix basse aux officiers qui l'avaient rejoint, il fit descendre Surcouf et l'introduisit dans une petite salle d'attente où il demeura sous sa surveillance et celle des policemen.

Surcouf se garda bien de poser la moindre question à Sir Edgar Weiss. En effet, il savait très bien que celui-ci ne lui répondrait pas. Et ce furent quelques minutes de silence au cours desquelles Surcouf affecta une indifférence absolue.

Puis, un des officiers revenait, annonçant :

— Son Excellence William Pitt attend le commandant Robert Surcouf.

Le Malouin ne put réprimer un sourire ironique.

D'un seul coup, il venait de se retrouver tout lui-même. Alors il dit à l'officier :

— Croyez que je suis enchanté de faire la connaissance de M. le Premier Ministre de l'Angleterre.

« Monsieur l'officier, voulez-vous me montrer le chemin ?

Mais Sir Edgar Weiss, décidé à ne pas lâcher son prisonnier d'une semelle, intervenait :

— C'est moi qui vais vous conduire jusqu'auprès de Son Excellence !

Alors, le grand corsaire se prit à murmurer entre ses dents :

— Je crois qu'il se prépare un abordage qui va compter dans les annales de toutes les marines du monde !

VI

LE MESSAGE

Dans son vaste cabinet, William Pitt relisait une lettre qu'il venait d'écrire entièrement de sa main.

Elle était ainsi conçue :

Au général Bonaparte,
Premier Consul
de la République française.

Les droits de la justice et de l'humanité exigent impérieusement des nations civilisées l'abolition de la guerre de course dont les excès ramènent le monde aux époques de la plus sauvage barbarie.

En la supprimant, le gouvernement de la France permettrait ainsi aux nations belligérantes d'établir les prémices d'une paix à laquelle les peuples aspirent.

Je prie donc le Premier Consul d'examiner avec attention la proposition que j'ai l'honneur de lui faire. Puisse-t-elle être agréée par lui et provoquer ainsi entre l'Angleterre et la France une ère de détente, un apaisement qui permettront ainsi aux gouvernements de nos deux pays d'examiner la possibilité d'une trêve fertile en bienfaisants résultats.

William Pitt,
Premier Ministre de S. M. George III,
roi d'Angleterre.

Sa lecture terminée, Pitt tendit le message à son secrétaire, qui se rendit à une petite table et commença à y apposer de larges cachets de cire rouge.

Puis le ministre frappa sur un timbre. Un huissier apparut.

— Faites entrer Robert Surcouf, ordonna William Pitt.

Un instant après, le grand corsaire se profilait sur le seuil.

Pitt lui fit signe d'avancer.

Surcouf s'approcha, accompagné du chef de la police.

Le Premier Ministre anglais enveloppa d'un regard foudroyant celui qui lui avait causé tant de soucis, tant d'insomnies, dont il avait mis la tête à prix et qu'il tenait enfin en son pouvoir.

Surcouf soutint ce regard avec une dignité qui, exempte de toute forfanterie, parut impressionner favorablement son interlocuteur. Toute sa morgue s'atténuait involontairement en présence de cet ennemi dont la physionomie exprimait à la fois tant de courage, de loyauté et d'honneur.

— Retirez-vous dans un angle de cette pièce, ordonnait Pitt au chef de la police et aux deux officiers qui, discrètement, s'effacèrent.

Alors, brusquement, le Premier Ministre lançait :

— Surcouf, tenez-vous à la vie ?

Avec un calme admirable, mais un accent d'indomptable fermeté, le Malouin répondait, sans qu'un muscle de son visage tressaillît :

— Je tiens à la vie autant qu'elle peut servir à ma patrie !

Pitt, de moins en moins hostile, reprenait :

— Et à celle de vos compagnons ?

— Beaucoup plus qu'à la mienne, répliquait le corsaire tout d'un élan.

— Eh bien ! posait Pitt, avec une autorité dépourvue de toute arrogance, leurs existences, ainsi que la vôtre, sont entre vos mains.

Surcouf ne put retenir un mouvement de surprise.

Pitt fit un signe à son secrétaire qui lui apporta la lettre qu'il venait de cacheter.

Pitt la montra à Surcouf en disant :

— Il s'agit de faire parvenir ce message au général Bonaparte. J'ai pensé à vous.

— À moi ! sursauta le Malouin en pâlissant légèrement.

Avec un flegme tout britannique, l'homme d'État poursuivait :

— Si Bonaparte accepte les propositions que contient ce pli, non seulement vous aurez la vie sauve, ainsi que tous vos compagnons, mais vous serez encore tous remis en liberté.

— Et s'il refuse ? objecta Surcouf, déjà frémissant.

Pitt froidement déclarait :

— Vous reviendrez vous constituer prisonnier...

Puis, lentement, il martela :

— Et la justice suivra son cours !

Surcouf, grave, impénétrable, demeura silencieux, figé sur place.

D'un geste impérieux, mais non dénué d'une certaine courtoisie, Pitt l'invitait à parler.

Alors, avec un sourire d'ironique défi, Surcouf scanda :

— Et si je ne revenais pas ?

Pitt répondit aussitôt :

— C'est une hypothèse à laquelle je n'aurais jamais songé !

Et il insinua :

— D'ailleurs, vos amis ne sont-ils pas garants de votre retour ?

Surcouf serra les poings et se mordit les lèvres. Ses yeux étincelant de la colère qui commençait à gronder en lui se fixèrent sur son ennemi avec une telle intensité que celui-ci se leva, inquiet, déjà sur la défensive.

Et le Malouin allait s'écrier :

— De quelle infamie cherchez-vous à me rendre complice ?

Mais l'image de ses amis, entassés dans le cachot où ils attendaient la mort, venait de surgir à ses yeux ; pour eux, pour eux seuls, il se contint et fit, brusquement apaisé :

— Ne puis-je savoir ce que contient ce message ?

— Le général Bonaparte, déclarait Pitt, vous le dira s'il le juge nécessaire.

Surcouf eut un froncement de sourcils bien caractéristique.

Mais l'homme d'État s'empressait d'ajouter :

— Je puis vous affirmer que cette lettre ne renferme rien qui puisse porter atteinte à l'honneur et à la considération du messager qui est choisi.

Le corsaire réfléchit un instant. Peut-être, après tout, tenait-il entre ses mains le sort de ses amis ? Il n'avait donc plus le droit d'hésiter.

— Donnez-moi cette lettre, fit-il.

Pitt la lui remit en disant :

— Nous sommes au 10 août. Je compte que vous serez de retour le 10 septembre.

— Sinon...

— La justice suivra son cours.

— C'est entendu.

Pitt appelait à lui le chef de la police et lui ordonnait :

— Vous allez remettre à ce prisonnier un sauf-conduit qui lui permettra de franchir nos lignes. Je vous souhaite un bon voyage, Surcouf, et j'espère, autant pour vous que pour moi, que vous réussirez dans votre mission.

Les deux adversaires échangèrent un bref salut. Le corsaire s'éloigna avec le chef de la police et deux officiers.

Pitt le regarda partir. Puis il murmura :

— Ma parole, je serais au regret de faire pendre un pareil homme !

Le soir même, Surcouf s'embarquait sur un petit

bâtiment anglais qui le conduisait jusqu'à la limite des eaux territoriales.

Arrivé là, il hélait une barque de pêche française qu'il rejoignait dans un petit canot piloté par un matelot anglais.

Le patron de la chaloupe acceptait de le prendre à son bord, sans qu'il eût besoin de lui révéler son identité et, quelques heures après, le Malouin débarquait à Boulogne-sur-Mer.

Après avoir gravi un escalier de pierre qui donnait accès à la jetée, il se dirigea vers une petite place où stationnait la diligence de Paris.

Il ne restait plus qu'une seule place dans la partie de la voiture appelée « rotonde » ; il l'occupa aussitôt, car il avait hâte d'atteindre le but de son voyage.

Au besoin, il eût fait la route sur un marchepied, ou là-haut, sur le toit, avec les bagages.

Sans même prêter attention aux gens qui étaient déjà installés dans la voiture et dont il n'avait d'ailleurs nullement excité la curiosité – car dans cet accoutrement bourgeois nul n'aurait pu deviner qu'il était le grand corsaire dont le nom, en ce moment, voltigeait de bouche en bouche –, Surcouf ferma les yeux, non pour dormir, mais pour réfléchir...

Car, depuis son départ de Londres, une seule question hantait son esprit, avec une obstination qu'il ne songeait d'ailleurs nullement à combattre :

« Que peut donc bien contenir cette lettre que Pitt m'a chargé de remettre à Bonaparte ? »

S'agissait-il d'un nouvel échange de prisonniers ? En effet, Surcouf n'ignorait pas qu'un certain nombre d'Anglais arrêtés comme espions, ou capturés par d'autres corsaires, se trouvaient encore dans les geôles de France.

Mais Surcouf se disait :

« Ce ne peut être cela. En effet, Pitt, qui attache tant de prix à ma capture, doit certainement estimer que la liberté de quelques-uns de ses compatriotes plus ou moins obscurs ne vaut pas le plaisir qu'il éprouvera à me voir me balancer au bout d'une corde.

« D'ailleurs, en pareil cas, il n'avait nullement besoin de me choisir pour messager.

« Et pour qu'il ait pris une telle décision, il faut, évidemment, qu'avant de lui répondre, le général Bonaparte ait besoin de renseignements que seul, sans doute, je suis apte à lui fournir.

« Alors ?... Un fait certain, c'est que mes amis et moi nous sommes l'enjeu de la partie qui va se jouer à distance entre le Premier Consul de la République et le Premier Ministre de l'Angleterre.

« Lorsque je me rendais chez Pitt, je ne me trompais donc pas en songeant que j'allais livrer une telle bataille.

« Après tout, comme disent les bonnes gens de chez nous, tant qu'il y a de la vie, il y a de l'espoir !

« Et je me sens d'autant plus fort qu'il ne s'agit pas seulement de défendre ma peau, mais aussi celle de mes camarades. »

Et Surcouf qui avait toutes les raisons d'avoir une entière confiance, aussi bien dans les admirables ressources de son intelligence que dans les inépuisables réserves de son énergie, se préparait à s'endormir tranquillement, lorsqu'une voix d'enfant s'éleva tout près de lui.

— Bonsoir, maman.

Surcouf entrouvrit les paupières. Il aperçut à ses côtés une campagnarde, qui tenait sur ses genoux un beau petit garçon de cinq ans, joufflu et rose, dont les yeux commençaient à papilloter de sommeil.

— Bonsoir, mon petit Jean ! fit la maman.

Et, tout en serrant son fils contre sa poitrine, elle lui dit :

— Avant de t'endormir, fais ta prière pour le grand marin Surcouf que les Anglais veulent faire mourir.

Docilement, l'enfant s'agenouilla devant sa mère et

commença son oraison, prière naïve, touchante comme celles que les anges écoutent avec recueillement et s'empressent d'emporter là-haut, sur la blancheur immaculée de leurs ailes.

— Mon Dieu ! bénissez papa, bénissez maman, bénissez aussi le bon M. Surcouf...

Et, de sa petite main hésitante, il traça maladroitement le signe de la croix.

Les autres voyageurs l'écoutaient et le regardaient en souriant... Surcouf, sans se trahir, se pencha vers l'enfant et, l'attirant vers lui, il l'embrassa sur le front.

Alors il lui sembla que Dieu ne pouvait pas être sourd à cette douce prière.

VII

DANS LES RUINES DU GUILDO

Le Guildo était un vieux château en ruine qui dressait et dresse encore la silhouette de ses vieilles tours démantelées sur un promontoire baigné par la mer à l'entrée de la rivière d'Aguernon.

La distance qui le séparait de Saint-Malo, par mer, était de sept à huit « milles » environ... Par terre, on comptait trois bonnes lieues. Il n'était d'ailleurs guère accessible... car les siècles l'avaient entouré d'un véritable enchevêtrement de broussailles à travers lesquelles il devait être extrêmement difficile de se frayer un chemin. Et puis, le Guildo, comme tous les vieux châteaux en ruine de Bretagne, avait sa légende.

La tradition voulait qu'il fût un véritable repaire de fantômes, et beaucoup des habitants du petit village qui se dressait de l'autre côté de l'eau, au-dessus de ces quartiers de roc dits pierres sonnantes et qui, secoués par les vagues de la marée montante, reproduisent, en se choquant, le bruit des cloches, affirmaient avoir aperçu, au cours des nuits d'orage, à la lueur des éclairs qui zigzaguaient dans la nuit, une forme blanche, vaporeuse, se dresser au-dessus des créneaux démantelés de la haute tour. Et une tradition s'était répandue et transmise à travers les âges, que le spectre de Gilles de Bretagne, jadis assassiné par son frère, le duc François, revenait, à travers les vestiges de ce manoir dont il avait été jadis l'hôte heureux et brillant entre tous, demander des prières pour le repos de son âme.

Encore mieux que les défenses dont la nature avait entouré ce château, ces prétendues apparitions avaient contribué à le plonger dans un isolement dont nul, dans tout le pays, n'eût osé troubler le mystère.

Or, ce soir-là, à l'heure de la pleine mer, un canot, après avoir glissé silencieusement sur les eaux calmes, accostait en bas des ruines.

Un homme sautait à terre. Il était vêtu d'un ciré complet de marin, semblable à celui que nous avons vu porté par Tagore lorsque celui-ci s'était glissé sur la trace de Surcouf, le soir où l'on avait appris que Marcof était vivant.

Son visage basané disparaissait aux trois quarts sous un suroît dont le bord était rabattu sur les yeux... En rampant à travers les ronces, avec la souplesse d'une couleuvre, il atteignait les marches usées d'un escalier qui, accroché au flanc du coteau, serpentait vers les ruines... et aboutissait à une brèche pratiquée dans le mur.

Cette ouverture, aujourd'hui béante, avait dû être autrefois une porte dont les contours avaient disparu et dont, seule, la sculpture du fronton gothique subsistait, à travers l'effritement des siècles.

L'homme disparaissait dans la baie et s'engageait à tâtons dans un nouvel escalier en vis qui, cette fois, descendait sous terre.

Après avoir franchi une trentaine de marches qui semblaient avoir été récemment réparées, il arriva dans une sorte de couloir circulaire faiblement éclairé par une lanterne accrochée au centre d'une voûte aux fines nervures et que le temps avait respectée...

S'approchant d'une porte en chêne massif bardée de lames de fer, par trois fois, il frappa contre cette porte des coups espacés ; puis il fit entendre un sifflement aigu et prolongé.

Bientôt, la porte s'entrebâillait lentement, laissant apparaître la tête au faciès féroce d'un Hindou coiffé d'un turban noir.

Le nouvel arrivant lui murmura à l'oreille quelques paroles... L'Hindou, aussitôt, ouvrant la porte toute grande, l'introduisit dans une grande salle éclairée par plusieurs lampes invisibles et dont les murs et les dalles disparaissaient entièrement, les uns sous des tentures, les autres sous des tapis d'Orient.

Au fond, sur une sorte d'autel, se dressait une statue de Siva, au pied de laquelle, à côté d'un brûle-parfums en fer forgé d'où s'élevait une fumée légère aux senteurs pénétrantes, un Hindou était agenouillé.

En une attitude extatique, les mains tendues vers la statue, l'homme en prière murmurait :

— Maintenant que j'ai vengé mon père et que j'ai livré à ses ennemis celui qui avait fait périr ton fidèle serviteur, je te jure, ô Siva, que bientôt Madiana la sacrilège expiera son crime sur cet autel !

Bientôt Tagore se relevait, et, à la vue des deux personnages qui, respectant sa prière, se tenaient debout, immobiles devant la porte, il eut un geste de surprise.

Mais l'Hindou, qui avait introduit dans l'étrange sanctuaire l'homme vêtu en matelot, s'approchait et, après s'être incliné devant Tagore qui semblait lui inspirer un aveugle dévouement ainsi qu'un craintif respect, il fit, en désignant celui qui l'accompagnait :

— Ô fils de Timour, c'est un messager qui vient d'Angleterre !

À ces mots, une expression d'implacable cruauté se répandit sur les traits de Tagore, qui s'écria :

— Viens-tu m'apprendre que Surcouf a été supplicié ?

L'homme, courbé lui aussi devant celui qui semblait le dominer de toute son autorité mystérieuse et fascinatrice, secouait négativement la tête.

Tagore eut un geste de colère.

— Parle ! ordonnait-il nerveusement au messager.

Celui-ci reprit :

— Surcouf a recouvré la liberté !

— Il s'est évadé ? scandait Tagore, dont le visage reflétait une indicible fureur.

— Non, déclarait le messager. Muni d'un sauf-conduit du gouvernement anglais et porteur d'une lettre de William Pitt pour le général Bonaparte, il est parti pour la France.

— C'est faux ! C'est impossible !

— Je ne l'ai pas quitté depuis son départ du palais de White Hall et je l'ai vu, de mes yeux, à Douvres, s'embarquer dans une chaloupe de pêche.

Pâle de rage, Tagore congédiait d'un geste brutal ses deux complices.

Puis, retournant devant l'autel, il s'écria, les bras étendus vers l'image du dieu :

— Ô grand Siva ! Inspire-moi le moyen de me venger enfin de cet homme.

« Donne-moi la force de triompher du génie malin qui le protège contre nos coups et qui l'arrache sans cesse à notre justice !

Tagore demeura pendant quelques instants silencieux, immobile, les yeux rivés sur la statue vers laquelle s'élevait en volutes bleuâtres la fumée du brûle-parfums.

Puis il se releva.

Il réfléchit encore pendant quelques instants, les bras croisés, le front pensif.

Bientôt, un sourire de haine triomphante entrouvrit ses lèvres et, d'une voix qui frémissait de passion sauvage, il articula :

— Je me décourageais déjà ! Cependant n'ai-je pas d'autres armes ?

Et il ajouta ces paroles énigmatiques dont lui seul pouvait comprendre le sens :

— J'ai appris bien des choses en Bretagne et je saurai m'en servir !

Soulevant une portière, il passa dans une pièce voisine, dont les murs disparaissaient également sous des tentures orientales.

En effet, maître des ruines du Guildo, qu'il connaissait déjà pour y avoir séjourné jadis avec son père, Tagore avait pu les aménager à sa guise et transformer les anciennes prisons du château de Gilles de Bretagne, non seulement en une sorte de sanctuaire de Siva, mais aussi en un repaire où ses compagnons et lui étaient sûrs de trouver un discret et sûr asile.

Il se dirigea vers un coffre d'où il retira la défroque de marin qui lui avait servi lors de son expédition en Angleterre et il la revêtit à la place du costume national qu'il portait.

Regagnant le sanctuaire, il frappa sur un gong. Immédiatement, une tenture se souleva et les deux Hindous s'avancèrent vers lui.

Tagore ne leur donna même pas le temps de s'incliner devant lui. D'un ton impérieux, il ordonna :

— Suivez-moi !

Tous trois passèrent dans le couloir, s'engagèrent dans l'escalier, sortirent des ruines et redescendirent les marches qui accédaient à la mer sans prononcer une parole. Tagore sauta dans la barque qui était amarrée au rivage et, toujours avec le même accent d'autorité, il fit simplement :

— À Saint-Malo !

L'un des Hindous mit à la voile ; l'autre s'empara de la barre ! Tagore s'assit à l'avant où il resta figé en une attitude de mystère... Le bateau, poussé par une brise favorable, gagna le large et, après avoir doublé la pointe du Décollé, il piqua droit sur la vieille cité malouine, où il arriva à la tombée de la nuit.

La mer était basse, Tagore en profita pour aller mouiller derrière le Grand Bé ; et, laissant la barque sous la garde de ses deux complices, il gagna les remparts à pied, entra dans la ville par la porte Notre-Dame, gagna une petite rue voisine de l'église, pénétra dans une vieille maison du XVIe siècle de modeste apparence, gravit un escalier de bois dont la rampe était faite d'une corde aux trois quarts usée ; s'arrêta devant une porte qui donnait sur le palier du premier étage, et colla son œil à la serrure.

Dans une chambre très propre, très bien tenue, mais parcimonieusement meublée, Jacques Morel était assis, le coude appuyé sur la table.

Près de lui, à portée de sa main, il y avait un verre et une bouteille d'alcool à laquelle il semblait avoir fait d'assez larges emprunts.

D'un geste veule, Jacques Morel remplit le verre qu'il venait de vider, l'approcha de ses lèvres, le vida presque d'un trait et le reposa lentement sur la table.

Alors, son regard, dans lequel brûlait la flamme d'une passion désespérée, se figea tout à coup en une expression d'hébétude... comme s'il ne pensait plus à rien, dans la lassitude de son cerveau, usé par les ardeurs d'une fièvre sans répit.

Doucement Tagore appuya le doigt sur le loquet de la porte, l'ouvrit lentement et, avec la démarche d'un félin, il s'avança dans la pièce.

Jacques, toujours prostré, ne l'avait ni vu, ni entendu venir.

Tagore posa sa main sur son épaule. Le commis aux écritures tressaillit et se dressa, dévisageant cet inconnu qui se permettait de pénétrer dans son logis d'une si étrange manière.

— Qui es-tu ? Que me veux-tu ? demanda-t-il en pâlissant.

— Tu hais Surcouf ? attaquait brusquement Tagore.

— Comment le sais-tu ? s'exclamait Jacques Morel, déjà dominé par le regard magnétique dont l'enveloppait l'Hindou.

— Peu importe ! répliquait ce dernier d'une voix mordante. Je le sais, je sais également que tu aimes Marie-Catherine, cette orpheline que les parents de Robert ont adoptée.

De plus en plus troublé par l'irrésistible ascendant que son interlocuteur exerçait sur lui, Jacques Morel reprenait :

— Qui es-tu donc, pour lire ainsi en moi ?

— Ne m'interroge pas, répondait Tagore. Sache seulement que j'exècre Surcouf parce que, jadis, il a tué mon père ! Veux-tu m'aider à me venger ?

Jacques observait :

— Surcouf n'est-il pas prisonnier des Anglais ?

— Il ne l'est plus, affirmait Tagore.

Jacques Morel eut un cri de rage.

Froidement, avec un sourire féroce, implacable, Tagore poursuivait :

— Bientôt, demain peut-être, Surcouf sera de retour ici. Et, ne pouvant épouser Madiana, peut-être s'apercevra-t-il que Marie-Catherine l'aime... et...

Jacques, bouleversé, eut un long cri, plus déchirant encore que le premier.

Tagore, le saisissant par le poignet, lui souffla à l'oreille :

— Écoute-moi !

Définitivement dominé, Jacques Morel se laissa tomber sur une chaise.

L'Hindou attaquait :

— Tu as bien, en ton pouvoir, quelques lettres de Surcouf ?

— Oui ! acquiesçait le commis.

— Te sens-tu capable d'imiter son écriture ?

Jacques Morel hésitait.

Mais Tagore scandait âprement :

— Allons, réponds-moi.

— Oui... je le crois.

— Va chercher une de ces lettres.

Jacques Morel se leva, obéissant à la volonté qui, en flattant sa haine et en servant sa rancune, avait achevé de se substituer entièrement à la sienne. Il s'en fut vers une commode, ouvrit un tiroir, y prit quelques lettres qu'il rapporta sur la table où il y avait aussi une plume, de l'encre et du papier.

Tagore prit une des lettres, l'examina, et déclara :

— Oui, cette écriture doit être facile à reproduire.

Jacques, le regard rivé sur les autres lettres, attendait.

Tagore réfléchit pendant quelques instants. Puis, de sa voix incisive, dominatrice, il martela :

— Et maintenant, écris ce que je vais te dicter !

VIII

LE GUET-APENS

La nouvelle de la capture de Surcouf et de ses amis par les Anglais était promptement parvenue à Saint-Malo, consternant la ville et plongeant la famille Surcouf dans un profond désespoir.

On avait soigneusement caché la vérité à Madiana ; car elle était déjà en proie à un si violent désespoir que l'on redoutait, non sans raison, qu'elle ne pût supporter un tel surcroît de douleur.

Marie-Catherine, non moins bouleversée qu'elle, mais plus forte, plus résignée, avait eu le courage d'obéir au vœu suprême de Surcouf !

Elle n'avait guère quitté son chevet, remplissant avec le dévouement d'un ange son rôle de sœur en souffrance !

Chaque soir, Madiana, qui demeurait au long des jours prostrée dans sa souffrance, lui demandait :

— Toujours pas de nouvelles ?

Et, chaque soir, Marie-Catherine avait le courage de lui répondre :

— Non, mais il faut espérer ! Dieu ne peut nous avoir abandonnées !

Fiévreusement, Madiana s'écriait :

— Il lui est arrivé malheur, n'est-ce pas ?

— Si cela était, répondait la jolie Bretonne, je pleurerais, et vous voyez, je ne pleure pas !

Marie-Catherine, en effet, s'efforçait de sourire. Et elle y parvenait. Trompée par le mensonge sublime de l'orpheline, Madiana se sentait quelque peu réconfortée. Et elle en arrivait à souhaiter que Marcof reparût ; car son retour, si cruel, si tragique même fût-il pour elle, lui eût au moins prouvé que Surcouf était toujours vivant.

Alors, réprimant les sanglots qui l'étouffaient, Marie-Catherine quittait la chambre, tranquillisée par le sentiment du devoir accompli.

Un soir, n'en pouvant plus, elle était tombée sur un banc de la terrasse, donnant libre cours à son chagrin. Jacques Morel, qui la guettait, s'était approché d'elle. À sa vue, elle n'avait pu retenir un geste de répulsion... Mais Jacques, qui se fût vendu au diable plutôt que de renoncer à son but, avait osé s'asseoir près d'elle et lui insinuer, d'une voix à laquelle il cherchait à donner des intonations de tendresse et qu'il ne réussissait qu'à rendre doucereusement hypocrite :

— Vous ne pouvez croire combien votre chagrin me torture.

— Laissez-moi ! s'écriait Marie-Catherine.

Jacques Morel insistait :

— Moi qui vous aime tant !

Indignée, la jeune fille se levait.

— Comment, s'écriait-elle... oui, comment osez-vous me parler ainsi en un pareil moment !

Jacques ne put réprimer un mouvement de colère. Puis il grinça avec toute la haine qui était en lui :

— Ah ! ce Robert !

Des injures allaient jaillir de sa bouche crispée en un rictus de colère.

Mais Marie-Catherine l'interrompit :

— Ne blasphémez pas celui qui vous domine de toute la hauteur de son héroïsme. Allez-vous-en... oui... allez-vous-en ! Et s'il vous reste encore quelque dignité, ne reparaissez plus devant moi.

Jacques Morel avait eu un geste de menace ; mais il était parti, fou d'un désespoir d'autant plus effroyable qu'il n'y avait rien de généreux en lui et qu'il ne parvenait pas à comprendre que, seul, le sacrifice du renoncement pouvait apaiser sa douleur.

Et les journées avaient passé, terriblement mornes et suppliciantes pour lui.

Il s'était enfermé dans sa chambre, prétextant qu'il était malade, et avait bu pour s'étourdir, n'ayant même pas l'effroyable consolation de ruminer des projets de vengeance, puisque son rival vainqueur, même dans sa défaite et vivant à travers la tombe, l'emportait sur lui pour toujours.

Or, ce soir-là, à l'heure même ou Tagore dictait au commis aux écritures une lettre mystérieuse, M. et Mme Surcouf étaient assis dans la grande salle, près d'une table sur laquelle une lampe à huile était allumée.

Tous deux, accablés de douleur, gardaient le silence.

Le père avait vieilli de dix ans. Quant à la grand-maman, elle n'était plus que l'ombre d'elle-même ; et ses pauvres yeux qui n'avaient plus de larmes se fermaient, comme s'ils eussent voulu créer autour d'elle des ténèbres.

Bientôt, une ombre se glissa dans la pièce : c'était Marie-Catherine.

Elle regarda longuement les siens avec une indicible tristesse. Puis, s'approchant de sa marraine, elle se glissa à genoux devant elle, lui prit la main et y appuya ses lèvres.

À cette douce caresse, Mme Surcouf rouvrit les yeux.

— C'est toi, ma chérie ? fit-elle d'une voix dolente.

— Oui, marraine.

— Toi aussi, tu as bien du chagrin !

— Oui... et je sens bien que je ne me consolerai jamais.

— C'est comme nous... ma pauvre petite, scanda M. Surcouf.

— Marraine, reprenait Marie-Catherine, je m'en veux

d'ajouter peut-être encore à votre peine. Mais je n'en puis plus. Rester ainsi dans cette maison si pleine de son souvenir, si vibrante encore de sa présence, est au-dessus de mes forces.

— Ma pauvre petite !

— Aussi, je viens vous demander de me laisser entrer dans un couvent. Car je veux consacrer ma vie entière à prier pour le repos de l'âme de Robert que les Anglais vont faire mourir.

Sans rien dire, la grand-maman attira Marie-Catherine dans ses bras. M. Surcouf se leva. Sans doute allait-il chercher à retenir l'orpheline ?

Mais une porte s'ouvrait... Et, sur le seuil, Madiana se dressait, pâle, tragique, avec l'œil hagard, égaré, et s'écriait d'une voix de démente :

— Je viens d'entendre !... Vous m'aviez caché la vérité. Robert est prisonnier ! Ils vont le tuer ! Il est mort peut-être !

Alors, échappant à ceux qui voulaient l'apaiser, elle se précipita vers la terrasse, en clamant :

— Moi aussi, je veux mourir !

M. Surcouf et Marie-Catherine s'élancèrent vers elle, afin de la retenir ; et elle tombait, à demi évanouie, dans leurs bras, en bégayant :

— Je veux... je veux mourir !

La vieille grand-maman, elle aussi, était accourue et, tandis qu'on faisait asseoir Madiana dans un fauteuil, elle lui disait avec tout l'accent de l'inépuisable bonté qui était en elle :

— Madiana, vous êtes chrétienne. Vous n'avez pas le droit de disposer d'une existence que Dieu vous a donnée et que seul il a le droit de vous reprendre !

Marie-Catherine lui murmurait à l'oreille ;

— Courage, Madiana ! Il faut vivre afin de pouvoir le retrouver là-haut, dans la sérénité du ciel !

Alors, un immense sanglot déchira la poitrine de la

malheureuse ; et de ses yeux s'échappèrent enfin les larmes salvatrices.

— Vous avez raison ! dit-elle... J'étais folle ! Je ne savais plus ! Je croyais avoir devant moi un grand trou noir qui m'attirait, m'attirait, et dans lequel j'aurais voulu disparaître pour oublier, pour ne plus souffrir.

— Madiana, au nom de Robert, implorait la bonne vieille dame, promettez-moi de ne pas attenter à vos jours.

— Oui... oui..., haletait Madiana, je vous le promets... J'essaierai de vivre, j'essaierai !

Et elle ajouta :

— C'est à croire que, depuis le jour de ma naissance, j'ai été marquée par la fatalité !

Et, saisissant la main de Marie-Catherine, elle s'écria :

— Il ne faut pas me quitter ; vous, vous surtout ! car c'est vous qui me donnez l'exemple de la résignation et du courage ! et j'en ai tant besoin ! tant besoin !

— Je resterai ! déclarait la jeune Bretonne, qui ne se croyait plus le droit d'abandonner Madiana.

De nouveau, en effet, à ce spectacle désolant, lamentable, en face de cette effroyable douleur, Marie-Catherine se rappelait les paroles suprêmes de Robert :

« Je te la confie ! »

Et, se reprochant d'avoir eu la tentation de déserter son devoir, elle reprenait :

— Venez, Madiana... Nous allons vous reconduire dans votre chambre... Je ne vous quitterai pas. Je vous l'assure... Et puis, dites-vous qu'il faut espérer toujours, espérer encore ! Venez !

Madiana se laissa entraîner. Quelques instants après, elle reposait sur son lit, anéantie en une de ces torpeurs qui succèdent souvent aux violentes crises de désespoir.

Mme Surcouf et son fils la contemplaient avec une expression de compassion infinie. On eût dit qu'ils oubliaient leur souffrance pour ne plus s'apitoyer que sur celle de cette pauvre femme, qu'ils considéraient et qu'ils aimaient déjà comme leur enfant.

Marie-Catherine s'était installée au chevet de Madiana. De temps en temps, elle se levait, se penchait vers elle, écoutait son souffle qui, d'abord haletant, soulevait sa poitrine par saccades, puis peu à peu devenait plus calme, plus régulier, en la détente physique provoquée par toutes ces larmes, dont quelques-unes coulaient encore sur son beau visage.

Et l'orpheline fit simplement :

— Elle repose enfin !

Les Surcouf se retirèrent sur la pointe des pieds.

Marie-Catherine demeura seule auprès de Madiana qui, bientôt, rouvrit les yeux. En apercevant la jeune Bretonne à son chevet, elle eut un vague et triste sourire.

— Vous ! fit-elle. Mais il est tard, très tard, il faut vous reposer !

— Vous m'avez demandé de rester près de vous, déclarait Marie-Catherine. Je suis restée !

— Grâce à vous, je vais mieux. Vos parents et vous, vous savez si bien trouver les mots qu'il faut pour nous réconforter. Vous voyez, je suis calme, très calme... Regagnez votre chambre. J'ai promis à votre marraine que je ne me ferais pas mourir. Je n'ai qu'une parole. Voulez-vous que je le jure encore sur ce Christ ?

— Non, je vous crois !

— Allez, mon amie, ma sœur... Je sens que je vais dormir encore ! et le sommeil, c'est la mort momentanée... la seule dans les bras de laquelle j'ai le droit de me réfugier. À demain, Marie-Catherine !

— À demain, Madiana.

Rassurée, Marie-Catherine s'en fut dans sa chambre, qui se trouvait à l'autre extrémité de la maison. Madiana s'endormit de nouveau, apaisée, tranquille, comme si des anges invisibles montaient la garde autour d'elle.

Mais bientôt son visage se contractait en une expression d'angoisse ; ses mains s'agitaient nerveusement... Des plaintes s'exhalaient de sa poitrine. Une sueur glacée inondait son front... et ces deux noms revenaient sans cesse sur ses lèvres, prononcés avec un accent fait à la fois de tous les déchirements et de toutes les épouvantes :

— Robert ! Marcof ! ! Marcof ! ! ! Robert ! ! !

Madiana, en un terrible cauchemar, apercevait Surcouf... et Marcof pendus, la corde au cou et grimaçant leur agonie.

Soudain, un coup retentissait sur l'un des carreaux de la porte-fenêtre qui, ainsi que celle de la grande salle, donnait sur la terrasse.

Madiana se réveilla en sursaut. Un second coup retentit, très net. Rappelée à la réalité, mais encore sous la hantise de l'atroce vision, elle se leva, regarda autour d'elle et aperçut le visage de Jacques Morel qui se profilait derrière la vitre.

Madiana s'approcha. Elle ne rêvait plus. C'était bien le commis aux écritures qui était sur la terrasse et l'appelait d'un geste qui semblait annoncer qu'il était porteur d'une importante nouvelle.

Sans hésiter, Madiana ouvrit la porte... Jacques Morel se glissa dans la chambre. Madiana allait l'interroger... mais il lui fit signe de se taire, et d'une voix fiévreuse, il murmura à son oreille :

— Au nom du ciel, silence !

Et il ajouta, en feignant une grande joie :

— Surcouf est sauvé !

Madiana chancela... et, tout en la soutenant, le misérable suppliait :

— Pas un mot, pas un cri... Car seule, pour l'instant, vous devez savoir que Robert est vivant !

Et, tirant une lettre de sa poche, il la lui remit en disant :

— Voici ce qu'il m'a chargé de vous remettre !

Fébrilement, Madiana s'empara du message que Tagore avait dicté, l'ouvrit et lut :

Madiana, ma bien-aimée,

J'ai réussi à m'évader et je te supplie de venir me rejoindre. Je ne puis venir te chercher moi-même, car notre départ doit avoir lieu dans le plus grand mystère. Le cousin Jacques te conduira à bord de la Confiance, *où je t'attends. Viens.*

Ton ROBERT.

Madiana porta la lettre à ses lèvres... Elle n'avait aucun soupçon. Comment en aurait-elle eu ? Jacques avait suffisamment imité l'écriture du corsaire pour que Madiana, dans l'émoi qui la bouleversait, ne s'aperçût pas des quelques erreurs ou plutôt des hésitations de plume, inexactitudes de détails, qu'en un autre moment elle eût peut-être remarquées.

Ainsi, pour elle, Robert était vivant et libre !...

Il l'appelait pour une longue existence d'amour, dont elle n'avait entrevu que les adorables prémices. C'était de nouveau le ciel qui s'ouvrait à elle, le bonheur qui, après s'être enfui, revenait dégagé de toute entrave, annonciateur décisif de longues années d'ivresse, prodigues en baisers, en étreintes, en joies qu'elle croyait à tout jamais enfouies dans un tombeau, dont nulle force humaine n'eût été capable de soulever la pierre !

Et pourtant, elle se sentait inquiète. C'est que, déjà, le remords succédait à son immense allégresse, se traduisant par cette simple, mais tragique question :

— Et Marcof ?

Robert ne lui en disait pas un mot dans sa lettre !... Pourquoi ? Avait-il craint, en traçant le nom de son ami, de rougir d'une trahison à laquelle il ne pouvait plus résister ?... Ou bien, au cours de l'évasion, Marcof avait-il péri ?

Madiana, ne sachant plus que penser, n'osait prendre une décision ; et, bien que la confiance qu'elle avait dans l'honneur et la loyauté de Surcouf, d'accord avec le grand amour qui la transportait, l'incitassent à répondre à cet appel, elle demeurait indécise ; et, dans son trouble, elle ne songeait même pas à prier Dieu de l'inspirer.

Jacques, devinant ce qui se passait en elle, la regardait avec d'autant plus d'anxiété qu'il avait cru entendre un bruit de pas dans une pièce voisine.

Si quelqu'un survenait, tout était perdu ! Et, cédant à une inspiration diabolique, il fit :

— Si vous ne me suivez pas, Robert a dit qu'il se tuerait !

Le gredin avait frappé juste. En effet, Madiana, tout en glissant la lettre dans son corsage, s'écriait aussitôt avec une expression d'indicible angoisse :

— Non, non, pas cela, pas cela ! Je vous suis.

Elle s'élança vers la porte. Jacques Morel lui jeta une mante sur les épaules. Tous deux gagnèrent le dehors, traversèrent la terrasse, enveloppée d'une obscurité profonde, longèrent les remparts et descendirent un escalier de pierre qui accédait à une porte donnant sur la mer.

À peine l'avaient-ils franchie que deux Hindous, surgissant des ténèbres, se jetaient sur elle et lui enveloppaient la tête d'un voile en tissu très serré qui forma instantanément bâillon. Tandis que Jacques ramassait la fausse lettre de Surcouf qui était tombée à terre, ils l'emportaient vers la barque où Tagore les attendait, et ils la déposaient au fond du canot.

L'Hindou enleva le voile qui cachait le visage de la malheureuse.

— Me reconnais-tu ? demandait-il en se penchant vers elle.

— Le fils de Timour ! murmura Madiana, qui s'évanouit d'épouvante.

Et la barque s'éloigna vers le large.

IX

SURCOUF ET BONAPARTE

Quelques jours après les événements que nous venons de décrire, une grande animation régnait au château de la Malmaison, où résidait alors le Premier Consul.

Dans le parc, devant la demeure aux portes de laquelle veillaient des sentinelles, des généraux discutaient avec animation.

De jeunes officiers papillonnaient autour de fort jolies femmes qui formaient, elles-mêmes, la plus gracieuse escorte à la belle créole Joséphine, sur le front de laquelle, quelques ans après, Bonaparte devait déposer lui-même la couronne d'impératrice. Des estafettes se croisaient dans les allées... lorsque tout à coup les conversations s'arrêtèrent.

D'un carrosse qui venait de s'arrêter devant l'entrée principale, un homme descendait, attirant aussitôt sur lui l'attention générale.

C'était Charles Maurice de Talleyrand, que le Premier Consul, frappé par sa fine intelligence, ses merveilleuses qualités diplomatiques et aussi par son esprit et ses belles manières, avait appelé, un an auparavant, au ministère des Affaires étrangères.

Atteint d'une claudication assez prononcée qui ne nuisait, d'ailleurs, en rien à la parfaite distinction de sa personne et à la sobre élégance de sa tenue, M. de Talleyrand, qui ne pouvait oublier tout à fait qu'avant la Révolution il avait été évêque, répondit avec une courtoisie un peu distante aux saluts obséquieux de quelques courtisans en quête d'audiences et de faveurs ; puis, tout en traînant la jambe, il pénétra dans le vestibule, où il fut reçu avec beaucoup de déférence par un chambellan qui l'introduisit aussitôt dans le cabinet de travail du Premier Consul.

Ce jour-là, Bonaparte était de fort méchante humeur. Il avait eu la veille une scène assez violente avec son collègue Sieyès, qu'il n'aimait guère, et dont il supportait assez mal les conseils.

Ainsi que l'a écrit Victor Hugo :

« Déjà Napoléon perçait sous Bonaparte. »

Fort de son génie, qui n'admettait pas d'entraves, tout en se promenant de long en large dans son bureau, sans doute Bonaparte songeait-il au moyen d'abattre ses ennemis qui, d'après les rapports de Fouché, ministre de la police, ne cessaient de conspirer contre lui. Toujours est-il que lorsque Talleyrand parut, ce fut à peine s'il répondit d'un signe de tête au salut cérémonieux que l'ancien prélat lui adressait ; et il continua son va-et-vient, tout en mâchonnant des syllabes inintelligibles, coupées de fréquentes interjections de colère.

Talleyrand, très calme, un sourire diplomatique aux lèvres, l'enveloppait de son regard plein de profondeur et de finesse.

Brusquement, Bonaparte revint vers lui et s'écria :

— Vous avez, m'a-t-on dit, à me parler d'affaires importantes ?

Talleyrand eut un geste d'assentiment.

— Eh bien ! fit Bonaparte, asseyez-vous.

Talleyrand obéit, gardant sur ses genoux son portefeuille gonflé de documents que son infaillible mémoire l'eût dispensé d'apporter avec lui.

Mais, prévoyant toujours de la part du Premier Consul une objection sur un article de traité ou même sur une simple date, il préférait, à une discussion qui n'eût pas manqué de devenir promptement orageuse, mettre sous les yeux de Bonaparte les pièces authentiques destinées à confirmer ses assertions.

— Parlez ! insistait Bonaparte, qui était demeuré debout près de son bureau.

Talleyrand rejeta légèrement la tête en arrière, prit un temps, et, de sa voix qui était admirablement timbrée et à laquelle il savait donner, lorsqu'il voulait convaincre ses interlocuteurs, des inflexions harmonieuses et persuasives, il commença :

— Citoyen Premier Consul, les renseignements qui nous parviennent d'Angleterre et qui sont d'ailleurs confirmés, je le sais, par les rapports secrets de votre police, nous permettent de penser qu'en ce moment William Pitt n'est pas sans désirer la fin des hostilités avec la France.

— C'est aussi mon avis, scandait Bonaparte.

— J'ai longuement réfléchi à la possibilité et aux moyens de faire signer à nos ennemis un traité qui nous procurerait de grands avantages.

— Je m'en rapporte à vous pour ce soin.

— Autant j'estime qu'il ne nous appartient pas de faire aux Anglais de discrètes ouvertures, autant je crois qu'il nous serait aussi utile que facile de les amener à entamer avec nous des négociations, dont l'issue ne pourrait être que très favorable aux intérêts de la République.

D'un ton saccadé, et qui n'était pas exempt d'une certaine ironie, le futur empereur répliquait :

— Je suis convaincu, mon cher ministre, que ces négociations, menées avec toute l'habileté dont vous êtes capable, ne peuvent que nous donner de sérieux avantages. Car vous êtes de taille à berner William Pitt, et je comprends que la partie tente vivement le grand joueur que vous êtes.

« Je m'étonne cependant que votre si rare perspicacité ne

vous ait point averti que ce n'était guère le moment de traiter avec Londres.

Et, tout en s'approchant de Talleyrand, il martela avec force :

— Ce n'est pas au lendemain d'une victoire telle que Marengo, qui nous a rendu toute l'Italie, que l'on s'abouche avec un aussi implacable adversaire.

Talleyrand observait :

— La diplomatie n'est-elle pas d'autant plus forte qu'elle est au service des vainqueurs ?

— D'accord ! Mais que comptez-vous demander aux Anglais ? De l'or ?... des colonies ?...

— Mieux, général.

— Quoi donc ?

— Une alliance !

Talleyrand s'attendait à voir bondir Bonaparte. À son grand étonnement, celui-ci demeura calme et silencieux. Pendant quelques instants, immobile, impassible, il parut se plonger dans de graves réflexions. Sans doute son regard d'aigle embrassait-il l'horizon nouveau que son ministre des Affaires étrangères venait de lui faire apparaître. Et son génie était trop vaste pour qu'il ne se rendît pas compte immédiatement des conséquences formidables que pouvait avoir sur l'échiquier du monde un tel événement politique.

— Il est certain, reprit-il, que la France et l'Angleterre réunies deviendraient promptement maîtresses du monde.

Mais, avec une flamme de sublime orgueil dans les yeux, il s'écriait :

— Ne croyez-vous pas que la France soit capable de le mener toute seule ?

« Quand un pays a fait la Révolution, qu'il a tenu tête victorieusement à tous les rois coalisés contre lui, qu'il a consenti dans l'enthousiasme les plus durs sacrifices, il ne peut que s'abaisser en contractant un mariage de raison avec un peuple qu'il a le droit historique, légitime, d'appeler son ennemi héréditaire.

— Général, soulignait Talleyrand, je vous ai, à plusieurs reprises, entendu faire l'éloge de l'Angleterre.

— C'est une très grande nation, en effet, déclarait Bonaparte, et si la plupart de ses dirigeants ont toujours été doués du double sens de la politique et des affaires, je reconnais volontiers que ses sujets ont poussé l'art du négoce jusqu'à ses extrêmes limites. Car l'Angleterre sait se gouverner, trafiquer, administrer, coloniser, et c'est grâce à ces qualités poussées parfois jusqu'à l'excès, et favorisées par le splendide isolement que lui vaut sa situation géographique, qu'elle a pu devenir d'abord l'une des plus fortes puissances européennes, puis, après avoir conquis la maîtrise des mers, étendre son domaine colonial, au point d'exercer son ascendant à travers toutes les parties du globe.

« Je ne lui en veux pas de son impérialisme. Je fais moi-même de trop grands rêves pour mon pays, pour ne pas admettre qu'elle ait voulu réaliser les siens.

« Mais en oubliant qu'en tant d'endroits, aux Indes, au Canada, c'est le pavillon britannique qui a remplacé celui de la France, il me semble que je commettrais un crime de trahison si je me prêtais à une tentative de réconciliation, avant que l'honneur et les intérêts de la nation que je représente n'aient été solidement sauvegardés.

— N'est-il point parfois des sacrifices nécessaires ?

— Il est des renoncements, citoyen ministre, qui demeurent impossibles, tant qu'ils risquent de ravaler ceux qui les ont acceptés.

Talleyrand, qui était obstiné, insistait :

— Voulez-vous, général, que nous examinions ensemble la situation européenne ?

— Je la connais, et je sais d'avance ce que vous allez me dire. L'Angleterre contre nous, c'est l'épée toujours prête à s'enfoncer dans notre flanc au moment où nous sommes obligés d'employer nos deux bras pour nous battre avec nos autres adversaires.

« L'Angleterre avec nous, c'est au contraire la suprématie de nos pays non seulement sur l'Europe, mais sur tout l'univers.

« Une telle alliance, je suis le premier à le reconnaître, achèverait d'écraser la coalition qui, depuis 1792, n'a cessé de nous harceler en des guerres épuisantes et ce serait l'assurance d'une ère de prospérité et de paix.

« Mais la France ne peut jouer dans cette association un rôle de second plan qui ne tarderait pas à en faire la vassale de son alliée ; et, pour traiter d'égale à égale, pour tenir le rang auquel elle a droit, il ne doit pas lui suffire que le gouvernement de Pitt reconnaisse les frontières nouvelles que les armées de la République lui ont données, il faut aussi qu'elle nous rende ce qu'elle nous a pris !

— Les Indes !

— Oui, les Indes, répétait Bonaparte, tandis que dans son regard flambait l'éclair de son génie.

— Je n'ignore pas, général, reprenait Talleyrand, que vous avez eu l'intention de reconstituer l'empire d'Alexandre le Grand.

Le Premier Consul se campa droit en face de son interlocuteur et, le fixant de ses yeux qui rayonnaient de toute sa force, de toute sa volonté, il s'écria :

— Oui, Talleyrand, oui, j'ai eu cette intention, et rien ne dit que je l'aie abandonnée.

« Ah ! si le Directoire m'avait laissé mener ma campagne d'Égypte ainsi que je l'entendais, la route des Indes nous serait aujourd'hui ouverte et vous ne me proposeriez pas une paix que je déclare honteuse, puisqu'elle contraindrait la France à mettre sa signature au bas d'un traité qui ne serait que l'enregistrement définitif de l'une de ses plus déplorables défaites.

— Général, affirmait Talleyrand, jamais l'Angleterre ne consentira à vous rendre les Indes !

— Eh bien ! scandait nerveusement le premier consul, nous resterons ennemis.

Un aide de camp apparaissait, et, après avoir salué militairement Bonaparte, il annonçait :

— Le commandant Surcouf demande à être reçu par le premier consul pour une communication urgente.

— Le commandant Surcouf ! s'exclamait Bonaparte avec surprise.

« On m'avait dit qu'il avait été capturé à Portsmouth... Sans doute a-t-il réussi à s'évader.

Et, se tournant vers Talleyrand, Bonaparte ajouta :

— C'est un maître homme dont vous connaissez sans doute les exploits. Je suis heureux de le connaître.

D'un air mystérieux, il ajouta :

— J'aurai certainement besoin de lui pour certains projets que je prépare. Capitaine, faites entrer le commandant Surcouf.

Et, tout en enveloppant Talleyrand d'un regard ironique et même hostile, il ajouta :

— Demandez-lui donc à celui-là, s'il veut faire la paix avec l'Angleterre ?

L'aide de camp introduisait Surcouf qui avait revêtu un uniforme de commandant corsaire.

Il s'avança vers le Premier Consul qui le considérait avec bienveillance, et s'arrêta à quelques pas de lui, en une attitude toute de dignité déférente, sous laquelle on devinait l'admiration la plus sincère.

Dès le premier contact, tous deux s'étaient compris et s'étaient plu.

Bonaparte se sentait en présence de l'un de ces merveilleux instruments humains, tel qu'il désirait tant en rassembler autour de lui, pour l'exécution de l'œuvre formidable dont il avait déjà tracé le plan dans son esprit.

Quant à Surcouf, il avait subi instantanément l'irrésistible ascendant de ce chef au regard d'aigle, véritable force de la nature à laquelle tout semblait devoir céder.

— Ah çà ! commandant, attaquait Bonaparte, je vous croyais prisonnier des Anglais.

Surcouf répliquait sans sourciller :

— Je le suis encore, général.

— Ah çà ! que signifie ? ponctuait le Premier Consul d'un air subitement renfrogné.

Le Malouin, nullement intimidé – ce qui n'était point pour déplaire au futur empereur –, reprenait, après avoir jeté vers Talleyrand un coup d'œil méfiant :

— Général, ce que j'ai à vous dire est strictement confidentiel.

À ces mots, Talleyrand se leva, l'air quelque peu vexé.

Bonaparte fit, en le désignant :

— Ne pourriez-vous me parler en présence du ministre des Affaires étrangères ?

— Je le regrette, général, répliquait le corsaire avec sa franchise habituelle, mais cela m'est impossible.

Talleyrand n'attendit point que le Premier Consul lui fît signe de se retirer.

S'inclinant aussitôt devant le général, il se retirait, dissimulant avec une habileté consommée le dépit que lui causait l'échec des propositions qu'il était venu soumettre à Bonaparte et se demandant non sans une certaine inquiétude :

« Qu'est-ce que ce corsaire breton peut bien venir faire ici ? Et quelle est cette mission secrète dont il est chargé auprès du Premier Consul ? »

Dès qu'il eut disparu, Bonaparte s'écriait avec une nervosité impatiente :

— Eh bien ! commandant, parlez !

Surcouf tendit à Bonaparte le message cacheté en disant :

— Général, voici une lettre que Pitt m'a chargé de vous transmettre.

— Pitt ! sursauta le Premier Consul en s'emparant du document... Ah ! par exemple !...

« Voilà que M. Pitt se met à correspondre directement avec moi, et c'est vous qu'il choisit comme messager !

« Voilà un double événement auquel je ne m'attendais guère.

Fébrilement, Bonaparte décachetait la lettre et lut...

Bientôt ses sourcils se froncèrent, sa bouche se contracta et, tandis que dans ses yeux s'allumait une flamme de colère, il s'écria, en frappant un grand coup de poing sur la table :

— Décidément, M. Pitt dépasse les limites de l'insolence.

Puis, revenant vers Surcouf, il fit :

— Vous connaissez la teneur de ce message ?

— Non, général, répondit le corsaire d'une voix assurée.

— Eh bien ! lisez.

Bonaparte, qui ne semblait plus maître de la colère qui l'avait envahi, tendit le papier au Malouin qui le lut tout haut :

Au général Bonaparte
Premier Consul
de la République française

Les droits de la justice et de l'humanité exigent impérieusement des nations civilisées l'abolition de la guerre de course, dont les excès ramènent le monde aux époques de la plus sauvage barbarie.

En la supprimant, le gouvernement de la France permettrait aux belligérants d'établir les prémices d'une paix à laquelle les peuples aspirent.

Je prie donc le Premier Consul d'examiner avec attention la proposition que j'ai l'honneur de lui faire.

Puisse-t-elle être agréée par lui et provoquer entre l'Angleterre et la France une ère de détente, un apaisement qui permettraient aux gouvernements de nos pays d'examiner la possibilité d'une trêve fertile en bienfaisants résultats.

Surcouf se tut... Lui aussi était tout vibrant d'indignation et de rage. Et n'eût été le respect que lui inspirait Bonaparte, il eût éclaté de fureur.

— Commandant, reprenait le Premier Consul, je n'ai pas besoin de vous demander votre avis. Je le lis sur votre visage.

— Général, s'écriait le grand corsaire, si j'avais connu la teneur de ce message, je n'eusse jamais accepté de vous le faire parvenir.

— C'eût été grand dommage, s'écriait Bonaparte, que la fière attitude de Surcouf avait achevé de conquérir... Car votre présence ici me permet de vous dire en quelle haute estime je vous tiens.

— Général ! ponctua Surcouf, en s'avançant instinctivement vers le Premier Consul.

Celui-ci lui prit la main et lui dit :

— Tout à l'heure, Talleyrand me conseillait d'engager des négociations avec le gouvernement de Londres.

« À ce moment, on vous annonce ; il y a de ces hasards. Et savez-vous ce que j'ai dit à Talleyrand ? "Demandez donc à Surcouf de faire la paix avec l'Angleterre. Vous verrez ce qu'il vous répondra."

« Je ne me trompais pas, puisque votre regard m'en a dit plus long que bien des paroles. Commandant, je suis content de vous !

— Général ! ripostait Surcouf, dont le mâle visage resplendissait d'un légitime orgueil, les paroles que vous venez de m'adresser sont la plus haute et la plus précieuse récompense que je pouvais ambitionner.

Et, incapable de dominer plus longtemps l'indignation que lui causaient les offres de Pitt à Bonaparte, il martela :

— Supprimer la guerre de course ! Mais ce serait priver la France du seul moyen de tenir l'Angleterre en respect ; car, je vous le jure, général, nos petites corvettes, à elles seules, font de la meilleure besogne que toutes les grosses escadres et tous les bâtiments à haut bord de la flotte. Et si jamais vous vous décidiez à opérer une descente en Angleterre, je vous jure que ce seraient les corsaires qui, après vous avoir frayé la route, vous assureraient un débarquement triomphal !

Vivement impressionné par les énergiques déclarations de Surcouf, Bonaparte reprenait :

— Un débarquement en Angleterre, j'y songe depuis longtemps !... Allons, développez-moi votre idée !

— Oh ! général, ce ne sera pas long. Vous rassemblez dans un des ports français les plus rapprochés de la côte anglaise une armée de cinquante mille hommes triés sur le volet, ainsi que les bateaux qui doivent servir à leur transport.

« Pendant ce temps, les corsaires se rassemblent eux aussi.

— Pour nous servir d'escorte ? coupait Bonaparte.

— Que non pas ! général... mais pour opérer une diversion le jour où vous aurez donné le signal du départ.

— Une diversion ?... Où cela ? Comment ?

— Contre Portsmouth ou contre le gros de la flotte anglaise, c'est à voir... selon les circonstances.

— Mais vos corsaires seront écrasés !

— Ce n'est pas sûr, général, répliquait Surcouf avec un accent de conviction admirable.

— Je sais que vous êtes tous capables des plus formidables exploits, reconnaissait Bonaparte.

— Et quand bien même, déclarait le Malouin, votre flottille serait-elle coulée à fond, soyez certain, général, qu'il n'en est pas un d'entre nous qui ne serait heureux de mourir pour la France !

Le Premier Consul, dont la colère avait fait place à ce vibrant et immédiat enthousiasme que lui inspiraient toujours les vrais caractères de soldats doublés d'un esprit de vaste envergure, reprenait, en posant sa main sur l'épaule du Malouin :

— Surcouf, vous êtes l'homme qu'il me faut à la tête de ma marine. Je vous en donne le commandement en chef !

Le Malouin eut un rapide sourire d'allégresse. Puis, le visage subitement assombri, il fit, en hochant la tête :

— Général, c'est impossible !

— Pourquoi ? interrogeait fiévreusement le Premier Consul.

Gravement, Surcouf déclarait :

— J'ai donné ma parole d'honneur à Pitt de lui rapporter votre réponse.

Bonaparte s'exclamait :

— Mais ce diable d'Anglais est capable de vous faire pendre !

— Je suis certain qu'il le fera sans la moindre hésitation.

Bonaparte réfléchit un instant ; puis il reprit :

— Puisque vous ignoriez la teneur de ce message, Pitt vous a donc dupé et, par conséquent, délié d'avance du serment qu'il vous avait extorqué.

— Général, reprenait Surcouf, j'ai toujours eu pour principe de ne jamais discuter avec ma conscience. J'ai promis à Pitt de lui rapporter votre réponse, je la lui rapporterai.

— Et si moi je vous défendais de vous rendre là-bas, s'énervait Bonaparte, furieux à la pensée de se voir à jamais privé d'un homme sur lequel il comptait pour tant de grandes choses.

— Général, résistait le corsaire, vous ne le ferez pas, d'abord parce que vous ne voudriez pas que je sois parjure même involontairement et par ordre, et puis, parce que vous sacrifieriez l'existence de plusieurs de mes camarades qui sont restés en otages aux mains des Anglais et que Pitt a décidé de faire pendre si je ne reparaissais pas devant lui à la date qu'il m'a lui-même fixée.

Le premier consul eut un violent sursaut.

— Ah ça ! gronda-t-il, je croyais que tous les corsaires détenus à bord des pontons avaient été échangés contre les prisonniers que vous aviez ramenés à Saint-Malo.

— Sauf un, général.

— Lequel ?

— Marcof, mon meilleur ami.

— Je connais ce nom et c'est aussi celui d'un brave.

— Alors, avec quelques compagnons résolus, j'avais décidé de l'arracher à ses geôliers.

— Et c'est en accomplissant cet acte d'héroïque amitié que vous avez été capturé avec vos amis ?

— Oui, général.

Bonaparte, visiblement bouleversé, se mit à arpenter de nouveau son cabinet tout en proférant :

— Non, non, je ne peux pas laisser mourir ainsi ces héros.

Puis il revint à sa table, et, saisissant une plume, il se mit à griffonner une lettre.

— Général, vous n'allez pas accepter, osait Surcouf.

Le Premier Consul releva la tête. Un sourire mystérieux errait sur ses lèvres. Et, d'une voix un peu calmée, il fit :

— Ne m'avez-vous pas dicté vous-même ma réponse ?

Et il se remit à écrire.

— Général, s'écriait Surcouf, croyez que mes amis et moi nous serons fiers de nous sacrifier pour la patrie.

Bonaparte écrivait toujours... Maintenant une expression de satisfaction complète sous laquelle perçait une malicieuse ironie illuminait son visage.

D'un trait rapide comme d'un coup de sabre, il apposa sa

signature au bas des lignes qu'il venait de tracer, cacheta lui-même la lettre, et, tout en la donnant à Surcouf, il fit :

— Au revoir, commandant !

Surcouf, après avoir salué le Premier Consul, allait se retirer, mais Bonaparte l'arrêta.

Et, saisissant la croix de la Légion d'honneur attachée à sa poitrine, il l'accrocha lui-même à l'uniforme de Surcouf en disant :

— Je veux que vous reparaissiez devant vos ennemis avec l'étoile des braves.

— Général ! fit simplement Surcouf au comble de l'émotion.

Mais Bonaparte l'attirait dans ses bras et tous deux échangeaient une rude accolade.

Que contenait donc la lettre du Premier Consul pour qu'il en parût si satisfait ?

Nous ne tarderons pas à le savoir.

X

UNE FAMILLE EN DEUIL

La disparition de Madiana avait achevé de bouleverser la famille Surcouf.

Dans la salle commune, la grand-mère était tristement assise devant une broderie interrompue.

Marie-Catherine, debout devant la baie, regardait au-dehors comme si elle attendait quelqu'un, lorsqu'un douloureux sanglot échappa à sa marraine. Vite, elle revint vers elle, effleurant le front de la bonne dame d'un filial baiser.

Mme Surcouf l'interrogea du regard. Marie-Catherine eut un geste évasif.

Alors, lentement, la bonne vieille dame soupira :

— Je pense à Madiana et je me demande ce qu'elle a bien pu devenir ?

La jeune Bretonne, d'un air grave, laissa échapper :

— Déjà, elle avait voulu se faire périr !

Mme Surcouf reprenait :

— Oui, et j'ai bien peur qu'elle n'ait mis son projet à exécution !

Et, vivement, elle prit la main de Marie-Catherine, ajoutant :

— Mon enfant, est-ce que tu veux toujours nous quitter ?

Marie-Catherine baissa la tête sans répondre.

— Que deviendrions-nous sans toi, ton oncle et moi, soupirait la pauvre femme, maintenant que notre pauvre Robert...

Elle s'arrêta, à bout de forces, épuisée de larmes.

Marie-Catherine, elle aussi, se mit à pleurer.

La grand-mère, avec effort, suppliait :

— Oh ! oui, reste avec nous, ma petite.

« Tu prieras aussi bien pour lui, ici, que dans un couvent.

— Eh bien ! oui, marraine, je resterai..., décidait l'orpheline, en enlaçant tendrement Mme Surcouf.

— Oh ! merci, ma chérie ! s'écria l'aïeule.

« Grâce à toi, le peu de temps qui me reste à vivre me paraîtra moins cruel.

Et une longue étreinte réunit ces deux cœurs si atrocement déchirés.

M. Surcouf venait d'apparaître sur le seuil. Il avait l'air triste, découragé... Sa mère s'en fut vers lui, demandant anxieusement :

— Quelles nouvelles ?

— Aucune.

— Ni de Madiana ? Ni de... Robert ?

— Non... rien !

Mme Surcouf eut un geste de désolation...

Puis elle reprit :

— Il va falloir nous commander des vêtements de deuil.

Lourdement, M. Surcouf se laissa tomber sur un siège.

Mais Marie-Catherine s'écriait, avec une lueur fervente dans les yeux :

— Espérons encore !

Et soudain, d'un air inspiré, elle ajouta :

— La nuit dernière, j'ai fait un rêve qui m'a rendu confiance.

M. Surcouf eut un mouvement de tête tout de scepticisme et d'amertume...

Il ne croyait plus à une intervention du ciel.

Mais la bonne grand-mère, plus crédule et toute prête à se raccrocher à la plus frêle planche de salut, invitait :

— Parle, mon enfant, raconte-nous !

Marie-Catherine déclarait :

— Je me figurais que j'étais à l'église, à genoux devant la statue de Madame sainte Anne, la patronne des Bretons.

« Je l'implorais de toute mon âme : "Madame sainte Anne, sauvez Robert, oh ! oui, sauvez-le ! et je fais vœu de venir chaque semaine vous apporter un cierge et chaque jour prier devant votre image !"

Le visage illuminé d'un reflet d'extase, Marie-Catherine continuait :

— Alors, il me sembla que la statue s'illuminait et se transformait en une sainte vivante qui se penchait vers moi en disant : "Ton vœu sera exaucé !"

« Je voulus saisir le pan de la robe de Madame sainte Anne, afin d'en approcher mes lèvres, mais la statue avait déjà repris son immobilité.

« Je me réveillai, toute réconfortée par ce rêve, qui me parut d'un heureux présage.

« Voilà pourquoi, marraine, et vous aussi, mon oncle, il ne faut pas encore vous habiller en noir.

« Madame sainte Anne peut faire un miracle !

Les traits de Mme Surcouf s'étaient un peu rassérénés.

Le père de Robert lui-même paraissait moins incrédule.

Il émanait, en effet, de la jeune Bretonne, une telle foi, une telle conviction, qu'il était impossible de ne pas se sentir ému en l'écoutant...

— Allons porter un cierge à notre patronne, proposait la grand-maman.

— Ah ! oui ! allons ! s'écriait l'orpheline.

« Venez, vous aussi, mon bon oncle. Il est si doux d'espérer jusqu'au bout.

— Eh bien ! oui, je viens, consentait M. Surcouf, entraîné par la foi si touchante de sa nièce.

Et tous trois s'en furent vers l'église.

En traversant la place, ils se heurtèrent à Jacques Morel qui, dès qu'il les avait aperçus, s'était précipité vers eux, l'air affairé.

Après les avoir salués, il attirait M. Surcouf un peu à l'écart ; et, lui montrant un morceau d'étoffe déchirée, il lui disait :

— Reconnaissez-vous ceci ?

M. Surcouf, perplexe, hésitait à répondre.

Mais sa mère et Marie-Catherine, qui s'étaient approchées, avaient une exclamation de surprise.

Et la jeune fille s'écriait en pâlissant :

— C'est un morceau de la robe que Madiana portait le jour de ses fiançailles.

— Et aussi le jour où elle a disparu, complétait la grand-maman.

Jacques Morel, d'un ton hypocritement apitoyé, reprenait :

— Des pêcheurs l'ont trouvé ce matin, à marée basse, et me l'ont donné ; car j'avais cru, moi aussi, reconnaître cette étoffe.

M. Surcouf, tout en examinant le lambeau d'étoffe, s'écriait :

— Plus de doute, cette malheureuse s'est jetée à l'eau !

— Pourtant ! disait Marie-Catherine, elle m'avait juré qu'elle n'attenterait pas à ses jours.

Et Mme Surcouf, tout en s'appuyant au bras de Marie-Catherine, ajoutait, encore plus courbée sous le poids de cette nouvelle douleur :

— Allons prier pour le repos de son âme !

Elle pénétra dans l'église avec l'orpheline...

M. Surcouf les suivit... Jacques Morel allait en faire autant ; mais il s'arrêta devant le porche.

On eût dit que, frappé tout à coup de remords, il n'osait affronter le sacrilège de la plus odieuse, de la plus hypocrite comédie.

Et il demeura appuyé contre l'une des arches du portail, torturé plus que jamais par la passion qui le brûlait, attendant de voir reparaître celle qu'il désirait au-delà de tout, même au prix de l'enfer... et qu'il guettait, haletant, assoiffé de désir, comme un fauve qui sentirait sa proie à l'abri et sur le point de lui échapper à jamais !...

. . . .

Madiana, ainsi que nos lecteurs l'ont déjà deviné, ne s'était nullement jetée à la mer...

Le morceau d'étoffe que, soi-disant, des pêcheurs avaient découvert à marée basse, avait été arraché par Tagore à la robe que portait la malheureuse, au moment de son enlèvement, et remis par lui à Jacques Morel, à seule fin de laisser croire à un suicide et de détourner ainsi tout soupçon.

Tagore, en effet, avait transporté Madiana dans les souterrains du Guildo et l'avait déposée sur un divan, dans la salle qu'il avait fait transformer en temple hindou, et où nous l'avons vu, prosterné devant la statue de Siva, suppliant le dieu de ses ancêtres de favoriser ses projets de vengeance.

Durant le parcours de Saint-Malo au Guildo, Madiana était demeurée dans une sorte d'anéantissement qui, tout en la paralysant physiquement, d'une façon complète, absolue, la laissait entièrement consciente de tout ce qui se passait autour d'elle.

En effet, par un raffinement de cruauté, Tagore avait tenu à ce que la victime désignée au sacrifice en subît toutes les phases, et qu'aucune douleur morale ne lui fût épargnée.

Madiana, qui n'ignorait rien du sort qui l'attendait, avait accepté cette mort que, jadis, elle redoutait tant, avec la résignation d'un cœur qui n'a plus rien à attendre ici-bas qu'une inguérissable souffrance.

Maintenant elle était convaincue que Surcouf avait péri et que l'infranchissable barrière de la mort s'ajoutait à celle dont les avait déjà si cruellement séparés la vie. Véritable morte vivante, elle n'aspirait plus qu'à fermer définitivement les yeux sur ce spectacle de misère, à peine éclairé de quelques instants de bonheur et surtout d'espoir, que pour elle, sans cesse, avait été la vie.

Combien d'heures était-elle restée ainsi, inerte, mais voyant, entendant tout, sous la garde de deux Hindous, complices de Tagore ?

Elle ne pouvait s'en rendre compte elle-même.

Et lorsque, peu à peu, elle sentit le sang circuler dans ses veines et qu'elle put s'arracher lentement à l'immobilité qui la figeait comme une statue couchée sur une pierre tombale, elle n'aurait pu préciser le temps qui s'était écoulé entre le moment où elle avait été emportée par Tagore et celui où elle commençait à se dégager de la torpeur consciente dans laquelle elle avait été plongée.

Ayant retrouvé l'usage de la parole, elle se préparait à questionner ses gardiens qui, farouches, les bras croisés sur la poitrine, la contemplaient avec une haineuse hostilité.

Mais Tagore, qui avait revêtu son costume national, se dressait devant elle et, après avoir congédié les deux Hindous, il s'avançait vers Madiana ; et, tout en la fixant de son regard magnétique, il lui disait :

— Il était écrit, tu le vois, que tu ne pourrais pas échapper à la justice de Siva !

Madiana reprenait, d'une voix encore faible, mais sous laquelle perçait néanmoins une énergie indomptable :

— Jadis, tu m'as vue trembler devant le trépas que voulait m'infliger ton père. Mais aujourd'hui, tu le vois, je suis calme.

« Je ne crains pas la mort, je l'appelle, au contraire, de toute la force de mon être.

Tagore eut un cruel sourire, tout d'étranges et mystérieuses menaces.

Malgré tout son courage, la prisonnière ne put s'empêcher de frémir.

En un éclair, elle venait de revivre les terribles tortures auxquelles la loi de Siva la condamnait, et qui, sans aucun doute, lui étaient réservées. Et elle eut ce cri :

— Mais frappez-moi ! Tuez-moi tout de suite !

Tagore, toujours silencieux, secoua négativement la tête.

— Pourquoi prolonger ainsi mon agonie ? interrogeait Madiana toute frémissante.

Tagore déclarait :

— La loi de Siva veut que tu périsses le même jour que celui dont tu as causé la mort.

« Il en sera fait ainsi !...

« L'anniversaire de la mort de Timour n'est pas encore révolu... Tu attendras ! La loi de Siva le veut !

Madiana, épouvantée, se cacha la tête entre les mains...

Puis, tout à coup, en un sursaut de toutes ses forces, elle se redressa en clamant :

— Je ne crois plus en Siva !... Pour moi, ce faux dieu n'est que mensonge, imposture et poussière !

« Je remets mon sort entre les mains du Dieu des chrétiens, qui a toujours été le mien !

Et elle ajouta, en joignant les mains :

— Que sa volonté soit faite !

Tagore eut un ricanement sinistre, effroyable.

Mais Madiana ne l'entendit pas. Au pied de l'autel de Siva, elle conjurait le Jésus du Calvaire !

XI

LES TROIS DUELS DU COMMANDANT SURCOUF

Après avoir accompli sa mission auprès de Bonaparte, Surcouf avait regagné Paris et s'était immédiatement disposé, conformément à la parole qu'il avait donnée à Pitt, à regagner l'Angleterre.

Mais, en consultant son calendrier, il s'était aperçu qu'il lui restait une dizaine de jours avant qu'expirât la date qui lui avait été assignée pour son retour à Londres par le Premier Ministre de l'Angleterre.

Alors, une idée surgit en son esprit :

— Pourquoi ne profiterais-je pas de ce délai pour aller revoir une dernière fois les miens ?

Tout d'abord, il s'efforça de chasser cette pensée :

— Puisque tout est fini, se disait-il, mieux vaut éviter à mes parents le déchirement d'un adieu que je leur avais épargné.

Mais, plus il cherchait à se convaincre de l'inutilité douloureuse d'une suprême entrevue, plus une force mystérieuse l'attirait vers là-bas, et plus il éprouvait l'irrésistible désir de se retrouver en face des siens, de serrer contre sa poitrine sa grand-mère, son père, sa petite cousine et d'apercevoir encore une fois, la dernière, l'image de la femme adorée dont il entendait vibrer sans cesse à ses oreilles les cris désespérés.

Il est des tentations auxquelles les hommes les plus

courageux ne peuvent résister, surtout lorsqu'ils sont sûrs que le fait d'y céder ne peut les entraîner à un acte contraire à l'honneur ou interdit par leur conscience.

Surcouf était certain qu'il ne courrait aucun risque de défaillance en se rendant au pays... en affrontant la présence d'êtres si chers, et en cueillant, sur le front de Madiana, le pur et suprême baiser auquel lui donnait droit son admirable sacrifice.

N'était-il pas lié par un de ces serments dont aucune puissance humaine ne pouvait le délier ?

N'avait-il pas juré à Pitt de lui rapporter, quelle qu'elle fût, la réponse de Bonaparte ?

Cette réponse, il en était convaincu, ne pouvait être qu'une fin de non-recevoir à l'invite insultante que le Premier Ministre d'Angleterre avait formulée.

C'était donc la mort pour lui, pour ses camarades !

Donc, puisqu'il allait mourir, il avait bien droit à la consolation d'une dernière entrevue avec tout ce qu'il avait tant aimé : Madiana, ses parents, ses amis, son clocher, sa ville natale...

Oh ! oui, revoir encore tout cela... s'en imprégner de telle sorte qu'en expirant il l'eût encore sous les yeux... n'était-ce pas le plus légitime des vœux ?

Et, pour achever de s'en convaincre, il se disait, argument décisif entre tous, et qui allait achever de dissiper ses scrupules :

— À Saint-Malo, il me sera plus facile de trouver un bâtiment pour regagner l'Angleterre.

Voilà pourquoi le grand corsaire, au lieu de s'élancer sur la route de Picardie, avait définitivement choisi celle de Bretagne.

Le lendemain matin, dans la cour des messageries de la rue du Bouloi, il prenait place dans la diligence de Rennes, où il prendrait la correspondance pour Saint-Malo.

Or, au cours de ce voyage, la patience de Surcouf allait être mise à rude épreuve.

Le second jour, vers onze heures du matin, la voiture publique s'était arrêtée devant une hostellerie située au bord de la route et dont la renommée, due à l'excellence de sa cuisine, en avait fait une de ces haltes devant lesquelles il est vraiment difficile de passer sans s'arrêter.

Le Malouin, soucieux de conserver le plus strict incognito, avait repris les vêtements bourgeois que le chef de la police lui avait fait endosser dans la prison de Londres.

Après être entré dans la salle, il se dirigea vers une place inoccupée de la table d'hôte autour de laquelle trois jeunes gens, qui avaient conservé les allures des « Incroyables » du Directoire, festoyaient joyeusement en compagnie de jeunes femmes fort élégantes et non moins bruyantes.

Discrètement, et sans attirer sur lui l'attention de personne, Surcouf s'installa à une place inoccupée, à l'un des bouts de la table ; et il se prépara à faire honneur au menu, d'ailleurs fort succulent, qui l'attendait.

Sa voisine, une fort jolie brune qui se vantait d'avoir été, pendant quelque temps, la pensionnaire de la Montansier au théâtre du Palais-Royal, se mit à dévisager, non sans une certaine insolence, ce voyageur qui se permettait de s'asseoir à ses côtés, sans lui témoigner autrement son attention que par un de ces saluts corrects, mais brefs, dont se contente un homme bien élevé qui a le visible souci de se cantonner dans une silencieuse réserve.

Alors elle se pencha vers son voisin, un freluquet de vingt ans, à la figure plate et fadasse, au regard à la fois agressif et stupide, au nez retroussé, aux lèvres perpétuellement entrouvertes en un sourire de naïve fatuité ; et elle lui murmura à l'oreille, tout en lui désignant du coin de l'œil Surcouf, qui commençait à attaquer une superbe tranche de pâté :

— Quel peut bien être ce malotru, ce rustre, qui ne m'a pas encore dit que j'étais jolie ?

L'Incroyable, saisissant son face-à-main à cercles d'or et à monture d'écaille, qu'il portait suspendu au cou par un large ruban de moire couleur dite de l'*arc-en-ciel des Merveilleuses*, se mit à lorgner insolemment Surcouf tout en piaillant de sa voix de fausset :

— Parole d'honneur, voilà en effet un singulier personnage !

Surcouf fit entendre un léger grognement.

Mais, bien décidé à ne provoquer aucun incident de nature à compromettre ou à retarder le but de son voyage, il parut s'absorber dans la dégustation d'un excellent Pouilly dont une servante avait rempli son verre.

Le freluquet, convaincu qu'il se trouvait en face d'un brave homme mi-bourgeois, mi-paysan, au caractère paisible, quelque peu lourdaud, et qui semblait avoir été placé là pour servir de cible à ses plaisanteries, s'écriait :

— Je ne croyais pas qu'on pouvait encore rencontrer en France de pareils rustauds !

Surcouf, qui faisait toujours semblant de ne pas entendre, se fit verser une nouvelle rasade.

Mais, malgré sa volonté bien arrêtée de ne pas donner suite à la querelle qu'on lui cherchait, il ne put s'empêcher de foudroyer l'impudent qui s'attaquait à lui d'un tel regard, que l'un des autres freluquets, moins belliqueux ou mieux élevé que son camarade, et désireux de couper court à un incident qui pouvait donner lieu à de fâcheuses complications, se levait et, élevant son verre, il lançait ces mots en guise de diversion :

— Mesdames, et vous aussi, messieurs, je vous invite à boire au rétablissement de S.M. Louis XVIII sur le trône de ses ancêtres.

Ce toast qui, à cette époque, était singulièrement

subversif et même nettement séditieux, ne souleva dans l'assistance aucune protestation.

Et, tandis que Surcouf, qui continuait de plus en plus à faire appel à tout son calme, à tout son sang-froid, se faisait verser une nouvelle rasade par la servante, tous les verres se levèrent en même temps, prêts à se choquer.

Mais le troisième freluquet qui, jusqu'alors, avait observé un silence relatif, s'écriait, au milieu de cette atmosphère qui, si nettement royaliste, semblait assurer à la fois son impunité et son succès :

— Et moi, je bois à l'écrasement de l'aventurier corse, du sinistre Bonaparte !

Cette fois, ce fut une explosion d'enthousiasme.

Les verres se heurtèrent bruyamment, parmi les cris de : *Vive le roi ! À bas la République ! À bas le Premier Consul !*

Surcouf, dont le sang bouillonnait dans ses veines, était cependant demeuré muet, impassible.

Et il en avait grand mérite !

Car il éprouvait une furieuse démangeaison d'administrer une formidable raclée à ces jeunes imbéciles qui se permettaient d'insulter aussi sottement, aussi lâchement, l'homme qui, selon lui, incarnait si glorieusement le gouvernement de la France.

Mais sa voisine se tourna vers lui, et cette fois, plus agressive que provocante, elle lui demandait, en scandant ses mots d'un petit rire sarcastique qui mit en joie ses amis :

— Hé ! l'ami ! vous ne trinquez pas avec nous ?

— Non ! citoyenne ! répliquait le corsaire, en lui tournant brusquement le dos.

L'un des Incroyables s'exclamait d'un ton acerbe :

— Monsieur est sans doute un des admirateurs de l'aventurier corse...

Incapable de se maîtriser davantage, Surcouf se leva d'un bond :

— Silence ! freluquets ! tonna-t-il de sa voix d'airain qui remplit toute la salle.

« Je vous défends d'insulter un soldat qui est l'honneur et l'espoir de la patrie.

Pâles de colère, les jeunes freluquets, se dressant comme des coqs en furie, et s'avançant vers le Malouin qui les dévisageait d'un air railleur, ils s'écrièrent, sur un ton plein de morgue et de menace :

— Vous allez nous rendre tout de suite raison de vos insultes.

Surcouf eut un frémissement de tout son être.

On eût dit que, malgré lui, emporté par une colère qui éclatait enfin dans toute son ampleur, il était décidé à relever le défi de ses agresseurs.

Mais soudain la pensée de ses amis, prisonniers là-bas dans leur geôle, en même temps que le souvenir de la parole donnée à Pitt de revenir se constituer prisonnier à la date fixée par ce dernier, lui revinrent à l'esprit !

Non, il ne pouvait pas, en livrant un triple combat d'où il pouvait, d'où il devait sortir vainqueur, mais où il risquait tout de même son existence, ou tout au moins une blessure capable de l'immobiliser peut-être plusieurs jours, compromettre le terrible rendez-vous qu'il avait pris avec son ennemi !

Et, avec un accent de gravité douloureuse, il fit :

— Messieurs, je ne puis me battre.

Des ricanements éclatèrent :

Très pâle, Robert Surcouf accentuait :

— Ma vie ne m'appartient pas.

De nouveaux ricanements s'élevèrent, dominés par cette phrase lancée par un des freluquets :

— Dites plutôt, monsieur, que vous avez peur !

Cette fois, le grand corsaire éclata :

— Peur, moi ! Peur de vous ! pauvres sots.

« Vilaines caricatures d'hommes, rugit le Malouin, avec

vos “pets-en-l'air” anglais collés sur vos maigres échines et vos pantalons collants qui dessinent vos derrières de singes !

« Peur de vous, malheureux que vous êtes !

« Qu'on me donne une épée et je vous en enfonce à chacun un pouce dans le ventre avant seulement que vous n'ayez eu le temps de crier : ouf !

« Oui, mes petits messieurs, puisqu'il en est ainsi, allons-y !... Je vais vous tuer tous les trois.

Et, avisant un groupe d'officiers qui, depuis un moment, étaient entrés dans l'hostellerie et avaient assisté à la fin de cette scène, il interrogea :

— Qui de vous, messieurs, veut bien me prêter une épée afin de donner une leçon à ces jeunes drôles qui ont osé insulter la République et le Premier Consul !

Tous les officiers, d'un même geste, offraient leurs armes à cet inconnu que nul d'entre eux n'avait reconnu, mais qui s'était immédiatement imposé à eux par la fierté de son attitude et l'irrésistible autorité qui émanait de sa personne.

Surcouf choisit une épée au hasard et, revenant vers ses agresseurs qui commençaient à comprendre, mais un peu tard, que les choses se gâtaient singulièrement pour eux, il leur lança :

— Par lequel dois-je commencer ?

Les femmes, effrayées, voulurent intervenir.

Mais, tout en faisant un appel du pied, Surcouf martelait :

— Ah çà ! me ferez-vous croire que vous êtes des roquets qui aboient de loin et s'enfuient dès qu'ils voient une botte leur menacer les côtes ?

Cette fois, les freluquets ne pouvaient plus hésiter.

L'un d'eux, s'emparant d'une épée que lui tendait un officier, s'en fut se camper devant Surcouf.

Tandis que les jolies élégantes, muettes et terrifiées, se réfugiaient dans le fond de la salle, Surcouf, envoyant, d'un coup de pied à droite et d'un coup de pied à gauche, promener au large deux chaises qui encombraient le plancher, se mit aussitôt en garde et croisa impétueusement le fer avec l'insulteur de Bonaparte.

Surcouf ne se contentait pas d'être un formidable corsaire, il était encore un escrimeur infiniment redoutable et entraîné.

Et vingt fois il avait donné à ses adversaires la preuve qu'il était aussi imbattable sur le terrain que sur la mer.

En effet, estimant qu'un marin aussi bien qu'un soldat a le devoir de ne jamais négliger aucun moyen d'attaque ni de défense, il avait profité de toutes ses escales à l'Île de France pour s'entraîner à l'épée et au sabre avec un ancien prévôt d'armes, ex-moniteur dans l'armée, qui était devenu colon dans cette île lointaine.

Et l'élève, si prodigieusement doué pour les exercices physiques qui nécessitaient non seulement de la force de l'adresse, mais encore de l'intelligence et du sang-froid, n'avait pas tardé à surpasser son maître.

Aussi, son adversaire comprit-il tout de suite combien il avait été imprudent en provoquant cet homme dont il ignorait absolument l'identité, mais qui lui apparaissait à présent aussi dangereux qu'un professionnel de l'escrime.

L'engagement, d'ailleurs, allait être de brève durée.

Dès la première passe, le freluquet, après avoir vainement tenté une timide parade, recevait un coup d'épée en pleine poitrine.

Des assistants l'emmenèrent, tandis que l'on courait vite chercher un médecin.

Et le Malouin, tout en essuyant sa lame à une serviette qu'il avait prise sur la table, s'écriait :

— Maintenant, à qui le tour ?

Le second freluquet se présenta aussitôt.

— À moi ! fit-il avec assurance.

Car ces trois sots, hâtons-nous de le dire, étaient braves.

Devant le danger, ils savaient faire oublier leur bêtise par un indéniable courage.

De nouveau, les épées s'entrechoquèrent.

Avec la même rapidité foudroyante, Surcouf, un peu calmé, ne semblait décidé à infliger à son adversaire qu'une leçon sévère, et non un châtiment capital.

Aussi le freluquet fut-il gratifié par lui d'un coup à la cuisse assez grave cependant pour mettre immédiatement fin au combat.

Alors le troisième freluquet, véritable petit coq dressé sur ses ergots, brandissait son arme, en s'écriant :

— Amis, je vais vous venger tous !

— Pauvre petit ! murmura le Malouin avec un sourire de cinglante et dédaigneuse ironie.

Et, tout de suite, il se remit sur la défensive.

Mais, cette fois, il attendit, se contentant d'opposer aux rageuses attaques de celui qu'il appelait « ce pauvre petit » une suite de parades aussi heureuses qu'uniques.

On eût dit vraiment un chat jouant avec une souris.

Mais, tout à coup, le claquement d'un fouet se faisait entendre au dehors. Et un postillon apparaissait sur le seuil, clamant d'une voix forte :

— Les voyageurs pour la Bretagne, en voiture !

Alors Surcouf, d'un coup magistral, envoya voler en l'air l'épée du freluquet.

Et comme celui-ci, fou de colère, se baissait pour la ramasser, le Malouin s'écriait de sa voix mordante :

— Je ne veux pas manquer la diligence pour toi, misérable freluquet, je t'achèverai une autre fois... si je te retrouve et si j'en ai le temps !

Et, remettant son épée à l'officier qui la lui avait prêtée, il ajouta :

— Monsieur je vous remercie de vos bons offices... Au revoir !

L'officier, émerveillé, ainsi que ses camarades, de l'extraordinaire et triple prouesse que cet inconnu venait d'accomplir comme en se jouant, soulignait :

— Tous mes compliments, monsieur...

« Vous êtes sans doute militaire ?

— Non, monsieur, répliquait Surcouf, je suis marin.

— Peut-on, sans indiscrétion, vous demander votre nom ?

Le grand corsaire eut un moment d'hésitation.

Puis, brusquement, il le divulgua :

— Je suis le commandant Robert Surcouf.

Et, laissant l'assistance plongée dans l'admiration et la stupeur, il s'en fut rejoindre, à grands pas, la diligence dont les chevaux agitaient joyeusement leurs grelots.

Comme il se heurtait au patron de l'hostellerie, il s'écria gaiement :

— Excusez-moi, j'allais partir sans régler ma note. Combien vous dois-je ?

— Rien, commandant, répliquait l'hôtelier tout tremblant d'émotion.

— Comment ! rien ? s'étonnait le corsaire.

— Ici, déclarait l'aubergiste... on nourrit gratis les héros.

Et, en levant son bonnet de cuisinier, il l'agita en criant :

— Vive Robert Surcouf !

— Vive Robert Surcouf ! firent en écho les officiers et les autres voyageurs.

Alors, campé sur le marchepied de la voiture, et saluant d'un geste large ses admirateurs, le Malouin proféra :

— Vive la France !

Quelques instants après, la diligence, enlevée par de vigoureux percherons, se perdait dans un nuage de poussière.

XII

L'ADIEU SUPRÊME

Marie-Catherine s'était levée encore plus triste, plus douloureuse, plus brisée que de coutume.

Elle n'avait pas pu reposer un seul instant. En effet, depuis que son oncle lui avait communiqué le testament et la lettre que Robert lui avait fait parvenir par le pêcheur normand, elle avait perdu toute espérance.

Ne pouvant soupçonner que Pitt avait reculé l'exécution du corsaire, afin de permettre à Surcouf d'accomplir la mission qu'il lui avait confiée, elle se demandait à tout instant :

— Peut-être cette heure est-elle la dernière de celui que j'aime tant ?

Et c'était pour elle un désespoir mortel...

N'ayant même plus la force de se rendre à l'église, elle n'était plus que l'ombre d'elle-même.

Elle vaquait machinalement aux occupations du ménage ; mais bientôt elle s'arrêtait épuisée, à bout de forces, demeurait assise sur une chaise, immobile, sans parler, sans larmes, figée en une muette détresse dont rien ne semblait pouvoir la tirer.

Elle ne retrouvait un peu de force qu'en présence de la vieille grand-mère dont le chagrin était de ceux derrière lesquels on devine la mort.

Alors, se révoltant contre sa propre faiblesse, la petite

Bretonne cherchait à rendre à sa marraine un espoir qu'elle n'avait plus elle-même.

Mais ses paroles sonnaient faux ! Sa voix s'étranglait dans sa gorge et la pauvre maman Surcouf la regardait en hochant douloureusement la tête, sans rien dire, mais en une attitude assez douloureusement éloquente pour laisser comprendre à sa filleule qu'elle aussi croyait que tout était bien fini.

Et toutes deux demeuraient la main dans la main, sans rien se dire, accablées par l'agonie de leurs cœurs déchirés.

Or, ce matin-là, quelle ne fut pas la surprise de Marie-Catherine, en ouvrant les auvents de sa fenêtre qui donnait sur le jardin, d'apercevoir la silhouette d'un homme qui se cachait à moitié derrière un buisson et dont elle ne pouvait apercevoir les traits.

Elle allait appeler.

Mais soudain, une main s'agita en un premier geste qui lui imposait silence, puis en un second qui semblait l'inviter à le rejoindre.

Elle eut un grand tressaillement ; car elle venait d'avoir l'intuition soudaine que celui qui l'appelait n'était autre que Robert. Et vite, elle se précipita au-dehors.

Un grand cri faillit lui échapper. Son instinct ne l'avait pas trompé.

C'était bien Surcouf qui était là !

— Toi ! c'est toi ! murmurait l'orpheline, qui croyait rêver.

Et elle ajouta, en tombant dans les bras que lui ouvrait tout grands le corsaire :

— Je savais bien que Madame sainte Anne exaucerait ma prière !

Surcouf appuya ses lèvres sur le front de la jeune fille, qui rayonnait d'une allégresse sublime, inattendue.

— Petite sœur..., reprenait le Malouin d'un air sombre, écoute-moi bien.

— Oh ! oui, Robert, parle-moi..., haletait la jeune fille... Que je sois bien sûre que c'est vrai que tu es là.

D'une voix un peu oppressée, le corsaire reprenait :

— Je suis libre, mais pour quelques heures seulement...

— Robert ! s'écriait Marie-Catherine, reprise de nouveau par l'étau de toutes ses angoisses.

— Allons, du courage ! Ne me fais pas regretter d'être revenu et surtout de t'avoir choisie pour confidente.

— Oh ! oui, parle... dis-moi bien tout, je serai forte, je te le jure.

Et Surcouf déclarait :

— Voilà : J'ai été chargé par le ministre anglais William Pitt d'une mission auprès du Premier Consul.

— Du général Bonaparte ?

— Oui, du général Bonaparte. Je me suis rendu auprès de lui, et, ma mission terminée, j'ai dû reprendre la route de l'Angleterre ; car j'ai juré à Pitt de revenir me constituer prisonnier.

— Mon Dieu !

— Je ne veux pas, je ne peux pas être parjure... Tu me comprends, n'est-ce pas ?

— Oui, oui, je te comprends.

— Et je ne veux pas surtout que mes amis croient que je les ai abandonnés.

— Robert ! soupirait Marie-Catherine, la tête appuyée contre la poitrine de celui pour lequel elle eût donné si volontiers sa vie.

Surcouf poursuivait :

— J'ai voulu, auparavant, vous embrasser tous, oui, tous ! Car, je ne sais pas si je vous reverrai ! Je ne le crois pas... J'en suis même sûr.

— Ne dis pas cela !

— Mais ne dis rien aux parents, à personne ! Voilà pourquoi je te guettais pour te prévenir, pour te révéler tout cela... car tu es la plus courageuse de toutes.

« Il faut qu'ils croient que je reviendrai bientôt... Car je ne veux pas les voir pleurer devant moi...

« Quand je serai parti, tu leur apprendras la vérité, et tu leur diras combien je les aimais.

« En t'associant à ce pieux mensonge que Dieu nous pardonnera, j'ai voulu, petite sœur, te donner une dernière preuve de ma fraternelle et tendre affection.

— Eh bien ! oui, Robert, je mentirai, puisque tu l'exiges, déclarait la jeune Bretonne en un adorable élan.

Et elle ajouta :

— Je ferai même de mon mieux pour ne pas me trahir.

« La grand-mère est si malheureuse...

« Il va falloir lui apprendre tout doucement que tu es là. Je te ferai signe quand tu pourras entrer.

— Va, ma petite sœur, va... et reste toujours le bon ange gardien de la maison !

Marie-Catherine regagna la maison.

Surcouf demeura caché derrière le buisson, les yeux obstinément fixés sur la porte, sur les fenêtres...

Car s'il n'avait pas osé parler de Madiana à l'orpheline, son âme demeurait tellement pénétrée de sa pensée qu'il se figurait apercevoir à travers les vitres son inoubliable visage.

Bientôt Marie-Catherine reparaissait sur les marches et faisait signe à Robert de la rejoindre.

Le Malouin se précipita aussitôt dans la salle commune où son père et sa grand-mère l'attendaient.

Tous deux étaient debout, Mme Surcouf, bouleversée d'émotion, s'appuyait toute chancelante au bras de son fils...

Mais, dès qu'elle aperçut son Robert, elle fit quelques pas vers lui et le corsaire la reçut dans ses bras...

À l'ineffable étreinte de son aïeule, Surcouf eut l'héroïque volonté de répondre par un grand sourire et par un large baiser... bien sonore... presque joyeux...

Et comme la chère vieille s'accrochait à lui... pour le retenir encore, il lança de sa belle voix si bien timbrée :

— Bonne-maman, laissez-moi au moins embrasser mon père.

Et ce fut une rude et franche accolade, scandée par cette phrase allégrement proférée par M. Surcouf :

— Je me doutais bien que tu jouerais encore un bon tour aux Anglais.

— Mon p'tit gas ! mon p'tit gas ! répétait Mme Surcouf, qui ne trouvait pas d'autres mots pour exprimer son allégresse.

Puis, fiévreusement, elle demandait :

— Cette fois, n'est-ce pas, tu vas nous rester pour toujours ?

— Oui, grand-maman, oui... pour toujours ?

— Et Marcof ! Et Dutertre ! Et tous les braves matelots ? interrogeait M. Surcouf.

— Ils vont revenir, eux aussi... bientôt.

— Ah ! mon fils, que je suis fier de toi ! s'écriait M. Surcouf tandis que Marie-Catherine qui, elle aussi, s'efforçait de sourire, se détournait pour essuyer furtivement une grosse larme.

Surcouf contemplait les siens avec une expression de sérénité touchante.

À la vue de leur bonheur, on eût dit qu'il en oubliait la terrible réalité, pour le partager et s'en imprégner en une minute inoubliable qui devait être sa dernière joie en ce monde.

Mais, bientôt, son visage se contractait.

Et, d'une voix, qui maintenant tremblait comme brisée par la douleur qui était en lui, il fit avec effort :

— Et Madiana ?

Ce nom tomba au milieu d'un silence consterné.

Surcouf éprouva un grand froid intérieur ; car il y avait de la mort dans ce silence.

Et lentement, pâle, frémissant de la plus tragique des anxiétés, il scanda :

— Pourquoi ne me répondez-vous pas ?

M. Surcouf reprenait :

— Robert, aie du courage !

— Elle est... ?, fit le Malouin en n'osant achever sa phrase.

Mme Surcouf traça un grand signe de croix.

— Morte ! sursauta le corsaire.

Et, haletant de détresse, il demeura un instant comme hébété.

M. Surcouf s'en fut prendre, dans le tiroir d'une commode, le bout d'étoffe que Jacques Morel lui avait apporté quelques jours auparavant et il le présenta à son fils en disant :

— On a trouvé ceci sur la grève... un lambeau de la robe qu'elle portait...

— Le jour de nos fiançailles, articulait péniblement Surcouf, oui, je le reconnais.

Et il martela d'un air sombre :

— Elle a dû se noyer par désespoir.

Alors, lentement, il se laissa tomber sur un siège.

Mme Surcouf, l'entourant de ses bras, lui murmurait des mots qui ne pouvaient qu'ajouter encore à son indicible détresse :

— Pleure, mon p'tit gas ! Pleure, ça fait du bien !

« Mais pense aussi que nous ne nous quitterons plus jamais !

Alors, Surcouf, à ces mots qui ajoutaient encore à sa détresse, se cacha la tête entre les mains... et silencieusement il pleura !

... Depuis un moment déjà, Jacques Morel était revenu sur la terrasse.

En effet, depuis l'enlèvement de Madiana, il revenait chaque jour, sous le prétexte de prendre des nouvelles de la famille Surcouf, passer quelques instants dans leur demeure.

Mais en réalité il obéissait à un double but : d'abord revoir

Marie-Catherine dont la pensée, ou plutôt le désir ne cessait de le harceler avec une insistance de plus en plus grande, puis tâcher de savoir si les Surcouf avaient eu vent de l'étrange et mystérieux retour de Robert en France.

En effet, Jacques Morel était absolument convaincu, et en cela raisonnait fort juste, que le Malouin ne manquerait pas de revenir à Saint-Malo.

Aussi sa surprise n'avait-elle été que très relative, lorsqu'il avait reconnu, à travers une fenêtre ouverte, la puissante silhouette du corsaire.

Mais il s'était bien gardé d'intervenir... Il préférait écouter sans que personne soupçonnât sa présence.

Bien loin de suspecter la douloureuse comédie que Surcouf jouait aux siens, il avait éprouvé une impression d'indicible fureur lorsqu'il avait entendu le Malouin déclarer à sa grand-mère que, désormais, il resterait toujours près d'elle.

En effet, le commis aux écritures avait gardé au fond de lui-même le secret espoir qu'une fois Surcouf à jamais disparu, le temps ferait son œuvre dans le cœur et dans l'esprit de Marie-Catherine, et que celle-ci, enfin touchée par l'obstination de son amour, finirait par se laisser attendrir et lui accorder sa main.

Et, dans l'aveuglement d'une âme vile entre toutes, qui lui interdisait de croire aux dévouements surhumains, aux fidélités éternelles, il se raccrochait à cette espérance avec toute l'âpre énergie des forces mauvaises qui étaient en lui.

Et voilà que ce frêle espoir même lui échappait.

Madiana n'était plus là pour imposer à Surcouf la tyrannique domination d'un exclusif amour. Et, il en était sûr, jamais Tagore ne rendrait sa proie.

Alors Surcouf, qui allait demeurer là, brisé, pantelant, fou de chagrin sans doute, ne subirait-il pas, peu à peu, l'influence de ce nouvel amour qui s'offrait à lui ?

Ne se laisserait-il pas envelopper par l'atmosphère de tendresse dont Marie-Catherine allait l'entourer ?

Ne finirait-il point par s'apercevoir combien elle était jolie et bonne, et par comprendre quel trésor merveilleux était cette jeune fille ?

Aussi Jacques Morel se disait-il :

— Ainsi, tout est de nouveau perdu pour moi ! Plus que jamais, il faut que je renonce à elle, et cette fois pour toujours !...

Et la tentation de tuer Surcouf le hanta, tout à coup.

Sa main, instinctivement, se crispa, comme si elle serrait le manche d'un couteau.

Et le frisson du meurtrier sur le point de frapper sa victime le secoua de la nuque aux talons.

Mais ce ne fut qu'un éclair.

Jacques Morel était beaucoup trop lâche pour assassiner lui-même... Non point que l'acte en soi lui inspirât la plus légère horreur... et s'il eût été sûr de l'impunité, il n'eût pas hésité à poignarder traîtreusement celui qui, dans son testament, avait voulu introduire à son égard une clause à la fois si sage et si généreuse.

Mais s'il ne redoutait pas le crime, il tremblait en songeant à ses conséquences.

L'idée seule d'être arrêté, jugé, condamné, exécuté, l'épouvantait à un tel point qu'elle paralysait entièrement sa volonté et le faisait défaillir devant les risques d'une vengeance vers laquelle, pourtant, le poussait toute la haine effroyable qui était en lui.

— D'ailleurs, songeait-il... pourquoi commettrais-je l'imprudence... la folie d'agir moi-même ?

« L'exécuteur n'est-il pas là... tout prêt ?...

« Je n'ai qu'à prévenir Tagore, et demain Surcouf n'existera plus !

Après avoir jeté un dernier coup d'œil vers la fenêtre à travers laquelle il apercevait Surcouf, effondré sur une chaise et entouré des siens, qui lui prodiguaient leurs consolations, Jacques Morel s'empressa de gagner les remparts.

Il se dirigea tout droit vers le port et, avisant un pêcheur qui était en train de raccommoder ses filets, il lui dit :

— Dites donc, père Hamon, combien me prendriez-vous pour me conduire jusqu'au Guildo ?

— Au Guildo ? répéta le marin d'un air subitement effaré.

— Eh oui !

Alors, le père Hamon, tout en écarquillant les yeux, s'écria :

— Qué que c'est-y que vous voulez aller faire par là, monsieur Jacques ?

Morel parut un peu troublé par cette question aussi directe que spontanée.

Puis il improvisa :

— Je m'occupe, à mes instants perdus, d'écrire un livre sur les vieux châteaux des environs.

— On m'a dit, en effet, que vous aviez une *belle main d'écriture*, soulignait naïvement le pêcheur.

— Je voudrais me renseigner..., poursuivait le misérable.

— Faut-y que vous soyez curieux, tout de même.

— Alors, ce sera combien ?

Le pêcheur, éludant la réponse, insinuait :

— Vous n'avez pas peur des revenants ?

— Mais non, père Hamon ! Combien ? voyons ? Décidez-vous !

— Pour vous, monsieur Jacques, ce sera deux écus.

— Les voici.

— Comme vous êtes pressé !

— Je veux profiter du beau temps.

— Le fait est, que ce soir il y a bon vent, et la mer est belle.

— Alors, nous partons ?

— Nous partons.

Jacques et le père Hamon s'embarquèrent aussitôt dans une petite barque qui était amarrée au quai.

Le pêcheur mit aussitôt la voile et, quelques instants après, le canot cinglait dans la direction du Guildo.

Lorsqu'il arriva au pied des ruines, le soir commençait à tomber.

Comme il se préparait à accoster, le père Hamon, non sans une certaine inquiétude – car il était fort superstitieux –, demanda :

— C'est-y qu'il va falloir que je reste longtemps à vous attendre ?

— Non, mon brave, refusait Jacques Morel.

« Vous allez pouvoir repartir tout de suite pour Saint-Malo.

— Eh bien ! et vous ?

— Moi, j'ai décidé de passer la nuit ici.

— Ma Doué ! s'exclama le vieux, vous n'avez donc pas peur des fantômes ?

— Pas du tout ! scanda le commis aux écritures.

Et, tout en affectant une crânerie qui n'était ni dans son caractère, ni dans ses habitudes, il ajouta :

— Je ne serais même pas fâché d'en voir un de tout près.

— Vrai de vérité ! s'exclama le père Hamon, je ne vous croyais pas aussi "cœureux" (courageux) !

Jacques Morel eut un indéfinissable sourire.

Puis, d'un bond, il s'élança sur la rive que frôlait le canot.

— Bonne chance et bonne nuit ! lança le pêcheur en faisant virer sa barque face à la haute mer.

— Merci, père Hamon, fit Morel, en s'avançant déjà parmi les broussailles qui entouraient les ruines.

Et il attaquait les marches de l'escalier de pierre, lorsque deux Hindous, qui se dissimulaient dans un fourré, s'élancèrent sur lui et lui sautèrent à la gorge.

Le cou serré dans une étreinte de fer, Jacques Morel n'eut pas le temps de proférer un cri. Et les deux Orientaux allaient l'étrangler sans pitié et sans bruit, lorsqu'une voix s'éleva, mordante, impérieuse :

— Laissez cet homme.

Les Hindous obéirent aussitôt et leur victime poussa un soupir de soulagement.

Tagore était devant lui.

— Que viens-tu faire ici ? interrogeait l'Hindou avec un accent de sévérité hautaine.

— Te prévenir que Surcouf est à Saint-Malo, chez ses parents !

À ces mots, Tagore resta impassible, impénétrable.

On eût dit que lui aussi n'était nullement surpris par cette nouvelle.

Après un bref silence, il reprit :

— Se doute-t-il que j'ai enlevé Madiana ?

— Non, répliqua le traître. Il est persuadé, ainsi que ses parents le lui ont dit, que Madiana s'est donné la mort.

— Alors, laissa échapper froidement le fils de Timour, il n'y a qu'à le laisser repartir pour l'Angleterre.

— Il ne repartira pas ! affirmait le commis aux écritures.

— Pourquoi ?

— Je l'ai entendu dire à sa grand-mère qu'il était revenu à Saint-Malo pour toujours.

Tagore réfléchit quelques instants, puis il fit, comme s'il se parlait à lui-même :

— Les Anglais lui auraient donc fait grâce ?

— Je l'ignore ! ponctuait Morel.

Tagore réfléchit encore ; puis, scandant ses paroles d'un geste terrible, il s'écria :

— Il faut qu'il meure !

Un éclair de joie sauvage illumina les yeux de Jacques.

Tagore le dévisagea longuement... Puis, il lui demanda :

— Tu le hais donc toujours ?

— Plus que jamais !

— Eh bien ! tue-le !

— Je n'oserai pas !

Tagore eut un ricanement ironique.

Et, le regard méprisant, il martela :

— Tu es donc un lâche ?

— Je suis un malheureux ! murmura le commis en courbant le front.

L'Hindou eut un haussement d'épaules méprisant. Puis il reprit, lentement, solennellement :

— Mieux vaut que ce soit moi qui le frappe. Car ma main, à moi, ne tremblera pas !

Appelant vers lui ses deux complices, qui se tenaient à l'écart, il leur donna des ordres à voix basse ; et, revenant vers Jacques Morel qui s'était écrasé sur une marche, il fit, en lui frappant rudement l'épaule :

— J'aurai pour toi le courage qui te manque.

« Rassure-toi !... Demain, avant le point du jour, ton rival aura cessé de vivre !

XIII

NUIT D'AGONIE

Maintenant, sûr d'arriver en Angleterre pour la date du 10 septembre, Surcouf avait fait secrètement donner l'ordre aux marins de son équipage d'appareiller la *Confiance*, afin de partir le lendemain dès l'aube.

Puis il s'était enfermé dans la chambre de Madiana.

Il voulait passer sa dernière nuit, sa nuit d'agonie, dans ce véritable sanctuaire du souvenir et vivre ces quelques heures en une incessante évocation de celle qu'il avait perdue pour toujours.

Après avoir promené un long regard autour de lui, contemplé tous les meubles, tous ces objets qu'elle avait touchés et sur lesquels ses yeux s'étaient souvent et longuement posés, il s'en fut appuyer son front brûlant de fièvre contre la vitre d'une fenêtre.

Au loin s'élevait la chanson du vent, mêlée à celle de la mer...

Cela formait une sorte de plainte douloureuse et lamentable... quelque chose comme l'adieu d'une âme qui va s'envoler pour toujours.

Et Surcouf songeait :

— On dirait que c'est elle qui m'appelle... qui m'invite à aller la rejoindre dans l'éternité.

Convaincu que Madiana était bien morte, ainsi que le lui avaient annoncé ses parents, il reconstituait dans son esprit la scène tragique et voyait la malheureuse quittant cette chambre, passant par cette porte, s'élançant au-dehors dans la nuit, franchissant les remparts, courant sur la grève, entrant dans la mer, et marchant, marchant, jusqu'à ce que les flots eussent recouvert sa tête.

Sans doute la marée descendante l'avait-elle emportée loin, très loin, au large...

Entraîné par les courants, son corps déchiqueté, défiguré, gisait peut-être sur une plage lointaine.

Et, à ce spectacle d'horreur, Surcouf qui, au milieu des plus terribles carnages, ne s'était jamais senti faiblir, chancela, pâle, livide... et après avoir fait quelques pas, comme pour fuir cette mélopée funèbre qui le bouleversait, ajoutait encore à l'horreur de la vision qui le hantait, il s'en fut s'asseoir dans un fauteuil, près d'une table.

Et, d'une voix sourde, il murmura :

— S'il n'y avait pas la grand-maman, le père et la petite Marie-Catherine, combien serais-je heureux de mourir !

Pendant un long moment, les yeux fermés, il demeura plongé dans une profonde méditation.

Puis, en rouvrant les paupières, il aperçut, étalés devant lui, les bijoux de Madiana.

Il les prit, les examina, les reposa sur la table, près d'un vase autour duquel se penchaient des fleurs fanées.

Sur les bras du fauteuil, il y avait une écharpe.

Robert la saisit et la porta à ses lèvres, respirant le parfum dont elle était encore imprégnée et en la gardant longtemps, longtemps contre son visage, comme si c'était Madiana qu'il tenait enlacée.

Mais le grincement d'une porte l'arracha à sa torturante extase.

La bonne Mme Surcouf apparut sur le seuil.

Elle n'avait pas pu résister au désir de rejoindre son petit-fils.

Elle pensait à tout ce qu'il devait souffrir et elle voulait lui prodiguer ses consolations maternelles.

À la vue de sa grand-mère, le corsaire étouffa un profond soupir.

Puis, se levant, il s'en fut vers elle, tout en s'efforçant de lui sourire ; car il ne voulait pas qu'elle soupçonnât que c'était la dernière nuit qu'il passait sous le toit familial.

Pour rien au monde, il n'eût voulu détruire son illusion, tant il tenait à lui laisser encore quelques minutes heureuses.

Mais, malgré tout son empire sur lui-même, le Malouin ne parvenait pas à donner à sa figure ravagée l'expression de calme qu'en ce moment il sentait nécessaire.

Aussi, Mme Surcouf, frappée de l'immense douleur qu'il révélait, ne put-elle que s'écrier :

— Ah ! mon p'tit gas ! mon pauvre p'tit gas !

— Grand-maman ! fit simplement Surcouf.

Il ne put en dire davantage.

Les sanglots l'étouffaient.

Mais il parvint à se contenir, car il eût préféré mourir tout de suite, plutôt que de trop s'attendrir devant elle et d'éveiller ainsi ses soupçons.

La bonne dame lui prit les mains, et, l'attirant vers elle :

— Mon Robert, fit-elle, je comprends combien tu dois être malheureux... Mais un cœur aussi courageux que le tien ne doit pas se laisser envahir par le désespoir !

« Tu es resté croyant, mon fils... Comme moi, tu sens bien que tout n'est pas fini avec la mort et que ceux qui ont été bons sur la terre, et qui ont enduré leurs souffrances avec résignation, recevront, en se retrouvant là-haut pour l'éternité, la récompense de leur foi, la rançon de leur sacrifice.

« Sois un héros jusqu'au bout !

« Bats-toi contre ta douleur comme tu t'es battu contre

tes ennemis. Et tu triompheras d'elle comme tu as triomphé des autres !

Dans l'entrebâillement de la porte, Marie-Catherine se silhouettait, adorable apparition toute de pureté, de dévouement et de tendresse.

Et, les mains jointes, elle accompagnait d'une muette prière les paroles de l'aïeule.

— Faites, mon Dieu, disait-elle intérieurement, puisque vous n'avez pas voulu que le miracle de salut s'accomplît, qu'il s'en aille d'ici l'âme moins ulcérée et toute pénétrée de votre pensée, au seuil du monde meilleur que vous lui réservez !

Mme Surcouf continuait, en entourant de ses bras son petit-fils :

— Espère encore, mon Robert ! Tu sais ici combien nous t'aimons tous.

« Nous allons t'entourer de tant d'affection, que tu finiras peut-être, sinon par oublier, mais tout au moins par ne plus autant souffrir, et par accepter l'épreuve.

« Je te le demande pour moi qui n'ai plus grand temps à vivre, pour ton père, pour Marie-Catherine !...

La bonne vieille s'arrêta, suffoquée par les larmes.

Alors Robert, tout en embrassant son front, lui dit :

— Ne pleurez plus, grand-maman, vous avez raison !

Et, avec un sursaut de magnifique orgueil, qui mit sur son visage un rayonnement splendide, il ajouta :

— Je m'appelle Robert Surcouf, et je dois être toujours le plus fort !

Et ce fut vraiment une minute inouïe... minute de duperie sublime, minute d'héroïque mensonge, où le Malouin eut conscience qu'il n'avait pas faibli, qu'il accomplissait son devoir jusqu'aux extrêmes limites et qu'au moins lorsque sa grand-mère saurait toute la vérité, elle, qui cherchait à le consoler, se consolerait elle-même en se disant :

— Mon Robert est demeuré jusqu'à la fin l'égal de lui-même !

Le Malouin reprit d'une voix qui s'était faite très douce, presque câline :

— Grand-mère, vous avez bien fait de me rappeler la foi des anciens jours, puisqu'elle permet à ceux qui croient de se donner rendez-vous au-delà de la vie.

« Vous avez guidé mes premiers pas. Vous m'avez surtout appris à être honnête, à être brave... Vous m'avez fait ce que je suis. Et si vous êtes un peu fière de moi, c'est à vous que tout l'honneur en revient... Et je vous en remercie.

Et, s'agenouillant aux pieds de la simple mais admirable femme, le corsaire ajouta :

— Bénissez-moi, comme vous m'avez béni le jour où je suis parti en mer avec Marcof !

Alors, Mme Surcouf étendit ses mains au-dessus du front de son petit-fils, et elle fit :

— Oui, mon Robert, je bénis ton retour, comme j'ai béni ton départ.

« Puisse le bon Dieu répandre sur toi sa sainte bénédiction !

Surcouf lui prit les mains, et, tour à tour, il les appuya contre ses lèvres.

Puis, il se releva.

Galvanisé par une reprise de toute sa vaillance qui l'avait un instant abandonné, il dit :

— Grand-mère, j'ai besoin d'être seul, de revivre tout mon passé ; de même que vous allez parfois au cimetière prier sur la tombe des disparus, laissez-moi me recueillir encore parmi les souvenirs de ma pauvre Madiana.

Convaincue qu'elle venait d'aider son petit-fils à franchir le plus mauvais pas de son existence, Mme Surcouf reprenait :

— Je te laisse, mon Robert ! À bientôt !

Elle s'en fut vers la porte. Marie-Catherine avait disparu,

après un dernier regard vers celui qu'à cette heure elle aimait plus peut-être qu'elle ne l'avait jamais aimé.

Sur le seuil, la grand-maman se retourna et dit à Robert, qui n'avait pas bougé de place :

— Alors, nous pouvons déchirer ton testament ?

— Demain ! scanda Surcouf, nous le relirons et nous le détruirons ensemble.

— Oui, demain ! fit la bonne vieille, qui s'en fut presque heureuse.

— Allons ! tout est fini ! murmura Surcouf.

« Grâce à cette pauvre chère femme, je n'aurai pas été seul à mes derniers moments. Adieu, grand-mère ! Adieu, mes chéris ! Adieu !

Alors, envahi tout à coup par le désir de repartir et de retourner à bord de la *Confiance*, de revoir et commander une dernière fois ses hommes, il s'en fut vers la porte-fenêtre qui donnait sur la terrasse et l'ouvrit.

Mais une voix le rappelait :

— Robert !

Le Malouin se retourna.

Mme Surcouf, empoignée par un secret pressentiment, avait voulu revenir auprès de son petit-fils.

C'est en vain que Marie-Catherine avait cherché à la retenir.

— Je veux le voir encore ! avait-elle déclaré. Car j'ai l'impression qu'il me cache quelque chose !

Et elle avait rouvert la porte.

En voyant Robert sur le point de s'élancer au-dehors, elle s'écria :

— Où vas-tu, mon enfant ?

Surcouf, dissimulant son émotion, répondit :

— Au-devant de Marcof et de mes amis !

Il n'ajouta rien !... Il n'en pouvait plus de mentir... Et, se précipitant au-dehors, il disparut dans la nuit.

Mme Surcouf eut un grand frisson.

On eût dit qu'elle avait tout à coup l'intuition de la vérité. Et, se tournant vers Marie-Catherine qui était accourue à sa suite, elle fit, désespérée :

— Il vient de partir !

Et, tout éperdue, elle ajouta :

— Mon Dieu, protégez-le, car j'ai le pressentiment qu'il va lui arriver malheur.

XIV

LE COUP DE POIGNARD

Déjà, depuis près d'une heure, une ombre errait autour de la demeure des Surcouf.

C'était Tagore qui, aussitôt débarqué de Saint-Malo, avait gagné la maison du corsaire.

Se glissant dans l'ombre, franchissant la balustrade de la terrasse, il pénétrait dans le jardin sans bruit, sans éveiller l'attention de personne.

Tel un fauve à l'affût de sa proie, il avait attendu le moment où celle-ci s'offrirait à lui sans défense.

Tout d'abord, la lumière qui brillait aux fenêtres avait retenu son attention.

En rampant, il s'était approché de la grande salle.

À travers les carreaux, il avait aperçu M. Surcouf et sa mère se félicitant tous deux du retour de Robert, puis Marie-Catherine qui les observait tous deux avec une expression de grande tristesse.

Mais le Malouin n'était pas là.

— Est-il sorti ? se disait Tagore.

Et il se demandait s'il ne devrait pas remettre au lendemain sa vengeance ; mais une autre fenêtre éclairée, un peu plus loin, attira son regard.

Toujours rampant comme un reptile, il s'en approcha...

Surcouf était là, assis près de la table, pressant contre ses lèvres l'écharpe de Madiana.

S'immobilisant, retenant son souffle, l'Hindou attendit.

Il songeait au moyen de pénétrer dans la maison, de frapper son ennemi, lorsque Mme Surcouf apparut dans la pièce.

Sans rien entendre, car la fenêtre était fermée, Tagore avait assisté à la scène émouvante qui s'était déroulée entre l'aïeule et son petit-fils, et, dès qu'il avait vu celui-ci se diriger vers la porte-fenêtre, il s'était tapi derrière un banc de pierre, avait laissé le Malouin s'éloigner et s'était élancé sur ses traces.

Il l'avait rejoint sur les remparts... Profitant de ce que le corsaire s'était arrêté un instant à contempler la mer, devenue la tombe immense et sans doute éternelle de la femme qu'il avait tant aimée, l'Hindou le dépassait, et, au moment où Surcouf se retournait pour continuer sa route, il le frappait d'un coup de poignard en pleine poitrine.

Le corsaire tomba comme foudroyé.

Mais il n'avait pas perdu connaissance ; et il reconnut Tagore qui, penché au-dessus de lui, le regard flambant d'une sauvage allégresse, lui soufflait au visage :

— Je t'avais bien dit que tu n'échapperais pas à ma vengeance.

Et il ajouta :

— Mais tu ne mourras pas tout de suite... car il faut que tu expies !...

« Oui, tu vas expier terriblement... car j'ai trempé la lame de mon poignard dans un poison qui ne pardonne pas, et qui, en s'infiltrant lentement dans les veines, va te préparer la plus effroyable des agonies.

Et il ajouta, secoué d'une abominable allégresse :

— Adieu, Surcouf, je suis content, mon but est atteint. Timour, mon père, est vengé !

Et il disparut dans la nuit, laissant son arme plongée dans la poitrine du Malouin.

Celui-ci voulut se relever, mais il retomba.

Faisant appel à toute son énergie, il se traîna sur les dalles, s'efforçant de gagner l'escalier qui accédait à l'intérieur de la ville.

Car, s'il se rendait compte que sa blessure, en elle-même, n'était pas mortelle et même n'était que superficielle, il n'envisageait pas moins, dans sa lucidité qu'il avait conservée tout entière, la nécessité impérieuse de se garantir, dans le plus bref délai, contre les effets du terrible poison dont l'avait menacé Tagore.

Et, dans un de ces prodigieux efforts physiques dont il était coutumier, il parvint à se redresser sur ses jambes et, tout en s'appuyant à la muraille, il réussit à descendre une à une les marches de pierre.

Mais, en arrivant en bas, il eut un grand éblouissement, et, trébuchant, il roula sur le sol où il demeura étendu, comme paralysé, et se demandant avec une indicible angoisse :

— Le poison commencerait-il déjà à agir ?

Une profonde épouvante s'empara de lui...

C'est qu'il songeait à ceux qu'il avait laissés, là-bas en otages, entre les mains de Pitt, et que celui-ci ne manquerait pas de faire implacablement exécuter, s'il n'était pas exact au rendez-vous.

Alors, non seulement l'homme d'État anglais, ignorant les raisons pour lesquelles son messager n'avait pas reparu à l'heure dite, aurait le droit de penser qu'il était un parjure et un lâche, mais encore et surtout ses amis expireraient dans l'injuste et effroyable conviction qu'il les avait trahis, abandonnés.

Et le Malouin songeait surtout à Marcof, aux dernières minutes de ce malheureux qui, tout en marchant au supplice, se dirait, le cœur déchiré :

— Surcouf n'aura pas eu le courage nécessaire pour aller jusqu'au bout de sa tâche, pour gravir avec moi la dernière station de notre mutuel calvaire !

« Repris par son amour pour Madiana, torturé par le désir de la rejoindre, il se sera livré à quelque infâme trafic qui lui aura valu sa grâce.

« Et, tandis que moi je vais subir le plus ignominieux trépas, lui, sans doute, tient entre ses bras Madiana, ma femme, qui va devenir la sienne !

« Il se grise de ses baisers. Il l'énerve de ses caresses. Il est heureux – heureux – et moi, je vais mourir !

Le corsaire croyait entendre le cri de malédiction qu'au moment d'expirer lui adressait celui pour le salut duquel il avait tout risqué, tout sacrifié : son amour et sa vie !

— Non ! non ! cela n'est pas possible, se révoltait Surcouf. Il faut que j'arrive là-bas... à temps... à l'heure... quand on devrait me porter sur un brancard, mourant même.

« Oui, il le faut ! Je le veux ! Je le veux !

Et, rassemblant toutes ses forces, il lança ce cri :

— À moi ! à moi !

Des marins, qui sortaient à ce moment du cabaret de *L'Homme Armé*, accouraient à cet appel.

L'un d'eux se penchait vers le Malouin qui était resté étendu sur le sol.

Il eut un violent sursaut d'étonnement.

— Le commandant Surcouf ! s'écria-t-il... Mais il y a du sang... Vous êtes donc blessé ?

— Oui... mon ami ! reprenait le Malouin.

« On a voulu m'assassiner... Mais peut-être puis-je encore me tirer d'affaire.

« Seulement, il n'y a pas une seconde à perdre.

Et, s'adressant à l'un des marins, il fit :

— Pendant que tes camarades vont m'emporter à bord de la *Confiance*, va vite chercher le chirurgien Le Gall, qui demeure à deux pas d'ici, rue de la Paroisse.

« Dis-lui que c'est pour moi... Et amène-le tout de suite à bord !

— Foi de Breton, s'écriait le marin, nous y serons en même temps que vous.

Surcouf, aidé par les marins, s'était relevé.

L'un d'eux remarquait :

— Ma Doué ! vous avez un couteau planté dans la poitrine.

Et il avançait la main pour l'enlever.

— N'y touchez pas ! défendait le corsaire, car vous risqueriez d'agrandir la blessure ! Et alors ça pourrait tout à fait se gâter.

Puis, avec le même sang-froid que s'il eût commandé une manœuvre, il ajouta :

— Deux d'entre vous vont me prendre par les épaules, deux par les jambes. Doucement, pas trop fort...

Les marins obéirent aussitôt.

— Maintenant, en route... Ne me secouez pas trop, les gars... mais marchons bon pas, tout de même !

Par un heureux hasard, c'était marée haute... et la *Confiance*, dont l'équipage avait reçu, dans la journée, les ordres mystérieux de leur chef, était amarrée au quai dit de l'Ouest, prête à appareiller, et n'attendait plus que le signal du départ.

Avec précaution, les marins franchirent la passerelle jetée entre le bateau et le quai.

Les hommes de la *Confiance*, qui n'avaient pas reconnu le corsaire, se demandaient quel était le blessé qu'on leur apportait ; mais Surcouf, d'une voix demeurée vivante, s'écriait :

— Eh bien quoi ! les enfants ! Vous ne me reconnaissez donc pas ?

— Le commandant !

— Oui, moi !

— Blessé ?

— Un peu ! mais surtout du calme !

« Qu'on apporte tout de suite un matelas, qu'on le mette là, sur le pont, avec plusieurs falots autour...

« Allez, mes enfants, on s'expliquera ensuite !

Malgré tout l'émoi qui s'était emparé d'eux, les matelots de la *Confiance*, pliés à une discipline de fer, s'empressaient d'exécuter les ordres de leur chef qui était demeuré debout, s'appuyant à peine contre l'épaule de ceux qui l'avaient recueilli.

Et c'était vraiment une chose prodigieuse de voir cet homme, qui se savait voué à une mort effroyable et qui n'avait peut-être qu'une chance sur cent d'y échapper, garder ainsi toute sa présence d'esprit, toute son intrépidité, toute sa volonté qui lui imposait de vivre, pour s'en aller mourir avec ses amis !...

Tandis que l'on apportait le matelas et les lanternes, le docteur Le Gall accourait, bouleversé, lui aussi, par la nouvelle que Surcouf était là, blessé, à bord de son navire.

Sans chercher à comprendre, car il savait qu'avec ce diable de Malouin il fallait s'attendre à tout, il s'était précipité à l'appel de son ami.

C'était d'ailleurs un chirurgien fort expert et qui, suivant sa pittoresque expression, avait raccommodé presque autant de gueules cassées qu'il y a d'étoiles dans le ciel.

Et, s'avançant vers Surcouf qu'il avait connu tout enfant, et pour lequel il avait une amitié et une admiration sans bornes, il s'écria :

— Ah çà ! tu ne m'as pas l'air de te porter trop mal pour un blessé !

« Je suppose pourtant que tu n'as pas dérangé ton vieil ami pour un bobo ou une simple égratignure ?

Surcouf répliquait, s'efforçant de sourire :

— Mais non, docteur. Tenez, regardez ce que j'ai là...

Et il désigna en même temps l'arme qui était restée dans la plaie.

— Oh ! oh ! s'exclamait M. Le Gall.

« Tu as bien fait de ne pas t'enlever ça tout seul... car ce sont des outils qu'il faut manier avec précaution.

— Surtout celui-là..., souligna Surcouf d'un air étrange.

Et il ajouta :

— J'ai hâte que vous m'en débarrassiez.

— Alors, couche-toi sur ce matelas !

Le Malouin, sans le secours de personne, s'étendit sur le matelas.

Un peu pâle, mais l'œil ardent, il attendit...

Le docteur Le Gall lançait à l'un des matelots :

— Approche ton falot.

Se penchant vers le corsaire, il saisit le manche du poignard, et lentement, avec précaution, il l'attira à lui.

— Rien de grave, fit-il d'un air rassuré... Blessure en séton. La lame a glissé sur les côtes. Elle est même quelque peu ébréchée.

« Décidément, mon cher Robert, tu es bâti en granit !

Un des marins allait s'emparer du poignard ; mais Surcouf s'écriait :

— N'y touchez pas, malheureux, il est empoisonné !

— Empoisonné ! répétait le chirurgien avec épouvante.

Mais, tandis qu'une profonde consternation se lisait sur tous les visages, Surcouf qui, seul, paraissait avoir gardé tout son sang-froid, reprenait :

— Ça, c'est mon affaire !

Et tout de suite, il scanda :

— Que l'on fasse immédiatement rougir au feu une tige de fer et qu'on me l'apporte.

« Vous autres, toutes voiles dehors...

« Les gars, nous partons pour l'Angleterre.

Muets de surprise, les hommes de la *Confiance*, pour la première fois depuis qu'ils étaient sous les ordres de Surcouf, hésitaient à obéir à leur chef.

— Ah çà ! grondait le Malouin, vous ne m'avez donc pas entendu ?... Allez ! mais allez donc !

Cette fois, tous se rendirent à leur poste... et Surcouf, se tournant vers le chirurgien qui avait ouvert sa trousse et commençait à préparer un pansement, s'écriait :

— Attendez, docteur !... Ainsi que je viens de vous le dire, mon assassin avait eu soin d'empoisonner son arme !

— Et vous voulez que je cautérise votre plaie ?

— J'ai la plus grande confiance en votre habileté, répliqua le Malouin...

Et, avec un accent d'héroïsme tranquille qui montrait jusqu'à quel point il tenait en mépris la douleur physique, il ajouta :

— Mais vous n'auriez peut-être pas été aussi profond que moi !

Tout en parlant au médecin, Surcouf surveillait la manœuvre des matelots qui commençaient à hisser les voiles et à desserrer les amarres.

— Ah ça ! s'exclamait le bon docteur, vous partez donc en croisière ?

— Oui, et je vous emmène avec moi...

— Ah ! diable !

— Vous êtes vieux garçon, docteur... Vous n'avez ni femme, ni enfants qui vous attendent au logis.

— Et mes clients ?

— Pour l'instant, ne suis-je pas le plus pressé de tous ? Pendant votre absence, vos confrères s'occuperont des autres.

« D'ailleurs, rassurez-vous, la *Confiance* sera rentrée à Saint-Malo dans cinq jours... Vous aurez fait une belle promenade en mer et rendu service à un ami...

« Tout à l'heure, quand cela ira un peu mieux, je vous raconterai mon aventure d'Angleterre et je vous dirai aussi ce que je retourne y faire.

« Après cela, je suis sûr que vous ne regretterez pas de m'avoir accompagné dans ce bref voyage.

— Décidément, s'exclamait M. Le Gall, on ne peut pas résister à ce diable d'homme.

Tout en revenant sur son matelas, Surcouf s'écriait :

— Hé là ! qu'est-ce qu'il fait donc, le gabier de misaine ? Pourquoi n'est-il pas à son poste ? Est-ce qu'il a envie que j'aille lui caresser l'échine ou lui frotter les oreilles ?

— Ne t'agite donc pas ainsi, conseillait le chirurgien. Tu vas te donner la fièvre.

— La fièvre, je l'ai déjà ! oui, la fièvre de vivre ! de vivre !...

Et Surcouf éclata d'un rire étrange dont lui seul pouvait comprendre la signification.

— Allons bon ! voilà qu'il délire ! grommela le praticien...

Mais un matelot revenait près de Surcouf, apportant un long et large poinçon enfoncé dans un réchaud rempli de charbon de bois incandescent.

Le docteur Le Gall voulut s'en emparer.

— Laissez cela, ordonna le Malouin sur un ton qui n'admettait pas de réplique.

Et il martela :

— Ce n'est pas la première fois que je suis mordu par un serpent !

Et, déchirant sa chemise tachée de sang, il saisit par son manche en bois le poinçon tout en feu... et l'appliqua, sans la moindre hésitation, sur la plaie qui s'ouvrait sur son côté mis à nu.

Les chairs grésillèrent. Surcouf devint affreusement pâle...

Les traits contractés, les dents serrées, il continua à fouiller sa blessure avec ce cautère improvisé, allant jusqu'au fond sans qu'aucune plainte s'échappât de ses lèvres.

Cela ne dura que quelques secondes, mais qui parurent sans fin au docteur Le Gall.

Quand ce fut terminé, le corsaire n'éprouva pas la moindre défaillance.

Et, tout en essuyant du revers de sa manche la sueur qui inondait son front, il s'écria :

— Qu'on m'apporte un quart de rhum !

Et, se tournant vers le docteur Le Gall, il fit :

— Maintenant, vous pouvez faire votre pansement.

Tandis que le brave chirurgien, encore tout tremblant, préparait sa charpie, Surcouf se redressa.

La *Confiance*, toutes voiles dehors, quittait le port.

— Point de direction : Portsmouth ! lança le Malouin d'une voix qui n'avait jamais été plus vibrante.

Et il murmura :

— Faites, mon Dieu, que j'arrive à temps pour mourir avec mes amis !

XV

UN MIRACLE

À force de volonté et d'énergie, Surcouf, non seulement avait désarmé la mort, mais il n'avait pour ainsi dire rien perdu de ses forces au cours de cette terrifiante épreuve où tout autre que lui eût certainement laissé la vie.

En effet, si, conformément au diagnostic du chirurgien Le Gall, la blessure que lui avait faite Tagore n'était pas grave, il était à redouter que le poison dans lequel le misérable avait trempé la pointe de son poignard, ne se fût infiltré dans l'organisme du corsaire et que l'opération, brutale et douloureuse entre toutes qu'il avait tentée sur lui-même, ne fût, hélas ! trop tardive.

Toute la nuit, avec le stoïcisme qui le caractérisait, il avait attendu les premiers symptômes d'empoisonnement qu'il connaissait pour les avoir observés sur d'autres.

Mais, à sa grande joie, et au profond ahurissement du bon docteur dont cet événement allait complètement bouleverser les principes et les connaissances médico-toxicologiques, Surcouf avait constaté que, plus le temps s'écoulait, plus il sentait son état s'améliorer, ses nerfs s'apaiser, son sang circuler librement dans ses veines.

Certes, la brûlure qu'il s'était faite, malgré l'habile pansement que le médecin y avait introduit, lui causait encore de cuisantes souffrances.

Mais qu'était-ce pour un homme de sa trempe ? Et

comme il ne ressentait aucun froid intérieur, aucun engourdissement, aucun fourmillement aux extrémités, aucune gêne respiratoire, pas le plus petit mal de tête, et qu'au contraire, il n'avait jamais eu le cerveau plus lucide, les idées plus claires, il déclarait, vers une heure du matin, à l'excellent docteur qui ne l'avait pas quitté d'une seconde et lui tâtait le pouls pour la vingtième fois peut-être :

— Mon cher ami, maintenant, vous pouvez être rassuré. Voilà quatre heures que j'ai reçu le coup de poignard de ce bandit... Et tout va bien... Si le poison avait dû produire son effet, ce serait déjà chose faite.

— Tu crois ?

— J'en suis sûr. J'ai vécu assez longtemps aux Indes pour être parfaitement renseigné sur la question.

« D'ailleurs, j'étais à peu près sûr du résultat.

— Vraiment ?

— Un jour, j'ai usé du même procédé envers un de mes hommes qui avait été frappé dans les mêmes conditions que moi ; et il s'est très bien tiré d'affaire.

— Je savais que tu étais le plus grand des corsaires, mais je n'aurais jamais pensé que tu étais aussi un maître en chirurgie.

— Dans ce cas tout spécial seulement, protestait Surcouf, avec un bon sourire.

— En tout cas, tu as fait preuve, déclarait le docteur Le Gall, d'une endurance que je n'ai jamais rencontrée chez personne, au cours de ma déjà longue carrière.

— Il y a des cas où l'on n'a pas le droit d'hésiter.

— J'avoue franchement que je n'aurais jamais eu ton courage.

— L'essentiel est que j'en aie réchappé...

— Cela tient du miracle !

— Je vous croyais un vieux mécréant.

— Le fait est que je ne crois pas à grand-chose.

— Vous avez peut-être tort, docteur, observait Robert.

Car, en admettant que j'aie été envers moi-même bon médecin, je demeure persuadé au fond du cœur qu'il y a eu, tout de même, une intervention mystérieuse qui ne s'est pas contentée d'inspirer ma volonté, de soutenir et de diriger mon bras, mais a encore permis que mon effort triomphât de la mort qui était déjà entrée en moi.

"Aide-toi, le ciel t'aidera", a écrit le bon fabuliste La Fontaine.

« Je me suis aidé, c'est vrai, mais vous ne m'empêcherez pas de croire que notre vieux bon Dieu de chez nous ne s'est pas complètement désintéressé de mon aventure.

— Que ce soit Dieu ou le diable, peu m'importe, s'exclamait le vieux sceptique qu'était M. Le Gall, l'essentiel est que tu sois sauvé. Tu l'es ! Je m'incline et je me réjouis.

« Et puis, ce n'est guère le moment, ni pour moi, ni pour toi, mon cher Robert, d'engager une controverse théologique. Cependant, puisque tu vas mieux...

— Je vous affirme que je vais même tout à fait bien.

— C'est prodigieux !... Mais non... je me tais...

« Malgré tout, tu dois avoir besoin de repos.

— Vous avez quelque chose à me dire ?... Parlez !

— Je m'en voudrais, moi, ton docteur, de te fatiguer.

— Parlez, je vous en prie.

— Demain.

— Non, tout de suite.

Et, sur un ton de joyeuse plaisanterie, Surcouf s'écria :

— Vous oubliez que je suis seul maître à mon bord ! Je vous ordonne donc de tout me dire.

— Eh bien ! voici... Je ne serais tout de même pas fâché de savoir ce que nous allons faire en Angleterre.

— Vous avez donc oublié ce que je vous ai dit ?

— Quoi donc ?

— Mais que votre navigation forcée serait de brève durée et que vous ne tarderiez pas à regagner Saint-Malo.

— C'est vrai, mais toi ?

— Oh ! moi, c'est une autre affaire...

— Je suppose, en effet, que, dans les conditions où tu te trouvais, tu n'es pas parti à bord de la *Confiance* uniquement pour faire une promenade en mer.

À ces mots, Surcouf fronça légèrement les sourcils.

— Je suis sans doute indiscret ? interrogea le chirurgien.

— Non, mon bon docteur... Mais bientôt, vous saurez tout.

« Pour l'instant, je vais suivre votre conseil, c'est-à-dire me reposer. Tout ce que je peux vous déclarer, quant à présent, c'est que je vais encore avoir besoin de beaucoup de forces.

— Alors, tâche de dormir.

— C'est ce que je vais faire.

— Veux-tu que je te prépare une tisane ?

— Une tisane, à moi ! Non, un bon quart de rhum, si vous le voulez !

— Mais, animal, tu vas faire monter ta température...

— Ce sont des idées de médecin !

— Idées fort justes...

— Pas pour moi.

— Tu n'es pourtant pas fabriqué autrement que les autres.

— Je crois que si... Ne m'avez-vous pas dit que j'étais bâti en granit ?

— Après tout, tu as peut-être raison.

— Le rhum est là, sur la tablette près de mon coffre de commandant.

Le docteur Le Gall s'en fut chercher la bouteille... et, tout en maugréant, il remplit à moitié seulement un quart d'étain qu'il apporta au corsaire.

— Rien que cela ! fit Surcouf d'un air ironique. Une ration de moussaillon, à moi ! Allons, docteur, faites-moi bonne mesure !

— Singulière façon de se soigner ! grommelait le praticien tout en reprenant la bouteille.

— Elle m'a toujours réussi.

— Tu verras que tu auras demain une fièvre de cheval.

— Je parie avec vous que non !

— Bois donc, animal !

— Docteur, vous oubliez...

— Quoi donc ?

— De vous servir.

— Moi !

— Vous allez trinquer avec moi !

— Tu n'y penses pas !

— Je ne pense qu'à cela, au contraire !

— J'ai horreur de ces drogues que les sauvages appellent si justement de l'eau-de-feu.

— Allons, allons ! ne faites pas le dégoûté ! Je vous ai vu faire amplement honneur à une certaine liqueur des îles que je vous avais rapportée.

— Satané Robert !

— Je me souviens même qu'un certain soir, pour rentrer chez vous, vous n'avez pas refusé l'offre de mon bras... Et vous m'avez même avoué que si vous défendiez l'alcool à vos clients, ce n'était pas une raison pour que vous, médecin, vous vous en priviez.

« Vous venez de passer à mon chevet des heures plutôt déprimantes, vous devez avoir besoin d'un remontant.

« Faites comme moi, c'est le docteur Surcouf qui vous l'ordonne.

— Décidément, on ne peut rien lui refuser, concluait le docteur Le Gall, en se versant à son tour, dans un autre quart, une respectable rasade.

— Et maintenant, s'écriait Surcouf, à la santé, non pas de vos clients, mais à la vôtre !

— Et à la tienne ! ripostait le brave chirurgien en cognant son quart contre celui de Surcouf.

Quelques instants après, tout en regagnant la cabine de Dutertre, que Surcouf avait fait aménager pour lui, le docteur Le Gall murmurait :

— Quel homme ! Jamais encore je n'ai rencontré son pareil.

Et il ajouta :

— C'est égal, maintenant que je sais ce qu'il a dans la peau, je ne serais pas fâché d'apprendre aussi ce qu'il a dans la tête.

Quant à Surcouf, à peine le docteur avait-il disparu, qu'il fermait les yeux et s'endormait paisiblement.

Lorsqu'il se réveilla, après cinq heures d'un sommeil réparateur et qui n'avait été troublé par aucun mauvais rêve, il constata que sa blessure lui causait encore une certaine gêne, mais nulle souffrance. Il se leva aussitôt et se rendit sur le pont.

À sa vue, ses hommes le saluèrent par un grand cri d'allégresse. Et, avisant le maître-coq qui se tenait sur le seuil de sa cabine, il lui lança :

— Énogat, fais-moi chauffer tout de suite un bon café et prépare-moi quelques bonnes et larges tartines de beurre. Ce matin, je me sens en appétit !

L'équipage n'en revenait pas. Certes, son commandant lui avait donné souvent des preuves de résistance à la fatigue et d'endurance au mal, comme on n'en voit guère.

Plusieurs fois, ses hommes l'avaient vu, au cours de rudes batailles, couvert de sang, criblé de blessures, continuer la lutte comme s'il n'avait pas été touché, puis, après la victoire, se faire panser sommairement, reprendre le commandement de son navire, songer à de nouveaux combats, donner aux autres blessés le signal de la guérison, comme il donnait à ses marins celui de la victoire. Et cela n'avait pas peu contribué à grandir son ascendant sur ses hommes, qui s'étaient pris à le considérer comme un être surnaturel, capable de résister à tous les dangers, de traverser impunément tous les périls, et de défier inlassablement la mort.

Et pourtant, quand ils l'avaient vu, la veille, ramené à bord par deux des leurs, se soutenant à peine, un poignard enfoncé dans le corps, tout couvert de sang, pâle comme un spectre et l'œil luisant de fièvre, tous ces braves gens, bouleversés par la subite apparition de leur chef, qu'ils croyaient prisonnier des Anglais et même pendu, peut-être, avaient eu tous l'impression que leur commandant, leur héros, après avoir réussi à s'échapper, revenait, mortellement blessé, mourir au milieu d'eux !

Ceux qui, malgré tout, persistaient à espérer que Surcouf tromperait encore la camarde s'étaient sentis profondément découragés lorsqu'ils l'avaient entendu déclarer au docteur Le Gall que la lame du poignard était empoisonnée.

Ils n'ignoraient pas qu'en des circonstances analogues, l'un de leurs camarades avait été jadis secouru et sauvé par le Malouin ; ils n'en tremblaient pas moins à la pensée que leur chef, ou plutôt leur Dieu, allait peut-être périr au milieu d'atroces souffrances.

Et lorsqu'ils l'avaient entendu, malgré tout, leur donner l'ordre de gagner le large, il n'était pas un de ces loups de mer qui n'eût senti au coin de sa paupière la trace humide d'une larme.

Voilà pourquoi ils avaient un peu tardé à lui obéir, tant ils redoutaient, instinctivement, qu'il expirât sans qu'ils fussent là pour recueillir son dernier souffle... pour contempler son suprême regard...

Et, pendant toute la nuit, pas un seul d'entre eux n'avait connu une minute de repos... un instant de sommeil !

Ils étaient tous là, l'esprit tendu, le regard dirigé vers la porte de la cabine où, dès que le docteur Le Gall avait eu terminé son pansement, Surcouf s'était fait transporter.

Et tous se demandaient ce qui pouvait se passer dans

cette chambre où leur chef était demeuré seul avec le médecin.

Tandis que la *Confiance* continuait à cingler vers l'Angleterre, ils attendaient avec une fébrile impatience que le chirurgien reparût ; et les heures leur paraissaient interminables.

Aussi, lorsqu'ils virent le docteur Le Gall sortir de la cabine, se précipitèrent-ils vers lui, l'interrogeant avec anxiété ; et, quand le médecin leur eut déclaré que Surcouf était hors de danger, ce fut un grand cri, fait de tout le dévouement et de toute l'affection que ces braves gens avaient voués à leur chef.

Mais quand ils le virent surgir tout à coup sur le pont... aux premiers rayons du soleil levant... qu'ils l'entendirent réclamer son café, et qu'il se fut écrié avec le même entrain que d'ordinaire : « Ah çà ! les gars, qu'est-ce que vous avez donc à me regarder ainsi ? », tous furent sur le point de tomber à genoux devant ce surhomme ; et le plus ancien de l'équipage, le père Mabon, tout en levant son bonnet de laine, dit en se signant d'une main tremblante :

— Sûr que c'est Madame sainte Anne qui a fait ce miracle !

— Après tout, mon vieux, c'est bien possible, ripostait Surcouf... En tout cas, je te charge, quand tu rentreras à Saint-Malo, de lui porter de ma part un beau cierge de six livres !

— J'espère bien, commandant, répliquait le père Mabon, que vous y viendrez avec nous.

Le front de Surcouf se rembrunit. Puis, maîtrisant l'émotion qui venait de s'emparer de lui, il fit :

— Mais oui, mon brave, mais oui !

Alors, s'enhardissant, le loup de mer reprit :

— C'est-y, des fois, qu'on va encore dire deux mots aux English ?

— On en reparlera tout à l'heure.

Et, plaçant ses mains en porte-voix, Surcouf héla :

— Eh bien, Énogat ! et ce café ? et vous autres, à la manœuvre !

S'asseyant sur un tas de cordages, Surcouf commença à faire honneur au petit déjeuner que lui apportait le maître-coq.

Le docteur Le Gall, qui sortait de la cabine de Dutertre eut, en l'apercevant, un grand sursaut.

Et, s'approchant de lui, il s'écria :

— Comment, debout... sur le pont ! Quelle imprudence !

— Pourquoi ? s'exclamait le Malouin sur un ton de naïveté désarmante.

— Mais enfin, après ce qui s'est passé hier...

— C'est de l'histoire ancienne !

— Comment, de l'histoire ancienne ?

— Eh parbleu, oui ! Je vous l'avais bien prédit qu'aujourd'hui ça irait tout à fait bien. J'ai dormi comme un enfant... je me sens un appétit d'ogre et je n'ai même pas de courbature.

— Pas de fièvre ?

— Tâtez !

Surcouf tendit son poignet au docteur qui s'en empara.

— Pouls très régulier, fit-il. C'est inouï. Et tu ne souffres pas trop de ta blessure ?

Surcouf fit, avec un admirable sourire :

— Si je n'en avais jamais reçu de plus grave, fit-il, je pourrais peut-être m'en plaindre un peu.

« Mais qu'est-ce que c'est à côté de ce que j'ai déjà souffert ?

Et, sentant qu'il allait s'attendrir, il scanda :

— Allons, docteur, un bon café, vous aussi ! Et avec du rhum. Le rhum c'est mon remède... ma panacée, comme vous le dites dans votre jargon doctoral.

Le bon monsieur Le Gall ne répondit pas... Immobile, comme frappé de stupeur, et il ne savait pas tout encore, il contemplait ce splendide héros que, quelques heures auparavant, il avait cru perdu, qu'il avait vu endurer sans broncher, sans qu'un muscle de son visage tressaillît, une effroyable et longue douleur, qui eût fait défaillir le cœur le plus courageux et s'évanouir le loup le plus « dur à cuire », et qui, quand tout autre fût demeuré abattu, prostré sur sa couche, reprenait sa vie quotidienne avec une invraisemblable sérénité.

Et, dominé par la force mystérieuse qui émanait de cet être formidable, il s'écria :

— Robert, mon ami, sois content, maintenant, le vieux mécréant croit aux miracles !

XVI

L'ADIEU À L'ÉQUIPAGE

Le 9 septembre, dans l'après-midi, la *Confiance* arrivait dans les eaux territoriales anglaises.

Immédiatement, Surcouf ordonnait de larguer les voiles et de jeter l'ancre.

La manœuvre une fois exécutée, le corsaire faisait rassembler tout son équipage sur le pont.

Et, dans un grand silence, il attaqua :

— Mes amis, le moment est venu de me séparer de vous pour toujours.

Malgré tout le respect que le grand corsaire inspirait à ses hommes, un murmure s'éleva parmi eux, fait de douleur, de regret, presque de reproche.

Le Malouin reprenait, non plus sur ce ton d'autorité impérieuse avec lequel il savait si bien en imposer à tous, mais d'une voix grave, solennelle :

— Les gars, écoutez-moi avec calme. Je tiens à ce que vous sachiez toute la vérité.

« Si je ne vous l'ai pas révélée plus tôt, c'est parce que j'ai voulu vous épargner, à vous comme à moi, la tristesse de trop longs adieux et que je ne voulais pas mettre d'ombre sur les derniers instants qui me restaient à passer parmi vous.

Et, cette fois, dans un silence que seul troublait le murmure du vent, Surcouf poursuivit :

— Ce n'est point, hélas ! pour reprendre avec vous le bon combat, que je suis de nouveau monté à bord de la *Confiance*, mais pour accomplir un devoir d'honneur, sacré entre tous.

« À l'heure où, dans notre prison de Londres, mes amis et moi nous attendions que l'on vînt nous chercher pour nous livrer au bourreau, William Pitt, le Premier Ministre d'Angleterre, m'a fait demander et m'a chargé de porter au Premier Consul une missive secrète qui, m'a-t-il affirmé, ne contenait rien qui pût porter atteinte à l'honneur du messager.

« Pitt me déclara ensuite que je demeurais son prisonnier sur parole et que, quelle que fût l'issue de ma mission, je devrais être de retour à Londres le 10 septembre.

« Sinon Marcof, Dutertre et tous nos camarades seraient pendus sans plus attendre.

« J'acceptai donc de porter cette lettre à Bonaparte.

« Cette mission nous offrait peut-être une chance de salut et je n'avais pas le droit de la laisser échapper.

« Quelques jours après, j'étais introduit auprès du Premier Consul ! Ah ! les gars, celui-là, c'est un chef, un vrai, un grand, et je vous engage tous à l'aimer et à bien le servir, comme il aime et comme il sert lui-même la France.

« Je lui remis le message de Pitt. Il le décacheta et le lut aussitôt.

« Alors je le vis pâlir, ses lèvres se serrèrent... Un éclair de colère passa dans son regard... Il y avait de quoi...

« Savez-vous, les gars, ce que Pitt demandait à Bonaparte ?

« Tout simplement d'abandonner la guerre de course !

Des protestations indignées jaillirent des poitrines de tous les Bretons.

— Attendez ! reprenait Surcouf, je n'ai pas fini. Le Premier Consul me demanda si je connaissais la teneur de ce message. Je lui répondis que si je l'avais connue j'eusse préféré cent fois être pendu que de le lui apporter. Il parut satisfait de ma réponse et me proposa de me confier le commandement de sa flotte. Mais je lui répliquai que j'avais donné ma parole à Pitt de revenir à Londres lui apporter sa réponse quelle qu'elle fût et que je ne pourrais ni manquer à cet engagement, ni laisser mourir sans moi mes camarades.

« Alors, il écrivit quelques lignes qu'il cacheta lui-même, et, après m'avoir donné cette lettre, il m'accrocha sur la poitrine sa propre croix de la Légion d'honneur et me donna l'accolade.

— Vive le général Bonaparte ! Vive le commandant ! firent en un même élan tous les corsaires électrisés.

D'un geste à la fois plein d'autorité et d'émotion, le Malouin les arrêtait.

— Je rapporte donc à Pitt, continuait-il, la réponse du général Bonaparte. Celui-ci n'a pas eu besoin de m'en dire bien long. Elle ne peut être que le rejet méprisant de l'offre déshonorante que le Premier Ministre de l'Angleterre a eu l'audace de lui adresser.

« J'en suis heureux et fier... Car mieux vaut la mort qu'une humiliation pareille.

« Vous me connaissez, les gars ! Vous connaissez aussi tous nos camarades.

« Soyez sûrs qu'il n'y a pas un de nous qui ne préférerait cent fois la potence plutôt que de devoir sa liberté et sa vie à un acte de faiblesse, de lâcheté capable de déshonorer la grande famille des corsaires.

Et, sublime d'abnégation et de courage, Surcouf conclut :

— Au nom de l'honneur et de l'amitié, je vais donc me reconstituer prisonnier.

« Je vous fais mes adieux ! car sans doute, je ne vous reverrai plus jamais !

Et, laissant là ses hommes, muets et consternés, Surcouf s'élança vers le château arrière de la *Confiance* et, saisissant la flamme tricolore du pavillon que la brise agitait, il la porta pieusement jusqu'à ses lèvres !

Alors, ce fut une ruée instantanée, indescriptible, de tout l'équipage vers son chef.

L'attachement aveugle, l'affection sans bornes que celui-ci avait inspirés à ses gars l'emportaient sur l'esprit de discipline. Et ces rudes, ces farouches corsaires qui, tous, avaient les yeux pleins de larmes, se précipitaient vers lui, l'entouraient comme pour l'emprisonner dans une muraille vivante.

Alors le père Mabon, le doyen de tous, qui pleurait à chaudes larmes, s'écriait, exprimant à lui seul toutes les pensées, tous les désirs de ses camarades :

— Puisque c'est comme ça, commandant, j'allons tous nous en aller mourir avec vous.

— Oui, oui, firent cinquante voix vibrantes, résolues.

— Merci, mes gars ! merci, mes compagnons ! s'écriait Surcouf, emporté par la plus magnifique des émotions, je savais bien que je pouvais compter sur vous jusqu'à la fin.

« Mais il y a assez de victimes... Parce qu'un chef tombe au champ d'honneur, ses hommes n'ont pas le droit de se faire tuer ensuite, même pour le venger.

« Moi parti, ma tâche n'est pas finie... Après moi, la lutte doit continuer. Elle continuera, et vous devez être là, tous, à votre poste !

« C'est mon dernier mot, ma suprême volonté.

« J'entends qu'elle soit exécutée !

Le Malouin avait proféré cette phrase avec un tel accent, que tous, refoulant au fond d'eux-mêmes leur douleur, demeuraient figés sur place, en un respectueux et morne silence.

— C'est bien, reprit Surcouf en promenant lentement sur eux un long, un très long regard.

On eût dit qu'en cette revue suprême il voulait adresser à

chacun de ses braves un adieu individuel que nul d'entre eux ne devrait jamais oublier.

Puis, redressant la tête, il reprit :

— Dès que j'aurai quitté le bord, vous ramènerez la *Confiance* à Saint-Malo, et vous vous rendrez chez mon père lui demander de vous lire mon testament.

« Il y a toute une partie qui vous concerne. Je ne vous en dis pas davantage.

« Continuez à servir la patrie en bons marins, en vrais Bretons !

« Vive la France !

— Vive la France ! répéta l'équipage avec autant de recueillement que s'il murmurait une prière.

Le ciel s'était obscurci de gros nuages noirs qui couraient, emportés par le vent. La mer commençait à monter. Au loin, du côté de l'Angleterre, quelques éclairs sillonnaient l'espace.

— Oh ! oh ! grommela Surcouf, en fronçant les sourcils, je crois que nous allons avoir un grain.

Puis, tout haut, ordonna :

— Lancez à la mer la chaloupe de bâbord.

Pendant que les marins exécutaient cet ordre, le docteur Le Gall s'approcha du corsaire, et, d'une voix tremblante, il lui dit :

— Robert, je ne puis t'exprimer à quel point je t'admire.

— Mais, mon bon ami, je ne fais que mon devoir !

— Tu viens de me faire vivre des heures que je n'oublierai jamais... Et quelle fierté ce sera pour moi, de dire : "J'étais là quand Surcouf a dit adieu à son équipage et quand il est parti pour le plus sublime des sacrifices."

Et, étouffé par les sanglots qui l'oppressaient, le brave homme s'écria :

— Moi qui t'ai connu tout petit enfant, laisse... laisse-moi t'embrasser pour ta grand-maman, pour ton père, pour tous tes amis, et pour moi-même...

— Oui, mon cher docteur, et dites-leur bien à tous que ma dernière pensée aura été pour eux !

Après avoir échangé une chaleureuse accolade, ils restèrent un moment, la main dans la main, sans rien se dire... Surcouf contemplait son vieil ami qui allait retourner là-bas, et qui incarnait ce coin de terre, son cher Saint-Malo, la petite patrie ; le docteur admirait pour la dernière fois l'être magnifique qui s'en allait sans défaillance s'immoler sur l'autel de l'amitié et de l'honneur.

Puis Surcouf, suivi par le docteur, se dirigea vers le bastingage de bâbord.

La chaloupe, maintenue par une amarre, se balançait contre la coque de la *Confiance*.

Et, se penchant au-dessus du bastingage, le Malouin lança à un matelot qui se trouvait dans la barque :

— Remonte vite, Pierre-Marie. À présent, je n'ai plus besoin de personne.

— Commandant, s'écriait le père Mabon qui, seul de tout l'équipage, avait son franc-parler avec son chef...

« Vous allez vous embarquer tout seul sur cette coquille de noix ?...

Alors, tout en montrant le ciel qui noircissait de plus en plus, le vieux loup de mer ajouta :

— M'est avis qu'il se prépare là-haut un coup de chien et qu'avant une heure d'ici, il y aura un grand branle-bas sur la *mée*.

— J'en ai vu bien d'autres, mon vieux Mabon, déclarait Surcouf, en se dirigeant vers l'échelle qui, attachée au sabord, pendait, le long du navire, vers la chaloupe.

Le docteur observait :

— Ta blessure a tout de même dû te faire perdre des forces... Elle peut se rouvrir... Surtout si tu es obligé de lutter contre le mauvais temps.

« Laisse au moins quelques-uns de ces braves gens partir avec toi.

Mais Surcouf répondait avec l'accent d'une volonté que l'on devinait inébranlable :

— J'ai décidé de partir seul, je partirai seul.

« Allons, adieu, docteur ! Adieu, mes amis. Et encore une fois et toujours : Vive la France !

Surcouf, après avoir salué d'un geste large tous ses hommes qui, douloureusement, le contemplaient une dernière fois, gagna l'échelle, descendit vers le canot, hissa lui-même sa voile... et, lâchant l'amarre, il dirigea son embarcation en plein dans le vent ; et, une main sur la barre et une autre sur la commande, il s'éloigna, seul, dans son esquif, que, déjà, les vagues soulevaient et ballottaient comme un jouet.

Tous les marins, penchés au-dessus du bastingage, regardaient la chaloupe tour à tour disparaître et reparaître, avec sa voile qui claquait sous les rafales et que les paquets de mer trempaient déjà de leur écume.

Les Bretons, instinctivement, avaient retiré leurs bonnets de laine. Quelques-uns esquissaient un signe de croix ; car ils avaient l'impression qu'ils assistaient aux funérailles de leur chef et, quand la chaloupe eut disparu, tous avaient les yeux mouillés de grosses larmes.

Comprenant tout ce qu'il y avait de douleur simple, émouvante, au fond du cœur de ces braves gens, le docteur Le Gall s'écriait en étendant la main dans la direction du canot qu'on ne voyait plus :

— Adieu, Robert ! Adieu, noble héros !

Et il ajouta, en exhalant un profond soupir :

— Et dire que nous ne le reverrons plus jamais !

Alors le vieux père Mabon, tout en secouant sa tête chenue, fit sur un ton naïvement prophétique :

— C'est point mon avis, monsieur le docteur. Et vous autres, les gars, si vous voulez savoir ce que je pense, je vais vous le dire, moué !

— Eh bien ! cause, invitait le maître-coq Énogat.

Alors le loup de mer, avec un accent de conviction indéracinable, déclarait :

— Sûr qu'il reviendra, not' commandant. Car un homme comme lui, ça ne peut pas périr !

. . . .

Surcouf n'était plus qu'à quelques milles de la côte anglaise. Et, même dans l'état d'infériorité physique dans lequel, malgré tout, l'avait mis sa blessure, ç'eût été pour lui un jeu d'enfant de franchir cette distance et d'atteindre Portsmouth qu'il s'était assigné pour objectif, si la tempête qui menaçait déjà quand il avait quitté la *Confiance* n'avait tout à coup éclaté dans toute son ampleur.

On eût dit que les éléments s'étaient tout à coup déchaînés pour empêcher le corsaire d'accomplir sa mission.

Surcouf, qui, arc-bouté à son banc, ne naviguait plus qu'avec un bout de toile que le vent en furie déchiquetait et menaçait d'emporter, s'écria :

— Est-il possible qu'après avoir traversé tant de dangers, bravé et désarmé la mort, au moment où elle me tenait dans ses griffes, j'échoue ainsi au port !

À peine avait-il proféré ces mots qu'une rafale brisait son mat... et la chaloupe se pencha si fort sur le côté que le Malouin crut qu'il allait être englouti sous la véritable montagne liquide qui bouillonnait autour de lui.

Mais l'embarcation était de fine race et de parfaite structure.

Obéissant au coup de barre que lui donnait le Malouin, elle se redressait et bondissait au-dessus de la lame qui avait failli la submerger.

Malheureusement, sous la pression de l'eau, le gouvernail s'était brisé et Surcouf, qui voyait luire au loin les feux de Portsmouth, se trouva tout à coup au milieu de la tourmente sur un bateau entièrement désemparé.

Deux avirons gisaient au fond de la barque. Le corsaire s'en empara et se mit à « souquer » ferme.

Alors ce fut une lutte homérique, titanesque, de l'homme contre les éléments déchaînés.

Tout d'abord, la chaloupe, ballottée par les flots qui s'entrechoquaient en un pêle-mêle indescriptible, parut se refuser à obéir à l'énergique impulsion que Surcouf cherchait à lui donner. On eût dit un cheval qui se cabre devant l'obstacle et est prêt à se dérober.

Mais, sous la poigne d'acier du grand marin qu'animait le plus grand effort de volonté qui eût peut-être jamais surexcité un cerveau humain, elle réagit et partit comme une flèche à la conquête des vagues, franchissant les crêtes écumantes, retombant dans l'abîme creusé sous sa coque... sans trop embarquer d'eau... et suivant, sans trop d'embardées, le sillon que son pilote lui imposait.

Mais bientôt Surcouf laissa échapper un cri de douleur.

En ramant avec cette énergie farouche qui n'appartenait qu'à lui, il avait dérangé le pansement que lui avait fait le docteur Le Gall et sa blessure, qui s'était remise à saigner, lui causait de cruelles souffrances.

Tout autre que lui eût sans doute faibli. Mais le Malouin comprenait qu'une minute de défaillance pouvait le perdre à tout jamais.

Et, grinçant des dents, crispant ses mains sur les avirons dont dépendait son salut..., il continua de batailler contre la mer, et, au bout d'une heure qui fut physiquement la plus dure de son existence, il constatait que quelques encablures seulement le séparaient de Portsmouth.

Dix minutes après il franchissait le goulet de la rade.

Alors, au lieu de gagner le port, Surcouf, qui, maintenant, naviguait sur une mer relativement paisible, obliqua à gauche, se dirigeant vers les feux de Gosport.

En effet, il avait décidé, au lieu de débarquer dans la ville, de gagner le cottage de Lady Bruce.

Là, il était sûr de trouver tous les secours, toute l'assistance dont il allait avoir si grand besoin pour regagner Londres, avant que le délai fixé par William Pitt fût expiré.

Et ce fut l'effort sublime... le plus dur peut-être... Car, malgré tout, le corsaire sentait la fatigue l'envahir irrésistiblement et lorsque, enfin, sa chaloupe, poussée par une dernière lame, s'en vint s'échouer sur la grève où, plusieurs semaines auparavant, il avait abordé en nageant avec ses camarades, ce fut à peine si, après avoir mis pied à terre, il put faire quelques pas sur le sable.

Chancelant, trébuchant, les oreilles bourdonnantes, ses vêtements trempés d'eau et de sueur, la vue troublée par des éblouissements successifs, il s'en fut tomber sur un amas de varechs, luttant contre l'évanouissement qui l'abattait.

— Mon Dieu ! s'écria-t-il, donnez-moi encore un quart d'heure de répit, quelques minutes de force !

Et, encore vainqueur de lui-même, Surcouf se mit à ramper vers le sentier qui conduisait au cottage.

XVII

DE VRAIS AMIS

Depuis un bon moment, Lady Bruce, enveloppée d'un long manteau, se tenait sur la galerie de sa maison, contemplant, avec une longue-vue marine, le spectacle de la mer en furie.

Certes, elle était bien loin de se douter que Surcouf, à ce moment, après avoir triomphé de la tempête, s'apprêtait, rompu, brisé, à bout, à gravir la pente qui donnait accès à sa propriété.

Et pourtant, toute frémissante d'angoisse, c'était à lui qu'elle pensait...

En effet, le général Lovel Bruce, mis au courant par le premier lord de l'Amirauté du départ de Robert pour la France, et des conditions dans lesquelles celui-ci accomplissait ce tragique voyage, avait fait part à sa femme de cet événement aussi sensationnel qu'imprévu ; et Lady Bruce, qui s'était prise à aimer le grand corsaire d'une fraternelle amitié et ne se consolait pas de n'avoir pas réussi à le sauver, avait repris un peu d'espoir.

Ainsi que son mari, qui partageait ses angoisses et ses espérances, avec toute la générosité de son cœur loyal entre tous, elle s'était tenu le raisonnement suivant :

— Je connais William Pitt ; je sais que, depuis quelque temps déjà, il n'est pas sans désirer faire la paix avec la France. Il a dû certainement se servir de Surcouf pour entamer des négociations secrètes avec le général Bonaparte.

« Aussi y a-t-il de grandes chances pour que la réussite de ces pourparlers ait pour conséquences la grâce de Surcouf et de ses compagnons !

Donc, depuis plusieurs jours déjà, Lady Bruce attendait avec impatience la nouvelle du retour de Robert en Angleterre.

Mais, à sa vive inquiétude, la présence du corsaire à Londres n'avait pas encore été signalée.

La date à laquelle le délai avait été fixé était sur le point d'expirer...

Et toujours rien !

Alors, certaine que Surcouf était incapable de manquer à l'engagement d'honneur qu'il avait souscrit, elle se demandait, avec une frayeur qui grandissait d'heure en heure, s'il n'avait pas été victime d'un accident ou d'un attentat, et si l'Hindou Tagore, dont elle avait appris les criminelles intrigues, n'avait pas réussi à le rejoindre et à le frapper d'un coup mortel.

Voilà pourquoi le général Bruce, qui partageait toutes ses anxiétés, avait décidé de partir la veille pour Londres, afin de savoir si le corsaire n'avait pas reparu.

Tout en attendant le retour de son mari, Lady Bruce continuait à contempler la tempête... et, s'efforçant de chasser les pressentiments sinistres qui l'accablaient, elle se disait, se raccrochant encore à l'espérance :

« Peut-être a-t-il été retenu en France jusqu'au dernier moment et traverse-t-il en ce moment la Manche pour regagner l'Angleterre ?

« Peut-être même est-il déjà de retour à Londres ? »

Lady Bruce allait être fixée.

Un bruit de pas dans le salon voisin lui fit tourner la tête.

C'était le général.

Abandonnant sa longue-vue, la jolie Anglaise se précipitait vers son mari, et, toute haletante, elle lui demandait :

— Quelles nouvelles ?

— Aucune ! répliquait le général, qui semblait consterné.

— Mon Dieu ! soupira la jeune femme.

Lovel Bruce continuait d'un air sombre :

— Ordre a été donné de préparer pour demain midi l'exécution des corsaires français.

Lady Bruce eut un douloureux tressaillement...

Assaillie à nouveau par les plus terribles pressentiments, elle s'écria :

— Maintenant, j'en suis sûre, il a dû arriver malheur à Surcouf : ou il a été assassiné, ou il a fait naufrage au cours de la terrible tempête qui sévit en ce moment.

« Car il a trop d'honneur pour se parjurer... et surtout pour ne pas être là quand il sait que la vie de ses amis dépend de son retour.

Sir Lovel eut un signe de tête approbatif.

Puis il reprit :

— Je commence à partager vos craintes.

Et, tout en rejetant son manteau trempé de pluie, il ajouta :

— L'absence de Surcouf est une chose effrayante.

— Alors, interrogeait la jolie Anglaise, vous croyez que Pitt réalisera sa terrible menace et qu'il fera pendre demain les corsaires français ?

— Hélas ! je n'en suis que trop sûr !

— Les pauvres gens !

— Oui, les pauvres gens !

Donnant libre cours à son chagrin et à son indignation, Lady Bruce s'écria :

— Quand donc finira cette guerre maudite ?

Et elle répéta cette phrase qui, depuis qu'elle avait connu Surcouf, revenait souvent sur ses lèvres :

— Quand donc ces deux grandes nations que sont l'Angleterre et la France cesseront-elles de se haïr ?

« Oui, quand donc comprendront-elles qu'elles sont faites, non pour s'entre-déchirer, mais pour s'aimer et pour s'unir ?

Gravement, le général martelait :

— Quand nous serons de part et d'autre débarrassés de ces politiciens dont l'égoïsme implacable, les appétits insatiables et les combinaisons douteuses leur font fouler aux pieds les lois les plus sacrées de l'humanité ; quand les peuples, maîtres de leurs volontés, et las de leurs tyrans, cesseront d'avoir entre eux, pour intermédiaires, des êtres tout d'ambition, de vanité, qui confondent trop souvent l'honneur national avec leurs propre orgueil, l'avenir de leur patrie, avec leur intérêt personnel !

— Verrons-nous jamais cela ? interrogeait Lady Bruce.

— Pas nous, peut-être, reconnaissait le général, mais les générations futures, certainement ; car le bon sens finit toujours par l'emporter sur l'erreur.

— Comme il faudra, pour arriver à ce but, transformer les esprits, changer les cerveaux, rénover les cœurs !

— L'éducation des peuples ne se fait pas en un jour... et bien des nuages recouvrent encore et recouvriront longtemps le soleil de bonté et de justice qui brille là-haut pour tout l'univers.

« Contentons-nous, pour l'instant, de faire notre devoir dans notre sphère, et de nous efforcer, dans la mesure de nos moyens et suivant l'étendue de notre influence, d'éclairer les âmes des nôtres, de désarmer les inimitiés, d'apaiser les rancunes et de forger ne fût-ce qu'un anneau de la grande chaîne d'affection et de confiance que nous rêvons de voir unir notre patrie et celle de Surcouf.

À peine le général Bruce avait-il prononcé ces nobles paroles qu'un laquais, pénétrant dans le salon, annonçait d'un air effaré :

— Général, il y a là un homme en haillons et tout ruisselant d'eau qui veut vous parler.

Une voix vibrait dans l'antichambre :

— Laissez-moi donc entrer.

— Surcouf ! lui ! s'écriaient simultanément Lovel Bruce et sa femme.

Et tous deux accoururent au-devant du corsaire.

Celui-ci semblait exténué, sa chemise était toute tachée de sang.

Malgré tout, il se tenait encore debout.

— Mes amis, fit-il, j'ai compté sur vous pour m'aider à accomplir la dernière étape de mon voyage.

Lovel Bruce s'empara de ses mains... Lady Bruce avança un fauteuil.

Mais le corsaire, dont les yeux luisaient de toute la fièvre qui le brûlait, demandait :

— Vite ! Vite ! Procurez-moi un cheval, car il faut que je sois à Londres avant la pointe du jour.

Et il s'effondra sur le siège.

Lady Bruce le contempla d'un air profondément attristé.

— Mon pauvre ami !

Ce fut tout ce qu'elle put dire...

Mais il y avait dans ces simples mots tant d'élan, tant d'amitié sincère, qu'il en fut doucement ému et subitement réconforté.

Et, prenant la main de Lady Bruce, Surcouf la porta à ses lèvres.

Puis il se releva, répétant :

— Vite un cheval, vite !

Le général Bruce observait :

— Songez qu'il s'agit pour vous de faire une traite de quarante lieues.

— J'en mourrai peut-être, s'écriait Surcouf, mais j'arriverai !

— Mon ami...

— C'est mon honneur qui est en jeu, général. Aidez-moi, je vous en conjure, à le préserver d'une souillure ineffaçable.

— Comptez sur moi, commandant, je vais faire l'impossible pour que vous arriviez demain à Londres à l'heure dite.

— En attendant, je vous en supplie à mon tour, reposez-vous. Lady Bruce va vous prodiguer tous les soins qui vous sont nécessaires.

— Merci ! reprenait Surcouf. Je savais bien que je pouvais compter sur vous.

Le général Bruce quitta le salon. Tout de suite, sa femme appelait ses domestiques, leur donnait des ordres et, revenant vers le corsaire, elle lui disait :

— Si vous saviez les heures d'angoisse que j'ai vécues !

Et, toute vibrante d'espoir, elle ajouta :

— Vous rapportez votre salut, n'est-ce pas, et celui de vos camarades ?

— La réponse du général Bonaparte est là..., répliquait le Malouin en désignant un surtout de cuir qu'il portait suspendu à son cou par une chaînette d'acier.

— Alors ?

Surcouf garda le silence.

Lady Bruce insistait :

— Ces négociations ?...

D'un geste précis, le corsaire l'arrêta.

Puis il scanda :

— Rien à faire !

— Mon Dieu !

— Ne me plaignez pas, déclarait Robert, car je viens de vivre de telles minutes de désespoir et d'horreur que je ne regrette pas la vie, et que je considère, au contraire, la mort comme une amie, comme une libératrice.

— Pourquoi parler ainsi ?

— Parce que je ne puis m'exprimer autrement.

— Je ne voudrais pas vous interroger... et pourtant...

— Je comprends... vous voudriez savoir pourquoi vous me revoyez ainsi ?

— Oui, cette blessure.

— Oh ! cela n'est rien, une simple tentative de la mort ou plutôt de la haine...

— Tagore ?

— Vous avez deviné.

— J'avais tenu à me renseigner sur cet homme qui vous avait livré devant moi à la police.

— Et on vous a dit pourquoi il me détestait ?

— C'est un misérable !

— C'est surtout un fanatique qui n'a pas compris de quel côté était le crime. Il a voulu venger son père que j'avais justement condamné. Il l'a fait lâchement, traîtreusement... mais qu'importe ! puisqu'il n'a pas été le plus fort.

Et Surcouf ajouta :

— Ce n'est pas cette blessure qui me fait souffrir ainsi.

Malgré elle, Lady Bruce laissait échapper un nom :

— Madiana !

Surcouf, sombre, se taisait toujours.

Emportée malgré elle, non par la curiosité, mais par un instinctif et charitable désir d'aider cette âme, qu'elle devinait déchirée entre toutes, à s'extérioriser en une confidence réparatrice, Lady Bruce interrogeait :

— Vous l'avez revue ?

Surcouf, négativement, secouait la tête.

Et, tout en serrant encore plus fort la main de la jeune femme, qu'il tenait pressée entre les siennes, il fit, en un murmure sous lequel frémissait un sanglot douloureux comme le son lointain d'un glas funèbre :

— Elle est morte !

— Morte ! s'exclamait la jolie Anglaise.

Surcouf, qui semblait, en parlant encore d'elle, éprouver un mystérieux soulagement, reprit :

— Elle n'a pas survécu à ce drame terrifiant dans lequel la fatalité nous avait entraînés tous les deux.

« Et elle s'est jetée dans la mer !

— La malheureuse !

Alors, frémissant, Surcouf s'écria :

— Comprenez-vous pourquoi, maintenant, j'ai tant hâte de mourir ?

Bouleversée, la jolie Anglaise n'osait plus parler. Elle comprenait que toute consolation était inutile... et que Surcouf n'avait plus qu'un désir : partir vite, le plus vite possible pour apporter à William Pitt la rançon de son honneur, à ses amis la preuve de son inaltérable fidélité, et puis pour en finir avec une existence intolérable, pour fermer à jamais les yeux sur sa propre misère.

Un laquais revenait, annonçant :

— Tout est préparé.

— Venez avec moi, disait Lady Bruce au Malouin. Vous ne pouvez rester ainsi. Je vais panser votre blessure ; et puis, on vous donnera d'autres vêtements, ainsi qu'un bon cordial.

Docilement Surcouf suivit la jeune femme qui le conduisit dans une chambre où tout avait été préparé en vue des soins que l'état du corsaire réclamait.

Après avoir lavé délicatement la plaie et refait avec une réelle habileté un pansement qui parut apporter un grand adoucissement aux souffrances du blessé, Lady Bruce se retira, laissant à son laquais le soin d'aider Surcouf à revêtir les habits qu'elle avait fait chercher pour lui.

Et elle se retira en disant :

— Je vous attends dans le salon, afin de vous dire adieu.

Quelques instants après, le Malouin la rejoignait.

À sa vue, la jolie Anglaise ne put réprimer une exclamation de surprise.

L'homme pantelant, brisé, désemparé, qu'elle avait quitté

quelques instants auparavant, était complètement transformé.

En un de ces redressements formidables qui n'appartenaient qu'à lui, Surcouf, encore une fois, venait de se ressaisir, moralement et physiquement.

Encore pâle, fiévreux, mais redevenu entièrement maître de lui, il s'avançait en disant :

— Lady Bruce, oubliez mon émotion de tout à l'heure... je n'aurais pas dû m'attendrir, vous parlez ainsi.

— Mon ami !...

— Oui, j'aurais dû taire l'immense douleur qui était en moi et ne pas vous attrister davantage. Mais j'ai lu dans vos yeux tant de compassion touchante, tant d'affection sincère que je n'ai pu résister au besoin de confidence qui était en moi. Et cela m'a fait du bien, beaucoup de bien, je vous l'assure.

— Alors, ne regrettez pas, mon ami, de m'avoir tout dit. Et si cela a pu vous apporter encore un peu d'apaisement, vous m'en voyez toute réconfortée moi-même.

« Mais vous n'êtes pas au bout de votre chemin ; et, malgré la sublime énergie qui vous anime, il faut toujours redouter une dépression physique.

— Vous avez raison, approuvait le Malouin, je veux me présenter la tête haute devant mes ennemis et devant la mort.

— Je vous ai fait préparer un souper, reprenait la jolie Anglaise en désignant à Surcouf une table sur laquelle un couvert et des mets avaient été apportés.

Surcouf eut un sourire de mélancolique gratitude.

— Décidément, fit-il, vous pensez à tout !

Et, tout en s'inclinant devant la table, il fit :

— Cela me rappelle l'histoire d'un de mes compatriotes, le chevalier de Kérobert qui, arrêté comme suspect sous la Terreur, fut emprisonné à Rennes, envoyé devant le tribunal révolutionnaire de cette ville et condamné à mort.

« C'était un de ces gentilshommes dont on peut discuter les idées, mais dont on doit admirer le courage. Ses geôliers racontent que jamais, à la veille de mourir, il ne montra plus de belle humeur. L'un d'eux, émerveillé de tant de vaillance, lui demanda s'il ne pouvait rien faire pour lui. Et le chevalier de Kérobert lui répondit : "Fais venir, si tu le peux, dans ma geôle, un barbier qui m'accommodera comme j'aimais à l'être quand j'allais dans le monde. Car si j'ai toujours tenu à être bien coiffé et bien rasé quand je me présentais chez des gens de qualité, à plus forte raison, j'entends l'être pour pénétrer dans le royaume de Dieu." »

Et Surcouf, qui avait déjà retrouvé son appétit, concluait :

— Le chevalier de Kérobert avait raison. Il faut savoir mourir en beauté, pour soi-même, et pour les autres ! Et c'est à vous, madame, que je devrai de finir ainsi !

— Les chevaux sont prêts, annonçait le général Bruce, en surgissant dans l'encadrement de la porte.

Mais, à son tour, il s'arrêta, frappé de stupeur.

Cet homme qui, une demi-heure auparavant, lui était apparu, les vêtements déchirés, en loques, perdant le sang par une blessure, les traits ravagés, la démarche chancelante, il le retrouvait buvant, mangeant, parlant, un sourire aux lèvres, et n'ayant plus l'air de se rappeler les instants terribles qu'il venait de traverser, moins encore de songer un seul instant au sort qui l'attendait !

Certes, Sir Lovel Bruce, doué de ce flegme britannique, n'était pas facilement impressionnable. Il avait traversé des dangers formidables et souvent frôlé la mort sans sourciller. Mais cette résurrection aussi rapide qu'inattendue le bouleversait littéralement. Et il se demandait s'il ne rêvait pas tout éveillé, ou plutôt, s'il n'était pas l'objet d'une hallucination trompeuse.

Et, figé sur place, tout pâle d'émoi, il ne put que balbutier cette simple exclamation :

— Ah ! par exemple !

Surcouf se levait et s'avançait vers lui en s'écriant :

— Ah çà ! général, seriez-vous souffrant ?

— Non, mais je suis stupéfait, tout à fait stupéfait !

— De quoi donc ?

— De vous revoir ainsi ! On dirait que vous êtes très bien portant !

— Je le suis !

— Pourtant, tout à l'heure, vous étiez...

— Oh ! très mal en point, reconnaissait le corsaire.

Et, désignant Lady Bruce, il fit :

— Et voici le docteur qui m'a guéri !

Puis il ajouta :

— Ne m'annonciez-vous pas que les chevaux étaient prêts ?

— En effet ! déclarait le général. Nous pourrons partir aussitôt qu'il vous plaira.

— Nous pouvons partir ! répétait Surcouf.

— Mais oui.

— Vous venez donc avec moi ?

— Parfaitement, mon cher commandant.

— Mon cher général !

— D'abord, je serai très heureux de vous servir de compagnon pendant ce rude et rapide voyage ; et puis, ce qui est très important, je dirai même indispensable, je serai là pour vous procurer tous les délais nécessaires.

— Vous ne craignez pas de vous compromettre ?

— Me compromettre ? protestait Lovel Bruce. J'estime que ce sera le plus grand honneur de ma carrière de vous avoir assisté en un pareil moment.

Alors, tendant ses mains à ses hôtes, Surcouf scanda :

— Quels vrais, quels incomparables amis vous êtes !... Et quel service vous venez de me rendre !

— Nous n'avons fait que payer notre dette, observait Lady Bruce.

— Nous vous devons la vie, accentuait le général.

— Et moi, ponctuait le grand corsaire, je vous devrai mieux : l'honneur !

Surcouf et Lovel Bruce sortirent dans la cour du cottage où deux admirables pur-sang, tenus en laisse par des laquais, piaffaient d'impatience.

La tempête s'était apaisée... Quelques étoiles commençaient à briller. La nuit s'annonçait moins mauvaise qu'on n'aurait pu le redouter.

Avant de partir, Surcouf embrassa une dernière fois la main de la jolie Anglaise, qui ne pouvait plus contenir ses larmes.

— Adieu, fit-il, et encore merci de tout ce que vous avez fait pour moi !

Et il sauta en selle, sans effort.

Maintenant, il était tranquille. Il était sûr d'arriver à temps au rendez-vous !

Alors, tandis que Lovel Bruce serrait sa femme dans ses bras, celle-ci lui dit :

— Et dire que nous ne pouvons rien pour le sauver.

Gravement, le général répondit :

— Il y a Dieu !

XVIII

EN ATTENDANT LA MORT

Depuis le départ de Surcouf, Marcof, Dutertre et les Bretons attendaient toujours dans leur sombre prison de Londres qu'il fût statué sur leur sort.

Aucune nouvelle ne leur était parvenue. À plusieurs reprises, ils avaient tenté d'interroger leurs geôliers ; mais ceux-ci, qui avaient reçu une consigne de silence, avaient opposé un mutisme absolu à toutes les questions.

Aussi, un profond découragement n'avait-il pas tardé à envahir ces malheureux.

Certes, aucun d'eux n'avait peur de mourir. Depuis longtemps déjà, ils avaient fait le sacrifice de leur vie ; mais ce délai dans leur exécution – retard dont ils ne pouvaient deviner ou même soupçonner les causes –, après leur avoir fait passer de longues heures d'énervement, avait fini par les plonger dans un état d'abattement, de prostration, auquel rien ne semblait pouvoir les arracher.

Seuls, Marcof et Dutertre échangeaient de temps en temps quelques paroles.

Mais si Dutertre se montrait calme, résigné, stoïque même, Marcof, que sa passion pour Madiana n'avait pas cessé de ronger, avait parfois des mouvements de terrible et inutile révolte.

Alors, il se levait, arpentait le cachot d'un pas saccadé,

sans prêter la moindre attention à ses camarades qu'il semblait avoir oubliés.

Puis, tout à coup, il éclatait :

— Non, c'est effrayant de vivre ainsi, dans l'incertitude ! Chaque matin, on se figure que c'est notre dernier jour, que ça va être enfin fini, puis rien, toujours rien !

Et Marcof poursuivait :

— Et ces gredins de geôliers qui ne veulent rien nous dire, qui se contentent de remplir nos cruches d'eau, et de nous jeter, comme à des chiens, des morceaux de pain noir. Je finirai bien par en étrangler un... Tonnerre ! Oui, j'ai encore assez de force dans les bras et dans les mains pour lui tordre le cou ! Ah ! les bandits ! les bandits !

Dutertre s'efforçait de le calmer.

— À quoi cela sert, tout cela ? Qu'est-ce que tu veux, mon pauvre Marcof... on est pris dans la souricière... Pas la peine de se faire du mauvais sang ! Ça ne changera pas les choses !

Rudement, Marcof ripostait :

— Toi, tu ne tiens pas à la vie... Tu n'es pas marié... tu n'as pas d'enfants !...

— J'ai une mère... oui, une vieille maman, là-bas, du côté de Lorient, au petit village de Larmor. Je ne l'ai pas revue depuis bien des années.

« La dernière fois qu'elle m'a écrit, c'était pour me dire : "Sois tranquille, mon garçon, je suis encore solide sur mes deux vieilles jambes... je t'attendrai pour mourir !"

« Alors, tu crois que ça ne me fait pas quelque chose de m'en aller pour toujours sans avoir dit adieu à mon "ancienne" ?

« Eh bien, si ! c'est dur ! c'est même très dur, mais qu'est-ce que tu veux ? S'agit de se faire une raison... et puis voilà !

Ce langage si simple, si touchant, apaisait un peu Marcof, qui reprenait :

— Si nous savions seulement ce qu'est devenu Surcouf...

Le Lorientais eut un geste évasif.

Marcof poursuivait :

— Peut-être les Anglais l'ont-ils déjà pendu ?

— Je ne crois pas, ripostait Dutertre. Tu as bien entendu comme moi l'officier qui était venu le chercher lui dire qu'il n'avait pas besoin de nous faire ses adieux... et qu'il nous reverrait sûrement.

— Si tu crois qu'ils en sont à un mensonge près !

Le Lorientais eut un geste évasif.

— Veux-tu faire un pari avec moi ?

— Un pari ?

Dutertre développait :

— J'ai l'idée que le Malouin est en train de travailler pour nous.

Marcof hocha la tête d'un air sceptique.

Puis il se renferma en lui-même, tout à ses pensées, qui se concentraient en un même but, en une même image... Madiana !

Alors... ce fut dans son pauvre cerveau surexcité comme un tourbillon sans arrêt de pensées suppliciantes entre toutes où, tour à tour, l'amour, le désespoir, le soupçon, la haine s'entrechoquaient, provoquant en lui un véritable délire. Emporté par une sorte d'ouragan moral qui achevait de mettre en lambeaux son cœur et sa raison, il en arrivait à se forger les plus effroyables chimères, à se convaincre que Surcouf avait réussi à s'évader, qu'il était retourné là-bas, au pays, près de Madiana, qu'il l'avait emmenée très loin, en une sorte de voyage fantastique, et, dans le chaos infernal qui le bouleversait, tout en lui acheva de sombrer : confiance, espoir, amitié !...

Et Marcof souffrait comme un damné... car l'enfer, tout l'enfer était en lui !

...C'était dans cette atmosphère tragique que s'étaient écoulés les derniers jours des condamnés.

Or, une nuit où les Bretons avaient fini par s'endormir d'un de ces sommeils de plomb au cours desquels tout s'anéantit et s'oublie, des coups sourds, espacés, commencèrent à retentir au-dehors.

Marcof se traîna jusqu'à une étroite fenêtre qui, garnie de solides barreaux, donnait sur une cour intérieure de la prison.

Le spectacle qui le frappa était d'une éloquente et tragique signification.

Au milieu de la cour, à la lueur de grosses lanternes accrochées aux murs ou suspendues à des poteaux, des hommes étaient en train de construire une vaste estrade en planches.

Marcof eut un sourire sinistre.

— Cette fois, murmura-t-il, c'est bien pour aujourd'hui. Tant mieux !

Il jeta un regard circulaire sur ses compagnons, qui n'avaient rien entendu et continuaient de dormir.

Il fut pour les appeler, mais il s'arrêta :

— À quoi bon les réveiller ! se dit-il... Ils sauront toujours assez tôt ce qui les attend... Mieux vaut leur laisser finir tranquillement leur dernière nuit.

Et il retourna vers la fenêtre, continuant à regarder d'un œil dilaté les ouvriers qui, à coups de marteau et de maillet, poursuivaient leur terrible besogne.

Bientôt, Marcof vit se dresser le long de l'estrade de longues pièces de bois en forme de T.

C'étaient les potences que les ouvriers assujettissaient aux montants de l'estrade à l'aide de crochets de fer.

Marcof eut un ricanement.

— Et Dutertre qui prétendait que Surcouf était en train de s'occuper de nous !... Quelle dérision !

Alors, repris par ses mauvaises idées, ses injustes soupçons, mordu au cœur, plus cruellement qu'il ne l'avait jamais été, par le doute et par la jalousie, il eut ce véritable blasphème que seules excusaient son inconscience et sa douleur :

— Il se moque bien de nous !... Il s'est tiré d'affaire, lui !... Comment ? je n'en sais rien... mais, à présent, j'en suis sûr... Il est là-bas... là-bas, avec elle !

Pourtant, une lueur de raison subsistait encore en lui...

Et il se demandait :

— Alors pourquoi est-il venu me chercher sur les pontons ?... Pourquoi me racontait-il qu'il voulait me rendre Madiana ?

Mais, bientôt repris par sa folie, il s'écriait :

— Enfin, il n'est pas là !... Il n'est pas là... C'est donc qu'il m'a trahi ! Qu'il nous a trahis tous !... C'est un parjure... un faux frère, un misérable ! Oui, oui, un misérable !

Alors, le regard rivé sur la cour, il se prit à regarder les gibets qui, maintenant, se dressaient dans la lueur rougeâtre des falots et des torches.

Et il se mit à les compter.

— Dix gibets... il y en a dix... à deux par tête... oui, c'est cela... c'est bien cela !...

Et, effrayant à voir, il se prit à dénombrer ses compagnons... scandant toujours avec son rire de dément :

— Un... deux... trois... quatre... cinq... six... sept... huit... ah ! ah !... treize... quatorze... quinze... seize... dix-sept... ah ! ah ! dix-huit... ah ! ah ! ah ! Et moi dix-neuf.

« Dix-neuf, répéta-t-il... J'ai dû me tromper...

Et il recommença à compter.

— Non, c'est bien dix-neuf... Pourtant ?...

Il retourna à la fenêtre, recomptant des potences.

— Cela fait vingt ?... vingt... Et il y a les cordes... vingt cordes aussi... Pourtant nous ne sommes que dix-neuf...

Alors pourquoi ? Pourquoi ?

Tout à coup, il eut un cri étouffé :

— Surcouf ! Ce doit être pour lui... Oui, pour lui !...

Et les yeux hagards... la bouche crispée, reprenant un instant conscience sinon de la vérité, mais de lui-même, et croyant deviner les raisons mystérieuses de l'absence du Malouin, il s'écria :

— Je comprends, à présent ! Les Anglais l'ont isolé, séparé de nous... torturé, peut-être... Ils auront cherché à lui arracher des secrets, ou bien à l'acheter... Il aura refusé, et il va mourir avec nous !

Alors, tombant à genoux sur les dalles du cachot, il s'écria :

— Et moi qui l'accusais ! Oh ! pardonne-moi ! mon ami, mon frère, mais je ne savais plus... j'étais fou !... Robert... tu m'entends, n'est-ce pas ?... tu m'entends... oui, tu m'entends... te crier ma honte d'avoir douté de toi, le héros de l'honneur, le martyr de l'amitié...

« Robert ! oh ! oui, tu m'entends te demander : Pardon ! pardon !...

Les appels déchirants de Marcof, pas plus que les coups de maillet qui continuaient à retentir dans la cour, n'avaient réveillé les Bretons.

Comme ils étaient beaux, ces hommes endormis... et qui n'allaient plus se réveiller que pour mourir !... Quelle sublime sérénité se lisait sur leurs figures, faisant disparaître les rides creusées par les rudes intempéries et les ravages qu'y avait ajoutés une si pénible captivité.

On eût dit que la mort libératrice les avait déjà touchés de son aile et qu'ils reposaient sur leurs lits funèbres en attendant qu'on les clouât pour toujours dans leurs cercueils.

Alors Marcof eut une vision que lui inspirait la fièvre interne qui le dévorait.

Il se figura qu'une vieille femme, la maman de Dutertre, s'approchait de son gars... se penchait vers lui, et lui fermait les yeux ; et puis, d'autres ombres apparaissaient, jeunes celles-là... les épouses des agonisants... qui s'approchaient à leur tour des corsaires et, après avoir pieusement baisé leurs fronts, leur fermaient aussi les yeux, puis s'agenouillaient et traçaient lentement le signe de la croix.

De nouveau, Marcof fut envahi par un immense désespoir. Il était seul, lui, tout seul. Personne n'était là pour assister ses derniers moments, pour lui clore les paupières, pour lui donner un dernier baiser, et pour prier à son chevet.

Cependant, il avait une femme... Madiana !

Dans son égarement, il s'écriait :

— Pourquoi n'est-elle pas là ? Pourquoi ?

Et, dans son hallucination, dans son délire, empoigné de nouveau par la démence, qui avait un instant desserré l'étreinte dans laquelle forcément elle broyait son cerveau, il rugit :

— Parce qu'elle est avec lui, là-bas... dans ses bras... dans ses bras !

Et, au paroxysme de la folie, il rugit :

— Dutertre, vous autres, debout !... Nos potences sont prêtes ! Venez, regardez !... regardez !...

Les Bretons se réveillèrent effarés, regardant autour d'eux.

Marcof proféra :

— Dutertre, tu n'as pas vu ta mère... et vous autres, vos femmes, qui étaient là tout à l'heure près de vous ?

— Marcof... mon ami ! suppliait le Lorientais.

Mais le malheureux martelait en frappant du pied, en entrecoupant ses phrases d'éclats de rire effroyables :

— Elles sont parties... ah ! ah !... Oui, elles sont parties, mais elles ne sont pas loin ! Elles sont là ! dans la cour... de la prison !... ah ! ah ! ah !... Elles vous attendent... Elles sont venues assister à votre pendaison... Ah ! ah ! ah !... Elles sont là... toutes, toutes... Oh ! pas la mienne... Ah ! la mienne !... Ah ! ah ! mais regardez donc ! C'est notre dernier jour, les gars... notre dernier jour !

Nédelec et Jean le Timonier s'étaient précipités vers la

fenêtre, attirés par les derniers coups de maillet... D'autres se pressaient derrière eux, cherchant à voir.

— Oui, déclarait Nédelec... cette fois, ça y est !

Et ce fut comme un immense soupir de détente, que n'accompagnèrent aucun cri, aucune protestation, aucun signe de défaillance.

Soudain, dans ce sublime silence, la voix du désespéré vibra :

— Ils ne m'auront pas vivant !

Et il se jeta, la tête en avant, contre la muraille ; mais Dutertre et les autres parvinrent à le retenir et à le maîtriser.

Alors, le Lorientais, très grand, dans sa simplicité, lui dit :

— Marcof ! tu es un chef ! le chef ! Rappelle-toi que c'est à toi de nous donner à tous l'exemple du courage.

On eût dit que, soudain, tous les nuages qui obscurcissaient son âme, toute la fièvre qui embrasait son cerveau brûlant et son sang se dissipaient comme sous le grand souffle du large.

Marcof demeura un instant hébété... Puis il passa lentement sa main sur son front..., promena autour de lui un regard étonné, mais dans lequel il n'y avait plus trace de fureur ni de haine.

Tous le considéraient avec une expression de pitié attendrie, en même temps que de respect, que rien ne semblait pouvoir entamer.

Et le malheureux, d'une voix à présent à demi éteinte, fit :

— J'ai été fou, n'est-ce pas ?... oui, je le sens bien... Et j'ai dû vous dire des choses affreuses, abominables...

« Mais c'est fini... c'est fini... mes amis...

« Dites, vous ne m'en voulez pas ?

Toutes les mains se tendirent vers lui.

Alors... pour la seconde fois de sa vie, Marcof sentit ses yeux se mouiller de larmes...

Et, s'écroulant dans les bras de Dutertre, il sanglota :

— Madiana ! Madiana !

XIX

CE QUE CONTENAIT LE MESSAGE DE BONAPARTE

Pendant que cette scène tragique se déroulait dans la prison de Londres, Surcouf et le général Lovel Bruce continuaient leur course vers Londres.

En moins de deux heures, les deux excellents pur-sang avaient couvert un trajet de dix lieues, presque le quart du voyage.

Mais en arrivant à la petite ville de Lodes... les valeureuses bêtes, couvertes d'écume, harassées, étaient incapables de continuer leur route. Et il fallait à tout prix trouver de nouvelles et rapides montures.

Le général Bruce s'en fut réveiller le maître de poste qui leur fournit aussitôt deux chevaux qui, certes, ne valaient pas les premiers, mais étaient cependant capables de franchir rapidement une bonne étape.

Au bout de cinq lieues environ, les cavaliers s'arrêtèrent de nouveau à un autre relai, et, là, le général, ayant cru remarquer chez Surcouf quelques signes de fatigue, lui proposait de terminer la route en chaise de poste...

Mais Surcouf s'y refusait.

— Nous irons, moins vite, déclarait-il... Et maintenant, ce n'est plus une question d'heures, mais de minutes... D'ailleurs, j'irai jusqu'au bout, j'en suis sûr !

Quelques instants après, le Malouin et le général reprenaient leur galop dans la nuit.

Mais au relais suivant, c'est-à-dire à moitié route de Londres, ils allaient éprouver une cruelle et inquiétante déception.

En effet, le maître de poste ne disposait plus que de deux vieux chevaux poussifs et à moitié fourbus.

Surcouf, furieux, proféra un retentissant juron.

Mais Lovel Bruce le calmait aussitôt.

— Je connais, déclarait-il, près d'ici, un riche châtelain qui possède une écurie remarquable.

« Je suis certain qu'il ne refusera pas de nous fournir les deux montures dont nous avons besoin.

« Je vais faire un saut jusque chez lui... Attendez-moi... Reposez-vous !... On va vous préparer un grog ou un punch, à votre choix, et avant une demi-heure je viendrai vous reprendre.

Surcouf, tout en maugréant, céda aux conseils de son compagnon. Et le général piqua des deux, après avoir donné en anglais ses ordres au maître de poste qui, tout en s'excusant de ne pouvoir mieux faire, fit pénétrer le corsaire dans une salle éclairée par une mauvaise lampe à huile.

Surcouf s'installa sur un banc, rongeant son frein, trépidant d'impatience.

Il était donc dit qu'au cours de ce voyage, il connaîtrait tous les avatars, il se heurterait à tous les obstacles.

Le maître de poste revenait bientôt, apportant un punch fumant que le corsaire s'empressa de déguster avec une satisfaction visible.

L'Anglais le regardait avec curiosité. Et, après avoir hésité un peu, il lui disait :

— Vous êtes l'ami du général Bruce ?

— Oui, je suis son ami, ripostait le Malouin avec un peu d'agacement.

Car il était beaucoup trop préoccupé pour entamer une conversation avec son hôte momentané.

Mais celui-ci, tout en versant dans un bol en étain une

rasade de punch dont il semblait particulièrement friand, reprenait :

— C'est un brave officier, que ce général Bruce ! Est-ce que c'est vrai qu'il a été fait prisonnier par ce maudit corsaire français Surcouf ?

— On le prétend, ponctuait le Malouin.

— On assure que Surcouf l'aurait remis en liberté. Est-ce exact ?

— C'est probable ! s'énervait le corsaire, puisque vous venez de le voir en chair et en os devant vous.

Alors, s'attristant subitement, le maître de poste reprenait :

— Il a eu de la chance. C'est pas comme mon fils. Il était, lui aussi, à bord du *Kent*, parmi les fusiliers qui se rendaient en garnison à Bombay.

Et, d'une voix qui tremblait, l'Anglais ajouta :

— Mais lui a été tué au cours du combat. On m'a même dit que c'était de la main de Surcouf.

— C'est bien possible !

— Mon pauvre petit Jack !

Le corsaire dirigea son regard vers son interlocuteur...

Et sur la face rubiconde et naturellement joyeuse du bon poivrot, il lut tout à coup un chagrin si sincère qu'il sentit son cœur se serrer.

Le maître de poste continuait :

— C'était un brave enfant... Il nous aimait bien, sa mère et moi. Nous aurions tant voulu le garder près de nous ! Nous ne sommes pas malheureux. On a de quoi vivre... et il y aurait toujours eu du travail pour lui à la maison, surtout que je commence à me faire vieux... et qu'il m'aidait bien, mon Jack. Seulement, il avait le goût des aventures, il voulait voir du pays... et il est parti... Il ne reviendra plus... voilà !

Il se tut pour essuyer une larme.

Surcouf, d'un trait, vida le reste de son punch.

Le maître de poste reprenait :

— Depuis ce moment, ma pauvre vieille ne fait que pleurer... Moi, je n'ai plus de goût à l'ouvrage. Et puis, on dirait que le malheur s'acharne après nous. Hier, on m'a volé quatre beaux chevaux, dans mon écurie... C'est pour ça que vous n'avez trouvé que ces deux rosses... Je comprends que le général et vous n'en ayez pas voulu ! Vous n'auriez pas fait un mille qu'elles vous auraient laissés sur la route... Enfin !

Et, philosophiquement, le maître de poste ajouta :

— Faut pas que ça m'empêche de trinquer avec vous !

Surcouf se sentit de nouveau froid au cœur.

Il se révoltait à l'idée de choquer son gobelet contre celui de cet homme dont au hasard, et dans l'ivresse de la bataille, il avait peut-être tué le fils.

Et il fit :

— Mon gobelet est vide !

— Je vais le remplir.

— Non, merci.

Et, brusquement, le Malouin interrogea :

— Comme vous devez le haïr, ce Robert Surcouf !

— Ça c'est vrai, je ne l'aime guère.

— Eh bien, soyez content !

— Pourquoi ?

— Demain, à midi, Surcouf sera pendu à Londres.

— Vous en êtes sûr ?

— Absolument sûr.

— Bien vrai ?

— Aussi vrai que je suis devant vous ! Et la preuve, c'est que le général Bruce et moi nous nous rendons à Londres pour assister à son exécution.

— Ah ! fit simplement le maître de poste en repoussant son gobelet.

Et, tout en secouant la tête, il murmura :

— Tout ça ne me rendra pas mon fils !...

— Le pauvre diable ! songeait Surcouf, profondément apitoyé. En voilà encore un qui ne doit plus aimer la guerre. Ah ! que ne donnerais-je pas pour avoir épargné son enfant !

Le général Bruce reparaissait, annonçant :

— J'ai les chevaux !

Et il remit une pièce d'or au maître de poste, qui se confondit en salutations.

Quelques secondes après, il reprenait avec Surcouf la route de Londres.

Il était exactement onze heures du matin lorsque les deux cavaliers atteignirent les faubourgs de Londres...

Une demi-heure après, Surcouf se faisait annoncer à Pitt.

L'homme d'État ne l'attendait plus...

Mais hâtons-nous de dire à son honneur que, pas un instant, il n'avait cru à une dérobade de la part du corsaire.

Pendant les brefs instants qu'avait duré leur unique entretien, il l'avait jugé : un tel homme ne pouvait pas forfaire à son devoir. Et s'il manquait au rendez-vous, pour lui, il n'y avait pas l'ombre d'un doute, c'est qu'il avait été victime d'un accident ou retenu par Bonaparte.

Aussi était-ce à contrecœur qu'il avait donné l'ordre d'exécuter les prisonniers.

Mais son caractère naturellement inflexible, encore plus que la crainte d'être taxé de coupable faiblesse et de compromettre ainsi son autorité et son prestige, auquel il tenait par-dessus tout, lui interdisait de revenir sur sa décision.

La tentation de se montrer clément envers ses ennemis n'avait duré en lui que l'espace d'un éclair. Et il était redevenu Pitt, l'implacable, uniquement désireux de connaître les raisons qui avaient empêché Surcouf de tenir la parole qu'il lui avait donnée...

Voilà pourquoi, malgré ce flegme sous lequel il savait si bien dissimuler toutes ses pensées, ne put-il s'empêcher de tressaillir lorsque son secrétaire, lui aussi visiblement impressionné, s'en vint lui annoncer que Surcouf était là.

— Qu'il entre vite ! ordonnait-il avec une nervosité que son subordonné ne lui connaissait guère.

Le corsaire apparut aussitôt.

À l'heure décisive, malgré les angoisses atroces, les terribles douleurs physiques, l'immense fatigue qui l'avaient accablé, il se retrouvait lui-même, c'est-à-dire superbe, magnifique et portant fièrement le costume civil que lui avait procuré Lady Bruce, la croix de la Légion d'honneur que lui avait donnée Bonaparte.

Il avait si grand air, si belle allure, que Pitt se leva et, d'un geste bienveillant, il lui fit signe d'approcher.

D'une voix assurée, Surcouf déclarait, en tendant à l'homme d'État la lettre de Bonaparte qu'il tenait à la main :

— Excellence, voici la réponse du général Bonaparte !

Pitt s'en empara et, lentement, en brisa le cachet...

À peine William Pitt avait-il pris connaissance du mystérieux message que lui faisait parvenir le Premier Consul, que son visage se contractait en une expression de violente colère.

Surcouf se disait :

« Il est furieux que le général Bonaparte ait refusé ses offres et ait sans doute accompagné sa réponse de commentaires plutôt vifs.

« Cela ne m'étonne pas... Je m'y attendais... Et, maintenant, laissons éclater l'orage ! »

Mais l'homme d'État anglais, au contraire, faisait un violent effort pour se dominer.

Pâle, les lèvres serrées, il considérait tour à tour d'un œil étrange le message et le messager.

Et Surcouf, très calme en apparence, se disait, non sans une certaine anxiété :

— Ah çà ! qu'est-ce qu'il a donc à me regarder ainsi, sans rien me dire ? Pourquoi n'éclate-t-il pas ? Est-ce que, par hasard, le Premier Consul aurait réussi à le mater ? Cela, pourtant, me semble bien difficile et même impossible.

Pitt se taisait toujours. Mais, s'installant devant son bureau, il se mit à griffonner nerveusement quelques mots sur une feuille de papier.

Puis il se leva.

Surcouf allait connaître la plus grande surprise et aussi la plus grande joie de sa vie.

En effet, d'un air renfrogné, et nettement à contre-cœur, le Premier Ministre de l'Angleterre lui tendait le papier qu'il tenait à la main en disant :

— Voilà votre grâce et celle de vos amis !

Surcouf en demeurait littéralement ahuri. Car il n'en croyait ni ses yeux ni ses oreilles ; et il se demandait :

« Est-ce que je rêve... ou est-ce que je deviens fou ? »

Et tout haut, il reprit :

— Vous dites : notre grâce ?

— Lisez ! ponctuait Pitt, toujours maussade.

Surcouf, obligé de se rendre à l'évidence, s'empara du papier sur lequel l'homme d'État venait d'écrire ces mots :

> *Ordre de remettre immédiatement en liberté le corsaire Surcouf ainsi que les autres prisonniers français et de les faire s'embarquer dans le plus bref délai pour la France.*
>
> William PITT.

Au comble de l'étonnement et de l'émotion, malgré lui, Surcouf s'écriait :

— Bonaparte aurait-il donc accepté vos conditions ?

Pitt, sèchement, répondait :

— Non !

— Alors, c'est vous, Excellence, qui...

— Ne me demandez rien ! Allez vite, car vos compagnons doivent mourir ce matin. Et si vous voulez arriver à temps, vous n'avez pas une minute à perdre.

Le Malouin ne se le fit pas dire deux fois.

Après avoir salué Pitt, il se précipita au-dehors, pendant que le Premier Ministre anglais reprenait la lettre de Bonaparte, qu'il avait déposée sur sa table, et la relisait.

Elle était ainsi conçue :

Monsieur le Premier Ministre d'Angleterre,

Je vous fais mander qu'à l'heure présente, sur mon ordre, et par les soins du ministre de la police, deux cents notables anglais, qui se trouvent en résidence à Paris, ont été enfermés à la prison de la Force...

J'ajouterai simplement que leur existence et leur liberté dépendent entièrement, exclusivement, de celles du commandant Robert Surcouf et des autres corsaires français que vous détenez en votre pouvoir.

Je vous salue.

Général BONAPARTE,
Premier Consul
de la République française.

Quand il eut terminé sa lecture, Pitt eut un imperceptible sourire. Comme tout bon Anglais, il était beau joueur. Cette fois, il avait bien perdu la partie.

— Décidément, murmura-t-il, je crois que ce Bonaparte est appelé à faire de grandes choses !

Déjà, Surcouf avait rejoint le général Bruce, qui l'attendait dans la cour avec les chevaux.

En quelques mots, tout frémissant d'allégresse, il lui annonçait la bonne nouvelle ; et tous deux galopaient immédiatement vers la prison où l'irréparable était sur le point de s'accomplir.

En effet, depuis un moment déjà, les détenus avaient été extraits de leur geôle et conduits, sous bonne escorte, dans la cour au milieu de laquelle étaient dressées les dix potences.

Lecture de la sentence était donnée aux condamnés par le chef de la police.

Puis les aides du bourreau s'emparèrent d'eux, et, les faisant monter sur l'estrade, ils leurs passèrent au cou la corde fatale.

Alors, Marcof, qui, devant la mort, s'était entièrement ressaisi et semblait à présent aussi calme, aussi résigné que ses compagnons, s'écria d'une voix vibrante :

— Vive la France !

— Vive la France ! répétèrent Dutertre et les autres corsaires, au milieu d'un silence de mort.

Deux aides s'approchaient d'une sorte de cabestan fixé à droite de l'estrade et qui servait à faire basculer les planches en forme de trappe sur lesquelles se tenaient les condamnés qui étaient ainsi précipités dans le vide, lorsqu'un grand cri retentit :

— Arrêtez !... J'ai la grâce !

Et Surcouf, à cheval, apparut, suivi du général Bruce et brandissant un papier !

Alors, sautant à bas de sa monture, il courut vers le chef de la police et lui communiqua l'ordre que Pitt lui avait remis quelques instants auparavant.

Sir Edgar Weiss n'en revenait pas.

Mais il lui fallut bien se rendre à l'évidence.

Le document était revêtu de toutes les marques d'une authenticité absolue ; signature, paraphe, sceaux, cachets, rien n'y manquait.

— Déliez ces hommes ! ordonnait le chef de la police aux bourreaux.

Mais Surcouf, qui n'éprouvait plus aucune fatigue, aucune souffrance, Surcouf, transporté d'enthousiasme, libéré de toutes ses affres, vainqueur des intrigues, des haines et de la mort, se précipitait sur l'estrade vers ses amis dont les visages exultaient d'allégresse.

Et, arrachant lui-même la corde qui enserrait le cou de Marcof, il lui cria :

— Eh bien ! mon ami, mon frère ! Je te l'avais bien dit que je te sauverais !

Marcof tomba dans les bras du Malouin en sanglotant. Et ce fut la plus inoubliable des étreintes.

Mais Dutertre et les autres corsaires les entouraient, cherchant à serrer les mains de leur libérateur, les embrassant, les mouillant de leurs larmes.

Et Sir Lovel Bruce qui, au pied de l'estrade, assistait à cette scène entre toutes émouvante, murmura, en essuyant une petite larme qui était apparue au bord de ses paupières :

— Quels braves gens que les Français !

Ces premières effusions terminées, Sir Edgar Weiss s'avança vers Surcouf et, mi-figue, mi-raisin, mais avec une correction absolue, il lui dit :

— Il ne me reste plus qu'à exécuter les ordres que Son Excellence le Premier Ministre vient de me transmettre. Je vais donc me mettre en rapport avec l'Amirauté qui doit me fournir le navire destiné à vous rapatrier en France.

« En attendant, vous êtes libres. Je vous demande de vous retrouver ici dans deux heures, afin que je vous fasse savoir l'heure et le lieu auxquels votre embarquement s'effectuera.

— C'est fort bien ! acquiesçait Surcouf. Nous serons là dans deux heures !

— Devant la porte de la prison..., précisait le chef de la police.

— Entendu !

— Dès à présent, vous êtes libres ! déclarait Sir Edgar Weiss.

Et, désireux sans doute de faire preuve d'un humour d'un bon goût, d'ailleurs assez critiquable, il ajouta :

— Vous pouvez même aller déjeuner en ville !

Surcouf, du tac au tac, répliquait en désignant les corsaires, uniquement vêtus d'une chemise et d'un pantalon de toile en loques :

— Mes amis ont trop de respect d'eux-mêmes pour se présenter à vos concitoyens dans une pareille tenue.

— Je vais leur procurer des vêtements, offrait le chef de la police.

— C'est inutile, ripostait le grand corsaire, je m'en charge !

Sir Edgar Weiss n'insista pas, et, d'un pas rapide, il gagna la porte.

Alors le grand corsaire, se tournant vers le général Bruce qui se tenait discrètement à l'écart, s'écriait, en le désignant à ses compagnons :

— Remerciez aussi le général ; car c'est grâce à lui que j'ai pu accomplir la dernière partie de mon voyage et, par conséquent, arriver à temps pour vous sauver !

Spontanément, toutes les mains se tendirent vers l'officier anglais qui, après les avoir serrées chaleureusement les unes après les autres, s'écria avec émotion :

— Messieurs les Français, je suis heureux et fier d'avoir pu payer la dette que j'avais contractée envers votre commandant et vous.

« Maintenant, nous sommes quittes !

Surcouf, qui avait eu la précaution de prendre sur lui, lors de son passage à Saint-Malo, une importante somme d'argent, demandait au guichetier en chef de la prison d'envoyer en ville acheter pour ses amis les vêtements qui leur étaient nécessaires.

Alors, Dutertre, s'approchant du Malouin, questionnait :

— Et maintenant, mon ami, raconte-nous ce qui s'est passé ?

Mais, gravement, Robert répondait :

— Il faut d'abord que je parle à Marcof.

Et il entraîna son ami dans un coin de la cour.

Tout de suite, à l'attitude du Malouin, Marcof, sans deviner encore toute la terrible vérité, en entrevit cependant une partie.

— Robert, fit-il, tu as une mauvaise nouvelle à m'apprendre.

— Oui, Pierre, répliquait Surcouf avec netteté.

— Madiana ?...

Surcouf ne répondit pas ; mais Marcof découvrit tout à coup dans les yeux de son ami une si grande douleur que, tressaillant, il s'écria :

— Elle est morte, n'est-ce pas ?

— Oui, elle est morte !

Marcof eut un sursaut de tout son être.

Mais, aussitôt, un éclair de fureur flambait dans ses yeux et, âprement, il martelait :

— Ce sont les Hindous qui l'ont tuée, n'est-ce pas ?

— Non ! répliquait le corsaire.

— Alors ?

Surcouf déclarait :

— Je n'ai pas le droit de te cacher plus longtemps la vérité. J'aime mieux que tu la connaisses par moi plutôt que de l'apprendre par d'autres, quand nous allons revenir au pays.

— Oui, tu as raison. Parle !

Lentement, Surcouf révélait :

— Elle s'est fait périr !

— Tu dis ?

— Elle s'est jetée à la mer.

— Mon Dieu ! fit Marcof en se cachant la tête entre les mains.

Et il demeura ainsi quelque temps replié sur lui-même.

On eût dit qu'il n'osait plus regarder la lumière du jour, de ce jour où il avait manqué mourir et où, à peine sauvé, il recevait, cette fois en plein cœur, un coup de poignard qui tuait en lui plus que toute l'espérance.

Mais, peu à peu, se dégageant des ténèbres de deuil qui l'enveloppaient, il redressa la tête et, ranimé par le désir de tout savoir, en même temps que saisi d'un doute auquel il s'accrochait en désespéré, il articulait péniblement :

— En es-tu bien sûr, au moins ?

Surcouf répliquait :

— En revenant de Paris, où j'avais été envoyé en mission par Pitt, auprès du général Bonaparte...

— Ah ! tu avais été...

— Oui, oui..., interrompit nerveusement Surcouf, je te raconterai cela plus tard. Laisse-moi aller droit au but !

Et, oubliant qu'il parlait à un homme qui avait aimé Madiana plus peut-être qu'il ne l'adorait lui-même, Marcof ajouta :

— Ne me parle que d'elle, rien que d'elle !

Surcouf, dont la générosité sans limites ne pouvait s'offusquer du pitoyable et touchant égoïsme de son ami, reprit aussitôt :

— Donc, en revenant de Paris... j'étais repassé par Saint-Malo pour... pour m'embarquer sur la *Confiance* et revenir en toute hâte vers l'Angleterre.

« Mes parents m'apprirent que, quelques jours auparavant, Madiana avait disparu pendant la nuit et que des pêcheurs avaient trouvé sur la plage, à marée basse, au milieu d'un tas d'algues, un lambeau de sa robe... que j'ai moi-même reconnu...

— Je comprends ! reprenait Marcof.

Et, avec un accent de sombre amertume, il fit, empoigné de nouveau par les affres d'une jalousie qui semblait insurmontable :

— Elle est morte à cause de toi !

— Pierre ! affirmait solennellement le grand corsaire, je te l'aurais rendue.

« Et de même que, jadis, je m'étais éloigné dès que j'avais senti que je n'étais plus maître de mon cœur, sois sûr que, désormais, je ne l'aurais plus jamais revue et que je serais reparti encore, je te le jure !

— Oui, toi ! soupirait Marcof...

Et il eut ce cri déchirant :

— Mais elle !

Cette fois, Surcouf se tut...

Qu'eût-il répondu à ce simple mot qui résumait toute la tragique destinée de cette femme si passionnément, si éperdument adorée par deux cœurs qu'unissait à jamais la plus sublime des amitiés ?

Mais Marcof poursuivait, laissant éclater toute sa douleur :

— Elle ne m'aimait que par reconnaissance. Elle n'était attachée à moi que par des liens d'affection, d'amitié !

« Peut-être même croyait-elle de très bonne foi qu'elle m'aimait quand elle-même ignorait l'amour ?

« Et c'est seulement quand tu es apparu dans sa vie qu'elle a compris quel était ce sentiment qui l'entraînait vers toi. Oui, c'est toi, toi seul, Robert, qu'elle a vraiment aimé ; et cela se comprend. Tu étais plus jeune, plus beau, plus célèbre, et surtout *meilleur*.

— Ne dis pas cela, Pierre !

— Si, tu étais meilleur... Oh ! bien meilleur que moi. Car, vois-tu, je ne sais pas si j'aurais agi comme toi... Je ne crois pas que je t'aurais rendu Madiana... Non, non, je ne le crois pas !

— Non, Marcof, tu n'aurais pas agi autrement que moi, car tu es l'honneur même.

« En ce moment, la douleur t'égare, mais ressaisis-toi. Sois assez fort pour regarder en face la réalité. Je la regarde, moi, et, pourtant, je souffre autant que toi... Eh bien ! je l'attends, car vois-tu, Marcof, un Français, un Breton, un Malouin ne doit jamais reculer devant rien, pas plus devant la douleur que devant la mort.

— Alors, toi, tu pourrais vivre sans elle ?

— Écoute-moi, mon ami, je t'en supplie. J'ignore ce que contenait la réponse du général Bonaparte à William Pitt, réponse qui nous a valu notre grâce...

« Sans doute le Premier Consul a-t-il dû lui jouer un tour de sa façon. D'ailleurs, nous ne tarderons pas à le savoir.

« Mais une chose, par exemple, dont je suis sûr, c'est qu'il n'a pas cédé, et que la guerre de course va continuer plus fort que jamais.

« Alors, tu m'as compris, n'est-ce pas ?

— Tu voudrais que nous recommencions à nous battre ?

— N'avons-nous pas une revanche à prendre ?

— Tu en auras le courage ?

— Ne l'auras-tu pas, toi aussi ?

Et, gravement, le Malouin martela :

— Si la Providence a voulu que nous échappions tous les deux à la mort, c'est qu'elle a jugé que notre mission ici-bas n'était pas terminée.

« D'ailleurs, notre vie n'appartient-elle pas avant tout et par-dessus tout à la France ?

« Haut les cœurs, mon ami, car nous pourrons encore faire de grandes choses !

— Robert ! s'écriait Marcof, quelle rude, mais superbe leçon, tu viens de me donner là... Comme toujours, tu as raison !

Et, le regard enflammé, revivifié par l'énergie sublime que venait de lui communiquer le Malouin, il reprit :

— Oui, nous allons reprendre notre métier de corsaire !

« Dans mes bras, mon ami, car tu m'as sauvé deux fois !

Ce fut une chaleureuse étreinte, une fraternelle accolade.

Jamais encore les deux corsaires ne s'étaient sentis plus unis.

Et Marcof, transfiguré, s'écria :

— Oui, Robert, nous allons faire tous deux de grandes choses !

. . . .

Le soir même, Surcouf, Marcof, Dutertre, Nédélec, Jean le Timonier et les autres corsaires s'embarquaient sur la Tamise, à bord d'un cutter fourni par l'Amirauté, et qui allait les reconduire jusqu'à la limite des eaux territoriales de France.

L'allégresse se lisait sur tous les visages.

Seuls ceux de Surcouf et de Marcof gardaient une expression de gravité mélancolique.

C'est que, désormais, leurs deux cœurs étaient devenus le tombeau du même souvenir, des mêmes regrets. Ils portaient le même deuil. Ils souffraient de la même souffrance. Mais, au moins, ils avaient la fierté de se dire que leur amitié fraternelle était sortie intacte et même plus raffermie encore de cette tragique épreuve.

Tacitement, ils avaient résolu de ne plus jamais reparler de Madiana.

C'était fini ! N'avaient-ils pas jeté ensemble la dernière pelletée de terre sur le cercueil où gisait leur même amour ?

Et, lorsque le navire anglais atteignit la mer, convaincus qu'ils pénétraient dans l'immense cimetière qu'avait choisi la malheureuse, à cent lieues de soupçonner qu'elle était toujours vivante – pour combien de temps encore... ? – entre les mains de l'implacable Tagore, tous deux eurent le même regard vers les flots qui s'étendaient à l'infini, et sur lesquels le soleil couchant laissait traîner son rouge adieu...

Gravement, ils se découvrirent et murmurèrent la même prière, comme s'ils pénétraient sur le seuil d'un champ d'éternel repos ; sans savoir où se trouvait la tombe qu'ils cherchaient, et sur laquelle ils auraient voulu s'agenouiller pour prier et pour pleurer ensemble.

XX

LE DERNIER CRIME DE JACQUES MOREL

Le lendemain du jour où Surcouf avait quitté Saint-Malo, Marie-Catherine, qui avait passé une nuit entièrement blanche, avait décidé de tenir la promesse qu'elle avait faite à son cousin, c'est-à-dire de prévenir M. et Mme Surcouf, avec tous les ménagements possibles qu'il ne leur fallait plus espérer revoir jamais Robert.

Mais elle n'avait pas eu besoin d'employer de longs et pénibles artifices.

Dès qu'elle était apparue dans la grande salle, toute pâle, muette et vivante expression de la douleur, la grand-mère, déjà préparée au terrible événement par les pressentiments qui l'avaient envahie, au cours de la nuit précédente, et n'avaient pas cessé de la hanter, comprit que sa filleule ne pouvait être que l'annonciatrice d'un irréparable malheur.

Aussi, lorsque, d'une voix brisée, elle fit : « Robert m'a chargée de vous dire... », tout de suite Mme Surcouf l'interrompit en disant :

— Qu'il ne reviendrait plus jamais, n'est-ce pas ?

Marie-Catherine ne put répondre que par un sanglot qui était un aveu.

Alors, tandis que M. Surcouf, atterré, s'écriait : « Non, ce n'est pas possible ! », la pauvre bonne-maman murmurait :

— Je m'en doutais !

Et, tout en s'appuyant au bras de son fils, elle ajouta :

— Hier soir, quand il m'a demandé ma bénédiction, j'ai bien senti que c'était un éternel adieu qu'il m'adressait.

« Mon Dieu ! pourquoi ne m'avez-vous pas donné la force de le retenir ?

— Marraine, reprenait Marie-Catherine, il ne pouvait pas rester.

— Oui, le souvenir de cette femme, la douleur que lui causait sa mort ! soulignait M. Surcouf.

— Non ! déclarait la jolie Bretonne, ce n'est pas cela.

— Quoi donc, alors ?

Et, tandis que M. Surcouf aidait sa mère, accablée, à s'asseoir dans un fauteuil, l'orpheline reprit :

— Je vais tout vous dire. Il ne voulait pas vous parler ; lui si brave, il avait peur de vos supplications, de vos larmes. C'est la seule fois qu'il a reculé devant le danger.

« Mais vous lui pardonnerez, j'en suis sûre, ce pieux mensonge que, seule, lui a inspiré son immense tendresse pour vous.

« J'ai été sa confidente... Car il pensait que, moi, je souffrirais moins que vous... et pourtant !... Voici ce qu'il m'a dit :

— Oh ! oui, parle, invitait Mme Surcouf.

Et elle ajouta les mains jointes :

— Marie avait suivi son fils jusqu'au Calvaire ; je veux, au moins par la pensée, suivre mon enfant jusqu'au sien !

Alors, Marie-Catherine révéla à sa marraine et à son oncle le secret que Robert lui avait confié, leur répétant fidèlement les paroles de Surcouf, qu'elle avait profondément gravées dans sa mémoire.

Le père, ainsi que la grand-maman, malgré tout leur déchirement, écoutaient avec une admiration poignante le récit de la dernière prouesse, du sacrifice sublime de leur enfant, de leur héros !

Et quand elle eut fini, ce fut un long recueillement que M. Surcouf interrompit par ces mots :

— Robert ne se trompait pas quand il disait, mon enfant, que sa grand-mère et moi nous lui donnerions raison... Il avait juré, il devait tenir son serment !

— Seigneur ! fit Mme Surcouf, en inclinant sa tête sur sa poitrine, je n'ai plus la force de m'agenouiller devant vous ; mais toi, mon fils, et toi aussi, Marie-Catherine, venez là, près de moi, nous allons prier pour le repos de son âme.

Et, de ces trois cœurs saignants, jaillit vers le ciel la plus touchante des oraisons... faite, elle aussi, du plus noble des sacrifices.

... Quelques jours après, la *Confiance* rentrait dans le port de Saint-Malo.

Aussitôt débarqués, le docteur Le Gall et tout l'équipage se rendaient auprès des Surcouf.

Le médecin, encore bouleversé par toutes les émotions qu'il venait de traverser, leur faisait le récit des derniers instants qu'il avait passés auprès du grand corsaire, de son émouvante séparation avec ses marins, ses chers compagnons de bataille et de gloire.

Alors, le père Mabon, se faisant en sa qualité de doyen l'interprète de tous, s'avança vers M. Surcouf :

— Not' commandant nous a dit, déclara-t-il, qu'il avait fait un testament où il était question de nous...

— C'est exact, mon brave, déclarait M. Surcouf.

Et, devançant le désir du vieux loup de mer, il appuya :

— Je vais tout de suite vous en donner connaissance.

— C'était la volonté du commandant, s'empressait d'affirmer le père Mabon.

— Et c'est pour moi, dans ma grande douleur, une consolation de lui obéir.

M. Surcouf s'en fut vers une commode sur laquelle reposait un petit navire que Marcof avait jadis donné à Surcouf, quand il était enfant.

Il ouvrit un tiroir, y prit dans une cassette le testament de son fils et revenait vers les marins.

Ceux-ci, instinctivement, s'étaient groupés autour de la vieille grand-mère, qui, dans son fauteuil, continuait, ainsi qu'elle l'avait dit, à gravir les dernières stations du calvaire de son petit-fils. Et il commença à lire :

Je ne puis m'empêcher d'évoquer ces années si nobles, si belles, que j'ai vécues au milieu de mes chers marins.

Je suis fier d'avoir été leur chef. Jamais, chez aucun, en face du danger, je n'ai remarqué la moindre défaillance.

Si j'ai souvent été rude et sévère envers certains d'entre eux, c'est que la discipline l'exigeait. Un chef trop faible n'est plus un chef. Mais c'est une joie pour moi de rendre hommage à la bravoure, au dévouement et à l'affection de ceux que j'ai eu l'orgueil de commander.

Qu'ils continuent à servir leur patrie, à aimer la France, sœur aînée de notre chère Bretagne, qu'ils fassent souche d'une nombreuse lignée de braves gens.

Plus que jamais notre pays en a besoin. Qu'ils leur apprennent à être, comme eux, de bons marins et d'honnêtes gens !

Si je suis tué, je leur défends de chercher à venger ma mort au détriment des intérêts de la grande cause.

Qu'ils poursuivent leur œuvre tout comme si j'étais là, près d'eux ! Qu'ils se rappellent mes enseignements.

Qu'ils se montrent, ainsi que je l'ai toujours été, humains envers un ennemi à terre. Qu'avant tout ils respectent les femmes. Qu'ils ne se laissent pas entraîner par le goût des bénéfices illégitimes. Qu'ils ne déshonorent jamais leur bon renom en des actes illicites, incompatibles avec le rôle de corsaire et qui les ravaleraient au rang des pirates, des écumeurs de mer, des pilleurs d'épaves.

À toute heure, en toute circonstance, qu'ils se souviennent que du sang breton coule dans leurs veines. Et qu'ils se rappellent sans cesse la devise de notre petite patrie qui, sur son blason inviolé, s'étale fièrement au pied de notre hermine sans tache :

Plutôt mourir que forfaire !

Je lègue ma corvette la Confiance *à mon équipage. Qu'il choisisse parmi eux celui qui leur semblera le plus digne de les commander et de les conduire à nouveau à l'honneur et à la gloire.*

Quand il eut terminé, tous les marins, qui tenaient à la main leur bonnet de laine, se tournèrent vers le père Mabon comme pour l'inviter encore à parler en leur nom.

Alors, le vieux brave, les yeux rouges de larmes, fit simplement :

— Les gars, on obéira au commandant !

Et, s'adressant à la grand-maman, qui avait placé sa main dans celle de Marie-Catherine :

— On a tous bien du chagrin, ma pauv' dame. Mais vous devez être ben fière de *lui* ! Et ça doit vous aider un p'tit peu, comme nous, à supporter ce coup-là.

« Sûr qu'on fera de notre mieux, comme il nous l'a demandé...

« Mais, quant à le remplacer, ça n'est pas possible ! Jamais on en retrouvera un pareil. Il y en a pas deux... Il y en aura jamais un autre !

« Aussi je ne peux pas croire que ça soit fini comme ça !

Mme Surcouf reprit :

— Demain, mes amis, nous ferons célébrer à l'église de notre paroisse un service pour lui.

« Vous y serez tous, mes amis !

Mais le père Mabon qui, têtu comme un vieux Breton qu'il était, gardait obstinément en lui l'espoir que Surcouf se tirerait encore d'affaire, s'écriait :

— Ne vous pressez point trop, ma bonne dame, de faire dire la messe des morts, parce que, voyez-vous, moué, on ne m'enlèvera pas de la boussole que le commandant ne peut pas mourir !

Ces paroles, prononcées avec cet accent de sincérité forte qu'inspirent toujours les convictions ingénues, parut apporter quelque détente en toutes ces âmes endeuillées.

Les marins se regardèrent entre eux, et leurs yeux exprimaient :

« Après tout, le père Mabon a peut-être raison ! »

M. Surcouf, lui-même, n'était pas loin de partager son avis, et Marie-Catherine sentait la main de sa marraine presser la sienne en un geste d'instinctive et vaste espérance.

Le père Mabon, qui suivait toujours son idée, reprenait :

— Vous verrez que c'est moué, le dur-à-cuire, le vieux loup de mer, qui aura raison !

Et il ajouta, éloquent malgré lui sans s'en douter :

— Tout ce que je puis vous dire à tous, c'est que le commandant est encore vivant ; car là, aussi vrai que je m'appelle de mon nom de baptême Baptiste-Mathurin-Benoît, sûr que si ces maudits *English* lui avaient passé la corde au cou, mon cœur se serait décroché dans ma vieille carcasse !

« Et mon cœur, mille millions de caronades, il tient encore bon dans ma poitrine.

La grand-maman, M. Surcouf, Marie-Catherine contemplaient avec une expression de reconnaissance attendrie ce vieux brave homme qui, dans sa foi vibrante, inébranlable, en la destinée de son chef, leur apportait un si précieux réconfort.

Il n'y a rien de tel, en effet, que les âmes simples pour savoir créer, au moment où tout semble perdu, un courant d'espérance qui, même irraisonné, met du bleu dans les cieux les plus obscurcis.

Et Mme Surcouf, gagnée, elle aussi, par l'aveugle confiance du vieux marin, s'écria :

— Oh ! père Mabon ! si vous disiez vrai !

— J'sommes point prophète, concluait le vieux loup de mer... Mais décommandez le service, madame Surcouf, car c'est p't'être ben un *Te Deum* que vous demanderez bientôt à M. le curé de nous chanter !

Et les marins étaient partis, laissant dans la maison désolée une petite lueur d'espoir.

Aussi, à présent, Marie-Catherine, chaque fois qu'elle avait un instant de liberté, se rendait-elle sur la terrasse et demeurait-elle en contemplation devant la mer, se demandant, à chaque bateau dont les voiles surgissaient à l'horizon, s'il ne ramenait pas Robert sain et sauf, avec ses amis.

Car, à force de se bercer de l'illusion que le bon père Mabon avait mis en elle, la pauvre petite avait fini par se convaincre, elle aussi, que son héros ne pouvait pas mourir.

Elle s'était efforcée de transformer, chez M. Surcouf et sa marraine, en une certitude absolue, ce qui n'était chez eux qu'une très fragile espérance. Et, sans y parvenir entièrement, elle avait tout de même réussi, en l'élan de sa foi touchante, à les empêcher de sombrer l'un et l'autre dans la plus cruelle des amertumes.

Quand M. Surcouf la voyait penchée sur la balustrade, les yeux fixés sur le large, la poitrine haletante, il murmurait à sa mère :

— Elle l'attend !

Et la bonne marraine répondait, en essuyant une larme :

— Comme elle l'aime !

Et M. Surcouf ajoutait :

— Quel dommage que le cœur de notre Robert ne l'ait pas compris.

« Que de malheurs eussent été évités !

Mais, dans son inaltérable indulgence maternelle, Mme Surcouf répondait :

— La Providence ne l'a pas voulu, ne récriminons pas contre ses desseins !

Et tous deux retombaient dans leur rêverie, passant alternativement du désarroi au réconfort.

Un matin que Marie-Catherine avait gagné son poste d'observation, elle aperçut Jacques Morel qui gravissait les marches de l'escalier accédant à la terrasse.

Depuis que, caché dans l'ombre, il avait vu Tagore plonger son couteau dans la poitrine du corsaire, il n'avait pas reparu au domicile des Surcouf.

En effet, s'il avait vu de loin, ainsi que Tagore, demeuré lui aussi aux aguets, les marins de la *Confiance* se précipiter au secours de leur chef et l'emporter à bord de ce navire, et s'il avait redouté que son rival n'échappât à la vengeance de l'Hindou, celui-ci l'avait immédiatement rassuré en lui affirmant que le poison dans lequel il avait trempé son arme était de ceux qui ne pardonnent pas.

Cependant, dès le lendemain, il avait été repris d'inquiétude en apprenant que la *Confiance* avait levé l'ancre et avait quitté Saint-Malo pendant la nuit, emportant Surcouf vers une destination inconnue.

Et chaque jour, ou plutôt chaque heure, il avait guetté opiniâtrement le retour de la corvette, espérant bien que celle-ci, ainsi que le lui avait annoncé Tagore, ne rapporterait qu'un cadavre.

Mais la *Confiance* ne reparaissait toujours pas.

Et Jacques Morel, qui ne comprenait pas, qui ne pouvait pas comprendre, se demandait ce que signifiait ce mystère, lorsqu'un matin il vit enfin la corvette rentrer au port.

Vite, il se précipita sur le quai.

Le navire avait son pavillon en berne.

Jacques Morel se dit aussitôt :

— Tagore ne s'était pas trompé ! Surcouf est mort ! Enfin !

Le misérable eut un frisson de criminelle allégresse.

Et, mêlé aux curieux qui s'étaient rassemblés sur le port, il attendit le débarquement des corsaires.

La tristesse de leurs visages ne fit que le confirmer dans la conviction que le poignard de Tagore avait fait son œuvre.

Alors, il s'approcha du docteur Le Gall, le front soucieux. Et, tout en feignant une vive anxiété, il interrogea :

— Robert ?... C'est fini, n'est-ce pas ?

Le vieux chirurgien auquel, ainsi qu'à tous, le commis aux écritures avait toujours inspiré une instinctive et insurmontable antipathie, répondait d'un ton agacé :

— Oui, oui, c'est fini !

— Quelle chose épouvantable ! s'empressait de déclarer le jeune gredin.

Mais le docteur Le Gall pressait le pas, indiquant nettement à Jacques qu'il n'avait nullement l'intention de poursuivre une conversation avec lui.

Alors, Morel voulut interroger un marin, puis un autre... Ceux-ci ne lui répondirent même pas.

Avec un timonier, il ne fut pas plus heureux. Celui-ci, tout en le toisant d'un air de mépris non déguisé, lui lançait :

— Tout ça, terrien, c'est pas tes affaires !

Jacques Morel n'insista pas... Mais, espion dans l'âme, il décida aussitôt de pister le docteur Le Gall et les corsaires de la *Confiance*, qui le conduisirent jusqu'à la maison des Surcouf, dans laquelle il pénétra à leur suite.

Et là, sans être vu, dissimulé derrière une porte, il avait assisté à toute l'entrevue émouvante que nous avons décrite plus haut, écoutant sans en perdre un mot le récit du docteur Le Gall qui lui apportait la nouvelle que Surcouf était rentré en Angleterre pour y être pendu avec ses compagnons.

Pas un instant le misérable ne s'était senti impressionné, ni par l'acte héroïque du Malouin ni par la si touchante douleur de ceux qui l'aimaient.

Tout en ne cessant de fixer Marie-Catherine d'un regard ardent, il se réjouissait bassement, férocement, de ces événements qui ne pouvaient qu'aboutir à la mort de ce rival exécré.

En effet, il était très sûr que si, presque miraculeusement, Robert avait échappé au poignard empoisonné de Tagore, il ne rencontrerait aucune pitié de la part de Pitt.

Aussi n'avait-il pu réprimé un haussement d'épaules lorsque le bon vieux Mabon, dans sa foi naïve de Breton, décuplée par l'attachement sans bornes qu'il avait voué à son maître, avait crié à tous sa conviction que Surcouf était encore vivant.

Pour lui, il en était persuadé, l'exécution du grand corsaire et de ses amis était certaine.

Peut-être même était-ce déjà un fait accompli ! Et il voyait le Malouin se balançant au bout d'une corde, agité par les derniers soubresauts de l'agonie.

Sans attendre la fin de cet entretien au cours duquel il avait appris ce qui lui tenait le plus au cœur : la perte certaine, la disparition définitive de l'homme qu'il détestait le plus au monde, Jacques Morel était rentré chez lui et avait donné libre cours à son abominable joie...

Maintenant, il avait le champ libre, il allait pouvoir repartir à la conquête de Marie-Catherine.

Mais il comprit qu'il ne fallait pas brusquer les choses et attendre, sinon que le chagrin de la jeune fille fût complètement apaisé, mais tout au moins qu'il eût perdu cette acuité qui fait repousser toutes les consolations et s'irriter même devant trop d'affectueuse insistance.

Entre-temps, il s'était rendu au Guildo auprès de Tagore, auquel il répéta fidèlement le récit du docteur Le Gall.

Malgré tout son empire sur lui-même, le fils de Timour ne put s'empêcher de manifester un grand trouble.

— Oui, fit-il, j'avais raison de penser que cet homme était protégé par des forces qui nous sont néfastes !

Un peu inquiet, Jacques Morel demandait :

— Alors, tu crois qu'il échappera aussi à la justice de William Pitt ?

Tagore se recueillit un instant, les yeux tournés vers la statue de Siva.

Et il demeura ainsi, immobile, les bras étendus, en contemplation, en extase, comme s'il n'eût plus appartenu à la terre.

Au bout de quelques minutes, une flamme brilla dans son regard... et, croisant ses mains sur sa poitrine, il se prosterna devant la statue devant laquelle il demeura encore un instant incliné.

Puis il se releva, transfiguré de tout le fanatisme qui vibrait en lui. Et il se dirigea vers Jacques Morel qui, impressionné par l'ambiance de cet étrange décor de temple hindou transporté dans les ruines d'un vieux château de Bretagne, attendait, non sans anxiété, qu'il eût terminé son invocation.

Et, d'une voix grave, il lui dit :

— Siva vient de faire pénétrer en moi sa lumière sacrée. Il m'a dit que j'avais trop tardé à immoler Madiana et que la mort de Surcouf ne pouvait être que la rançon de sa vie.

— Alors, tu crois, toi aussi, que Surcouf est encore vivant ?

— Je le crois, scanda l'Hindou avec force.

Jacques Morel sentit quelques gouttes de sueur perler à ses tempes.

Car il ne pouvait s'empêcher d'établir un rapprochement entre la conviction du chrétien qu'était le père Mabon et celle du païen qu'était Tagore.

Et lui qui ne croyait en rien se demandait quel était le courant mystérieux qui permettait à certains esprits, les plus simples comme les plus forts, de lire ainsi très bien dans le livre invisible des destinées humaines.

Mais l'Hindou allait le rassurer aussitôt.

Tout en appuyant sa main sur l'épaule du commis aux

écritures, et tout en désignant de l'autre la porte du cachot dans lequel il avait enfermé sa prisonnière, il déclara :

— Ce soir, Madiana aura cessé de vivre et demain, au plus tard, Surcouf aura expié la mort de mon père !

Il se dégageait de Tagore une telle puissance fascinatrice, que Jacques Morel, malgré son scepticisme, quitta le Guildo d'autant plus persuadé que le fils de Timour lui avait dit la vérité et que ses affirmations solennelles se conformaient à ses désirs.

Les plus incrédules, ceux qui sont les mieux armés contre la superstition et se moquent, par principe, de tout ce qui n'est pas ce qu'on est convenu d'appeler la réalité, ont parfois de ces faiblesses, surtout aux heures de crises morales, où il ne s'agit plus seulement de se défendre contre les autres, mais encore de lutter contre soi-même.

Voilà pourquoi Jacques Morel s'était séparé de Tagore entièrement débarrassé du doute qui s'était un instant glissé en lui... et cette fois, au lieu de rentrer chez lui, il n'avait pas pu résister à l'impérieux désir de revoir Marie-Catherine et de commencer l'exécution du plan d'attaque qu'il avait longuement mûri au cours de ses méditations solitaires.

Mais cette fois le misérable, qui avait constaté combien il lui avait peu réussi de brusquer les choses, s'était armé d'une patience qu'il jugeait indispensable au succès de son entreprise, et il avait décidé de jouer auprès de la jeune fille une comédie dont il avait d'avance réglé minutieusement tous les détails.

Mais toutes ces subtilités hypocrites, toutes ces ruses compliquées et de mauvais aloi allaient se heurter aux rocs intangibles qu'étaient la conscience et le cœur de l'orpheline.

S'avançant vers elle, son chapeau à la main, il s'inclinait respectueusement en disant :

— Marie-Catherine, ne craignez rien de moi ; j'ai réfléchi ! Jamais plus, croyez-le, il ne sortira de ma bouche une parole capable de vous offusquer ; et, avant tout, je tiens à vous demander pardon de vous avoir fait de la peine.

« J'étais fou, je le reconnais humblement. À force de volonté, j'ai réussi à retrouver la raison. Et je ne vous demande qu'une grâce, une seule, c'est d'oublier tout ce que je vous ai dit... comme je veux oublier moi-même tout ce que j'ai souffert.

Tout d'abord, Marie-Catherine crut que Jacques Morel était sincère.

En effet, il avait si bien composé son personnage, étudié son rôle, qu'elle ne pouvait manquer, elle si loyale entre toutes, de ne pas être favorablement impressionnée par cette attitude humble et cette manifestation d'un repentir qui lui semblait réel.

— Jacques, reprit-elle... je vous pardonne. Et je vous souhaite, pour vous plus que pour moi, d'abolir à jamais de vous le souvenir des instants qui m'ont été aussi pénibles qu'ils ont pu vous être douloureux.

— Merci ! reprenait le gredin d'une voix tremblante... Je n'en attendais pas moins de votre générosité.

Et, comme s'il venait d'être soulagé tout à coup d'un grand poids qui l'oppressait, il reprit d'un ton plus rassuré :

— Maintenant, je suis sûr de moi ! Croyez que s'il en avait été autrement, je n'aurais jamais osé me représenter devant vous.

« Mais j'ai appris ce que vous savez déjà... la... la mort de Robert.

À ces mots, Marie-Catherine eut un sursaut.

— La mort de Robert ! fit-elle en pâlissant... Alors...

Et, toute frémissante d'un subit désespoir, elle s'écria :

— L'exécution a donc eu lieu ?

— Je n'ai pas dit cela, rectifiait le commis aux écritures.

« En effet, aucune nouvelle de ce genre, à ma connaissance, n'est parvenue à Saint-Malo.

« Mais étant donné les circonstances dans lesquelles

Robert a dû retourner en Angleterre, il y a tout lieu de craindre qu'il ait déjà succombé !

« Voilà pourquoi j'avais tenu à exprimer à M. et Mme Surcouf, ainsi qu'à vous-même, l'expression de toute ma respectueuse et fidèle sympathie.

À ces mots, Marie-Catherine se redressa, indignée. C'est qu'elle venait, tout à coup, de voir clair dans le jeu du misérable.

Elle avait pu un instant être dupe. Mais maintenant elle se ressaisissait.

Car, si Jacques Morel avait pu transformer sa voix, il n'avait pu changer son regard, ce regard fuyant et faux dans lequel fulguraient par instants les éclairs révélateurs de tout le mal, de toute la honte, de tout le vice qui étaient en lui.

Et la jeune fille s'écria :

— Comme vous vous entendez bien à retourner le fer dans la plaie !

— Marie-Catherine..., voulut protester le gredin.

Mais l'orpheline poursuivait avec véhémence :

— Vous dites que vous êtes venu ici pour nous apporter, pour nous donner une preuve d'affection.

— Certes...

— Pour nous apporter vos consolations.

— Je vous le jure !

— Taisez-vous donc !

Et, inspirée par la clairvoyance qui rayonnait de son âme, la jolie Bretonne poursuivit :

— Vous avez voulu voir où j'en étais de ma douleur.

— Je vous affirme que vous vous méprenez sur mes intentions.

— Vos intentions n'ont pas changé. Je les lis sur votre visage et vous m'avez menti en me déclarant que vous aviez renoncé à moi.

— Marie-Catherine, vous vous trompez.

— Si, si, vous m'avez menti, j'en suis sûre. Vous avez voulu endormir ma confiance, désarmer mon hostilité.

« Et, sous prétexte de pleurer avec nous la mort de Surcouf, mort qui vous comble de joie, vous avez cherché à vous introduire ici de nouveau, afin de continuer votre jeu, de reprendre hypocritement vos attaques, escomptant, de ma part, ainsi que vous l'avez toujours fait, un instant de défaillance, peut-être aussi d'autres morts qui me laisseraient toute seule au monde, sans défense, à votre merci.

« Et voilà pourquoi, Jacques, une dernière fois, je vous dis : Allez-vous-en !

« Car ce n'est pas de la pitié que vous apportez ici en cette heure.

« C'est de la haine !... Oui, votre haine pour Robert, qu'exagère encore la certitude définitive que, quoi qu'il arrive, *je ne serai jamais à vous* !

Jacques Morel eut un rugissement de rage.

Toute son effrayante passion, qu'il avait réussi un moment à refréner, à dissimuler au fond de lui-même, éclatait de nouveau, impérieuse, effroyable.

— Eh bien ! oui, je le hais ! Je le hais, ton Robert, martelait-il, les poings crispés. C'est vrai, je me réjouis de sa mort comme je me réjouirai de celle de tous ceux qui me séparent de toi.

Et, emporté par un véritable coup de folie, il poursuivit :

— Ah ! tu dis que tu ne seras jamais à moi !

— Jamais ! J'aimerais mieux mourir !

— Je pourrais te tuer !... Mais je ne le ferai pas. J'aime mieux me venger ; j'aime mieux te faire souffrir autant que j'ai souffert moi-même.

— Je suis au-dessus de ton infamie.

— Mais tu n'es pas au-dessus de ton amour !

Et, effroyable de cynisme, Jacques Morel ricana :

— Ton idole ! Tu vas voir comment je vais la démolir !

Et il martela :

— Sais-tu ce qu'il aurait fait, Surcouf, ce héros, si ce coup de poignard n'était pas venu le clouer à terre ? Non ! Eh bien ! je vais te le dire.

« Il serait parti avec Madiana !

— Lui ! protestait Marie-Catherine. Comment oses-tu proférer une aussi odieuse et stupide calomnie ?

— Je dis la vérité, et je puis t'en donner la preuve.

— Tu mens !... Et d'abord, comment aurait-il pu repartir avec Madiana, puisque celle-ci est morte ?

— Madiana est vivante !

— Tu mens encore !

— Non, non, je ne mens pas ! Lis plutôt.

Et, en proie à un véritable délire qui le privait de tout contrôle de soi-même et bannissait en lui toute raison, uniquement emporté par le désir de torturer celle qui se refusait à lui, il tendit à Marie-Catherine la lettre qu'il avait écrite sous la dictée de Tagore et dont il s'était emparé au moment où les Hindous avaient enlevé la malheureuse.

L'orpheline, qui avait cru reconnaître l'écriture de Robert, lut, bouleversée, ce qui suit :

Madiana, ma bien-aimée,

J'ai réussi à m'évader et je te supplie de venir me rejoindre. Je ne puis venir te chercher moi-même, car notre départ doit avoir lieu dans le plus grand mystère. Le cousin Jacques te conduira à bord de la Confiance *où je t'attends. Viens.*

Ton ROBERT.

— Me croiras-tu, à présent ? reprenait le misérable... Me croiras-tu, quand je te dirai que c'est moi-même qui ai emmené Madiana à bord de ce navire et que j'ai réussi à l'y cacher, d'accord avec Surcouf, à l'insu de l'équipage ?

« Que s'est-il passé ensuite ? Je l'ignore.

— Eh bien ! moi, je vais te le dire ! fit tout à coup une voix vibrante, en même temps qu'une main de fer se posait sur l'épaule du gredin.

C'était Surcouf qui, suivi par Marcof, Dutertre et les autres corsaires, venait d'apparaître sur la terrasse.

XXI

IL ÉTAIT ÉCRIT LÀ-HAUT...

La foudroyante intervention de Surcouf avait produit un effet indescriptible... D'abord sur Jacques Morel, qui, comme un écrasé, était tombé à genoux sur les dalles, maintenu comme en un carcan par l'étau terrible qu'était la poigne du grand corsaire... puis sur Marie-Catherine qui, toute palpitante, tout éperdue de bonheur, s'appuyait, pour ne pas défaillir, sur la balustrade de la terrasse... et enfin sur M. et Mme Surcouf qui, de la grande salle où ils se tenaient, avaient reconnu la voix de Robert et s'étaient précipités au-devant de lui.

— Mon fils, mon enfant ! s'écriait la grand-mère. Toi, c'est toi ! c'est bien toi !...

— Oui, bonne-maman, répondait Surcouf, sans lâcher le commis aux écritures. C'est bien moi !

« Et puis, voici Marcof, Dutertre, tous nos amis... Ah ! nous pouvons nous vanter de l'avoir échappé belle !

Mme Surcouf s'exclamait, radieuse :

— Le père Mabon avait raison quand il disait que tu ne pouvais pas mourir !

Et, comme elle allait se jeter dans les bras de son petit-fils, s'apercevant seulement que celui-ci tenait toujours Jacques Morel serré à la gorge, elle interrogea :

— Que t'a-t-il donc fait, pour que tu le maltraites de la sorte ?

— Il faisait pleurer Marie-Catherine, ripostait le Malouin.

Et, s'adressant à l'orpheline, il ajouta :

— Viens, petite sœur, répète-moi ce qu'il te disait.

La jeune fille s'approcha. Elle tenait toujours, froissée dans sa main, la lettre que Morel lui avait remise.

— Qu'est cela ? questionna Surcouf. Allons, donne vite.

Il s'empara du papier. Jacques Morel profita de ce mouvement pour tenter de s'enfuir... Mais l'étau se resserra... et Surcouf qui, du premier coup d'œil, avait deviné que le commis aux écritures venait de commettre une mauvaise action, pire peut-être, menaça :

— Si tu bouges, gare à toi !

Le lâche, tremblant, suant la peur, s'immobilisa aussitôt. Il n'était déjà plus qu'une loque entre les mains de son formidable adversaire.

Celui-ci parcourut la lettre.

Il n'eut qu'un sursaut de dégoût, un ricanement de mépris. Puis, loyalement, il la tendit à Marcof en disant :

— Lis cela !

Marcof s'empara du papier... dont il prit aussitôt connaissance au milieu du silence et de la stupeur de tous.

— Cette lettre est un faux ! tonna Surcouf, qui avait peine à maîtriser sa colère.

— Tu n'avais pas besoin de me le dire, répliquait Marcof.

Alors, le Malouin dit à Marie-Catherine, en lui désignant Jacques Morel qui claquait des dents :

— C'est lui qui t'a remis cela ?

— Oui, Robert !

Le commis aux écritures, qui se sentait perdu, voulut balbutier :

— Je l'avais trouvée... sur les remparts.

Le Malouin tonna :

— Tu mens ! Allons, parle... dis-nous la vérité ou je t'étrangle !

Jacques Morel comprit que, s'il hésitait, il était perdu sans recours.

Et, tout de suite, il fit :

— Oui, je vais tout vous dire, tout !

Surcouf desserra son étreinte.

Et, toujours agenouillé, le misérable commença sa confession.

— J'aimais Marie-Catherine d'un amour insensé. Je n'avais qu'un but, qu'un désir, un rêve : qu'elle devînt ma femme.

« Elle ne voulait pas... Son cœur était ailleurs... et un cœur comme le sien, m'avait-elle dit, ne se donne pas deux fois.

— Chère petite !... murmurait Surcouf en regardant avec une expression de tendresse infinie la douce orpheline, qui ne vivait plus à la pensée que le misérable allait trahir son secret.

Morel poursuivait :

— J'étais désespéré... car... celui qu'elle aimait...

— Jacques, ne dis rien... je t'en supplie..., implorait la jolie Bretonne en se réfugiant auprès de sa marraine.

Le commis aux écritures reprenait :

— Celui qu'elle aimait, je ne pouvais guère lutter contre lui, tant il me dépassait... tant à côté de lui j'étais si peu de chose.

« Un jour, j'eus une lueur d'espérance ; mon rival aimait une autre femme. Je dis à Marie-Catherine : “Tu vois, il ne t'aimera jamais.” Mais elle me répondit : “Moi, je l'aimerai toujours.”

« Je souffrais alors comme un damné. Car Marie-Catherine parlait d'entrer en religion. Et puis, de nouveau, j'entrevis dans mes ténèbres un peu de clarté.

« Celui qui semblait m'avoir à tout jamais séparé d'elle partit... pour ne plus revenir... oui, pour mourir !

« Alors, je voulus la revoir ! Mais elle me repoussa si rudement que je compris que tout était bien fini et, hors de moi, ne sachant plus ce que je disais... ce que je faisais, je lui remis cette lettre, afin de me venger à la fois d'elle et de toi... Car c'était toi... Robert... oui, toi, qu'elle avait toujours aimé !

Surcouf eut un cri de surprise et dirigea son regard vers Marie-Catherine qui, bouleversée, avait laissé retomber sa tête sur l'épaule de Mme Surcouf en sanglotant :

— Le misérable ! Il faut qu'il se venge jusqu'au bout !

— Marie-Catherine, murmura le Malouin avec l'accent de la plus douce, de la plus tendre des pitiés.

Et, saisissant de nouveau Jacques Morel, toujours écroulé, le forçant à se relever, et le soulevant jusqu'à lui, de telle sorte que son visage se trouva à la hauteur du sien, il s'écria :

— Tu savais que cette lettre était un faux ?

— Oui, je le savais.

— Et c'est toi qui l'avais commise ?

— Oui, c'est moi.

— Et si je t'écrasais la tête contre ce mur ?...

— Attends ! coupait Jacques Morel qui, en face d'une mort aussi horrible qu'immédiate, venait de retrouver quelque énergie.

Et il haleta :

— Je ne t'ai pas tout dit encore. Et si tu me promets de ne pas me tuer, je puis te révéler un secret.

— Un secret ! répéta Surcouf. Quel nouveau mensonge as-tu encore imaginé ?

— Écoute-moi d'abord, et puis tu verras bien si je mens.

— Allons, parle.

— Cette fausse lettre, c'était Tagore qui me l'avait dictée.

— L'Hindou ?

— Oui, l'Hindou ! Grâce à elle, il voulait attirer Madiana dans un guet-apens... et il y a réussi !

— Le bandit !... écumait Surcouf, tandis que Marcof, pâle, les traits convulsés, se rapprochait de lui.

Mais le Malouin scandait :
— Et Tagore l'a assassinée ?
Jacques Morel garda un instant le silence.
Le gredin, en effet, avait tout de suite saisi qu'en arrachant Madiana à la mort, il ne pouvait exercer à la fois envers Surcouf et Marie-Catherine une plus terrible vengeance.
D'un seul coup, il ressuscitait tout le drame effrayant dont le prétendu suicide de Madiana avait été le dénouement tragique, mais libérateur.
Et, lentement, il articula :
— Ce matin, elle était encore vivante !
— Alors, lançait Surcouf... tu sais où elle se trouve ?
— Je le sais !... affirmait Morel.
Et il ajouta :
— Si je vous conduis près d'elle, me pardonnerez-vous ?
— Oui, je te pardonnerai !
Et l'immonde personnage, auquel son extraordinaire duplicité venait d'inspirer à la fois le moyen de satisfaire sa haine et de sauver son existence, ajouta :
— Tagore l'a enfermée dans un des cachots souterrains du Guildo... C'est là que vous la retrouverez... Mais hâtez-vous, car il doit l'immoler ce soir même !
— Allons la délivrer ! s'écriait Surcouf.
Et il ajouta en dardant sur Jacques Morel son regard d'aigle :
— Malheur à toi, gredin ! si nous arrivons trop tard !...

. . . .

Dans le temple de Siva, éclairé par les lueurs mystérieuses des lampes et des lanternes suspendues à la voûte, Tagore contemplait, impassible, deux de ses complices qui, après avoir soulevé plusieurs dalles, achevaient de creuser la tombe de Madiana.
Quand la sinistre besogne fut terminée, le fils de Timour

s'en fut vers un coffre en chêne incrusté d'ivoire et il en retira un long poignard triangulaire à la pointe acérée qu'il s'en fut déposer, avec une sorte de religieux respect, aux pieds de la statue de Siva, sur la marche la plus élevée de l'autel.

Puis il adressa un simple signe aux deux Hindous qui disparurent aussitôt pour revenir quelques instants après avec Madiana, qu'ils avaient été chercher dans le cachot où son bourreau l'avait fait enfermer.

Dès qu'elle apparut, à l'attitude de Tagore, elle comprit tout de suite que sa dernière heure était venue.

Elle s'arrêta, droite, immobile entre ses deux gardiens... Elle avait résolu d'être brave devant la mort.

Tagore la contempla un instant au milieu d'un silence poignant.

Puis, s'avançant vers elle, il fit :

— C'est aujourd'hui que tu dois périr !

Madiana demeura impassible.

Alors le fils de Timour fit un nouveau signe à ses complices ; et ceux-ci, saisissant par les poignets Madiana, qui, d'ailleurs, ne leur opposait aucune résistance, la conduirent jusqu'au pied de la statue.

Tagore s'approcha d'elle et lui dit :

— Avant que le couteau du sacrifice n'ait, par moi, accompli son œuvre, prosterne-toi devant Siva et demande-lui pardon du crime qui a été commis par ta faute.

Madiana répondait, toujours calme, sereine, et plus belle qu'elle ne l'avait jamais encore été :

— Tu as donc oublié que j'étais chrétienne !

D'un air menaçant, le bourreau déclarait :

— Je sais que tu as causé la mort de mon père, et je veux, avant de te frapper, te voir à la fois repentante et humiliée.

— Jamais !...

— Je le veux !

— Jamais ! te dis-je !... Je ne crois plus en tes faux dieux.

Pour moi, il n'y en a plus qu'un seul : le père de celui qui a été cloué à une croix et qui, lui, au lieu d'exiger qu'on immolât des victimes devant son image, s'est sacrifié pour le salut du genre humain !...

Tagore, blême de fureur, rugit.

— Tu oses braver Siva au moment où tu vas périr ?

— Je ne crains pas l'au-delà... Je l'appelle, au contraire, de toute mon âme... car je sais ce qui m'attend là-haut... Et la mort n'est plus pour moi un mystère.

« Frappe-moi donc, et c'est moi qui te pardonnerai.

— Tu ne veux pas m'obéir ?

— Non !

— Tu ne regrettes rien ?

— Je ne regrette rien. Ton père voulut me faire périr au milieu d'atroces supplices. Comment veux-tu que j'aie un mot de blâme à l'adresse de celui qui m'a arrachée à lui !

— Misérable ! grinçait Tagore, en attirant brutalement Madiana sur les dalles.

Madiana tomba à genoux. Son visage resplendit aussitôt d'un rayonnement céleste. C'est qu'à la place de la statue grimaçante, horrible, féroce du dieu hindou, elle venait de voir apparaître un Christ qui, sous l'auréole de sa divine souffrance, inclinait vers elle un visage de compassion infinie.

Alors, elle joignit lentement les mains. Tagore eut un sourire de triomphe. Il crut qu'elle avait cédé. Il n'en était rien.

En effet, la voix mélodieuse de Madiana s'élevait, grave et pure, dans le temple. Et voici ce qu'elle disait :

— Ô Christ ! soutiens-moi dans mon heure dernière. Protège tous ceux qui furent bons envers moi. Fais qu'aucune haine ne divise jamais celui que j'ai aimé d'amour et celui que j'ai aimé d'amitié... Je m'en vais à toi, ô mon Dieu, libérée de toute crainte, détachée de tout ce qui pouvait me retenir ici-bas, guérie de toutes mes douleurs, confiante en ta bonté, sûre de ta miséricorde !

« Et que mon dernier souffle soit l'*Ainsi soit-il* de ma prière suprême !

Fou de fureur, Tagore s'empara du poignard qu'il avait déposé sur l'une des marches de l'autel. Et, se relevant, il le dirigeait vers la poitrine de Madiana qui, les bras étendus en croix, acceptait le trépas comme une délivrance.

Mais, soudain, il eut un cri de fureur. Conduits par Jacques Morel, Surcouf, Dutertre et plusieurs corsaires se précipitaient dans la salle, le pistolet au poing. Quelques coups de feu retentirent. Tagore et les Hindous roulèrent sur les dalles... Le fils de Timour, qui n'était que blessé, voulut se relever et s'emparer du couteau qui avait glissé de sa main.

Mais Surcouf ne lui en donna pas le temps.

D'un formidable coup de crosse, il l'abattait à terre, et, à trois reprises, il lui écrasait la tête sous son talon.

— Cette fois, fit-il, le serpent est bien mort... Mais il était temps !

Alors Jacques Morel, se tournant vers Surcouf et Marcof, fit, en désignant Madiana qui, écroulée devant l'autel, contemplait d'un œil hagard ces deux hommes qu'elle avait cru ne plus jamais revoir :

— Je vous avais promis de vous la rendre ; la voici.

— Madiana ! s'exclamaient simultanément les deux corsaires.

Et, en un même élan, ils s'élancèrent vers elle.

Mais, se dressant à demi, la malheureuse s'écriait :

— Ne m'approchez pas ! Non ! non ! je ne veux pas ! Laissez-moi, oui, laissez-moi mourir !

Madiana avait proféré ces mots avec un tel accent de douleur et d'épouvante que Surcouf et Marcof demeurèrent cloués sur place.

Alors, d'un geste brusque, elle s'empara du poignard que

Tagore avait laissé tomber près d'elle et, avant que l'on ait pu intervenir, elle se l'enfonçait dans la poitrine.

Surcouf et Marcof, effarés, bondirent vers elle.

— Madiana, Madiana ! qu'as-tu fait ? s'écriait Surcouf en se penchant vers elle, tandis qu'écrasé, Marcof s'agenouillait près de l'agonisante, l'œil rivé sur le sang qui coulait de sa blessure.

Surcouf, éperdu, interrogeait :

— Pourquoi as-tu voulu mourir ?... au moment où nous t'avions sauvée ?

— Parce qu'il le fallait, répondait Madiana.

Et, regardant successivement Surcouf et Marcof, abîmés dans leur douleur, elle ajouta d'une voix qui se faisait de plus en plus faible :

— Je n'ai pas voulu être l'obstacle qui vous eût à jamais séparés, ni un sujet de haine pour deux cœurs aussi nobles que les vôtres.

« Jamais, moi vivante, aucun bonheur n'eût été possible pour vous, ni pour moi !...

Et, avec un sourire qui était tout l'adieu de cette pauvre âme au rêve qu'elle n'avait fait qu'entrevoir, elle ajouta :

— Il était écrit là-haut que Madiana ne pouvait pas être heureuse !

— Madiana !... Madiana !... appelait Marcof.

— Donne-moi ta main, fit-elle, et dis-moi que tu me pardonnes.

— Te pardonner ?... murmura le corsaire... Mais tu as été la plus loyale et la meilleure ! Te pardonner ! au moment où tu te sacrifies pour nous... au moment où...

Et, tout bas, il fit :

— ... Où je t'aime comme je ne t'ai jamais aimée...

— Mon ami !... adieu ! J'aurais tant voulu ne jamais te causer de peine. Oublie-moi, Pierre !

« Et toi aussi, Robert ! Oublie-moi !... Tu es aimé par une fille de ta race, par un cœur plus pur et plus noble que le mien, Marie-Catherine. Aime-la comme elle mérite d'être aimée. Épouse-la... Soyez heureux... Soyez heureux !...

Ce furent ses dernières paroles... Un grand frisson glacé la fit frémir... Puis ses paupières battirent comme les ailes d'un oiseau blessé... Un souffle s'exhala de ses lèvres. Elle était morte !

Les marins, lentement, enlevèrent leurs bonnets de laine et se recueillirent devant ce corps inanimé dont la vie venait de s'échapper pour toujours, et, contemplant d'un air de pitié profonde Surcouf et Marcof, qui, tous deux, priaient pour celle qu'ils avaient tant adorée !

Jacques Morel, qui avait assisté à toute cette scène, se glissa au-dehors...

Il étouffait de rage. La mort de Madiana brisait sa vengeance, c'est-à-dire sa seule raison d'être, l'unique but, désormais, de son existence.

Maintenant, il en avait mieux que le pressentiment, c'est-à-dire la certitude, Surcouf obéirait au dernier vœu de la mourante, peut-être pas tout de suite, mais bientôt.

Fatalement, il s'en irait vers ce cœur qui s'offrait à lui, vers ce nouvel amour dont la douceur ardente, la sincérité absolue l'envelopperaient insensiblement de son charme.

Ainsi, tout s'écroulait autour de lui. Il ne lui restait plus en lot, sur cette terre, que la souffrance et le désespoir. Il vivrait dans une atmosphère de douleur perpétuelle, entouré de l'hostilité et du mépris de tous, traînant une existence de médiocrité, de misère, dont il était incapable de s'évader.

Alors, une colère frénétique le secoua... Cette fois, c'était la folie qui s'emparait totalement de lui, qui l'emportait, délirant, les yeux exhorbités, l'écume aux lèvres, à travers les ruines du Guildo.

Avec une agilité frénétique, et qu'il ne se fût pas soupçonnée lui-même, il bondit à travers les broussailles, déchirant ses vêtements aux ronces, grimpant, inconscient, déchaîné, hurlant, jusqu'au sommet de la plus haute tour, gravissant l'escalier branlant aux marches prêtes à se détacher, risquant cent fois d'être précipité dans le vide ; et, lorsqu'il eut atteint la plate-forme d'où l'on apercevait, s'étendant au pied des ruines qu'il baignait, le bras de mer dans lequel se jette la rivière l'Arguenon, il s'arrêta enfin, les cheveux en désordre, agitant les bras comme une chauve-souris bat des ailes, et il demeura un instant aveuglé, étourdi, râlant encore un dernier blasphème.

Alors, il lui sembla apercevoir sur la mer une barque dont la brise gonflait légèrement la voile toute blanche et qui, lentement, s'éloignait du rivage.

Et, dans cette barque, il crut reconnaître un homme et une femme tendrement enlacés.

L'homme était Surcouf !

La femme était Marie-Catherine !

Cette hallucination acheva de l'affoler... Et, en un dernier cri de bête fauve, il s'élança, bondit sur le parapet et s'en vint se fracasser horriblement sur les marches qui bordaient la côte.

Mais il ne mourut pas sur le coup. Il eut encore quelques soubresauts, puis, tandis qu'il se raidissait en un spasme suprême, il entendit un bruit étrange et cadencé de cloches rapproché, tombant lugubre, parmi les ténèbres de la mort qui s'approchait.

C'étaient les « pierres sonnantes » du Guildo qui sonnaient les glas du trépassé !

ÉPILOGUE

Au retour des obsèques de Madiana qui, maintenant, reposait en terre sainte dans le petit cimetière de Saint-Malo, Surcouf et Marcof étaient rentrés à bord de la *Confiance* et s'étaient enfermés dans la même cabine.

Marcof, accablé, s'était laissé tomber sur un banc. Surcouf, non moins douloureux mais plus vaillant, était resté debout près de lui.

— Courage, mon ami, mon frère, dit-il.

Mais Marcof répondait :

— Quand un homme vient de vivre ce que j'ai vécu, il est fini... bien fini... Il n'est plus qu'une épave !

— Non, Pierre ! reprenait le Malouin. Surtout quand il lui reste la volonté de se vaincre soi-même !

— À quoi bon ?

— Rappelle-toi ce que je t'ai dit, l'autre jour, dans la cour de la prison de Londres.

— Oui... je me souviens... Recommencer la lutte... Repartir vers de nouvelles aventures, de nouvelles batailles ! Je ne m'en sens plus la force.

— Tu l'auras, si tu le veux !

— Pourquoi le voudrais-je ?

— Parce qu'il le faut. Tu es encore dans les belles années de la vie. Laisse-toi reprendre par notre grande amie à tous : la mer ! Laisse-toi reconquérir par notre première maîtresse : par la gloire ! Pierre, je t'en prie ! Après avoir été ce que tu as été, après avoir donné l'exemple de toutes les énergies, ne te laisse pas aller ainsi au découragement qui, en faisant de toi un vieillard avant l'âge, t'abaisserait à tes propres yeux et t'interdirait de trouver en toi-même la consolation que vous donne le légitime orgueil d'avoir résisté à la plus grande des infortunes.

« Oui, Pierre, rappelle-toi que, par trois fois, le Christ est tombé sous le poids de sa croix, et, par trois fois, il s'est relevé. Relève-toi, Marcof, je t'en supplie !

— Je ne suis qu'un pauvre homme.

— Tu es un grand homme.

— Parle pour toi, Robert. Car, si je t'admire, je ne me sens pas de taille à te suivre sur la route vers laquelle tu veux m'entraîner.

Alors le Malouin eut ce cri :

— Crois-tu donc que je n'ai pas souffert autant que toi ?

— Oui, je le sais... mais toi, tu étais aimé !

— Pierre !

— Tu as ce souvenir splendide... Tandis que moi, je ne pourrai même pas me réfugier en cette pensée. J'avais bien pensé à m'en aller là-bas, dans mon petit castel des bords de la Rance... à y vivre enfermé... dans cette maison où, jadis... Mais non, cela me serait trop cruel !... car il me semblerait que je vous y revois tous les deux et que j'entends sans cesse le sanglot étouffé dont Madiana accompagna ton loyal et généreux départ.

— Mon ami !

— Pardonne-moi de te parler ainsi, mais il faut bien que je te dise...

— Oui, parle, puisque cela te fait du bien !

— Crois bien, surtout, que je n'ai contre toi aucune arrière-pensée ni aucune rancune... Tu as été pour moi le plus sublime des frères. Je voudrais suivre l'exemple d'énergie que tu me donnes à ton tour, accepter l'immense service que tu cherches encore à me rendre en m'arrachant à ma détresse... mais je ne peux pas... je ne peux pas !...

— Si, Pierre, tu me suivras !

— Toi... tu peux reprendre la mer... Tu peux connaître à nouveau bien des joies. Ainsi qu'*elle* te l'a dit avant d'expirer, il y a un cœur qui t'espère et qui t'aime. Tandis que moi, il ne me reste plus rien ici-bas.

— Si... notre amitié ! ! !

— Robert !

— Oui ! accentuait le grand corsaire, notre amitié ! Car, puisqu'elle est sortie intacte et même renforcée d'une pareille épreuve, il faut qu'elle soit de taille à résister à tous, même à la mort.

— La mort, je n'ai plus qu'elle pour refuge.

— Non, Pierre, tu la fuiras comme une intruse, comme la tentatrice perfide d'une lâcheté dont tu es incapable... et *parce que, moi, je veux que tu vives* !

Surcouf avait prononcé cette phrase avec un tel élan que Marcof, en un grand sursaut de résurrection, se redressa, et, mettant les deux mains sur les épaules de son ami, l'œil non plus voilé de la plus indicible des amertumes, mais flamboyant de tout le courage que son ami venait de lui rendre, il s'écria :

— Trois fois j'ai failli périr ! Trois fois tu m'as sauvé ! Tu es devenu ainsi maître de ma destinée. Et puisque tu le veux, je vivrai, car tu m'as enlevé le droit de mourir !

Et Surcouf, après avoir longuement étreint son ami, s'écria :

— Dans huit jours, nous repartirons tous deux sur la *Confiance*.

. . . .

Le lendemain matin, Surcouf passait devant l'église lorsqu'il y vit pénétrer Marie-Catherine, qui tenait un cierge à la main.

La jeune fille, absorbée dans ses pensées, ne l'avait pas aperçu.

Le Malouin la regarda pénétrer dans l'église avec un air plein de mélancolie. Et il allait continuer sa route lorsque, tout à coup, mû par une impulsion instinctive, irraisonnée, il entra à son tour dans la maison de Dieu.

La jeune fille s'était dirigée vers l'autel de sainte Anne et, allumant son cierge à l'un de ceux qui brûlaient devant la statue, elle le planta à côté d'eux sur la petite plate-forme, véritable ex-voto de discrète et douce lumière. Puis elle s'agenouilla et se plongea dans une longue prière.

Lorsqu'elle se releva, elle aperçut Robert qui la contemplait, le visage attendri.

Alors, simplement, elle murmura :

— J'avais fait le vœu de venir prier, chaque jour, devant Madame sainte Anne, si elle te secourait. Je tiendrai mon serment.

Le grand corsaire la regarda avec attendrissement. Et tous deux s'en furent sans prononcer une parole.

Une fois sur la place, Surcouf demanda à l'orpheline :

— Tu rentres à la maison ?

— Oui. Et toi ?

— Moi aussi, petite... sœur ! Veux-tu que nous fassions route ensemble ?

— Oh ! oui, je veux bien !

Ils se dirigèrent vers les remparts qu'ils longèrent, toujours silencieux.

Bientôt, Surcouf s'arrêtait, les yeux fixés vers le large.

Alors, timidement, Marie-Catherine hasarda :

— Robert... La mer va-t-elle encore te reprendre ?

— Oui, Marie-Catherine, je vais repartir.

— Pour toujours ?

Surcouf eut un profond soupir.

Puis, saisissant la main de la jolie Bretonne, il lui dit :

— Pardonne-moi de t'avoir fait inconsciemment souffrir.

— Je ne t'en veux pas, Robert, répliqua la jeune fille, et puisque tu connais le secret que j'aurais voulu te cacher à jamais, sache que je t'attendrai, comme par le passé, car c'est toi seul qui auras été et seras toute ma vie !

Surcouf, pieusement, approcha ses lèvres du front si pur qui s'offrait à lui. Il lui sembla qu'une étincelle divine jaillissait de son cœur qu'il croyait défunt. Et, simplement, il fit :

— Je reviendrai !

Le lendemain, Surcouf repartait avec Marcof vers de nouvelles et glorieuses aventures.

Mais, cette fois, il laissait au pays des cœurs pleins d'espoir. Marie-Catherine, certaine d'être aimée un jour, ne se désolait plus, car toute Bretonne sait que son devoir est d'être vaillante quand elle voit son « promis » partir sur la mer.

Chaque jour, elle continua d'aller prier Madame sainte Anne.

Et sa foi, sa bonté, son courage eurent un jour leur récompense dans la réalisation du rêve qu'elle avait cru à jamais brisé.

Surcouf, deux ans plus tard, épousait sa jeune cousine.

Table

Deuxième partie

LA CHASSE À L'HOMME

ŒUVRES D'ARTHUR BERNÈDE
(Liste non limitative)

Chez Ferenczi

Les Amours d'une ouvrière
Les Auteurs populaires, nº 5.

La Belle Courtisane.

Le Calvaire du lieutenant Ferbach
Les Auteurs populaires, nº 7.

Clara, histoire d'une fille de joie
Fascicules-Bibliothèque Parisienne.

Le Crime d'un magistrat ou l'Enfant du pavé
Romans sensationnels - Les Grands Romans, nº 4.

L'enfant de l'assistance
Les Auteurs populaires, nº 14 (1922).

L'Épouse qui tue
Collection populaire (1923).

Esclave d'une courtisane
Grands Romans d'amour, nº 39 (1926).

Flétrie et vengée
Les Grands Romans.

Le Grand Amour d'un petit gars
Les Auteurs populaires.

Marquise et Gigolette ou les Drames de l'amour ou les Drames de la vie
Fascicules, nº 10.

La Môme Coco
Les Auteurs populaires, nº 21.

Pour l'amour d'une belle
Les Auteurs populaires, nº 18.

Princesses du trottoir
Les Grands Romans.

Le Roman d'une chanteuse
Les Grands Romans, nº 6.

Le Roman d'un jeune officier pauvre
Les Auteurs populaires, nº 1.
Les Grands Romans.

Les Tonsurés
200 livraisons.

Chez La Baudinière

L'Enfant des filles
Grands Romans d'amour et d'aventures (3 vol.).

L'Homme aux sortilèges
La Technique du livre.
Les Romans des grands quotidiens.

Le Maître du feu
Nº 936.

Les Mystères de la Bastille
Les Romans des grands quotidiens.

Suis-je un assassin ?
La Guerre secrète, nº 21.
L'Œuvre littéraire.

Le Tambour d'Arcole
Les Romans célèbres.

Chez Tallandier

L'Affaire Bessarabo
Galerie criminelle, nº 5.
Crimes et Châtiments, nº 5.

L'Affaire Bougrat
Crimes et Châtiments, nº 9.
Galerie criminelle, nº 13.

L'Affaire Brierre, le Massacre des Innocents
Crimes et Châtiments, nº 24.

L'Affaire Fualdès
Crimes et Châtiments, nº 4.
Galerie criminelle, nº 9.

L'Affaire Gouffé
Crimes et Châtiments, nº 13.
Galerie criminelle, nº 3.

L'Affaire Lafarge, le mystère du Glandier
Crimes et Châtiments, nº 7.
Galerie criminelle, nº 11.

L'Aiglonne
Les Romans héroïques.
Cinéma-Bibliothèque, nºs 41 et 42.
Chefs-d'œuvre du cinéma (16 fascicules).
Romans de cape et d'épée, nº 100.

L'Alsacienne (en collaboration avec A. Bruant)
Livre national, nº 175.

Les Amants du passé
Romans célèbres de drame et d'amour.

L'Amour vengeur
Livre national rouge, nº 6.

Les Amours d'un petit soldat
Livre national rouge, nºs 346 et 347.

Anastay, un officier assassin
Crimes et Châtiments, nº 26.
Galerie criminelle, nº 19.

L'Ange et le démon
Livre national rouge, nº 938.
Les meilleurs romans de drame et d'amour, nº 39.

L'Assassin des cœurs
Livre national rouge, nº 7.

L'Assassinat du Courrier de Lyon
Crimes et Châtiments, nº 2.
Galerie criminelle, nº 6.

L'Assassin du Marquis de Morès
Crimes et Châtiments, nº 19.

Aux Bat' d'Af (en collaboration avec A. Bruant)
Livre national rouge, nº 351.

L'Archevêque assassiné
Galerie criminelle, nº 10.
Crimes et Châtiments, nº 29.

Les Bas-Fonds de Chicago
Livre national rouge, nº 866.

Les Bas-Fonds de Marseille
Livre national rouge, nº 726.

La Bataille pour l'amour
Livre national rouge, nº 924.

La Belle Marion
Romans célèbres de drame et d'amour, nº 152.

Belphégor
Livre national, nº 25 (1949).
Cinéma-Bibliothèque, nºs 148 et 149.
Livre national NS, nº 1.
Le Lynx, romans mystérieux, nº 4.
Romans mystérieux.

Bonnot, Garnier & Cie
Crimes et Châtiments, nº 6.
Galerie criminelle, nº 10.

Le Bourreau des femmes
Livre national vert NS, nº 20.
Romans célèbres de drame et d'amour, nº 58.
Les beaux romans dramatiques.

Le Calvaire de Casse-Cœur (en collaboration avec A. Bruant)
Livre national, nº 280.

Le Capitaine Anthéor
Livre national rouge, nº 725.
Les meilleurs romans de drame et d'amour, nº 49.

Captive (en collaboration avec A. Bruant)
Livre national rouge, nº 260.

La Chanson des cœurs
Livre national rouge, nº 248.

Chantecoq (en collaboration avec A. Bruant)
Livre national rouge, nº 196.
Chefs-d'œuvre du cinéma (roman illustré par le film).

Le Chanteur de Montmartre (en collaboration avec A. Bruant)
Livre national, nºs 949 et 234.

La Chasse aux monstres
Livre national, nº 198.

Le Château du milliardaire
Collection Fama.

Cocorico
Livre national, nº 196 (Chantecoq).

Cœur cassé (en collaboration avec A. Bruant)
Livre national rouge, nº 279.

Cœur de Française (en collaboration avec A. Bruant)
Auteurs favoris de la Jeunesse.
Les meilleurs romans de drame et d'amour, nº 5.
Livre national, nºs 160, 161 et 162.

Les Compagnons du soleil (signé Roland d'Albret)
Roman de cape et d'épée NS, nº 51 (parution 1940).

Condamnée à mort
Romans célèbres de drame et d'amour, nº 110.

Connais-tu l'amour ?
Livre national vert.
Romans célèbres de drame et d'amour, nº 71.

Le Crime d'un aviateur
Romans célèbres de drame et d'amour, nº 95.

Le Curé aux abeilles
Les meilleurs romans de drame et d'amour, nº 39.
Livre national rouge, nº 937.

La Dame de Paris
Livre national NS, nº 38.

La Dernière Incarnation de Judex
Cinéma-Bibliothèque, nº 106.
Livre national vert, nº 181.

La Devineresse
Romans célèbres de drame et d'amour, nº 156.

Le Divorce de Joséphine
Les beaux romans de l'histoire, nº 109.
Romans célèbres de drame et d'amour, nº 169.

Le Docteur Laget, le drame du poison
Crimes et Châtiments, nº 28.

Le Don Juan des grands bars
Livre national vert, nº 9
Romans célèbres de drame et d'amour, nº 42.
Les beaux romans dramatiques.

Le Drame des chauffeurs
Crimes et Châtiments, nº 11.
Galerie criminelle, nº 15.

Le Drame de la rue de la Pépinière
Crimes et Châtiments, nº 22.

Du dancing au trottoir
Livre national vert, nº 13.
Romans célèbres de drame et d'amour, nº 45.

L'Enfant du curé
S.E.P. (fascicules).

L'Espionne de Guillaume (en collaboration avec A. Bruant)
Livre national, nºs 168, 169 et 170.

L'Espionne d'Hitler
S.E.P. (fascicules).

Les Étapes du bonheur (en collaboration avec A. Bruant)
Livre national, nº 261.

Le Fantôme du Père-Lachaise
Romans célèbres de drame et d'amour, nº 106.

La Femme Weber, l'ogresse de la Goutte-d'Or
Galerie criminelle, nº 27.
Crimes et Châtiments, nº 14.

La Fiancée de Lothringen (en collaboration avec A. Bruant)
Livre national, nº 176.

La Fille du diable
Livre national rouge, nº 865.

Fille-Mère (en collaboration avec Ch. Vayre)
Librairie contemporaine (fascicules).

Fleur d'Ajonc
Livre national rouge, nº 592.
Livre national, nº 64 (1952).
Les beaux romans dramatiques.

Fleur du Pavé (en collaboration avec A. Bruant)
Livre national, nº 948.

Le Grand Amour d'une favorite
Les Beaux romans de l'histoire, nº 148 (1930).

Guyot l'étrangleur
Crimes et Châtiments, nº 8.
Galerie criminelle, nº 12.

L'Homme au masque de fer
Cinéma-bibliothèque, nº 349.
Romans de cape et d'épée NS, nº 4.
Romans de cape et d'épée (1980).
Les Romans héroïques.

L'Homme aux trois masques
Cinéma-bibliothèque, nºs 22 et 23.
Les Chefs-d'œuvre du cinéma (12 fascicules).
Les meilleurs romans de drame et d'amour, nº 53.
(reliure éditeur avec *Impéria*).

L'Homme qui sourit
Livre national rouge, nº 197.

L'Homme qui tue.

Impéria
Cinéma-bibliothèque, nºs 9 et 10.
(reliure éditeur avec *L'Homme aux trois masques*).

Les Incarnations de Judex
Livre national, nº 179.

L'Incendiaire
Romans célèbres de drame et d'amour.

L'Introuvable Assassin, l'affaire Cadiou
Crimes et Châtiments, nº 20.

Jean Bart, dieu des mers
À travers l'univers, nº 6.
Romans célèbres de drame et d'amour, nº 144.

Jean Chouan
Cinéma-bibliothèque, nºs 120 et 121.
Romans de cape et d'épée, nº 57.

Judex
Cinéma-bibliothèque, nº 104.
Collection Œuvres d'Arthur Bernède.

Lacenaire ou le Napoléon des bandits
Crimes et Châtiments, nº 18.
Galerie criminelle, nº 4.

Landru
Crimes et Châtiments, nº 1.
Galerie criminelle, nº 8.

La Pommerais, un médecin empoisonneur
Crimes et Châtiments, nº 14.

Louise et Gabrielle
Livre national rouge, nº 299.
Les meilleurs romans de drame et d'amour, nº 17.

La Loupiote (en collaboration avec A. Bruant)
Livre national, nº 710.

Madame tête de Boche (en collaboration avec A. Bruant)
Livre national, nº 165.

Mado la blonde
Livre national rouge, nº 760.

La Maison hantée
Romans célèbres de drame et d'amour, nº 91.

Mandrin
Livre national, nº 13.
Cinéma-bibliothèque, nºs 68 et 69.
Les Romans héroïques.
Romans de cape et d'épée, 1980.

La Marchande de bonheur
Les beaux romans dramatiques, nº 2.
Livre national, nº 33 (1950).
Livre national rouge, nº 84.

Le Marchand d'hommes (signé Roland d'Albret)
Romans de cape et d'épée, nº 39 (parution 1933).

Marie-Claire amoureuse ou le **Triomphateur**
Livre national rouge, nº 709 (1929).

Martyres de l'amour... vengez-vous
Romans célèbres de drame et d'amour, nº 79.
Les beaux romans dramatiques.

Les Martyres de Paris
Livre national, nº 5.
Romans célèbres de drame et d'amour, nº 40.

Mata-Hari
Crimes et Châtiments, nº 10.

Ma tendre musette !
Les Drames du cœur, nº 1.

Méphisto
Cinéma-bibliothèque, nºs 419 et 420.

Mestorino
Crimes et Châtiments, nº 3.

Miousic détective
Livre national rouge, nº 818.
Les meilleurs romans de drame et d'amour, nº 31.

Le Miracle des cœurs ou **Tes Yeux bleus**
Livre national rouge, nº 653 (1928).

La Môme Printemps (en collaboration avec A. Bruant)
Les meilleurs romans de drame et d'amour, nº 26.
Livre national rouge, nº 274.

Les Mystères du bonnet rouge
Crimes et Châtiments, nº 23.

Le Mystère du train bleu
Les meilleurs romans de drame et d'amour, nº 87.

Les Nouveaux Exploits de Judex
Cinéma-bibliothèque, nº 105.
Livre national vert, nº 180.

Les Nouveaux Gangsters de Paris
Livre national rouge, nº 974.
Les meilleurs romans de drame et d'amour, nº 66.

La Nouvelle Mission de Judex
Livre national rouge, nº 947.

L'Ogre amoureux
Romans célèbres de drame et d'amour, nº 101.

On les a !
Livre national, nº 199.

Le Père de la Loupiote (en collaboration avec A. Bruant)
Livre national, nº 711.

Le Petit Clown
Livre national, nº 817.
Les meilleurs romans de drame et d'amour, nº 31.

Poker d'As
Cinéma-bibliothèque, nºs 198 et 199.
Les Romans mystérieux.

Pour l'amour et pour la liberté
Livre national, nº 958.
Les meilleurs romans de drame et d'amour, nº 61.

Prado ou le tueur de filles
Crimes et Châtiments, nº 17

Pranzini, l'assassin de la rue Montaigne
Crimes et Châtiments, nº 25.
Galerie criminelle, nº 18.

Les Quatre Sergents de La Rochelle
Livre national rouge, nº 957.
Les meilleurs romans de drame et d'amour.

Reine, femme et mère
Romans célèbres de drame et d'amour, nº 173.

Rose fleurie
Livre national rouge, nº 275.
Livre national, nº 45 (1951).
Les grands romans dramatiques.

Les Sacrifiées
Romans célèbres de drame et d'amour, nº 128.
Livre national, nº 37.

Sauvée par l'amour
Livre national, nºs 34 et 85.

Le Secret du légionnaire
Livre national rouge, nº 923.

Les Secrets de Bolo révélés
Crimes et Châtiments, nº 15.
Galerie criminelle, nº 20.

Serrez vos rangs (en collaboration avec A. Bruant)
Livre national, nºs 991 et 992.

Seule avec son cœur
Livre national vert, nº 16.
Romans célèbres de drame et d'amour, nº 49.
Les beaux romans dramatiques.

Seznec a-t-il été assassiné ?
Crimes et Châtiments, nº 12.

Le Sorcier de la Reine
Romans célèbres de drame et d'amour, nº 141.
Les beaux romans de l'histoire, nº 941.

Surcouf, roi des corsaires
À travers l'univers.
Cinéma-bibliothèque, nºs 97 et 98.
Aventures - Romans de cape et d'épée (1980).
Romans héroïques.

Tête de Boche (en collaboration avec A. Bruant)
Livre national rouge, nº 164.

Les Travailleuses (en collaboration avec A. Bruant)
Les meilleurs romans de drame et d'amour, nº 17.
Livre national rouge, nº 298.

Les Trois Ombres
Livre national vert NS, nº 39.
Les beaux romans dramatiques.

Le Tueur de femmes
Romans célèbres de drame et d'amour, nº 113.

Un ancêtre de Landru : Pel, l'horloger empoisonneur
Crimes et Châtiments, nº 21.

Un cœur déchiré
Les meilleurs romans de drame et d'amour, nº 66.

Un crime d'amour
Livre national, nº 249.

Un grand seigneur assassin, l'affaire Choiseul-Praslin
Crimes et Châtiments, nº 16.
Galerie criminelle, nº 2.

Un homme de proie
Livre national (1952).
Livre national, nº 2 (1947).
Romans célèbres de drame et d'amour, nº 49.
Les meilleurs romans de drame et d'amour, nº 41.

Le Vampire de Düsseldorf
Galerie criminelle, nº 11.

Va... petit mousse !
Les beaux romans dramatiques, nº 26.

Vidocq
Cinéma-bibliothèque, nºs 61 et 62.
Romans de cape et d'épée, nº 50.
Chefs-d'œuvre du cinéma (17 fascicules).
Aventures - Romans de cape et d'épée (1980).

La Vierge du Moulin-Rouge
Livre national NS, nº 28.
Romans célèbres de drame et d'amour, nº 75.

La Ville aux illusions
Fama, nº 478.

Zapata
Romans célèbres de drame et d'amour, nº 97.

Éditeurs divers

L'Amant de la Duchesse
Méricant, nº 402.

L'Amour à crédit.

L'Ange du trottoir (en collaboration avec Ch. Vayre).

Aventures de Max Forter
Feuilleton *France-Soir.*

Le Chevalier aux Genêts d'Or
Feuilleton *La Vie populaire* du 30 juin au 10 octobre 1903.

Les Chevaliers de la Mort
Feuilleton *La Vie populaire* du 20 octobre 1903 au 17 janvier 1905.

Les Derniers Chouans
Méricant, nº 400.

Les Deux Parigotes (en collaboration avec Ch. Vayre)
Librairie contemporaine (2 volumes).

En marge des vivants
Feuilleton *Le Petit Parisien* du 16 juillet au 21 octobre 1937.

Interdit de séjour (en collaboration avec P. Gilles).

La Loi du Talion
Lecture de la Femme (pièce de théâtre avec Ch. Vayre).

Les Mémoires d'une masseuse
Méricant.

Mésange
Feuilleton *La Cocarde* du 2 au 20 mai 1892.

Nos Grands Mufles
Fayard.

Pour la couronne de France
Méricant, nº 399.

Pour les jeunes
L. Grus & Cie.

La Prisonnière du château de Nantes
Mericant, nº 401.

La Redingote grise
Opéra comique (musique de F. Le Rey) P. Dupont.

La Soutane
Bibliothèque parisienne.

Le Temps des miracles
Renaissance du Livre.

Le Triomphateur ou **Marie-Claire amoureuse**
Feuilleton *Le Petit Parisien* du 12 septembre au 14 octobre 1928 (signé Jean de la Perigne).

Tes Yeux bleus ou le Miracle des cœurs
Feuilleton *Le Petit Parisien* du 21 août au 6 octobre 1927 (signé Jean de la Perigne).

Les Trois Légionnaires (en collaboration avec A. Bruant)
Librairie contemporaine.

Vampiria
Librairie contemporaine.

Composition et mise en pages réalisées
par ÉTIANNE COMPOSITION
à Neuilly-sur-Seine.

Impression réalisée sur CAMERON par

BRODARD & TAUPIN

GROUPE CPI

La Flèche

pour le compte des Éditions Fayard
en avril 2001

Imprimé en France
Dépôt légal : mai 2001
N° d'édition : 11679 – N° d'impression : 7274
ISBN : 2-213-60941-1
35-33-1141-01/7